KB132371

상복의
랑데부

**이 은 선**

연세 대학교에서 중어중문학을, 국제학대학원에서 동아시아학을 전공했다. 편집자, 저작권 담당자를 거쳐 전문 번역가로 활동중이다. 윌리엄 아이리시의 『환상의 여인』, 애거서 크리스티의 『끝없는 밤』, 스티븐 킹의 『11/22/63』, 도로시 B. 휴스의 『고독한 곳에』, 매튜 펄의 『에드거 앨런 포의 그림자』 등을 비롯하여 다양한 소설을 번역하고 있다.



이 도서의 국립중앙도서관 출판시도서목록(CIP)은 서지정보유통지원시스템 홈페이지
(http://seoji.nl.go.kr)와 국가자료공동목록시스템 (http://nl.go.kr/kolisnet)에서 이용하실 수 있습니다.
CIP제어번호 : CIP2015022463

# 상복의 랑데부

코넬 울리치
이은선 옮김

사랑하는 이를 위한 장송곡

엘릭시르

차례

…… 나의 종말이 서둘러 임하나이다.

나는 죽음을 향해 달음질치고, 죽음도 황급히 나를 맞이하노니

—존 던

/

# Rendezvous in Black

RENDEZVOUS IN BLACK

Cornell Woolrich

## 001

# 이별

그들은 매일 저녁 8시에 만났다. 비가 와도, 눈이 와도, 달이 떠도, 아무 일이 없어도. 어느 날 느닷없이 시작된 새로운 습관은 아니었다. 작년에도 그랬고, 재작년에도, 재재작년에도 마찬가지였다. 하지만 8시에 만나서 12시에 헤어지는 일상이 앞으로도 계속되지는 않을 것이다. 얼마 있으면, 일 주나 이 주 있으면 그들은 영원히 함께 있을 수 있다. 하루 이십사 시간 동안. 조만간 유월이 되면. 그런데 맙소사, 둘 다 시인했다시피 올해따라 유월이 유난히 더디게 찾아왔다. 오긴 오려나 싶었다.

평생 기다려온 것처럼 느껴질 때도 가끔 있었다. 뭐, 사실 그렇기는 했다. 과장이 아니라 진짜 그랬다. 두 사람은 그녀가 일곱 살,

그가 여덟 살이었을 때 처음 만났으니까. 그리고 그가 여덟 살, 그녀가 일곱 살이었을 때 사랑에 빠졌으니까. 가끔 그런 일도 일어나는 법이다.

그들은 더 일찍 결혼했을 수도 있다. 작년 유월, 아니면 재작년 유월, 아니면 소년이 남자가 되고 소녀가 여자가 된 첫 해 유월에. 왜 그러지 않았을까? 이런 일에 항상 가장 큰 걸림돌이 되는 게 있다면 무엇일까? 바로 돈이다. 처음에는 둘 다 직장이 없었다. 그러다 취직을 했지만 수입이 워낙 변변치 않아서 둘은커녕 한 사람이 먹고살 수준도 못 됐다.

그러다 그의 아버지가 돌아가셨다. 어느 해 시월, 또 한 번의 유월을 그냥 지나보낸 뒤에. 그의 아버지는 동네를 지나가는 철도의 제동 기사였다. 스위치가 고장나서 아버지가 목숨을 잃었을 때 그는 아무 요구도 하지 않았다. 그렇지만 철도 회사에서는 그가 요구할 보상금이 두려웠는지, 나중에 그가 보상금을 요구해야겠다는 생각이 든다면 요구할 것으로 예상되는 액수보다 적은 금액을, 적극적이다 싶을 정도로 황급히 지불하며 돈을 아끼려 했다. 그런 식으로 선수를 쳤다.

그래도 그에게는, 그리고 그녀에게는 상당한 금액이었다. 변호사에게 건네받은 금액이 팔천 달러 하고 몇 푼이었다. 원래는 만오천 달러였다. 변호사가 말하길 대부분의 변호사들이 정확히 오십 퍼센트를 떼어가는데 자기는 그러지 않았으니 상당히 양심적인 변호사라고 했다. 어찌됐건 이렇게 해서 돌아오는 유월에 결혼을 할 수 있게 되었으니 그들의 관심사는 결혼 한 가지뿐이었다. 때는 유월이라야 했다. 그녀가 유월을 원했다. 오월이나 칠월에 하면 전혀 결혼식 같지 않을 것이다. 그녀가 원하는 게 그가 원하는 것이기도 했다. 오백을 넘는 숫자는 실감이 나지 않았다. 오백 이상은 그들에게 낯선 금액이었다. 천이 팔천과 다를 바 없었고, 팔천이 만 오천과 다를 바 없었다. 수표를 손에 쥐고 있어도 그 정도로 엄청난 금액은 이론상으로만 존재하는 숫자였다.

그 많은 돈이 그의 것이었고, 그들의 것이었다. 그의 어머니는 그가 어렸을 때 돌아가셨으니 나눌 사람이 없었다. 아, 유월은 왜 이리 안 오는 걸까? 차례도 안 된 다른 달을 앞세우며 일부러 늦장을 부리는 것 같았다.

남자의 이름은 조니 마였고, 조니 마처럼 생겼다. 생김새가 이름과 잘 어울렸다. 조니라는 이름을 가진 사람들은 어떤 시대, 어떤 곳에 살더라도 그렇지 않은가. 그를 수백 번 만난 사람들도 생김새를 분명하게 설명할 수 없을 만큼 평범했다. 그녀는 분명하게 설명할 수 있었지만, 그건 그를 보는 눈이 특별하기 때문이다. 그는 어디에서나 만날 수 있는 수많은 또래와 비슷했다. 그런 청년은 어디에서나 만날 수 있다. 사람들은 그들을 보더라도 눈에 담지 않는다. 그러니 나중에 생김새를 제대로 설명할 수가 없다.

"옅은 갈색 머리였나, 눈은 갈색이고."

이런 정도로 얘기할 수밖에 없을 것이다. 그러고는 더이상 설명하기를 포기하거나 외모가 아닌 다른 부분을 설명하려 한다.

"깔끔하고 용모가 단정했어요. 딱히 할말이 없네요. 별로 기억나는 게 없어서."

그러고 나면 다른 부분에 대해서도 할말이 없을 것이다. 아마 그는 올해 유월부터 그녀에게 영향을 받아 서서히 개성을 드러내기 시작할 것이다. 그는 자신이 완전해지기를 기다리고 있었지만, 그것이 과거의 자신을 버리는 것이라고는 생각하지 않았다.

그녀의 이름은 도러시였고 사랑스러웠다. 그녀의 생김새도 설명할 방법이 없지만 조니와는 이유가 전혀 달랐다. 이를테면 빛을 쉽게 설명할 방법은 없지 않은가. 빛이 어디 있는지는 말할 수 있지만 어떤 것인지는 말할 수 없지 않은가. 그녀가 있는 곳에 빛이 있었다. 그녀보다 더 예쁜 여자는 있을지 몰라도 더 사랑스러운 여자는 없었다. 사랑스러운 내면과 사랑스러운 외면의 조합이었다. 그녀는 모든 이의 첫사랑이었다는 것을, 그녀가 떠난 뒤에 돌이켜보니 알 수 있었다. 그녀는 모든 남자들의 이상형이었지만 맺어질 수 없는, 맺어지지 않는 존재다.

냉소적인 사람들은 지나가는 그녀를 보고 이렇게 말할지 모른다.

"얼굴 반반한 평범한 여자잖아. 저런 여자들은 다 비슷하지, 뭐."

냉소적인 사람들은 아무것도 모른다. 그녀가 어떤 식으로 걸었고, 어떤 식으로 이야기했으며, 점차 가까워질 때 어떤 식으로 그들을 향해 살포시 미소를 지었고, 헤어지며 점차 멀어질 때도 어떤 식으로 똑같은 미소를 지었는지. 이런 부분들은 조니 마만 볼 수 있었다. 그녀가 그를 보는 눈이 특별했듯 그가 그녀를 보는 눈도 특별했다.

그들은 늘 같은 장소에서, 광장 옆 잡화점 앞에서 만났다. 환하게 불을 밝힌 쇼윈도 앞의 한쪽 구석이 그들만의 자리였다. 등뒤로 가루분과 화장수가 있는 자리였다. 짙은 빨간색과 은색 리본으로 묶인 초콜릿 상자가 놓인 자리가 아니었다. 색칠한 부활절 달걀처럼 보이는 향 비누를 벌집 모양 상자 안에 넣어서 진열한 자리도 아니었다. 가루분과 화장수가 놓인 자리, 잡화점과 옆 가게의 벽돌 장식 때문에 움푹 들어간 조그만 공간이 생긴 자리였다. 바로 그곳이 그들의 자리였다. 쇼윈도 뒤편의 반사면이 플라스크와 병을 통과하며 호박색, 금색, 연초록색의 눈부신 빛깔을 연출했다. 의도한 것은 아니겠지만 한때 장식 용도로 약재상 쇼윈도에 진열되곤 했던 여러 색상의 물이 담긴 유리병과 똑같은 역할을 했다. 조그만 쇼윈도 한 귀퉁이, 조그만 벽 모서리, 잡화점 앞 보도 위 조그만 네모 공간이 그들의 자리였다. 그가 8시도 되지 않은 시각부터 주변의 다른 모든 것은 잊은 채 별을 올려다보고 휘파람을 불며 그 앞에 서 있었던 게 몇 번이었던가. 조바심 때문이 아니라 땅에 대고 연가를 부르느라 발로 땅을 가볍게 두드려가며.

지티 잡화점 앞 그곳이 그들이 만나는 장소이자 출발점이었다. 특별한 이유는 없었다. 그냥 그렇게 된 것이다. 탄산음료를 마시건, 영화를 보건, 춤을 추건, 그냥 산책을 하건, 무얼 하건 그곳에서 시작했다.

이제 그들이 어떤 사람들인지 그림이 그려질 것이다.

그러던 어느 날 밤, '오늘'밤, 이달의 마지막 밤에 그는 좀 늦었다. 기껏해야 일이 분 정도였지만. 그는 그녀를 기다리게 하기 싫었기 때문에 서둘러 달려갔다. 평소에는 항상 그가 먼저 기다리고 있었다. 응당 그래야 했다. 그런데 오늘밤은 그녀가 먼저 나와 있을게 분명했기에 그렇게 서둘렀던 것이다.

시기에 맞지 않게 올해 들어 처음으로 봄다운 밤이었다. 하늘은 별들이 무수히 박힌 벌집 같았다. 나중에 생각이 난 것이지만, 비행기 한 대가 그 무렵 하늘 어딘가를 지나갔다. 비행기가 사라진 뒤에도 일이 분 동안 웅웅거리는 소리가 나지막이 이어지다 정적 속으로 잦아들었다. 하지만 그는 올려다보지 않았다. 비행기를 구경할 여유가 없었다. 그는 광장에 도착해 잡화점 앞에 서 있는 그녀를 찾을 때 쓰려고 두 눈을 아껴두었다.

마침내 마지막 모퉁이를 돌아 광장에 도착했지만, 인파가 어찌나 빽빽한지 처음에는 그녀를 찾을 수가 없었다. 사람들이 꼭 벌떼같이 모여 있었다. 잡화점이 강도를 당했든지 아니면 불이 났든지,

뭐 그런 사태라도 벌어진 듯했다. 사람들이 떼를 지어 모여 있어서 사이를 비집고 들어갈 틈조차 없었다. 수상한 정적이 그들을 덮고 있었다. 다들 한마디 말도 없이 완벽한 침묵을 지키며 서 있기만 했다. 그렇게 많은 사람들이 무시무시한 정적 속에 서 있다니 비정상이었다. 모두들 방금 전에 본 어떤 광경에 넋을 잃고 자리에 얼어붙은 듯했다.

무슨 일이었는지 몰라도 벌써 끝났다. 지금은 여파만 남았다.

그는 사람들 사이를 비집고 들어갔다. 그녀가 서 있어야 하는 자리로 다가갔다. 불을 환히 밝힌 쇼윈도 앞, 등뒤로 가루분과 화장수가 보이는 '그들의' 자리로. 그녀가 없었다. 앞에 서 있거나 배회하는 사람들이 있었지만, 그들 사이에 그녀는 없었다.

그를 기다리는 동안 벌어진 뭔지 모를 일에 정신을 잃는 바람에 인파 속으로 휩쓸렸을지 모른다. 그는 까치발을 하고 서서 앞의 사람들 뒤통수 너머를 열심히 둘러보았다. 어디에도 그녀는 없었다. 그는 사람들을 팔꿈치로 밀쳐가며 비집고 들어가 이리 돌아보고 저리 돌아보며 그녀를 찾았다.

퍼뜩 정신을 차리고 보니 밀집 대형을 이루고 있는 인파에 막혀 지금까지 볼 수 없었던 차도와 인도의 경계선이 눈앞에 있었다. 사람들의 행렬이 거기서 끝이 났다. 모든 방향에서 사람들의 접근을 차단해 차도가 커다란 정사각형 모양으로 비어 있었다. 경찰과, 경찰은 아니지만 도움을 자청한 한 남자가 사람들을 막고 있었다.

커다란 사각형 안에 무언가가 누워 있었다. 누더기 인형 같은 게 길 위에 축 늘어져 있었다. 실물 크기의 인형이었다. 다리와 뒤틀린 작은 몸이 보였다. 머리와 얼굴을 덮은 신문지가 무언가로 흠뻑 젖어 있다. 끈적끈적하고 거무스름한 게 휘발유인지, 아니면…….

까만 유리병 조각이 여기저기 흩뿌려져 있었다. 병목만 온전한 상태로 몇십 센티미터 멀리 있었다.

몇몇 사람들이 목을 길게 빼고 현장이 내려다보이는 주택 창문들을 올려다보고 있었다. 그보다 더 높이 고개를 빼고 처마돌림을 쳐다보는 사람들도 있었다. 그보다 더 고개를 빼고 좀 전에 비행기 엔진 소리가 들렸던 쪽을 쳐다보는 사람들도 있었다.

조니 마는 마침내 몸을 움직였다. 묘하게 비틀거리며 인도의 턱을 내려와서 뻥 뚫린 공간을 향해, 그 안에 있는 것을 향해 홀로 다가갔다.

현장을 지키고 있던 경찰이 곧바로 그의 옆으로 다가왔다. 경찰이 조니 마를 붙잡아 돌려세우려고 어깨에 손을 얹었다.

조니 마는 나지막이 중얼거렸다.

"신문지를 살짝 들추어주실 수 있나요. 제, 제가 아는 사람인지 확인하고 싶어서요……."

경찰이 허리를 숙여 흠뻑 젖은 신문지 한 귀퉁이를 잠깐 들추었다가 내려놓았다.

"아는 사람입니까? 맞습니까?"

경찰이 조용히 물었다.

"아니요."

조니는 메슥거리는 속을 달래며 말했다.

"아니요, 모르는 사람입니다."

거짓말이 아니었다.

'그것'은 그가 결혼할 상대가 아니었다. 그는 '그것'과 결혼할 예정이 아니었다. 그와 결혼할 아가씨는 저렇게 생기지 않았다. 이 세상에 저렇게 생긴 사람은 없다.

그의 모자가 떨어졌다. 사람들이 모자를 집어서 그에게 돌려주었다. 그가 모자를 어떻게 해야 좋을지 모르는 기색을 보이자 어떤 사람이 나서서 머리에 씌워주었다.

그는 그녀를 모르는 사람처럼 몸을 돌려 발걸음을 옮겼다. 지나가는 동안 사람들이 길을 터주었다가 벌렸던 공간을 닫자 그는 인파에 묻혔다.

그는 그들이 늘 만나던 곳으로, 잡화점 쇼윈도 앞, 가루분과 호박색과 연초록색으로 반짝이는 화장수가 있는 그곳, 그들만의 조그만 자리로 되돌아가 중풍 환자처럼 비틀거리며 쇼윈도에 기댔다.

아무도 그를 쳐다보지 않았다. 모두들 반대편, 도로 쪽만 쳐다보았다.

지옥에서 온 전차가 빨간 전조등을 빛내며 저쪽에서 방향을 틀어 후진했다. 무언가가 그 안으로 옮겨졌다. 이제는 아무짝에도 쓸모가 없는, 아무도 사랑해주지 않는, 치워버려야 할 무언가가. 지옥의 전차 뒷문이 탁 하는 소리와 함께 닫혔다. 하늘로 날아가지 못하고 불발되어 쉭쉭거리며 땅바닥에서 맴도는 독립 기념일 폭죽 같은 빨간 불이 빙글빙글 돌아가며 모인 사람들을 시뻘건 색으로 물들였다. 그러다 애절한 하얀색을 길게 드리우며 저 멀리 사라졌다.

그는 계속 자리를 지켰다. 어디로 가야 할지 알지 못했다. 갈 곳이 없었다. 온 세상을 통틀어 여기 말고는 갈 곳이 없었다.

처음에는 충격이 크지 않았다. 멍한 느낌만 들었다. 그는 남들은 느끼지 못하는 산들바람에 흔들리는 민감한 풍향계처럼 가끔 휘청거리며 아무 말 없이 자리에 서 있기만 했다. 뒤편의 쇼윈도와 튀어나온 옆쪽의 모서리가 그가 쓰러지지 않게 붙잡아주었다. 하지만 상처는 깊어만 갔다. 두 번 다시 끄집어낼 수 없는 깊은 곳으로 파고들었다. 한번 병이 들면 두 번 다시 소리를 낼 수 없는 곳으로. 마음속 깊은 곳으로, 머릿속 깊은 곳으로.

그는 머리 위 하늘에서 웅웅거리던 소리, 죽음이 날갯짓을 하며 멀어져가는 그 소리가 무너져가는 감각 속에서 언뜻 되살아나기라도 한 것처럼 이내 눈을 들었다.

그는 주먹을 쥐고 하늘을 향해, 하늘을 겨냥해 휘둘렀다. 이 빚을 반드시 갚고야 말겠다고 다짐이라도 하듯 주먹을 흔들고, 다시 흔들고, 또 다시 흔들었다.

결연한 분위기 속에서 어둠이 그를 덮었다.

광장 옆 교회 첨탑이 12시를 알렸다. 인파는 일찌감치 사라져 광장에는 아무도 없었다. 그 말고는 없었다. 도로도 텅 비었다. 정육점에서 갓 잡은 고기를 포장하는 데 썼던 것처럼 시커멓게 얼룩이 진 신문지 몇 장만 나뒹굴었다.

몇 분 늦기는 했지만 그녀는 올 것이다. 여자들이 어떤 식인지 알지 않는가. 마지막 순간에 스타킹 올이 나갔든지 머리 손질이 늦어졌는지 모른다. 여자를 만날 때는 항상 얼마간 여유를 주어야 한다. 잠시 후 그녀는 늘 그랬던 것처럼 광장 맞은편에서 그를 향해 달려올 테고, 늘 그랬던 것처럼 손을 흔들며 길을 건널 것이다. 오늘밤에는 송전선에 문제가 생겨 불을 많이 못 켰는지 8시치고 상당히 어두웠다. 하지만 밝건 어두컴컴하건 상관없이 그녀는 잠시 후에 올 것이다.

첨탑 시계는 거짓말쟁이였다. 전혀 안 맞았다. 고쳐야 한다. 네 번이나 많이 치다니. 그는 손목시계를 확인했다. 그것마저 그를 배신했다. 그 녀석마저 고장났다. 너무 빨리 가서 그녀를 죽이고 그의 가슴을 갈기갈기 찢었다. 그는 우악스럽게 시계를 풀어서 구두 뒷굽으로 밟아 세게 충격을 가해 기절시켰다. 그런 다음 바늘을 있어야 할 자리로 돌려놓았다. 8시에서 일 분 혹은 이 분 전으로.

그런 다음 귀에 대고 시계 소리를 들었다. 아무 소리 없이 잠잠

했다. 그녀는 이제 무사했다. 지금쯤 그를 만나러 오느라 보이지 않는 마지막 모퉁이를 막 돌았을 것이다. 누군지 모를 가엾은 아가씨가 당한 사고는 겪지 않을 것이다. 그가 알아서 처리했으니까. 8시가 되지 않았으니 그녀는 계속 그를 만나러 오고 있었다. 그녀는 이제 밤새도록 살아 있다. 영원히 살아 있다.

그의 시계로는, 마음속에서는, 머릿속에서는 8시가 계속될 것이다.

선한 사마리아인이 그에게 다가왔다.

“이봐, 집이 어딘가? 내가 데려다주겠네. 이렇게 계속 서 있을 참인가?”

조니 마는 고개를 돌려서 해를 보았다. 이른 새벽 햇살이 광장을 비추고 있었다.

“제가 너무 일찍 나왔나 봐요. 오늘밤에 만나기로 했는데. 어…… 어쩌다 헛갈렸는지 모르겠네요.”

남자에게 팔을 맡긴 조니 마는 남자가 이끄는 대로 따라갔다. 그러면서 뭔지 모를 소리를 나지막이 중얼거렸다. 심지어 미소를 짓기도 했다.

“……오월 마지막 날, 그러니까 이달 31일에요…….”

“그래. 어제 말이로군.”

선한 사마리아인은 그가 술에 취한 모양이라고 생각했다.

“일 년마다 한 번씩. 다른 사람들에게는 일 년마다 한 번씩 그날이 다시 돌아오겠죠."

조니 마는 나지막이 중얼거렸다.

옆에 있던 남자는 그의 말을 듣지 못했거나, 들었더라도 무슨 뜻인지 이해하지 못했다.

"……모든 남자들은 살다 보면 언젠가는 여자를 만나게 돼요. 모든 남자의 인생에는 여자가 등장하게 되어 있어요. 남자들은 죽지 않지만 여자들은 죽어요. 죽으면 아무것도 느끼지 못해요. 남자들은 살아서 그게 어떤 기분인지 느끼게 될 거예요……."

"자네, 왜 그러나? 왜 그렇게 위를 쳐다보는 거야? 거기서 뭐라도 잃어버렸나?"

그를 부축하던 남자가 걸걸하지만 다정한 목소리로 물었다.

조니 마는 한마디 더 내뱉었다.

"다른 남자들은 모두 자기 여자가 있잖아요. 왜 나만 없는 거죠?"

그는 항의하듯 얼굴을 찡그렸다.

매일 밤 어떤 이가 꼼짝 않고 잡화점 쇼윈도 옆 움푹 들어간 공간, 로션과 화장수가 진열된 쇼윈도 앞을 지킨다. 무언가에 홀린 듯한 외로운 눈빛으로 끈질기게 구석구석을 훑으며 몇 시간이고 8시를 기다린다. 절대 오지 않을 8시를. 평생을 그렇게, 영원토록 그렇게 서 있다. 온화한 유월에도, 찜통더위 속에 뇌우가 치는 칠월에도, 별빛이 맑은 팔월과 구월 밤에도, 바람에 낙엽이 흩어지는 시월에도, 살이 엘 듯이 추운 십일월에도 옷깃을 세워 목을 가린 채 자세를 바꾸고 발을 이리저리 질질 옮기며 끈질기게 기다린다.

절대 오지 않을 사람을 지켜보고 기다린다. 이따금 움직이지 않는 시계를 쳐다보며 위안을 얻는다. 항상 8시 직전을 가리키는 시곗바늘에서. 영원한 희망을 상징하는 8시. 섬뜩한 악성 종양으로 바뀌어버린 사랑을 상징하는 8시.

등뒤의 쇼윈도 불빛이 꺼질 때까지. 잡화점 주인이 문을 잠그고 갈 때까지. 절대 오지 않는 8시가 자정을 지나 현실이 될 때까지.

그때가 되면 잡화점 앞의 가엾은 남자는 발을 끌며 어둠 속으로 사라진다.

“내일 밤에는 올 거야. 내일 밤 8시에는. 일부러 안 나타나는 것일 수도 있어. 여자들이 어떤 식인지 알잖아. 늘 사람 애간장을 태우고, 긴장을 놓지 못하게 하잖아.”

힘없는 발소리가 잦아들고, 그는 어둠 속으로 자취를 감춘다.

그가 어디에서 오는지 아무도 모른다. 어디로 가는지도 모른다. 관심을 갖는 사람도 없다. 그것은 남의 일이고, 세상은 남의 일로 가득하니까. 그는 예전에 살던 곳에서 살지 않는다. 동네 주민들이 그를 못 견뎌 했다. 그들은 손가락으로 머리를 가리키며 빙빙 돌리는 것으로 무언의 이야기를 서로 주고받으며 고개를 끄덕였다. 그는 예전에 다니던 회사에 다니지 않는다. 직장 동료들도 그를 못 견며 했다.

하지만 잡화점을 지나면, 광장을 지나면 언제나 그를 만날 수 있다.

그 앞을 지나는 사람이 워낙 많기에 전에는 몰랐던 사람들도 이제는 그의 얼굴을 안다. 그를 예전에 알던 사람들도 몰랐던 사람들과 함께 그의 앞을 지나간다. 그들이 뭘 할 수 있겠는가?

"쳐다보지 마. 가엾은 조니 마가 죽은 여자를 기다리고 있네."

개중 몇 명은 멋대로 엉뚱한 친절을 베풀려 한다. 인간은 우스운 존재다. 예전에 알고 지냈던 청년 하나가 어느 밤, 그의 손에 조용히 담배를 한 갑 쥐여주고는 아무 말 없이 사라진다. 기다리는 동안 외로울까 봐 그런 것이다.

유난히 추운 어느 밤에는 잡화점 주인이 느닷없이 문 앞으로 다가오더니 김이 모락모락 나는 커피잔을 손에 쥐여준다. 역시 아무 말이 없다. 그가 커피를 다 마시자 잔을 들고 들어간다. 전에도 없었고, 그 뒤로도 다시없었던 단 한 번뿐인 일이었다.

인간은 우습다. 잔인한가 하면 친절하게 굴기도 한다. 냉담한가 하면 다정스레 굴기도 한다.

그는 랜드마크, 붙박이, 아메리칸 인디언 목각상•이 된다. 다만 이 목각상은 차분하고 단단한 표면 아래에 뜨거운 피가 흐른다.

어떤 날 밤에는 소문을 듣지 못한 마음씨 좋은 중년 부인 몇 명이 영화관에서 나와 그에게 다가가 말을 건다.

• **아메리칸 인디언 목각상** _ 옛날에는 담배 가게의 간판으로 담배 한 뭉치를 들고 있는 아메리칸 인디언 목각상이 쓰였다.

"미안하지만 젊은 양반, 지금 몇 시인지 알아요? 생각했던 것보다 영화관에 오래 있었던 것 같아서 말이에요."

그는 진지하게 자기 손목시계를 쳐다본다.

"8시 삼 분 전입니다."

"어머나. 그럴 리가! 내가 그 시각 즈음에 영화를 보러 들어가서 두 시간 반 동안이나 있었는데. 시간을 제대로 알려주는 게 그렇게 어려운……."

그녀는 수다스럽게 종알거리다가 갑자기 하던 말을 멈춘다. 떡 벌린 입을 다물지 못한다. 그의 표정이 왠지 모르게 가슴속의 공포를 불러일으킨다. 그녀는 그에게서 충분히 멀어질 때까지 한 발짝씩 뒷걸음질친다. 그러고는 몸을 돌리고 그가 쫓아오지 않는지 계속 뒤를 돌아보며 최대한 빨리 뒤뚱뒤뚱 사라진다.

산 자의 얼굴에서 그녀를 향해 들이닥친 죽음을 본 것이다.

그녀는 현명했기에, 경고를 감지했기에 제때 도망칠 수 있었다.

어느 날 밤, 광장을 순찰하는 경찰이 바뀌었다. 예전에 있던 경찰은 너무 나이가 많았든지, 다른 곳으로 발령을 받았든지, 퇴사한 것이다. 새로 온 경찰은 신참들이 보통 그렇듯 주제넘게 나서길 좋아하고 너무 진지했다.

그가 광장 순찰에 나섰을 때 조니가 있었다. 돌아오는 길에도 조니가 있었다. 그날 들어 세 번째이자 마지막 순찰에 나섰을 때 경관은 걸음을 멈추고 그에게 다가갔다.

“왜 이러는 겁니까? 자꾸 신경쓰이게. 세 시간 동안 계속 서 있잖아요. 광장 미관상 좋지 않아요. 시먼스 경관님은 내버려두었을지 몰라도 이제는 내가 여기 담당입니다.”

그러면서 움직이라는 뜻으로 경찰봉으로 허리께를 찔렀다.

“여자친구를 기다리는 겁니다.”

조니가 말했다.

“당신 여자친구는 죽었어요. 땅속에 묻혔다고 들었어요. 산비탈 공동묘지에 누워 있다고요. 내가 직접 찾아가서 무덤을 보고 비석을 눈으로 확인했어요. 비석에 뭐라고 적혀 있는지도…….”

경관은 잔인하게 말했다.

조니 마는 허겁지겁 양손을 들어 필사적으로 귀를 막았다.

“당신 여자친구는 절대 오지 않아요. 이제는 받아들여요. 그러고 있지 말고. 알아들었어요? 자, 비켜요. 두 번 다시 여기서 만나는 일이 없도록 합시다.”

조니 마는 최면에서 깨어난 사람처럼 살짝 비틀거렸다. 경관이 봉으로 찌르자 그는 한쪽 발을 움직였다. 경관이 다시 찌르자 이번에는 다른 쪽 발을 움직였다. 경관은 그가 스스로 움직일 때까지 계속 찔렀다. 그러고는 그가 시야에서 사라질 때까지 서서 지켜보았다.

그날 밤부터 그는 그 자리에 서 있지 않았다. 그 뒤로 그를 본 사람은 아무도 없었다.

몇몇 사람들은 그가 어디로 갔을지, 어떻게 됐을지 궁금해했다. 그러다 그에 대해 궁금해하던 것을 잊었다. 그러다 그의 존재를 잊었다.

다음날 플랫폼에서 여행 가방을 옆에 두고 멀리 떠나는 열차를 기다리는 그의 모습을 보았다고 주장하는 사람이 한두 명 있기는 했다. 하지만 정말인지 아닌지는 알 수 없었다.

어쩌면 경관은 그가 거기 서 있도록, 그대로 내버려두었어야 했는지 모른다. 적어도 그때까지는 아무도 해치지 않았으니 말이다.

트라이스테이트 항공사의 직원 중에는 근무 태도가 훌륭한 조지프 머리라는 직원이 있다. 항공사에 취직한 지 삼 개월 된 직원이었다. 하는 일은 문서 정리였다. 그래서 비행 스케줄과 예약자 명단 등 대형 조직에 축적된 무수히 많은 정보에 접근할 수 있었다. 그는 자기 일을 좋아하는 듯했다. 끊임없이 서류철을 뒤적이며 예전 예약 현황을 검색하고 과거의 탑승객 명단을 훑었다. 업무가 끝난 뒤에도 개인 시간을 할애하면서까지 일을 했다. 몇 년 전 기록까지 계속, 계속, 계속 거슬러 올라갔다. 그러다 갑자기 관심을 잃었다.

그는 적으나마 월급이 인상될 예정이었다. 입사 후 육 개월이 지나면 그러는 게 회사의 방침이었다. 그런데 느닷없이 자취를 감추었다. 사표를 내지도 않았고, 회사를 그만두겠다고 이야기하지도 않았다. 회사를 나서 그 길로 영영 사라졌을 뿐이다. 그날 오전만 해도 회사에서 일을 하고 있었다. 그런데 오후가 되자 보이지 않았다.

회사에서는 그가 복귀하길 기다렸다. 그는 복귀하지 않았다. 회사에서 확인에 나섰다. 그는 서류에 적었던 주소지를 떠났다. 어디로 갔는지 아무도 몰랐다.

회사는 이해를 할 수 없었지만, 하던 일을 멈추고 걱정만 할 수도 없었다. 그들은 대체할 직원을 뽑았다. 그럴 수밖에 없었다. 후임은 그만큼 부지런하거나 자기 일에 성실하지 않았다. 필요한 경우에만 서류철 근처에 다가갔다.

리버티 항공사의 직원들 중에는 근무 태도가 훌륭한 제롬 마이클스라는 직원이 있었다. 그 역시 끊임없이 서류철을 뒤적이며 날짜를 옮겨 적고, 이륙 시간과 착륙 시간을 확인하며 눈살을 찌푸리고, 참고용 지도에 항로를 표시했다. 그러다 갑자기 자취를 감추었다. 전날까지만 해도 출근을 했는데 다음날 사라져버렸다.

콘티넨털 운송사에서도 똑같은 일이 벌어졌다. 그레이트이스턴도 마찬가지였다. 머큐리도 마찬가지였다. 각 회사마다 한 번씩 그런 일이 벌어졌다. 지상 근무 요원이 한 명씩 그랬다.

그러다 좀더 규모가 작은 회사에서 이런 희한한 사건이 벌어지기 시작했다. 한 군데씩 차례로 똑같은 일을 겪었다. 회사 이름으로 소유한 비행기가 여섯 대 정도 있고 부정기적으로 운항하는 소규모 업체들이었다. 즉, 정해진 시간표 없이 운항하는 업체다. 이를테면 개인이나 소규모 단체의 전세 요청이 있을 경우 한차례만 운항

하는 식이었다. 이런 업체들도 운항 허가나 세금, 기타 등등을 위해 기록과 일지를 남기는 것이 법으로 정해진 원칙이었다.

이름은 거창하지만 구멍가게 수준의 운항사인 카멋트립스(혜성 여행)도 마찬가지였다. 이 작은 회사의 본사는 칸막이로 나뉜 방 두 개였고, 사무실 직원은 단 두 명이었으며, 누덕누덕 기운 항공기들은 안전 점검을 간신히 통과하는 수준이었다. 수심이 가득하고 피곤에 전 두 명의 동업자가 경영했다. 그래도 서류철 비슷한 게 있었다.

어느 날, 둘밖에 없는 직원 중 제스 밀러라는 직원이 서류철을 보며 희한한 소리를 냈다. 낡아빠진 먼지투성이 사무실에서 함께 근무하던 여직원이 돌아보며 물었다.

"왜 그래요, 제스? 어디 아파요?"

그는 대꾸가 없었다. 원래 말을 하는 법이 없었다. 그저 묶여 있던 누레진 인덱스카드 한 장을 뜯어냈다.

"이봐요, 안 돼요. 사장님들이 기절하실 거예요!"

그녀는 소리를 질렀다.

그는 서류철 서랍을 열어놓은 채, 사무실 문도 열어놓고 사라졌다.

심지어 모자도 쓰지 않고 갔다. 모자걸이에 그대로 두고 갔다. 회사에서는 며칠 동안 방치하다 내다 버렸다. 그는 반 주 치에 해당하는 보수 육 달러 이십오 센트도 두고 갔다. 믿기지 않을지 모르지만, 당시 카멋트립스로서는 적지 않은 금액이었다.

여직원이 그가 무슨 짓을 저질렀는지 보고하자 사장은 어떤 카드를 뜯어냈는지 알아내려고 했다. 하지만 불가능했다. 서류철이 워낙 케케묵은데다 뒤죽박죽이라 알 수가 없었다.

그는 소맷부리가 먼지 범벅이 되었을 때 한 가지 훌륭한 생각을 해냈다. 서류를 전부 꺼내 쓰레기통에 처박은 것이다.

"진작 이랬어야 하는 건데. 이런 게 남아 있는 줄도 몰랐네. 그자 덕분에 생각이 났군."

인덱스카드에는 희미해진 타자 체로 이렇게 적혀 있었다.

번호(지금은 아무 의미 없는 일련의 숫자)

계약자: 로드 앤드 릴 클럽, 아마추어 스포츠 단체

목적지: 스타 오브 더 우즈 호수

요금: $500

출발 일시: 19—년 5월 31일, 오후 6시

기장: 티어니, J. L.

그리고 승객 명단과 승객들의 당시 주소지가 적혀 있었다.

개리슨, 그레이엄.

스트리클랜드, 휴.

페이지, 버키.

드루, 리처드 R.

워드, 앨런.

남몰래 등불을 켜놓고 한 손에 쥔 카드를 흘끗 확인해가며 출발지인 대도시와 목적지인 조그만 별 모양의 호수를 지도 위에서 자와 연필로 조심스럽게 일직선으로 연결한다. 그 둘을 잇는 최단 거리. 지름길. 열차는 그 길을 따라 선로를 달리지 않고, 자동차들도 그 길을 따라 도로를 달리지 않는다. 그들은 그럴 수 없다. 하지만 비행기는 아무 방해 없이 허공을 가를 수 있다.

그리고 대도시와 호수를 연결해 연필로 그은 선이 지나는 곳이 있었으니…….

연필심이 부러졌다. 연필이 지도에 부딪혔다 튕겨져 나왔다. 주먹 하나가 지도를 향해 달려들어 복수심을 불태우며 움켜쥐고 쥐어짜고 일그러뜨리자 쭈글쭈글해진 지도는 인정사정없는 손아귀 사이에서 찌그러진 뭉치가 되었다.

"그 아이는 죽었어요."

이골이 난 표정을 짓고 있는 어떤 여자가 문가에서 감정 없는 목소리로 이렇게 말했다.

"지금으로부터 이 년 전에 우리 언니의 큰아들이었지. 나보다 훨씬 잘사는 언니. 아, 대강 두드려 만든 그 낡은 고철 덩어리에 목숨을 거는 건 누구라도 할 짓이 못 되죠. 돈도 몇 푼 못 받는데. 술꾼들을 회의장이니 산장이니 낚시터니 그런 데로 실어 나르고. 아니, 그 아이는 술을 마시지 않았어요. 그 아이가 숱하게 말하기를 승객들이 죄다 술병을 들고 탔다죠. 원래는 그러면 안 되는데, 슬쩍 눈을 감아주는 수밖에 없었대요. 달리 도리가 있어야 말이죠. 그게 밥줄이니까. 다들 술병을 숨기고 있다가 다 마시면 창밖으로 던진다는 거예요. 직접 본 적은 없다지만, 분명 그랬을 거예요. 도착할 때까지 술에 취해서 고래고래 노래를 부르는데 비행기 안에 술병은 흔적조차 없다잖아요."

"어떻게 죽었는데요?"

그녀는 간단히 대답했다.

"그런 아이답게요. 지금은 집에서 세 블록 가면 나오는 곳에 땅속 깊이 묻혀 있죠. 떠밀려서 지하철 플랫폼 밖으로 떨어졌는데, 열차가 지나가면서 두 동강이 났어요."

명단에는 이제 이렇게 적혀 있었다.

승객: 개리슨, 그레이엄.

스트리클랜드, 휴.

페이지, 버키.

드루, 리처드 R.

워드, 앨런.

## 02 첫 번째 랑데부

개리슨, 저넷(결혼 전 성은 라이트). 5월 31일. 그레이엄 S.의 아내.

장례식은 비공개로 진행됩니다. 조화는 사절합니다.

–《데일리 뉴스페이퍼》 부고란, 6월 2일 자

모든 창문이 블라인드로 덮여 있었다. 문에는 화환이 달려 있었다. 가만가만 비가 내렸다. 빨간 벽돌에 하얀 테두리가 달린 조지 왕조풍 주택은 춥고 쓸쓸해 보였다. 집을 에워싼 나무에서 떨어지는 빗방울이 이파리의 장막을 통과하며 한데 합쳐지고 굵어져서 선명하게 보였기 때문에 나무들이 일제히 눈물을 흘리는 것 같았다.

빗물로 반질거리는 집 앞 진입로로 접어들어 현관 계단 앞에서 천천히 멈추어 선 리무진 차창도 블라인드로 덮여 있었다. 운전사가 내려서 뒷문을 열어주었다.

침통한 표정의 남자가 먼저 내리더니 차 쪽으로 몸을 돌리고는 아직 모습을 드러내지 않은 누군가를 거들기 위해 한쪽 팔을 내밀었다.

두 번째 남자가 등장했다. 그의 얼굴은 침통함을 넘어 비통함으로 일그러져 있었다. 그는 상대방이 내민 팔을 붙잡고 힘겹게 계단을 올라갔다. 두 사람이 도착했을 무렵에는 이미 문이 열려 있었다. 점잖게 시선을 떨군 집사가 문 뒤에 서 있었다.

안에서는 상을 당한 지 얼마 되지 않은 집안 특유의 조용하고 침울한 분위기가 감돌았다. 두 남자는 중앙 현관 바로 옆 서재로 들어갔다. 두 사람만 있을 수 있도록 집사가 눈치껏 문을 닫았다.

한 남자가 다른 남자를 부축해 의자에 앉혔다. 의자에 앉은 남자는 애처롭게 하소연하는 눈빛으로 상대방을 올려다보았다.

"아내가 괜찮아 보였지?"

"예뻤어, 그레이."

친구가 안심시켰다. 그는 친구의 어깨를 잠깐 으스러져라 붙잡았다가 고개를 돌리면서 더이상 그럴 힘이 남지 않은 손을 떨구었다.

"2층으로 올라가서 잠깐 눕지 않겠나?"

"아니, 괜찮네. 나는…… 나는 버틸 거야. 누구나 겪는 일인데 칭얼대거나 징징거린다고 견디기 쉬워지는 건 아니잖은가. 아내가 그런 모습을 바라지도 않았을 테고. 아내가 바라는 모습으로 있고 싶다네."

그는 조금 용감하게 애써 웃었다.

"브랜디 좀 마시겠나? 밖이 눅눅했잖은가."

친구가 다정하게 물었다.

"고맙지만 사양하겠네."

"커피는 어떤가? 어제도 거의 아무것도 먹지 않았고 오늘도 하루 종일 먹질 않았는데."

"사양하겠네. 지금은 됐네. 시간은 많으니까. 앞으로 평생 먹고 마실 수 있잖은가."

"오늘밤에 같이 있어줄까? 모건더러 손님방에 잠자리를 봐달라고 하고."

개리슨은 괜찮다는 듯이 손바닥을 들어 보였다.

"그럴 필요 없네, 에드. 난 정말 괜찮아. 여기는 자네 집에서 멀기도 하고 내일 출근도 해야 하잖은가. 집에 가서 눈 좀 붙이게. 그래도 돼. 지금까지 얼마나 잘 챙겨주었나. 자네가 없었더라면 어쩔 뻔했어. 전부 다 고맙네."

친구는 그의 손을 잡았다.

"아침에 안부 확인 차 연락함세."

"조금 있다 잠자리에 들겠네. 여기서 모건이 정리해둔 조문 편지들을 먼저 확인하고. 그러면서 잊을 수 있을 테니……."

"잘 있게, 그레이."

친구가 나지막이 말했다.

"잘 가게, 에드."

문이 닫혔다.

그는 친구가 집을 나서는 소리가 들릴 때까지 기다렸다. 그런 다음 모건이 밤 문안 인사를 하기 위해 문을 두드리는 소리가 들릴 때까지 조금 더 기다렸다.

모건이 문을 열고 고개를 내밀었을 때 그는 친구에게 했던 말을 반복했다.

"이제 올라가도 좋네, 모건. 기다릴 것 없어. 여기 잠깐 앉아서 조문 편지들을 훑어볼 생각이라네. 아니, 괜찮네. 필요한 건 없어. 잘 자게."

이제 혼자 남았다. 혼자 있고 싶었다. 아무리 괴로워도 누군가와 함께 있는 것보다 혼자인 게 낫다.

그는 살짝 눈물을 흘렸다. 우는 데 익숙하지 않은 남자, 울어본 적이 거의 없는 남자만의 방식으로. 두 팔에 고개를 묻은 채 숨을 죽이고. 잠시 후 울음을 그쳤다. 고개를 들었을 때는 이미 눈물이 말라 있었다. 그는 그렇게 앉아서 잠깐 그녀를 생각했다. 복도에서 들렸던 웃음소리. 집으로 들어와 모건에게 "남편은 아직 안 들어왔어요?"라고 묻던 목소리. 열린 문 너머로 보였던 부산스럽고 활기 넘치던 모습.

"어머, 거기 있었네요! 안녕! 내가 죽은 줄 알았어요?"

너무나 느닷없고 너무나 강렬하고 너무나 갑작스러웠다.

울었을 때보다 훨씬 더 가슴이 아팠다. 아픔은 절대 가시지 않을 것이다. 앞으로 계속될 것이다. 계속 그녀를 생각할 것이기에.

일시적이나마 아픔을 떨쳐버리고 누그러뜨릴 생각에 조문 편지 쪽으로 관심을 돌려서 하나씩 살펴보기 시작했다.

—깊은 애도의 뜻을 전합니다.

—진심으로 애도의 말씀을 전합니다.

—고인의 사망에.

하나같이 그 소리였다. 하지만 무슨 소리를 할 수 있겠는가? 뭐라고 해야 했겠는가?

그는 계속 읽어나갔다. 위에서 네 번째 편지에…….

그는 움찔하며 눈을 크게 뜨고 꽤 오랫동안 편지를 뚫어져라 쳐다보았다. 편지를 손에 꼭 쥔 채 멍하니 허공을 응시했다. 그러다 다시 편지를 뚫어져라 쳐다보았다.

자리에서 일어난 남자는 편지에서 시선을 떼지 못했다. 그러다 테이블 위에 편지를 내려놓고 양 손바닥을 편지 좌우에 얹은 뒤 고개를 숙여 강렬하고 날이 선 눈빛으로 편지를 내려다보았다.

그는 잠시 후 결정을 내리기라도 한 것처럼 뚜벅뚜벅 걸어가서 문을 홱 열고 복도로 나갔다. 전화기가 있는 곳으로 가서 수화기를 들고 다급하게 다이얼을 돌렸다. 그런 다음 기다렸다.

마침내 그가 입을 열어 긴박한 상황을 의미하는 숨을 죽인 목소리로 말했다.

"경찰서죠? 저는 그레이엄 개리슨이라고 합니다. 주소는 펜로즈 드라이브 16번지고요. 이쪽으로 사람을 보내주실 수 있을까요? 형사요. 네, 지금 당장. 가능한 한 빨리요. 살인과 관련된 일입니다. 자세한 사항은 형사를 보내주시면 그분과 의논하겠습니다. 전화상으로는 곤란합니다."

그는 전화를 끊고 서재로 돌아가 테이블로 다가갔다. 그러고는 편지를 좀더 들여다보았다.

서명은 없었다. 이렇게 적힌 게 전부였다.

어떤 기분인지 이제 너도 알겠지.

경찰서 측에서는 캐머런을 보냈다. 그때부터 이 사건은 그의 몫이 되었다.

캐머런은 믿음이 가는 경찰이 아니었다. 그 시각에 보낼 만한 사람이 그밖에 없었던지, 혹은 그런 전화를 받으면 그런 사람을 보내는 게 그들의 원칙이었을지 모른다. 아니면 징병법이 벌써 영향을 미치기 시작해서 경찰 수준이 낮아졌을 수도 있었다.

캐머런의 이름은 매클레인이었다. 몇 대조인지 모를 조상 때에 성과 이름이 바뀌어 보통 성이어야 하는 매클레인이 이름이 되었고, 보통 이름이어야 하는 캐머런이 성이었다. 그러거나 말거나 다른 사람들에게는 아무 의미 없었다. 그는 비쩍 말랐고, 그래서인지 언제나 초췌한 인상을 풍겼다. 광대뼈는 불룩 튀어나오고 볼은 움푹 꺼졌다. 행동으로 말할 것 같으면 머뭇거리다 요란하게 허둥대고, 그러다 허둥대던 걸 후회하는 것처럼 다시 머뭇거리는 식이었다. 어떤 일을 처리하건 난생처음 하는 일인 양 늘 새로워했다. 오래해서 익숙해졌을 법한 일마저 그랬다.

그의 차림새가 훌륭한 수준은 아니라도 그런대로 괜찮았던 때가 분명 있었을 것이다. 그런데 그 시절을 기억하는 사람이 아무도 없는 걸 보면 그때는 오롯이 혼자였던 모양이다.

지금은 셔츠를 오랫동안 갈아입지 않았다는 사실을 눈으로 보지 않아도 냄새로 알 수 있을 지경이었다.

"개리슨 씨 맞으십니까?"

캐머런이 묻고는 자신의 신분을 밝혔다.

개리슨은 변명하는 투로 말했다.

"죄송합니다. 제 머리가 잠깐 어떻게 됐던 모양이에요."

캐머런은 묻는 표정으로 그를 쳐다보고만 있었다.

"솔직히 말씀드리자면 처음에 전화를 끊자마자 아차 싶었어요. 신경쓸 필요 없다고 다시 전화를 걸려고 했습니다. 그런데 그러면 더 한심해 보일 것 같더군요. 아무것도 아닌 일로 여기까지 오시게 해서 죄송합니다……."

개리슨은 실토했다.

“처음에는 어떤 생각으로 전화를 하신 거였습니까, 개리슨 씨? 그 부분에 대해서 말씀을 해주시죠.”

“별일 아닙니다. 다른 때도 아니고 하필이면 오늘밤이라 그런 거예요. 불안한 상황이다 보니 말입니다. 지나치게 긴장을 하기도 했고요. 그래서 처음 그걸 봤을 때 섬뜩한 생각이 들어서…….”

캐머런은 기다렸지만, 개리슨은 말을 멈추었다.

“저기, 오늘 아내를 땅에 묻었습니다.”

개리슨이 설명했다.

캐머런은 안됐다는 듯이 고개를 끄덕였다.

“들어오면서 문에 걸린 화환을 봤습니다. 선생이 보셨다는 것은 뭡니까?”

“이거요. 조문 편지들 속에 섞여 있던 겁니다.”

캐머런은 편지를 건네받아서 유심히 살폈다.

그런 다음 시선을 들어 그를 물끄러미 응시했다.

“네, 별일 아니죠.”

개리슨은 딱 잘라 말했다.

“잔인한 악취미이긴 하지만. 사별한 누군가를 오랫동안 그리워한 사람이 보낸 모양입니다. 그것 말고는…….”

자리를 권하지도 않았는데 캐머런이 갑자기 자리에 앉았다. 좀 더 있다가 갈 생각인 것 같았다.

"좀 전에 하시던 이야기를 마저 듣고 싶은데요. 처음 이걸 봤을 때 무슨 '섬뜩한 생각'이 들었다는 겁니까?"

개리슨은 대답하기 싫은 눈치였다.

"그게, 음……. 아내의 사망 원인은 평범했습니다. 그런데 이 편지를 읽었을 때 그렇지 않았을 수도 있다는 생각이 들더군요. 저도 모르게 말입니다. 누가…… 누가 손을 쓴 듯한, 누군가의 의도가 있을 듯한 느낌이었어요. 그런 끔찍한 착각이 번쩍 머릿속을 스치고 지나가더군요."

그는 사과의 의미를 담은 미소와 함께 이야기를 마무리지었다.

"그런 생각이 들었다는 말씀이군요. 끔찍한 생각이네요. 착각인지 아닌지는 살펴보아야 결론을 내릴 수 있겠습니다."

캐머런은 미소로 화답하지 않고 심각한 투로 말했다.

그는 편지를 집어서 무게를 재려는 것처럼 위를 향한 손가락 끝에 가만히 올려놓았다. 그의 관심사는 편지의 물리적인 무게가 아니었다.

"이 문제로 저희한테 연락하신 것은 올바른 선택 같습니다."

"나는 환자가 아닙니다. 선생님이 제게 온전히, 전적으로 집중하실 수 있을 때까지 기다리겠습니다. 나중에 다시 와야 한다면 그러겠습니다."

캐머런은 로렌즈 멀러 의사의 접수원에게 말했다.

"개리슨 부인 문제로 경찰서에서 어떤 남자분이 찾아오셨는데요……."

그녀는 캐머런이 한 이야기를 반복했다.

의사도 보통 사람들처럼 호기심이 많은 모양이었다.

"지금 바로 들어가시면 돼요."

그녀가 전했다. 멋들어지게 차려입고 대기실에서 기다리고 있던 여자들의 험상궂은 눈초리가 내실까지 따라왔다.

의사는 환자가 아닌 사람과의 담소를 환영하는 눈치였다. 기분 전환의 차원으로 여기는 듯했다. 심지어 경찰과의 담소라니 새로운 경험이라며 즐거워했다. 그는 시가에 불을 붙이고 캐머런에게도 한 대 권한 뒤 의자에 편안하게 기대고 앉았다.

그가 말했다.

"적어도 환자의 손을 부여잡고 향수 냄새를 들이마실 필요는 없겠군요. 나도 형사였으면 좋겠습니다. 건강한 사람들과 일하니까요."

"건강한 범죄자들과 일하는 거죠. 돈도 못 벌고요."

캐머런은 무미건조하게 대꾸했다.

"온갖 재미있는 경험들을 하지 않습니까."

그들은 인사치레를 마치고 본론으로 들어갔다. 캐머런은 이 의사를 좋아하게 됐고, 솔직한 사람이라는 인상을 강하게 받았다.

"선생님께서 개리슨 부인을 진찰하셨죠?"

“오래전부터 그 집안 주치의였죠. 개리슨이랑 학교 동기거든요. 내가 호출을 받은 게…….”

그는 자료를 찾아보았다.

“5월 31일 한밤중이었습니다. 증상이 불길했지만 그 자리에서 곧바로 진단을 내리지 못했죠. 같은 날 다시 한번 찾아갔어요. 그때 부인을 당장 병원으로 이송했죠.”

그가 목소리를 낮추었다.

“지체 없이 치료하기 위한 조치였는데 헛수고였어요. 그날 저녁에 부인이 세상을 떠났으니.”

“사인이 뭡니까?”

의사의 얼굴에 먹구름이 드리워졌다. 그는 얘기하기 싫은 사람처럼 잠깐 시선을 돌렸다.

“테터너스였습니다. 나는 불구대천의 원수라도 그 병에 걸리길 바라지 않을 겁니다.”

조용히 대답한 그가 맛이 별로 없다는 듯 시가를 잠깐 치워놓은 것이 캐머런의 눈에 들어왔다.

“처음에 호출돼서 갔을 때는 즉시 진단을 내리지 못하셨다고요?”

“의사에게 그런 행운이 따르는 경우는 드물죠. 행운이 따랐던들 별 차이도 없었을 겁니다. 두 번째로 찾아갔을 때 의심이 들기에 확실해질 때까지 기다리지 않고 바로 이송을 했죠. 병원에서 검사를 해보니 내 짐작이 맞았던 걸로 밝혀졌고요."

그는 깊은 숨을 들이쉬었다.

"너무 늦어서 백신을 맞아도 효과가 없을 정도였죠. 데드라인이 지난 겁니다. 백신을 놓는 데에도 시한이 있거든요. 시한이 지나면 천상이나 지상의 어느 누구도 환자를 구할 수가 없습니다."

캐머런의 등골이 서늘해졌다.

"어쩌다 그런 병에 걸린 겁니까?"

"현관으로 들어가다 못에 다리를 긁혔답니다. 병에 걸린 과정보다는 그 병에 걸렸다는 사실이 중요하죠."

캐머런은 이해한다는 뜻에서 고개를 끄덕였다.

"그게 저희 둘의 가장 큰 차이점이라고 할 수 있겠네요. 형사는 뒤를 보면서 일을 하고 의사는 앞을 보면서 일을 한다는 점 말입니다."

"하지만 이 일은 범죄 사건도 아닌데 그런 비교가 무슨 의미가 있습니까?"

캐머런은 장담할 수 있느냐고 질문하듯이 잠깐 시선을 떨구었다.

"병에 대해서 설명을 부탁드려도 될까요, 선생님? 아주 간단하게 말입니다. 저는 의학 전문가가 아니니까요. 솔직히 병명도 이 자리에서 처음 듣습니다."

"잘 아는 병일 겁니다. 보통 파상풍이라고 하는 질병이에요. 피부의 상처를 통해 감염되죠. 균이 묻어 있는 것에 살짝 긁히거나 찔리기만 해도 걸릴 수 있어요. 그런 경우가 드물기 망정이지, 그렇지 않으면 대부분의 사람들이 목숨을 부지하지 못했을 겁니다. 손거스러미가 찢어지기만 해도 걸릴 수 있으니까요. 상처가 있는 상태에서 감염원 근처에 가기만 해도 걸릴 수 있지요."

"다른 경로는 없습니까? 사람과의 접촉이라든지."

"네. 그런 식으로는 감염이 되지 않아요. 인간을 통해 전염되지는 않습니다."

캐머런은 자리에서 일어서며 생각했다. 전염이 되지 왜 안 돼? 당신이 생각하는 그런 방식은 아니지만.

개리슨은 목욕용 가운을 걸친 채 계단을 내려왔다. 가운 사이로 잠옷 바지가 보였다.

"주무시는데 깨워서 죄송합니다, 개리슨 씨. 새벽 3시인 건 알지만, 밤늦도록 여기저기 찾아다니느라 더 일찍 올 수가 없었습니다."

캐머런이 계단 발치에서 말했다.

"괜찮습니다. 잠을 잔들 무슨 의미일까 싶으니까요."

개리슨은 멍한 목소리로 대답했다.

"몇 가지 여쭈어보고 싶은 게 있습니다. 부인을 죽게 만든 못에 대해서요."

캐머런이 말했다.

개리슨은 그런 걸 묻는 이유가 궁금한 표정을 지었다.

"평범한 못이었는데요."

"제가 볼 수 있을까요?"

"없습니다. 제가 뽑아서 버렸거든요."

"그럼 어디 박혀 있었는지라도 볼 수 있을까요?"

"네, 그건 보여드릴 수 있습니다."

그는 현관으로 그를 안내하고는 "여기 박혀 있었습니다"라고 하며 가리켰다.

"목재에 조그맣게 뚫린 구멍 보이시죠? 바로 거기, 문틀에 박혀 있었습니다. 저희는 그날 밤늦게 집으로 돌아왔는데 제가 문을 잡아주는 동안 아내가 안으로 들어가다 그 망할 물건에 다리를 긁힌 겁니다. 왜 거기 그런 게 있는지 영문을 모르겠더군요. 아무짝에도 쓸모가 없는데 말입니다. 문틀에 틈새가 있어서 단단히 박혀 있는 것도 아니었고요. 그냥 헐겁게 꽂혀 있는 듯했어요."

"헐겁게 꽂혀 있었다? 언제부터 거기 있었을까요?"

캐머런은 눈썹을 치켜세우며 무미건조하게 물었다.

"오래전부터 박혀 있었을 수도 있어요. 그동안 알아차리지 못했을지도 모르죠."

"그전에도 부인이나 선생께서 못에 다리를 긁힌 적이 있습니까?"

"아뇨. 둘 다 한 번도 없었습니다."

"그럼 그전에는 못이 없었다는 뜻이 되겠군요. 그날 밤에 부인께서 다리를 긁혔으니 못이 전부터 있었다면 진작 다리를 긁혔겠죠. 그래야 앞뒤가 맞으니까요."

하지만 그는 앞뒤가 맞는다는 사실에 기쁘기보다 침울해 보였다.

그들은 허리를 직각으로 구부린 자세를 더이상 견딜 수 없어서 꼿꼿하게 허리를 폈다.

"가볍게 두드리거나 망치질하는 소리를 들은 사람 없습니까?"

"그런 소리가 났던들 들을 수 있는 사람이 없었습니다. 주말 동안 집을 비웠거든요. 그 사건이 벌어진 때가 일요일 밤이었는데, 우리는 금요일부터 집을 비웠어요. 이틀 동안 집에 아무도 없었죠. 하인들은 우리가 돌아온 다음, 그러니까 월요일인 이튿날 아침에서야 복귀했고요."

캐머런은 문을 움직여보았다. 완전히 닫았다가 안으로 잡아당겨 다시 한번 완전히 열어보았다.

"못은 문이 완전히 잠긴 상태에서도 밖에 그대로 꽂혀 있을 수 있었습니다. 문이 안으로 열리는 식이라 못에 걸릴 일이 없었거든요. 어디 보자……. 선생께서 열쇠를 꺼내 문을 연 다음 부인이 들어갈 수 있게 옆으로 비켜섰겠죠. 공간이 비좁았을 겁니다. 선생께서 손잡이를 쥔 채로 문을 밀어서 고정하고 있었을 테니까요. 선생의 몸이 한쪽을 막고 있었겠죠. 때문에 부인께서는 못이 박혀 있는 쪽으로 몸이 기울 수밖에 없었을 겁니다. 그래서 긁힌 거죠. 문의 정중앙으로 통과했더라면 못을 피할 수 있었을 텐데. 문을 지나는 방식은 일종의 습관인 겁니다."

그는 설명을 하다 말고 혼잣말로 중얼거렸다.

"아무도 의식 못 하고 아무도 습관을 바꾸지 못하지. 나 말고 또 누가 그런 생각을 한 적 있는지 모르겠지만."

그러더니 캐머런은 질문을 했다.

"뽑아서 버리셨다고요?"

"그런 걸 그대로 내버려두면 되겠습니까? 두 번 다시 그런 일이 없도록 당장 뽑았죠. 아내가 쓰라려하는 모습이 딱해서 내 속이 쓰리더군요. 모건이 없어서 내가 펜치를 들고 나와 직접 뽑았습니다. 희한했던 게 뭔지 아십니까?"

캐머런은 진지한 목소리로 물었다.

"뭐였는데요?"

"거꾸로 박혀 있더란 말입니다. 대가리 부분이 목재에 박혀 있고, 뾰족한 부분이 밖으로 나와 있었어요."

"그럼 망치를 쓴 게 아니었겠군요. 망치로 그렇게 박을 수는 없으니까요. 그랬다가는 구부러져서 접혔을 겁니다. 대가리 부분이 납작하지 않고 뾰족해야 박힐 테고요."

"그런데 깊숙이 박혀 있었어요. 거의 내 손만큼 긴 못이더란 말입니다."

"먼저 송곳으로 구멍을 낸 다음 못을 거꾸로 넣었을 겁니다. 선생께서 말씀하신 것처럼 그렇게 길었다면 깊숙이 쑤셔넣은 덕분에 단단히 고정이 됐겠죠. 쑥 빠지던가요?"

"한 번 비틀었더니 빠지던데요."

"특이한 점은 없었습니까? 반짝거리던가요, 아니면 녹이 슬어 있었나요?"

캐머런이 물었다.

"자세히 살펴볼 만큼 한참 동안 붙들고 있지 않았습니다. 좀 전에 얘기했던 것처럼 화가 났거든요. 한 번에 뽑아내서 그대로 펜치를 어깨 너머로 휘둘러 어둠 속으로 날려버렸습니다. 눈앞을 지나며 날아갈 때 언뜻 보았더니 지저분한 회색 헝겊 끈 쪼가리로 돌돌 말려 있든지, 대가리 바로 아래쪽에 끈이 묶여 있는 것 같더군요. 아주 조그맸어요. 나뒹구는 못을 보면 그런 끈들이 매달려 있지 않습니까. 하지만 눈앞을 워낙 쏜살같이 지나갔기 때문에 확실하지는 않습니다."

"나뒹구는 못이라."

캐머런은 좀 전처럼 무미건조하게 중얼거렸다.

개리슨은 캐머런의 입에서 다른 이야기가 나오길 기다렸지만, 그는 더이상 말이 없었다.

"이런 얘기가 도움이 됩니까?"

마침내 그가 물었다.

"이제는 아닙니다. 못이 찾을 수 없는 곳으로 사라져버렸으니까요. 부인은 고인이 되셨고요."

캐머런은 무뚝뚝하게 대답했다.

"경위님이 뭘 말씀하시고 싶은 건지 모르겠네요."

개리슨은 멍하니 말했다.

"답이 나왔는데요. 선생께서 방금 전에 직접 말씀하셨잖습니까."

캐머런은 뚱한 목소리로 딱 잘라 말했다.

"더이상 분명할 수 없을 정도로요."

캐머런의 상사가 그에게 클립으로 고정한 얇은 서류 뭉치를 건넸다. 상사가 거두절미하고 말했다.

"자네는 이 사건을 맡아주게."

캐머런은 서류 뭉치를 훑어보다 잠시 후 입을 벌렸다.

"이건 다른 사건이잖습니까. 저넷 개리슨 사건이 아니라……."

상사가 말허리를 잘랐다.

"그 사건은 접게. 아니, 애초부터 사건이라고 할 수도 없었으니 비공식적으로 진행중이던 수사를 접으라고 해야 하나? 아, 그래. 나도 다 알고 있다네. 사적인 업무는 환영하지 않아. 자네는 강력계 형사이니 강력계 사건에 전념해야지. 사건은 정신없을 만큼 많이 줄 수 있다네."

"하지만 이 여자는……."

그의 상사는 팔을 벌리고 펼친 손바닥을 책상 위에 올려놓았다. 몸을 일으켜 세우려는 듯한 자세였지만 그러지는 않았다.

"그 여자는 파상풍으로 죽었어. 주치의가 그렇다고 하잖나. 그가 소환한 전국적으로 유명한 전문가들도 그렇다고 하고. 우리 측 검시관이 작성한 사망 증명서에서도 그렇다고 하고. 그 정도로 부족하다 싶거든 시체 발굴 허가증을 받아 오게. 그러면 허락해줄 테니. 부검 결과도 이미 입증된 사실들을 뒷받침하지 않았나. 만일 거기에 무슨 수수께끼가 숨어 있다면, 내가 그렇다고 인정한다고 해도 보건부에서 걱정할 부분이지 우리 소관이 아닐세. 게다가 자네가 어딜 파헤친들 그들이 벌써 파헤친 분야가 아니겠나. 이쯤 됐으면 내가 보기에는 해결이 불가능한 문제 같은데? 캐머런, 자네가 천수를 다할 때까지 고민하더라도 그 세균이 어쩌다 여자의 혈관 속으로 침투했는지 알아내지 못할 수 있어. 게다가 자네 소관은 세균이 아니라 두 다리 달린 살인범들일세. 세균을 연구하고 싶으면 의과 대학에 입학하지 그랬나?"

캐머런은 무슨 말이든 하려고 했으나 '하지만'이라는 단어조차 내뱉지 못했다. 상사가 그의 생각을 읽었는지 짜증난다는 듯이 한쪽 팔을 내저었다.

"그 편지에 대해서는 더이상 아무 소리도 듣고 싶지 않네! 살인사건이 벌어질 때마다 자기가 범인이라고 편지를 보내는 사람들이 여든다섯 명쯤 된다는 거 자네도 알 텐데? 진짜 범인들은 편지를 보내서 자기 짓이라고 떠벌리지 않아. 내가 이야기했다시피 그 여자의 사인은 파상풍이었어. 뭐가 더 필요한가? 이제…….”

“맞습니다. 하지만 파상풍으로 살해당했을 수도 있습니다. 파상풍에도 두 가지 종류가 있을 수 있으니까요. 우연히 감염이 된 경우와 의도적으로 감염이 된 경우. 파상풍도 총이나 칼이나 도끼처럼 무기가 될 수 있습니다.”

그의 상사는 목소리를 낮게 깔고 한 단어씩 아주 천천히, 아주 또렷하게 발음했다. 온 사방에서 경고등이 번쩍였다.

“내가, 말했지. 그, 사건은, 접으라고. 이건 명령일세.”

그 말에 캐머런이 할 수 있는 대답은 하나뿐이었다. 잘리지 않으려면 어쩔 수 없었다.

“네, 알겠습니다.”

그는 조용히 대답했다.

개리슨은 기운이 빠져서 터벅터벅 계단을 내려갔다. 그런 채로 아침 식탁에 앉았다. 모건이 얼음에 자몽 반쪽이 놓인 접시를 들고 와서 그의 앞에 내려놓았다. 한쪽 옆에는 오전에 확인해야 할 우편물을 놓았다.

잠시 후 개리슨은 우편물 쪽으로 관심을 돌려 느른하게 한 통씩 훑어보기 시작했다.

세 번째 편지였다. 거기에 "소감이 어떠신가, 개리슨 씨?"라고 적혀 있었다.

서명은 없었다.

그는 잠깐, 아주 잠깐 정신을 살짝 차렸다. 고개를 돌려 방문을 보고, 전화기가 있는 방문 너머를 쳐다보았다. 자리에서 일어나 그쪽으로 건너갈 기미를 보이기도 했다.

하지만 지친 현자의 눈빛이 스멀스멀 그의 눈을 잠식했다. 그는 자리를 떠나지 않았다. 그저 입술만 오므렸다. 고개를 저었다. 마치 '이런 편지에 한 번 속았으면 됐지, 두 번 속을 수는 없다'고 말하는 것처럼.

그는 편지를 구겨서 보이지 않게 식탁 밑으로 던졌다. 그런 다음 자몽에 집중했다.

003

# 두 번째 랑데부

지독하게 안 좋은 순간에 전화벨이 울렸다.

두 사람은 방안에 함께 있었다.

플로렌스가 먼저 옷을 갈아입었다. 원래 안주인이 바깥주인보다 먼저 옷을 갈아입는 법이다. 지금쯤이면 그녀는 1층으로 내려가서 마지막 점검을 하고 있어야 했다. 십중팔구 그랬어야 했다. 그런데 팔찌 때문에 아직 방안에 붙잡혀 있었다. 고리가 말썽을 부리는 바람에 제대로 채우느라 몇 분 동안 끙끙대고 있었다.

그들이 공동으로 쓰는 침실에도 전화기가 있었다. 나중에야 하마터면 전화를 그녀가 받을 수도 있었다는 생각이 들어서 그의 등골이 서늘해졌었다. 심지어 그녀가 그보다 전화기에 더 가까이 있었다. 팔만 뻗으면 받을 수 있는 위치였다. 팔찌 고리 때문에 그녀의 양손이 바빴기 망정이지…….

그녀가 전화기를 턱으로 가리키며 그를 불렀다.

"여보, 전화 좀 받아. 준비가 모두 끝난 마당에 이제 와서 못 온다는 전화가 아니었으면 좋겠는데."

남자는 나비넥타이를 매느라 여념이 없었다.

"1층에서 받으라고 해."

그가 말했다.

전화벨이 다시 울렸다.

"오늘밤에 일분일초도 쉬지 못하고 움직여야 할 사람들을 여기까지 올라오게 만들 거야?"

그녀가 손을 놓으면 팔찌가 바닥으로 떨어질 터였다. 아직 고리를 제대로 채우지 못한 탓이었다.

전화벨 소리가 멈추었다.

하녀가 문을 두드렸다.

"스트리클랜드 씨 앞으로 온 전화입니다."

플로렌스는 팔찌 앞에서 고집스러운 천성을 백 퍼센트 발휘하고 있었다. 그녀는 팔찌를 들고 화장대 앞에 앉았다. 그런 다음 시계를 수리하는 전문가처럼 머리핀으로 고리를 쑤셨다.

"파티가 있건 말건 이걸 해결하기 전에는 일어날 수 없어. 이걸 차지 않으면 1층으로 내려가지 않을 거야. 휴, 당신이 진작 들고 가서 고쳐줬어야지. 지난번에도 이것 때문에 골치 아팠잖아."

그는 전화를 받고 있었다.

"여보세요?"

그가 아무 생각 없이 말했다.

"여보세요."

고음의 목소리가 그의 말을 따라했다.

얼음처럼 차가운 물이 양동이째 머리에 끼얹어지는 듯한 충격이 그를 강타했다.

다행히 플로렌스는 그를 쳐다보지 않고 고리에 집중하느라 정신이 없었다. 그는 수화기를 든 채 급히 몸을 돌려 그녀를 등지고 섰다.

"안녕, 그레인저."

그가 말했다.

"그레인저라고? 언제부터 내가 그레인저가 됐어? 뭐 좋아. 당신은 당신 식대로 말해. 나는 내 식대로 말할 테니까. 그런데 내가 당신보다 먼저 급소를 찌를걸?"

고음의 목소리가 빈정거렸다.

지금 전화를 끊으면 상황이 악화될 것이다. 왜 그렇게 퉁명스럽게 전화를 끊었는지 플로렌스가 궁금해할 것이다.

"나 지금 좀 바쁜데."

"일 문제로 전화한 거야. 이번 달에 뭐 깜빡한 거 없어? 기한이 조금 지나지 않았나? 벌써 15일이 지났잖아. 최대한 기다려줄 수는 있지만 그동안 내가 돈을 안 쓰고 살 수는 없다는 건 당신도 알 텐데."

"그 부분에 대해서는 이야기했잖아. 그 문제는 앞으로 당신이 알아서 처리해야 한다고."

그가 퉁명스럽게 말했다.

"내가 언제 당신 하자는 대로 하겠다고 했어? 그렇게 쉽게 손을 뗄 수 있을 줄 알았어?"

"이봐, 내일 회사로 전화 주지그래?"

"그건 안 될 말씀. 이번 주 내내 통화를 시도했는걸. 지난주에도. 그 전주에도. 연결을 안 해주더라. 당신이 손을 써놨더라고. 그래서 오늘밤에는 당신이 있는 곳으로 전화한 거야. 그랬더니 바라던 대로 당신이랑 연결이 됐네? 진작 이 방법을 생각했어야 하는데."

플로렌스가 마침내 팔찌를 차고 자리에서 일어나 방을 나서려 하고 있었다. 그녀는 문 앞에서 고개를 돌리더니 넌더리가 난다는 듯이 그를 향해 한쪽 팔을 내저었다.

"아, 누군지 모르겠지만 제발 끊어, 휴! 나랑 같이 아래층에서 준비해야지. 손님들이 언제 오실지 모르는데."

문이 닫혔다. 상황이 더 나빠졌다. 그녀가 1층에서 전화기를 들었다가 우연히 두 사람의 통화에 끼어들 수 있었다.

그는 대화를 끝내기 위해 얼른 말문을 이었다.

“잘 들어, 이 망할 년아. 너하고는 끝이야. 이 정도 만나줬으면 됐잖아?”

“오, 부인이 방밖으로 나간 모양이지? 당신은 나한테 이달 치 천오백 달러하고 지난달 치 천오백 달러를 빚졌어. 돈을 들고 이쪽으로 올래?”

“길거리로 나가서 꼬리나 흔드시지.”

“당신이 오지 않으면 내가 그쪽으로 갈 거야. 들어가서 당신 부인과 부인의 손님들 앞에서 우리 관계를 모조리 알릴 거야. 9시까지 기다려줄게.”

“죽여버릴 거야! 이 근처에 얼굴을 들이밀면 내 손으로 죽여버릴 거야!”

그는 미친 사람처럼 외쳤다.

그녀는 짜랑짜랑 울리는 특유의 낭랑한 목소리로 비웃으며 전화를 끊었다.

플로렌스가 개최한 디너파티 중에서 가장 기억에 남을 만큼 멋진 파티가 끝나고 9시쯤부터 무도회가 시작됐다. 무도회만을 위해 초대된 손님들이 디너파티에 참석한 사람들 숫자의 세 배, 심지어 네 배를 거뜬히 넘어섰다. 어느 모로 보나 성대한 무도회였다. 섭외한 유명 밴드와 드문드문 삽입된 카바레 공연까지 완벽했다. 플로렌스는 손님을 초대했다 하면 필사의 노력을 기울였다.

그는 남들보다 나이가 더 많고 매력은 떨어지는 플로렌스의 여자 친구 중 한 명을 맡아서 소임을 다하는 중이었다. 주최자라면 그런 손님을 골라서 관심을 기울여야 하는 법이었다. 그들을 위해서가 아니라 파티에 사각지대가 생기는 것을 방지하기 위해서 말이다. 볼연지를 짙게 바르고 장신구를 주렁주렁 단 채 바보같이 웃으며, 1905년식 투스텝 댄스가 무엇인지 적극적으로 보여주는 산증인 같은 여자가 그의 앞에서 뒷걸음질하자 널찍한 무도실 입구의 전면이 천천히 회전하며 눈앞에 펼쳐졌다.

그때 문득 그녀가 보였다. 키가 크고 나긋나긋하며 반짝이는 스팽글이 달린 하얀색 옷을 입은 여자. 멀리 떨어져 보아도 틀림없었다. 그녀는 집사에게 흰가슴담비 숄을 건네는 중이었다. 흰가슴담비 숄은 오래전, 둘이 사랑하던 시절에 그가 선물한 것이었다. 그는 파티장에 들어설 준비를 하는 그녀를 수도 없이 보았기 때문에 고유의 자세를 알았다. 모로 반쯤 몸을 우아하게 돌리고 한쪽 무릎은 다른 무릎 쪽으로 살짝 굽힌 자세. 눈꺼풀을 반쯤 내리깔고 상냥하게 미소 짓는 그녀만의 웃는 방식도 알았다. 여자들은 그 모습을 보고 분통을 터뜨렸지만 그녀는 신경쓰지 않았다. 그들을 위한 미소가 아니었으니까. 그녀가 지금 그러고 있었다. 한쪽 팔뚝을 접어서 위로 들고 차고 있는 팔찌를 팔꿈치 쪽으로 내리는 그녀만의 수법도 알고 있었다. 그녀가 지금 그러고 있었다.

그가 피해 다닌 몇 주 동안 그녀의 헤어스타일이 바뀌었다. 그가 옆에서 보고 있을 때 말고는 헤어스타일을 바꿀 시간이 없을 때도 있었는데. 지금은 시간이 많을 것이다.

보기 싫었다. 그녀의 모든 것이 마음에 들지 않았다. 바뀌었든 예전 모습 그대로이든 마찬가지였다. 그는 그녀를 더이상 좋아하지 않았다.

그 덕분에 두려움과 분노와 증오를 억누르고 침착함을 유지할 수 있었다. 그렇지 않았으면 당황하여 무너지고 말았을지도 모른다.

주변을 둘러보니 플로렌스는 어마어마하게 넓은 방의 저쪽 끝에 있었다. (그들이 무도장으로 쓰는 방이 어마어마하게 넓다는 것이 난생처음 고맙게 느껴졌다.) 플로렌스는 느릿느릿한 춤의 순서에 따라 그가 지금 서 있는 자리로 올 때까지 그녀를 보지 못할 것이다. 서로 처음 만나지만 일단 보았다 하면 문제가 생길 것이었다. 그녀는 이름을 알 수 없는 손님이자 느닷없이 들이닥친 인물이었고, 플로렌스는 그런 부분에 대해 까다로웠다. 그가 먼저 그녀를 맞이해야 했다.

그는 방해가 되는 댄스 파트너를 떼어놓기 위해 갑자기 방을 빙글빙글 돌아서 한편으로 이동했다. 아무 말 없이 손을 놓고 방 입구 근처에 잠시 서 있다가 현관 쪽으로 뚜벅뚜벅 걸어갔다. 안색이 약간 창백해지기는 했지만 그래도 돌처럼 변함없는 평정을 유지했다.

심장이 거품기처럼 증오의 거품을 부글부글 일으켰다.

“안녕하세요, 스트리클랜드 씨. 불러주셔서 감사해요.”

그녀가 사근사근하게 말했다.

“내가 불렀던가?”

그는 입술을 거의 달싹이지 않고 극도의 저음으로 물었다.

그녀는 눈을 반쯤 내리깔고 예의 그 멍한 미소를 지었다.

“멋진 파티네요. 음악도 제가 좋아하는 곡이고요. 우리, 안으로 들어갈까요?”

이번에도 그는 입술을 움직이지 않고 말했다.

“내가 어떻게 할 생각인지 얘기했을 텐데. 잠깐, 그 숄 아직 집어넣지 마요.”

뒤에서 집사가 어슬렁거렸다.

그녀는 원래 당황하는 법이 없었다. 오늘밤에도 그런 성격을 유감없이 발휘하고 있었다. 여기까지 찾아온 것도 그런 성격이기 때문이었다. 그녀는 관심 없다는 태도로 한 손을 들어서 어깨를 감쌌다.

“알았어요. 그럼 숄은 밖에 둬요. 보험에 들어놨으니까 상관없어요. 댄스 플로어에서 그걸 두르고 있을 수는 없잖아요. 나랑 같이 춤출 거죠, 스트리클랜드 씨?”

그녀의 손이 그의 팔 밑으로 미끄러져 들어왔다.

그는 말소리가 들리지 않는 곳으로 물러나라고 집사에게 손짓했다.

"이러고도 무사할 줄 알아?"

그가 벌컥 화를 내며 내뱉었다.

그녀는 듣고 있지 않았다. 시선이 그의 어깨를 넘어 먼 곳으로 움직였다.

"미인이시네요."

그녀가 넋을 잃은 듯 중얼거렸다.

"당신 너무했다. 눈이 멀었던 거 아니에요? 어떻게 저런 부인을 두고……."

그녀는 말끝을 흐렸다. 일순간 그녀가 모든 것을 잊고 완전히 진심을 이야기하는 것처럼 느껴졌다.

그가 흘끗 주변을 둘러보니 플로렌스가 파트너의 품에 안겨서 천천히 무도장 입구를 지나고 있었다. 지금은 그녀가 두 사람 방향을 보고 있지 않았지만 조금 전에 보았을 수도 있고, 조금 후에 볼 수도 있었다. 굳이 그걸 확인하기 위해 그녀를 계속 쳐다보지는 않았다.

그의 이마에서 땀방울이 배어 나왔다.

"돈을 주면 되겠나?"

그는 재빨리 물었다.

그녀는 아주 희한한 방식으로 답변을 했다. 올이 성기고 향수 냄새가 나는 얇은 손수건을 들어 그의 이마를 가볍게 토닥여주었던 것이다.

“잠깐 이쪽에 서 있어. 아무하고도 얘기하지 말고.”

“원래 이런 파티에서는 누가 소개해주지 않는 한 아무하고도 말 안 해요. 그래도 만일의 경우에 대비해서 아무 이름이나 알려주면 좋겠는데…….”

“밥 맬러리의 친구라고 해. 그자는 지금 술에 취해 해롱거리며 저 안에 있거든. 여기로 나와서 당신을 보더라도 자기 친구인지 아닌지 모를 거야.”

그는 재빨리 서재로 뛰어들어갔다. 문을 잠그려고 하는데 등불 아래에 자리를 잡고 꼭 붙어 있는 커플이 눈에 들어왔다. 두 사람은 반쯤 누워 있다 고개를 들고 그를 쳐다보았다.

“미안하지만 양해를 구할게요.”

그가 당황하여 말했다.

“아, 괜찮아요. 옆에 누가 있어도 상관없으니까.”

청년이 안심시키고는 둘 다 다시 자리에 누우려고 했다.

“그게 아니라 잠깐 나가달라고요.”

아가씨가 동행의 늑골을 팔꿈치로 찌르며 다 들릴 만큼 큰 소리로 속삭였다.

“이 집 주인인가 봐.”

그러고는 둘이 손을 잡고 같이 키득거리며 나갔다.

“여기가 출입 금지 구역인 줄 몰랐어요. 진작 말씀을 하시지.”

남자가 어깨 너머로 뻔뻔하게 말했다.

스트리클랜드는 문을 잠갔다. 벽에 설치한 금고를 열고 돈궤를 꺼냈다. 딱 천 달러가 들어 있었다. 그는 돈을 꺼내고 손을 부들부들 떨며 오백 달러짜리 무기명 수표를 추가로 작성했다. 이렇게 하지 않으면 그녀는 받아들이지 않을 것이다. 어찌나 불안해하며 서둘렀던지 첫 번째 수표를 망치는 바람에 다시 작성해야 했다.

그러고 나서 문을 열고 그녀에게로 돌아갔다.

그녀는 방금 전 그 자리에 있는 의자에 앉아 있었다. 아직 들키지 않은 것 같았다.

"잠깐 핸드백을 빌릴 수 있을까?"

그는 핸드백에 돈을 넣고 돌려주었다.

"그럼……."

그는 의미심장한 눈빛으로 문을 쳐다보았다.

그녀는 서두르지 않고 우아하게 자리에서 일어섰다. 구부린 손가락 끝을 살짝 움직이자 집사가 건너와 흰가슴담비 숄을 어깨에 둘러주었다.

"정말 근사한 파티가 될 수 있었는데. 옷도 신경써서 입고 왔고."

그녀는 유감스럽다는 듯이 상냥한 목소리로 스트리클랜드에게 말했다.

"해리스, 이 숙녀분을 위해 택시를 잡아주겠나?"

무도장 입구에 잠깐 단둘이 남았다.

"두 번 다시 이런 짓을 했다가는 살아남지 못할 줄 알아."

그는 험상궂게 윽박질렀다.

로저 부부가 떠나자 화이팅과 데브로 부부만 남았다. 이들마저 먼저 떠난 사람들을 따르려는 기미를 보였을 때 플로렌스가 몇 분만 더 있다 가라며 구슬렸다. 오늘밤처럼 피곤한 행사를 치르고 나면 떠나지 않고 남아 있는 손님들을 보내지 못해 안달을 내곤 했는데.

"파티가 끝나는 시간을 두고 하는 말도 있잖아요. 옛날 노래 가사에서 뭐라고 했더라? 그게 진짜이고 최고의 순간이라고 했던가? 우리, 서재로 건너가서 마지막으로 한잔씩 해요. 기차역 같은 무도장은 이제 지긋지긋해요."

그들은 서재로 자리를 옮겨 여섯 명이서 밤술을 마셨다.

"자, 내가 무슨 뜻에서 그런 소리를 했는지 보여드릴게요."

그녀는 소파에 대자로 드러눕더니 조심스럽게 샌들을 벗어 맨발로 바닥을 건드렸다.

"그나저나 파티는 왜 여는 걸까요? 끝나고 나면 그렇게 후련할 수가 없는데."

플로렌스가 물었다.

"그래서 여는 거죠. 망치로 자기 머리를 때리는 거랑 비슷하잖아요."

누가 대답했다.

"스트리클랜드는 피곤해 보이네요."

한 여자가 딱하다는 듯이 말했다.

플로렌스는 고개를 돌리지도 않고 심술궂은 투로 말했다.

"휴는 늘 피곤해 보여요."

저들이 가긴 가려나? 그는 몸을 숙이고 테이블이 박살날 때까지 주먹으로 두드리고 싶었다. 저들이 자리에서 일어나는 것을, 놀란 표정을, 허둥지둥 문으로 걸어가는 모습을 보고 싶었다.

하지만 그러지 않았다. 정말로 하고 싶은 일은 절대 하지 않는 법이지. 그는 곰곰이 생각했다.

반질반질한 테이블 상판을 내려다보기만 하던 그가 안경을 탁 소리가 나도록 거칠게 내려놓았다.

의도하지 않았건만 그 소리가 방금 전에 뇌리를 스치고 지나갔던 격정적인 대안과 비슷한 역할을 했다.

한 여자가 곧바로 자리에서 일어섰다. 다른 여자도 금방 일어섰다. 여자들이 그런 행동에 담긴 속마음을 더 빨리 알아차렸다.

"이제 이만 가야겠네요, 플로……."

"그러게요. 이러다 내쫓기겠네."

아무도 그를 쳐다보지는 않았지만, 방안에 있던 다섯 사람 모두 갑작스러운 파장의 원흉으로 자신을 지목하고 있음을 그는 알고 있었다.

손님 대접이 형편없었다.

그녀가 문 앞에서 배웅을 채 마치지 않았는데도 그는 침실로 올라가버렸다. 야회복 재킷을 벗고, 손에 잡히는 대로 양복 재킷을 꺼내 입었다.

그런 다음 서랍장 쪽으로 가서 서랍을 열고, 이 집에서 육 년 전 강도에게 인질로 붙잡히는 사건을 겪은 뒤 장만한 권총을 꺼냈다. 그 뒤로 모든 게 복구됐지만, 총을 대면했던 몇 분 동안의 끔찍했던 기억은 사라지지 않았다.

그는 총을 재킷 안주머니에 넣었다.

그녀가 상큼하고 매력적인 모습으로 방안에 들어왔다. 지금이 새벽 3시가 아니라 저녁 8시인 것처럼 상큼하고 매력적인 모습이었다. 파티는 열지도 않았던 것처럼. 불청객 따위는 있지도 않았던 것처럼(뭐, 그녀 입장에서는 그랬던 셈이지만).

그녀가 침실 문을 닫았다. 다정하게 웃는 얼굴이었다.

"여보……."

그녀는 달콤하게 그를 부르며 목덜미로 손을 가져가 다이아몬드 목걸이를 풀기 시작했다. 그러면서 방안을 가로질러 다가왔다.

"어땠어? 지금까지 치른 파티 중에서 가장 성공적이었던 것 같지?"

"뭐가?"

그는 가까스로 그녀에게 주의를 돌렸다.

그녀는 너그럽게 웃음을 터뜨렸다. 오늘밤에는 어떤 일에도 짜증을 내지 않을 모양이었다.

"파티 말이야."

아, 그래, 파티 말이지! 그는 속으로 몸서리를 쳤다.

"당신, 막판에는 별로 다정다감하지 않았어."

"두통이 와서. 머리가 터지기 직전이었거든."

"아스피린 한 알 먹지그래?"

"아스피린 가지고는……."

그가 입을 열었다.

그녀가 대신 말을 맺었다.

"맞아. 아스피린 가지고는 아무 도움이 안 되겠지?"

그는 미심쩍은 눈빛으로 그녀를 바라보았다. 무슨 뜻에서 한 소리일까? 뭘 알고 있는 걸까?

그녀는 당연히 아무 뜻 없이 한 소리일 테고, 아무것도 모를 것이다. 그가 괜히 찔려서 불안해하는 것이다. 그녀는 파티 드레스를 벗고 얌전하고 차분한 실크 네글리제로 갈아입었다.

문득 방금 전에 그녀가 서랍장 앞에 있었다는 생각이 머리를 스치고 지나갔다. 그 생각이 들었을 때 그녀는 이미 자리를 옮긴 뒤였다.

"좀 전에 거기서 뭐한 거야?"

그는 날카롭게 물었다.

"뭐 좀 넣느라고."

그녀는 애매모호하게 대답하며 짜증난 어린아이 대하듯 싱긋 웃었다.

"내 서랍장인데 맘대로 쓰지도 못해?"

그녀는 총이 없어진 걸 보지 못했을 것이다. 보았더라면 뭐라고 했을 텐데 아무 소리도 없는 걸 보면 보지 못한 게 분명했다.

그녀는 그가 줄무늬 야회복 바지에 일반 재킷을 걸치고 있다는 것도 알아차리지 못했다. 자기 자신에, 자기만의 세상에 흠뻑 빠져서 정신이 없었다. 파티의 기억을 되살리며 음미하고 있을 것이다. 여자들은 그런 버릇이 있다는 걸 그도 알았다.

그는 침실 문손잡이를 잡았다.

"바람 좀 쐬고 와야겠어. 머리를 식히려면 그러는 수밖에 없겠어."

그녀는 그를 막지 않았다.

"열쇠 잘 챙겨. 하인들은 전부 세상모르게 잠들었으니까. 딱한 사람들."

"당신도 깨우지 않을게."

그는 침울하게 말했다.

그녀는 악의라고는 전혀 없는 모습으로 그에게 다가와서 습관적으로 뺨에 입을 맞추었다.

"잘 자라는 인사는 지금 해야겠네."

그의 몸이 뒤늦게 뻣뻣해졌다.

그녀의 손끝이 총이 있는 곳을 가볍게 스치고 지나갔다. 순식간에 벌어진 일이라 스친 다음에서야 알아차렸다. 만진 것도 아니고 살짝 쓰다듬은 수준이었다.

그녀는 아무 티도 내지 않았다. 가끔 그쪽 주머니에 넣고 다니는 커다란 시가 케이스라고 생각한 게 분명했다. 그녀 너머로 시선을 돌려보니 침실 한쪽에 놓여 있는 큼지막한 시가 케이스가 눈에 들어왔다. 하지만 그녀는 그쪽을 쳐다보지 않았다.

그녀는 자기 침대로 다가가 이불을 옆으로 젖혔다. 웃는 얼굴이었고, 끝까지 그렇게 매력적이고 상큼했다. 손님들이 아직 있나 싶을 정도였다.

그녀는 두 손가락 끝을 자기 입술에 살짝 댔다 그가 있는 쪽으로 흔들며 잘 자라는 인사를 했다.

그가 문을 닫으며 마지막으로 언뜻 보았을 때 그녀는 베개를 등에 대고 앉아서 잠이 들 때까지 책을 읽으려던 참이었다. 머리맡에 켜둔 장밋빛 스탠드 불빛이 그녀의 얼굴과 어깨를 발그스름하게 물들였다. 어린아이 머리카락처럼 보드라운 백발이 굵직하게 곱실거리며 어깨 아래까지 늘어졌다.

그녀는 알현식을 침실에서 거행하려는 18세기 후작 부인처럼 보였다.

그는 구불구불하고 완만한 계단을 허겁지겁 내려갔다. (그는 평소 내려가는데 시간이 많이 걸리는 그 계단을 질색했다.) 1층의 널찍한 복도에 켜놓은 상야등 불빛이 만든 섬뜩한 그림자가 옅은 아이보리색 벽면에서 그를 따라 일렁였다. 못된 짓을 저지르라고 재촉하는 악마 같았다.

그는 복도를 지나다 이상한 것을 보았다. 이제는 천 년 전에 있었던 일처럼 느껴지는 파티 때는 못 보고 지나갔던, 사소하면서도 왠지 모르게 묘한 유품이었다. 김빠진 샴페인이 든 잔이 벽에 붙은 테이블 가장자리에 잊힌 채 놓여 있고, 그 옆에 빈 의자가 있었다. 이제 와 생각해보니 그녀가 앉았던 의자였다. 그녀가 그 의자에 앉아서 몇 분 간 기다렸었다. 샴페인잔을 들고 있거나 샴페인을 홀짝이는 걸 그는 보지 못 했지만 그녀가 한 잔 달라고 했거나 부탁하지도 않았는데 집사가 갖다 준 모양이었다.

문득 치밀어 오르는 분노에 그는 테이블로 다가가 잔을 어깨 높이까지 치켜들어 악의의 봉헌식을 거행하고, 김빠진 상태 그대로 내려놓았다. 그녀가 마시던 술로 그녀의 죽음을 위해 건배한 셈이었다.

서늘한 밤공기가 잠깐 복도를 갈랐고 문이 닫혔다. 그는 집을 나섰다.

초인종을 누르지도, 문을 두드리지도 않았다. 그럴 필요가 없었다. 아주 오래전에 그녀가 준 열쇠로 소리 없이 문을 땄다.

그는 열쇠를 가지고 안으로 들어가 문을 닫았다. 문이 열릴 때보다 더 소리가 나지 않았다.

그는 스위치가 어디 있는지, 어디에 손을 올려놓아야 하는지 보지도 않고 정확히 알았다. 그가 스위치를 딸깍 올리자 그녀가 설치한 화려한 복숭아색 천장등이 작은 원 모양으로 바닥을 밝혔다.

그는 이곳에 대해 잘 알았다. 모르는 게 없었다. 한때는 두 번째 집이나 다름없었다. 아니, 한때는 여기가 첫 번째 집이었고 방금 전까지 있다 나온 곳이 두 번째 집이었다. 인간이 이렇게 바뀔 수 있다니 웃기는 일이었다.

모든 가구, 물건, 의자마다 그의 흔적이 남아 있었다. 저기 저 의자로 말할 것 같으면 그들이 사귄 지 얼마 안 되었을 때 그가 살짝 취했던 날 밤에 앉아서 절대 플로렌스한테 돌아가지 않겠노라고 맹세를 했던 의자다. 그날 밤에 당장 플로렌스와 정리를 하겠노라고. 팔걸이에 걸터앉은 그녀가 달래고 구슬리다 마침내 그의 손에 쥐어 있던 전화기를 조심스럽게 떼어냈다. 그러고는 헝클어진 그의 머리를 매만지며 다 알고 있다는 듯이 윙크했다.

"우리, 이대로 잘 지내고 있잖아요. 뭐 하러 사서 고생을 해요? 자, 술 한잔 더 마시고 총각이라고 상상해요. 효과가 있을 거예요."

선거일에는 내기를 하느라 둘이서 라디오 콘솔 위에 돈을 얹었다. 그가 민주당이 승리한다는 데 돈을 걸었으니 그녀는 자동적으로 공화당에 거는 수밖에 없었다. 민주당과 공화당 말고는 없었으니까. 어쩌면 그녀는 매우 똑똑한지도 모른다. 그는 그녀가 어떤 반응을 보일지 궁금해서 시험해본 것이었는데, 그녀는 의연하게 대처했다. 입을 내밀지도, 우는 소리를 내지도 않고 내기에 건 돈을 다 가지라며 그에게 억지로 주었다. 그리고 다음날, 걸었던 판돈과 함께 흰가슴담비 숄을 받았다. 그렇게 되리라는 것을 무슨 수로 알았을까? 마치 하룻밤 동안 오백 달러를 빌려주었다가(그것도 본래 그의 돈이었다) 다음날 이자로 모피 코트를 받은 셈이었다. 남는 장사였다.

피아노 앞을 지나가려는데 악보가 한 장 놓여 있는 것이 보였다. 그는 악보를 흘끗 쳐다보고 입을 비죽거리며 가사를 읽었다.

"조만간 당신은 돌아오게 될 거야……."

이번에는 틀렸다. 더이상은 아니었다. 그는 한 손으로 악보를 낚아채 동그랗게 구겨 표독스럽게 방의 저쪽으로 내동댕이쳤다.

거울이 달린 침실 문이 반쯤 열려 있었다. 그는 문을 활짝 열고 입구에 서서 그녀를 쳐다보았다. 푸르스름한 그림자가 여기저기 남아 있긴 해도 눈부신 거실 불빛 덕분에 모든 게 아주 또렷하게 보였다.

그녀는 그를 등지고 침대에 모로 누워서 잠을 자고 있었다. 자기가 무슨 짓을 저질렀는지 모르고 전혀 개의치도 않는 그녀의 모습에 증오심이 다시 치밀어 오르기 시작했다.

흰가슴담비 숄이 의자 위에 걸쳐져 있었다. 의자 등받이를 기둥 삼아 그곳에 텐트를 치고 있었다. 하얀 원피스는 옷걸이에 걸려 있었지만, 벽장 안에 넣지 않고 칠칠찮게 문 위에 걸어놓았다.

그녀의 향수 냄새가 묵직하게 허공에 맴돌았다. 예전에 그녀가 가르쳐 준 이름에 따르면 스틱스Styx라는 향수라고 했다. (그가 거기에 n을 덧붙였고 둘이서 배꼽을 잡고 웃었다.•) 얼마짜리 향수인지 그녀에게 들을 필요는 없었다. 외상 장부에 가격이 여러 번 적혀 있었으니까. 얼마 전에 외상값 결제를 중단한 뒤부터 진정한 압박과 협박이 시작됐다.

그는 분노를 달래며 잠깐 동안 서서 그녀를 쳐다보았다.

그런 다음 총 때문에 묵직해진 더블 재킷의 단추를 조용하고 냉정하고 신중하게 풀었다. 그는 재킷을 완전히 벗어서 옷깃이 접히도록 세로로 접은 상태로 의자 등받이에 걸었다.

창가로 가서 무슨 소리가 나건 안 나건 아무리 작은 소리라도 새어나가지 않도록 창문을 단단히 잠갔다. 그런 다음 웅크린 그녀의 등뒤, 그러니까 예전에는 그의 자리였던 곳으로 돌아가서 허리띠 버클을 풀었다. 그는 허리띠를 완전히 풀고 버클을 꽉 잡았다.

손을 내밀어 가벼운 이불을 단숨에 펄럭 젖혔다. 호박단 침대보가 바스락거리고 실크 시트가 서걱거렸다. 투명한 어둠이 그녀의 허리까지 드리워진 가운데, 깎아놓은 조각처럼 맵시 있는 몸매가 드러났다.

• **스틱스** _ Styx에 n을 덧붙여 stinks가 되면 고약한 냄새가 난다는 뜻이 된다.

그는 복수심에 인상을 쓰며, 대가리를 잡힌 뱀처럼 꿈틀거리는 허리띠를 머리 위로 휘둘렀다. 이런 여자들은 이런 식으로 다스려야 하는 법이었다! 이런 여자들은 이런 대접을 받아 마땅했다! 이런 여자들이 받는 건 이런 것이다! 이런 여자들은 이런 취급을 당해야 깨달을 수 있었다!

허리띠로 내리칠 때마다 일정한 간격을 두고 천천히 박수를 치는 듯한 소리가 났다. 한 번, 두 번, 세 번. 빠르게, 빠르게, 더 빠르게. 구부러진 그녀의 견갑골을, 그녀의 엉덩이를, 허벅지 아랫부분을. 까만 그림자 사이로 하얀 균열이 드러나는데, 바람이 불 때마다 이리저리 휩쓸리는 먼지 같았다. 충격이 가해질 때마다 부풀어 올랐다가 잔물결을 일으키며 가라앉았다.

그런데 움직이는 것이라고는…….

이글거리는 분노로 눈이 멀었던 그가 문득 정신을 차리고 보니 그녀가 비명을 지르지도, 펄쩍 뛰지도, 달아나려고 몸을 굴리지도 않는다는 것을 깨달았다. 이미 오래전에 그랬어야 하는데 그러지 않았다.

돌돌 말린 허리띠를 그대로 떨어뜨렸다. 그러고는 침대로 손을 뻗어 그녀의 머리채를 잡고 얼굴을 그 쪽으로 돌렸다. 고개가 너무 쉽고 힘없이 움직였다. 목이 부러졌던 것이다.

그는 몇 분 동안 시체를 채찍질하고 있었다.

의도적으로 구불구불하게 만든 계단을 올라가는 내내 그림자가 벽을 따라 그의 뒤를 쫓았고, 그는 그림자에게서 도망치고 있었다. 하지만 계단이 굽어 있다 보니 꼭대기를 향해 걸어가는 내내 그림자가 집요하게 추월하다 방향을 틀어 비난하듯 앞으로 들이닥쳤다. 그는 방어하기 위해 한 손바닥으로 찡그린 눈을 가렸다. 그런 채 만질 수 없는 푸르스름한 그림자 사이로 몸을 날려 침실과 연결된 문 앞에 다다랐다. 거기까지 그림자가 쫓아오지는 않았다. 하지만 밖에서 기다리고 있었다.

그는 진저리를 치며 뱃속 깊은 곳에서부터 올라오는 한숨을 뱉고, 열쇠를 돌려 침실 문을 열었다.

그녀는 잠이 든 것 같았다. 방안을 비추던 장밋빛 불빛이 꺼져 있었다. 고개는 그가 떠났을 때에 비해 조금 더 베개 속에 묻혀 있었다. 두 눈은 누가 봐도 분명하게 감겨 있었다. 베니션 블라인드 사이로 길쭉한 납빛 막대가 들어오듯이 햇빛이 들어왔다.

그는 어깨 너머로 조심스럽게 그녀를 확인해가며 원래 있던 곳에 총을 두었다. 그녀의 눈꺼풀은 미동도 하지 않았다.

남자는 욕실에 들어가 몸을 살짝 떨고 심지어 눈물까지 조금 흘렸다. 극심한 두려움의 반사 작용이었다. 그런 다음 수건으로 눈물을 닦고 놀라서 멍한 정신을 달래며 욕조 가장자리에 걸터앉았다. 욕조에 걸터앉은 채로 옷을 일부분 벗었다. 재킷과 넥타이를 벗고 셔츠 단추를 허리띠 근처까지 풀었지만, 그 이상은 벗을 수 없었다.

잠, 잠, 잠을 좀 자야 했다. 여기에서 도망칠 수 있는, 피할 수 있는 유일한 수단이 잠이었다. 그는 손바닥 위에 머리를 얹고 잠을 잘 수 있게 진정시키려는 듯 가볍게 두드렸다. 하지만 그런 식으로는 잠을 부를 수 없는 법이었다. 머릿속이 악몽을 꾸는 듯이 어지러운 소란 상태였다.

그는 수납장을 열어 수면제가 든 약병을 꺼냈다. 두 알을 손바닥에 덜었다가 한 알을 더 덜었다. 오므린 손을 들었다가 울상을 지으며 수면제를 내동댕이쳤다. 그런 식으로 잠이 들었다가는 기억을 머릿속에 가두는 결과만 낳을 따름이었다.

혼자서 감당할 수 있는 일이 아니었다. 혼자만의 비밀로 남길 수 있는 일이 아니었다. 누군가에게 말해야 했다. 그녀에게 알려야 한다.

이러나저러나 경찰이 찾아올 것이다. 그녀는 그를 도와야 했다.

그는 침실로 돌아갔다. 납빛 막대가 이제는 은빛 막대로 바뀌었다. 머지않아 금빛 막대로 바뀌겠지만 아직은 아니었다.

침대까지 가지도 않았을 때 깨어 있는 그녀의 모습이 눈에 들어왔다. 방금 전에 깬 모양이었다.

"플로렌스……. 플로렌스……."

그는 숨을 죽이고 그녀의 이름을 불렀다.

"나한테 할말 있어?"

물음표의 느낌이 워낙 희미해서 존재하지 않는 거나 다름없었다. 질문이 아니라 단정적인 평서문이었지만, 그는 뉘앙스를 따지고 말고 할 시간이 없었다.

"있어, 있어. 내 말 잘 들어줘."

그는 그녀 옆에 앉았다가 일어났다. 반대편으로 빙 돌아가서 반대쪽에 앉았다. 그녀의 심장이 있는 쪽이었다.

"내 말 알아들을 수 있을 만큼 정신이 든 거 맞아?"

"그럼."

왠지 딱 부러지는 말투였다.

"그 여자……."

그는 말을 멈추고 어떤 식으로 시작하면 좋을지 고민했다.

"오늘밤에 찾아온 여자가 있었어. 당신이 알아차렸는지 모르겠지만……."

그녀는 희미하게 빈정거리는 느낌으로 웃었다.

"어디 보자. 백오십 달러쯤 되는 하얀색 해티 카네기• 원피스. 시즌이 끝난 뒤에 할인가로 구입한 사람이 제값을 받고 판 옷일 거야. 구두는 페루자•• 진품. 사이즈는 아마 5A. 그보다 크지는 않을 거야. 모든 면에서 취향이 아주 훌륭하고 탁월하지만……."

그녀는 고개를 젓고 콧잔등을 찡그렸다.

"천박한 본바탕은 어쩔 도리가 없어서 고스란히 드러나더군. 게다가 실제로는 서른다섯 살이지만 스물여덟 살이라고 해도 믿겠더라고."

• **해티 카네기** _ 1920년대부터 60년대까지 미국을 풍미한 의류 및 보석 디자이너.

•• **페루자** _ 프랑스의 구두 디자이너.

‘실제로 스물여덟 살이야.’

그는 항변하고 싶었지만 참았다. 어쩌면 정말 서른다섯 살인데 몰랐을 수도 있다.

“향수는 끈적끈적하고 달짝지근한 게 아마 스틱스겠고.”

그는 눈을 휘둥그레떴고, 곧 할말을 잃었다.

“그래, 여보. 그래, 누굴 말하는지 알 것 같아.”

그녀는 그에게 충격에서 벗어날 시간을 주려는 것처럼 담배에 불을 붙였다. 심지어 한 대 권하기까지 했다. 그는 거절했다.

“어…… 어떤 식으로 말하면 좋을지 모르겠어, 플로렌스. 당신은 모르는 모종의 관계가 있었는데…….”

또다시 빈정거리는 미소.

“그 부분에 대해서도 도와줄까, 여보?”

그녀는 협탁에 놓인 칠보 접시에 첫 담뱃재를 털고, 알고 있는 사실들을 가장 도움이 될 만한 순서로 정리하려는 듯 생각에 잠겨서 담배 연기를 음미해가며 천장을 향해 눈을 굴렸다.

“그 여자의 이름은 에스터 홀리데이. 사는 곳은 패러것 드라이브 1604번지 D-7호 아파트. 월세는 105달러. 전화번호는 워필드 7176. 당신의 인생에 끼어들기 시작한 지……. 아니, 당신한테 성가신 존재가 되기 시작한 지라고 할까? 음, 사 년이 조금 넘었지. 나는 신통력은 없어, 휴. 그래서 당신이 정확히 몇 월 며칠에 그 여자를 만났는지는 몰라. 그런 관계는 천천히 진행되는 법이니까. 년

도와 계절은 정확하게 밝힐 수 있어. 1943년 봄.

'봄이 되면 늙은이에게 봄바람이 들어…….'

내가 전시 근로에 그렇게 열심히 매달리면 안 되는 거였는데."

그녀는 살짝 훈계하는 조로 집게손가락을 깜찍하게 들어 보이며 덧붙였다.

"당신은 삼 년 동안 그 여자를 사랑했어. 지난 일 년 반 동안은 사랑하지 않았지만, 우유부단하게도 아무 조치도 취하지 못했지."

그는 당기고 있던 줄이 느슨해진 꼭두각시 인형처럼 쓰러질 태세였다.

"알고 있었군. 전부 다 알고 있었어."

"몇 년 전부터 알았어."

그녀는 퉁명스럽게 대꾸하고는 그만하면 됐다는 결론을 내렸는지 담배를 껐다. 담배는 애초부터 대화를 거드는 용도로 동원된 소품이었다. 그를 위한 소품이었다.

"그런데 왜 그러는 거야? 뭣 때문에 이제 와서 비밀을 털어놓는 거야? 고맙게 생각하지 않는 건 아니야. 아무리 사소한 호의라도 없는 것보다는 나으니까."

"플로렌스, 내가 그 집에 찾아간 이유…… 이유는……."

이번에는 그가 더듬거려도 그녀는 가만히 있었다.

"그녀를 죽이기 위해서였어."

"알아."

"오, 플로렌스."

그는 겨우 이 말만 하고, 모르는 사실을 이야기해주려고 하다가 맥이 풀린 사람처럼 구부정하게 주저앉았다. 그녀 때문에 애써 한 고백의 의미가 무색해졌다.

"누가 봐도 뻔했잖아."

그녀는 포기한 투로 말했다.

"야회복 바지 위에 걸친 양복 재킷. 불룩하게 튀어나온 코트. 서랍에서 사라진 권총. 당신은 숨기려 들지도 않았잖아."

그러더니 그녀는 아주 무덤덤하게 물었다.

"그래서 죽였어?"

그는 경악하며 그녀를 빤히 쳐다보았다.

"당신한테 들은 말을 근거로 묻는 거야. 자기 의도를 있는 대로 다 드러내놓고 그렇게 경악한 얼굴로 나를 쳐다보면……."

"하지만 꼭 그렇게 냉정하게 물어야 하는 건가?"

그는 가슴 아파하며 호소했다.

"미안. 내가 잘못했어."

그녀는 상당히 후회하는 듯했다.

"당신도 알다시피 내가 폭력적인 상황에 익숙하지 않잖아. 감정을 틀어막지 않고 표현하는 태도를 버리는 법이라도 배워야 할까 봐."

그가 고개를 푹 숙이자 그녀의 눈에 그의 가르마가 보였다. 그는 두 손으로 얼굴을 덮고 손 사이로 말을 했다. 웅얼거리는 것처럼 들렸다.

"이미 죽어 있더군. 숨이 끊긴 채로 누워 있었어. 범인은 누군지 모르겠어. 내가 아니라는 것만 알 따름이야."

그녀는 그의 손을 잡았다. 그러고는 엄마처럼 손등을 토닥였다.

"당연히 당신은 아니야. 당연하지."

그는 퍼뜩 무언가를 떠올리고 정신이 든 표정으로 고개를 들었다.

"증명할 방법이 있어. 내가 범인이 아니라는 걸 증명할 방법이. 잠깐, 그게 어디 있지……?"

그는 재킷을 벗고 있다는 데 잠시 소스라치게 놀랐다가 벌떡 일어나 욕실로 들어가서 재킷을 들고 돌아왔다.

"여기. 여기 이거. 방안에 이게 있었거든."

그는 그녀에게 쪽지를 건넸다.

그녀가 큰 소리로 읽었다.

"이제 기분이 어떠신가, 스트리클랜드 씨?"

평소에도 그녀의 머리가 그보다 훨씬 빠르게 돌아갔다.

"쪽지를 그냥 두고 왔어야지. 범인이 두고 간 자리에 그대로 뒀어야지. 여기 가지고 오면 경찰이 못 보잖아."

"하지만 얽히기 싫어서……."

그녀는 문득 생각을 바꾸었다.

"차라리 잘된 것일 수도 있어. 그래, 당신 판단이 옳을지 몰라. 하지만 어딜 가든 들고 다녀. 꼭 붙들고 다녀. 부득이한 상황이 되면 보여줄 수 있게. 하지만 당신 때문에 가치가 많이 떨어졌어. 당신이 들고 와버렸으니 거기서 발견한 쪽지라는 걸 입증할 방법이 없잖아. 당신이 직접 쓴 쪽지가 아니라는 건 당신 아니면 경찰 측에서 입증할 수 있겠지만, 어디에나 있을 수 있는 쪽지잖아. 다른 데 있던 쪽지일 수 있게 됐잖아. 이제는 엎질러진 물이 되어버렸어."

그녀는 이 말을 듣고 실망하는 그의 눈빛을 보더니 이렇게 덧붙였다.

"하지만 쪽지가 없어도 당신은 안전해. 당신이 범인도 아닌데 경찰에서 뒤집어씌울 수 있겠어? 그렇다면 완벽한 오판이지. 그럴 일은 없을 거야."

"하지만 경찰이 찾아올 거야. 분명 올 거야. 와서 신문을 할 거야."

그녀는 유감스럽다는 듯이 고개를 끄덕였다.

"경찰에서 그녀의 과거를 캐겠지. 그리고 그 관계가…… 좀 길었잖아."

"플로렌스, 당신이 도와줘야 해! 저들이 과거에 대해 무얼 알아내건 별로 중요하지 않아. 오늘밤의 일만 모르게 할 수 있으면. 당신이 오늘밤에 성대한 파티를 열었잖아. 얼마나 훌륭해. 수십 명의 사람들이 내가 오늘 끝까지 자리를 지킨 걸 보았잖아. 플로렌스, 나는 밤에 손님들이 모두 떠난 뒤에 집밖으로 나가지 않은 거야. 절대 나가지 않은 거야, 알겠지? 플로렌스, 나를 배신하지 않을 거지? 나를 지켜줄 거지? 당신이 유일한 희망이야."

"난 당신 아내잖아, 휴. 잊었어? 당신 아내잖아."

이 말이 전부였다. 그와 시선을 맞추는 그녀의 눈에서 보이는 것이라고는 다정한 헌신의 눈빛뿐이었다.

그는 그녀의 가슴에 고개를 묻고 흐느낌에 가까운 깊은 안도의 한숨을 터뜨렸다.

그녀는 달래듯 부드럽게 머리칼을 쓰다듬었다. 아내로서의 배려심을 총동원해 용서한다는 듯이, 이해한다는 듯이 쓰다듬었다.

그녀는 화요일에서 수요일로 넘어가는 밤에 죽었다. 수요일에는 아무 일이 없었다. 목요일에도 아무 일이 없었다. 신문은 밋밋하고 평범했다. 하얀 바탕에 까맣게 찍힌 냉랭한 활자에 불과했다. 그는 숨을 죽였다. 그러다 금요일, 드디어 사건이 신문 밖으로 튀어나와 생명을 얻었고 급기야 한 남자가 문지방으로 들이닥치기에 이르렀다.

"안으로 들여보내게."

그는 해리스에게 말했다가 금세 말을 바꾸었다.

"아니, 잠깐만."

그는 책상에 앉아서 서류를 살피는 자세를 취했다. 아니, 이상

해 보였다. 여기는 사무실이 아니다. 이번에는 큼지막한 가죽 소파에 몸을 기대고 앉아 다리를 꼬아보았다. 그러다 일어나 책장에서 책을 한 권 꺼내고 상자에서 시가를 한 대 꺼낸 뒤 소파에 앉았다.

"됐네. 이제 안으로 들여보내게."

남자는 그다지 인상적이지 않았다. 키가 크고 뼈가 앙상하며 빰이 움푹 들어간 친구였다. 자신이 없어 보이는 태도에서 초보 티가 났다. 며칠 동안 셔츠도 갈아입지 않은 모양이었다. 소맷부리가 닳아서 군데군데 실밥이 보였다.

"번거롭게 해드려서 죄송합니다, 스트리클랜드 씨. 경찰에서 나왔습니다. 몇 가지 여쭈어도 될까요?"

"앉으시죠. 네, 괜찮습니다."

남자는 자리에 앉아서 몸을 앞으로 심하게 숙였다. 손목은 그 자리에 둔 채 몸만 앞으로 숙였다. 그는 경외감이 어린 눈빛으로 방 안을 둘러보더니 경외감이 어린 눈빛으로 스트리클랜드를 쳐다보았다. 이런 데서 사는 사람을 처음 보는 듯한 눈빛이었다.

"담배 한 대 피우세요. 불은 거기 있습니다."

스트리클랜드는 긴장을 풀어주기 위해 이렇게 말했다.

남자는 실수로 잉크통을 집었다.

"아뇨, 당신 바로 옆에요."

이번에는 제대로 집었지만 불을 켜지 못했다.

"그냥 밑으로 내리면 됩니다. 살짝 누르세요."

하지만 이 무렵에 이르자 그는 포기하고 자기 성냥을 썼다.

그러다 이번에는 성냥을 처리하지 못해 손가락 사이에 끼우고 쩔쩔맸다.

맙소사, 이런 작자를 두려워했다니. 스트리클랜드가 생각했다.

"어떤 걸 묻고 싶으신 겁니까?"

그가 재촉했다.

남자는 조금 전까지 무슨 말을 하고 있었는지 잊어버린 것처럼 움찔했다.

"아…… 네. 그렇죠. 그러니까…… 혹시…… 에스터 홀리데이라는 여자와…… 숙녀와 아는 사이였습니까?"

"네, 그렇습니다."

스트리클랜드는 곧바로 대답했다.

"잘 아는 사이였습니까?"

"남자로서 알 만큼 아는 사이였죠."

그는 먼저 그 사실을 실토한 다음 이렇게 말했다.

"저는 그런 부분에 관한 한 솔직합니다. 하지만 그것도 예전 이야기예요. 일 년 반 전에 끝났으니까요."

남자는 자기 담배를 만지작거렸다. 그를 보고 있는 일은 괴로웠다. 남들이 보면 그가 신문을 받는 사람이고 스트리클랜드가 신문을 하는 줄 알았을 것이다.

"그런데 그 여자가 죽었습니다."

"그냥 죽은 게 아니라 살해당했죠. 신문에 실린 기사 읽었습니다. 전부 다요."

"최근에는 만난 적 없으시죠, 스트리클랜드 씨?"

"네."

"마지막으로 만난 게 언제였습니까?"

"육 개월도 더 전이었을 겁니다."

"아, 그렇군요……."

지난주에 만든 진저에일만큼이나 김이 빠진 목소리였다.

"그렇다면……."

더이상 무슨 말을 하면 좋을지 모르는 눈치로 그는 자리에서 일어섰다.

스트리클랜드도 자리에서 일어섰다. 들고 있던 책은 아무 생각 없이 옆 테이블에 내려놓았다.

남자는 면담을 우아하게 마무리짓고 예의 바르게 물러나는 방법을 모르는 사람들이 이런저런 것들을 괜히 집적거리듯 그 책을 만지작거렸다.

"신간입니까?"

"천만에요. 아주 오래된 책입니다."

스트리클랜드는 잘난 체 대답했다.

"아. 저는 그냥, 아직 뜯지 않은 페이지도 있기에……."

"거기까지 읽질 않아서요."

이럴 때는 질문을 들으면 숨 돌릴 틈도 없이 잽싸게 대답을 날리는 게 상책이다.

캐머런은 멍하니 엄지손가락으로 한 페이지 모서리를 훑었다. 맨 첫 장이었다. 그 뒤로 서너 장이 붙어 있었다.

그는 책을 덮고 머릿속을 비운 뒤 밖으로 나갔다.

그날 밤 두 사람이 잠자리에 들 준비를 하고 있을 때였다. 그는 벌써 잠옷으로 갈아입고 자기 침대 끄트머리에 앉아 있었지만, 누워서 쉴 마음이 없든지 쉴 수가 없는 것 같았다. 허리를 구부정하게 숙이고 어깨를 축 늘어뜨린 채 헐렁하게 손깍지를 끼고 암담한 눈빛으로 바닥만 멍하니 쳐다보았다.

그녀는 화장대 앞에 앉아 있었다. 똑같이 고개를 숙이고 있었지만 정신이 딴 데 팔린 그와 달리 한 가지에 집중하느라 그런 거였다. 손톱을 뾰족하게 다듬고 있었던 것이다.

마침내 그녀가 입을 열었다.

"그 여자, 손은 어땠어? 그 여자 말이야."

그는 누굴 말하는지 알고 있었기 때문에 인상을 쓰며 쓴맛을 없애려는 사람처럼 손날로 입을 훔쳤다.

"내가 기억을 건드리면 심란해?"

그녀가 눈치껏 물었다.

"아니. 안 그래도 생각중이었어. 요즘 계속 그 생각뿐이지. 뭐,

다른 여자들하고 비슷했던 것 같은데? 부드럽고 남자들에 비해 하얗고……."

그는 한숨을 쉬며 대답했다.

"아니, 어디 있었느냐고 묻는 거야. 어땠느냐고. 당신이 그랬잖아, 손이 목에 있었다고 당신이 그랬잖아."

"아."

그는 이제야 그녀의 의도를 알아차렸다.

"이렇게 하고 있었어. 자기 목을 보호하려는 것처럼, 뭔가를 풀어내려는 것처럼. 그리고 갈고리 모양으로 굳었더라고. 누구라도 그랬겠지만."

그가 직접 보여주었다. 그녀는 자기 손으로 따라하며 거울로 손을 유심히 관찰했다.

"그럼 범인의 손을 할퀴었겠네. 거기 상처를 남겼겠네."

"아마도. 그것 말고는 달리 할 수 있는 게 없었을 테니까."

그녀가 더이상 아무 말이 없었기에 그는 이내 고개를 들고 물었다.

"뭣 때문에 물어본 거야?"

"상상을 해본 거였어. 내 손을 보고 있으니 그 여자 손이 생각나서. 미안해, 나 때문에……."

"괜찮아."

그는 다시 고개를 숙였다.

그녀가 화장대 양쪽에 놓인 실크 갓이 달린 스탠드 줄을 잡아당기자 모두 불이 꺼졌다. 그녀는 자리에서 일어나 그의 침대로 건너왔다. 그녀가 실크 가운을 벗자 바스락거리는 소리가 났다. 그러다 가운을 팔꿈치 높이까지 내리다 말고 멈추었다. 고개를 돌려 걱정스러운 눈빛으로 그를 쳐다보았다.

"잘 수 있겠어?"

"노력해봐야지."

"그래, 하지만 성공할 수 있겠어? 중요한 건 그거잖아."

"내 걱정은 하지 마. 불 꺼도 돼."

"알았어. 그렇지만 밤새 그렇게 침대에 걸터앉아 있을 수는 없잖아."

"제대로 누우면 다시 생각날까 봐서 그래. 어제 밤새도록 그랬거든. 깜빡 잠이 들었다 깰 때마다 온몸이 땀범벅이었어. 끔찍한 광경이었으니까. 그런 광경은 평생 처음이었어. 전혀 생각지도 못했으니……."

가장 중요한 부분은 이야기하지 않았다. 허리띠를 쓴 것에 대해서는 말이다.

그녀는 집게 손톱으로 입술 모서리를 살짝, 아주 살짝 긁었다.

"오늘밤에는 그러지 않을 거야. 계속 그러면 진찰을 받아봐야겠다. 어떻게 하면 되는지 좋은 수가 생각났어."

그녀는 가운을 다시 걸치고 욕실로 들어갔다가 수면제 병을 들고 나왔다.

"이걸 먹어. 충격이 가라앉을 때까지. 손 내밀어."

그는 어린아이처럼 고분고분 손을 내밀었다.

그녀는 약병을 톡톡 두드려 알약 두 알을 그의 손바닥 위로 떨어뜨렸다. 그리고 약병을 들고 라벨을 읽었다.

"보통은 두 알을 먹으면 된대. 당신 같은 상황에서는 세 알을 먹어도 될 것 같은데."

그녀는 약병을 두드려 한 알 더 꺼내더니 약병을 똑바로 세우고 물었다.

"네 알 먹어보는 건 무서워?"

"아니. 잠을 잘 수만 있다면야……."

그녀는 네 번째 알약을 꺼내고 뚜껑을 닫았다.

"물 가져다줄게."

그녀가 돌아왔을 때 그는 네 번째 알약까지 삼킨 뒤였다. 나머지 세 알을 이미 입에 물고 있었던 것이다.

"이제 누워. 약효가 돌면 버티지 말고. 내가 머리 위에 손 얹어줄까?"

그는 멋쩍은 미소를 지으며 부끄러움이 담긴 눈빛으로 그녀를 흘끗 쳐다보았다.

"아니, 괜찮아. 나한테 참 잘해주는군, 플로렌스."

"그럼 어떻게 할 줄 알았는데?"

그녀는 다정하게 눈을 반짝이며 물었다.

"어쨌든 그 여자는……."

"다 끝난 일이잖아. 그런 식으로 섬뜩하게 끝나서 유감스럽기는 하지만. 당신과 나 사이에서는 모두 지나간 일이야."

그녀는 그를 위해 베개를 반듯이 놓아주었다. 어깨 위로 이불까지 덮어주었다. 그러고는 마지막까지 켜져 있던 불을 껐다.

"고마워, 플로렌스."

그가 반쯤 흐느끼며 말했다.

"쉬이잇. 자. 잠이나 자."

그녀가 어둠 속에서 나지막이 대답했다.

약효가 나타나기까지 어느 정도 시간이 걸렸다.

몇 번이고 깜빡 잠에 들려고 할 때마다 팽팽하게 당겨진 신경이 용수철처럼 그를 의식의 수면 위로 튕겨 보냈다. 마침내 그는 어두컴컴한 망각의 바닷속으로 가라앉았고 더이상 떠오르지 않았다.

딱 한 번, 수면의 기름얼룩처럼 꿈이 둥둥 떠다니며 어렴풋한 빛으로 그를 잠깐 비추다 과거 속으로 떠내려갔다.

아침이 되었을 때 그가 놀라서 터뜨린 비명소리를 듣고 그녀는 무슨 일인가 싶어 욕실 문 앞으로 다가갔다.

그가 손을 똑바로 세우고 손등을 쳐다보고 있었다.

"이것 좀 봐. 손이 온통 이래. 내가 무슨 짓을 한 거지? 어디서 이런 상처가 생긴 걸까? 지금 물을 틀려고 손을 내밀다 봤어."

그녀는 얼른 옆으로 달려가 부들부들 떨고 있는 그의 손을 잡고 자세히 들여다보았다. 손등에 빽빽하게 빨간 줄이 그어져 있었다. 짧은 것도 있고 긴 것도 있고, 얕아서 옅은 분홍색인 것도 있고, 깊어서 시커먼 빨간색인 것도 있었다.

"겁먹을 것 없어. 잠결에 당신이 긁은 모양이네."

그녀가 달래며 다른 손을 집어 들여다보았다. 그러고는 딱하다는 듯이 혀를 찼다.

"바르비탈에 알레르기가 있나 보다. 그 때문에 혈관이나 피부가 자극을 받아서 참을 수 없이 가려워졌나 봐. 다른 데는 없어?"

그는 소매를 걷었다.

"응. 손목 위로는 멀쩡해. 손목에도 상처가 좀 있긴 하지만 그 위로는 없어."

그는 미신의 공포가 어린 눈으로 그녀를 쳐다보았다.

"그러고 보니 꿈을 꿨던 게 생각이 나. 그 여자가 등장하는 꿈을. 결국 기억이 찾아온 거야, 다른 형태로. 아, 어찌나 끔찍하던지……."

그는 부들부들 떨며 한 손으로 수납장에 달린 거울을 짚어 몸을 가누었다.

"그 여자가 나더러…… 자기가 당한 일을 나더러 저지르게 했어(무슨 소리인지 당신도 알지?). 내 양손을 붙잡고 목 쪽으로 끌고 가려고 했어. 그녀가 그럴수록 나는 더 열심히 뿌리쳤고. 꿈속에서 비명을 지르는 사람은 그녀가 아니라 나였어. 손톱이 박힐 정도로 어찌나 손을 꽉 움켜쥐는지 빠져나올 수가 없더라고. 마침내 뿌리쳤을 때 그녀의 얼굴이 서서히 꺼지는 전구처럼 희미해지더군."

그는 땀으로 젖은 이마를 훔쳤다.

"그런데 그녀가…… 그 여자가 당신 가운을 입고 있었어! 그녀가 맞는데, 당신 가운을 입고……."

"쉬이잇. 다시 떠올릴 필요 없어. 그 꿈 때문에 어떻게 됐는지 봐. 잠깐 기다려, 내가 치료해줄 테니까."

그녀가 조용히 하라는 뜻에서 손가락을 살짝 그의 입술에 붙였다 떼며 말했다.

그녀는 솜을 꺼내 하마메리스 액을 묻히고 찢겨서 피가 말라붙은 상처를 가볍게 두드렸다.

"아직도 따끔거리네? 시간이 꽤 흘렀는데도."

그가 놀라워하자 그녀가 장담했다.

"없어질 거야. 일주일이면 감쪽같이 사라질 거야."

소환되어 계단을 내려가던 길에 플로렌스와 마주쳤다. 두 사람은 눈짓을 주고받았다. 그녀는 걱정스러워하는 눈빛이었고, 그는 불길한 예감을 받은 눈빛이었다.

두 사람 다 아무 말도 하지 않았다. 그는 이번이 두 번째라는 의미에서 손가락을 두 개 들어 보였다.

그녀는 그것이 마음에 들지 않는다는 듯이 고개를 끄덕이며 입술을 깨물었다.

그녀는 그의 팔뚝을 잡고 무언의 응원을 보냈다. 그러다 낫느라 갈색으로 딱지가 앉기는 했지만 밤새 생긴 불가사의한 생채기가 여전히 눈에 띄는 그의 손등을 불현듯 쳐다보았다.

그녀는 더이상 내려가지 말고 기다리라는 신호를 허둥지둥 보냈다. 그런 다음 계단을 황급히 내려가더니 복도를 따라 그의 외출복을 놓아두는 곳으로 달려갔다. 외투 주머니를 뒤지는 그녀의 모습이 눈에 들어왔다.

그녀는 장갑을 들고 돌아와서 나지막이 속삭였다.

"이걸 껴."

"하지만 저들이 수상하게 여기지 않을까? 집안인데."

"하지만 그 상처가…… 거기서 생긴 거라고 생각할지 모르잖아……. 감추는 게 나아."

그는 헉 하고 숨을 들이쉬었다.

"방금 전까지 그런 생각은 하지도 못했는데! 맙소사, 그런 식으로 오해를 할 수도……."

그는 경악하며 숨을 헐떡였다.

"보이지 않으면 아무 오해도 안 할 거야. 그러니까 안 보이게 그걸 끼고 있어."

"집안이잖아! 무슨 수로?"

"그럼 외출을 했다가 방금 들어온 척해. 자, 이렇게."

그녀는 다시 내려가 이번에는 모자와 외투를 들고 왔다. 방금 전에 벗은 것처럼 손에 모자를 들고 팔에 외투를 걸치게 했다.

"저들이 도착했을 때 내가 집에 있었다는 걸 알잖아. 집사가 그렇게 알렸는걸."

"그럼 외출하려던 참인 척해. 나가는 길이었던 것처럼. 뭘 하든 장갑은 꼭 끼고 있어."

서재 문이 느닷없이 열리면서 캐머런의 얼굴이 등장했다. 뭣 때문에 이렇게 안 오나 싶어서 내다본 것이었다.

괴로워하는 표정을 짓고 모략을 꾸미는 냄새를 풍기며 정지된 자세로 서 있던 두 사람은 움직이기 시작했지만 무언가 꺼림칙한 여운을 남겼다. 두 사람은 헤어졌다. 그는 계단을 내려가기 시작했고 그녀는 올라가기 시작했다. 하지만 정지 자세를 들키고 말았다. 몇 초 늦었던 것이다. 연기도 훌륭하지 못했다. 특히 그녀가 요란하게 물러섰다.

그는 계단을 내려가 캐머런이 잠깐 내다보고 닫은 문을 열었다.

"오셨습니까?"

그는 점잖게 운을 뗐다.

모두 세 사람이었다. 두 명은 처음 보는 얼굴이고 한 명은 전에 왔던 사람이었다. 그는 그것이 마음에 들지 않았다.

그들이 모자와 외투를 눈으로 훑었다.

"외출하시려던 참이었나 봅니다, 스트리클랜드 씨?"

"네, 막 나가려던 참이었습니다."

"죄송하게 됐군요. 하지만 면담을 먼저 해주셔야겠습니다."

은근했지만 명령에 가까웠다.

"물론이죠. 그렇다마다요."

그는 고분고분하게 대답하면서 외투를 의자에 내려놓고 모자를 그 위에 얹었다.

"앉으십시오, 편하게."

캐머런이 한 말이었다. 이번에도 은근한 명령이었다.

그는 자리에 앉았다. 순간 플로렌스로 인해, 아니 그녀의 충고로 인해 장갑과 장갑으로 가린 손이 숨겨지기는커녕 더욱 부각되고 있다는 깨달음이 퍼뜩 찾아왔다. 장갑으로 스포트라이트가 쏟아지게 된 것이었다. 그는 이러지도 못하고 저러지도 못하는 상황에 처했다. 눈에 띄지 않게 벗을 방법도 없고, 눈에 띄지 않게 끼고 있을 방법도 없었다.

"몇 가지 여쭈어보겠습니다."

캐머런이 말했다. 매력적일 만큼 서글서글한 말투였다. 오늘은 전에 보였던 서투른 태도가 아니었다.

그는 이제 자리에 앉아 있었다. 피할 방법이 없었다. 그는 장갑을 낀 손을 슬그머니 최대한 멀찌감치 치우려고 했다. 한 손은 허벅지와 의자 사이에 넣으려고 했다. 그런 다음 나머지 손은 재킷 단추 사이로 조금이나마 들여놓으면…….

캐머런은 한 번도 스트리클랜드의 손으로 시선을 돌리지 않았다. 그의 손이 움직이고 있는 지금도 마찬가지였다. 그가 캐머런의 눈을 쳐다보고 있기에 장담할 수 있었다. 잘하면 무사히 지나갈 수 있을 것 같은데.

갑자기 조그맣고 반질반질한 하얀색 상자가 앞에 나타났다.

"담배 한 대 피우시죠, 스트리클랜드 씨."

그는 무심결에 손을 내밀다 움찔하고 다시 거두었다.

"아닙니다. 지금은…… 지금은 괜찮습니다."

"아, 왜 이러십니까. 다 같이 한 대씩 피우려고 하는데. 함께하시죠."

"지금은 괜찮습니다. 생각이 없어요."

하얀색의 조그만 상자가 뒤로 멀어지더니 사라졌다. 이번 작전은 실패였다. 아니, 성공이라고 해야 할까?

"집안에서 장갑을 끼고 있어야 하는 이유가 있습니까, 스트리클랜드 씨?"

몸안의 피가 공중제비를 넘으며 얼굴로 쏠렸다가 가셨다.

"아……. 외출하려던 참이라서요."

"하지만 모자와 외투를 벗었잖습니까."

그는 퉁명스럽게 한숨을 내뱉으며 오기를 부렸다.

"내가 장갑을 끼고 있겠다는데 거슬리십니까?"

"아뇨. 선생께서 불편하지 않을까 싶어서요. 장갑을 뒤집어서 끼셨거든요."

캐머런이 깍듯하게 대답했다.

손가락을 에두른 솔기에 두툼한 실이 튀어나와 있었다. 그녀가 뒤집힌 장갑을 주었던 모양이다.

그에게서 오기와 더불어 얼굴의 핏기가 사라졌다.

그들은 무언가를 기다리고 있었다. 손은 이제 길이가 백이십 센티미터, 너비가 육십 센티미터로 클로즈업되었다.

"장갑 벗고 싶지 않으십니까, 스트리클랜드 씨?"

캐머런에게 점잖다는 단어가 어울리는 때가 있다면 바로 지금이었다.

"제가 집에서 장갑을 끼고 싶다는데 벗으라고 강요할 수 없는 거 아닙니까?"

이것이 그가 생각해낸 최선의 방책이었다.

"그렇긴 하죠. 장갑을 벗고 싶지 않은 아주 강력한 이유가 있는 모양입니다."

"없습니다! 그런 거 절대 없습니다!"

이제 그는 땀을 줄줄 흘리고 있었다.

"그럼 벗으시죠. 더우신 것 같은데. 저희들보다 훨씬 더우신 것 같은데."

그는 손가락 끝을 잡아당겨 장갑을 바닥으로 떨어뜨렸다.

정적을 배경으로 그의 숨소리가 분명하게 들렸다. 모래 위를 걷는 발소리 같은 소리였다.

"그걸 숨기고 싶으셨던 겁니까? 어쩌다 생긴 상처입니까?"

"모…… 모릅니다. 어느 날 아침에 일어나 보니 이렇게 되어 있었어요. 잠…… 잠결에 그랬던 모양인데…… 꿈을 꾸다……."

그들은 아무 말도 하지 않았다. 그들의 경멸이 어떤 말보다 크게, 어떤 야유보다 크게 느껴졌다. 그들의 눈꺼풀이 그를 비웃으며 껌뻑이는 것처럼 느껴졌다.

이제 꿈속에 그들이 등장할 것이다.

알고보니 그들의 질문은 딱 두 가지였다.

"그 여자가 여기 왔었다는 걸 부인하십니까? 그날 저녁에 이 집을 찾아와 부인께서 주최한 파티에 참석하려고 했었다는 것을요."

"네, 부인합니다!"

그는 사납게 으르렁거렸다.

"집사 불러. 여자 집에서 들고 온 사진 꺼내고. 집사가 보고 맞는다고 했던 사진. 선생 앞에서 집사한테 다시 한번 확인하도록 하지요."

그는 그만두게 하려고 한 손을 들었다가 낙심한 표정으로 손을 내려놓았다.

“그녀가 문 앞까지 찾아왔을 수는 있겠죠. 하…… 하지만 나는 못 봤습니다.”

“선생이 보았다고 입증할 방법은 없습니다. 선생의 시력은 우리가 어떻게 할 수 있는 부분이 아니니까요. 하지만 선생이 문 앞에서 누군가에게 두 번 다시 이런 짓을 했다가는 살아남지 못할 줄 알라고 말했다는 건 입증할 수 있습니다. 그 누군가가 그녀였다는 것도요. 우회적으로 똑같은 결론에 이르게 되는 거죠.”

그들은 그 발언이 부식 작용을 일으킬 시간을 허락했다. 그는 이제 밀물을 만난 모래성처럼 무너져 내렸다.

잠시 후 두 번째 질문이 등장했다. 두 번째이자 마지막 질문이었다.

“자, 그럼 이건 어떻습니까? 선생이 그날 밤 답방 차원에서 그녀의 집을 찾아갔다는 것도 부인하십니까? 이자를 붙인 답방 말입니다.”

“부인합니다! 내가 파티에 참석한 걸 수십 명이 똑똑히 봤어요. 파티가 끝난 후에 나는 2층으로 올라가서 곧장 잠자리에 들었고요!”

“수십 명을 저희가 어쩔 수는 없고요. 한 명이면 족합니다. 이를테면…….”

캐머런은 즉흥적으로 떠오른 생각인 것처럼 동료 쪽으로 고개를 돌렸다.

"……이분의 사진을 보고 맞는다고 한 택시 기사 있잖아. 여자의 집 앞까지 태워줬다고 한 택시 기사. 기사를 불러다 이분을 직접 보여주면서 확실한지 다시 한번 확인하도록 하지."

이번에도 스트리클랜드는 저지하려는 듯 주춤거리며 손을 들었다 떨어뜨렸다. 입을 다무는 조건으로 천 달러를 주었건만! 천 달러보다 더한 게 뭐가 있을까? 그는 이게 무슨 의미인지를 파악하지 못한 채 멍하니 속으로 생각했다. 아니지, 입을 다물지 않는 조건으로 천오백 달러, 심지어 이천 달러를 준 사람이 있을지 모르지. 누군지 알 수 없지만.

"제 사진은 어디서 구했습니까?"

그가 멀거니 물었다.

그들은 대답하지 않았다. 이제 보니 다들 희한한 표정을 짓고 있었다. 어떤 표정인지 콕 집어 말할 수는 없는 얼굴이었다.

갑자기 그들이 플로렌스를 방안으로 불러들였다. 두 사람이 그녀를 양쪽에서 호위했다. 플로렌스는 동정어린 눈빛으로 움찔거리며 마지못해 들어왔다. 거친 남자들 사이에 있어서 몹시 작고 연약해 보였다.

그는 몸을 반쯤 일으켰다.

"여러분, 왜 이러는 겁니까? 이러시면 안 되죠. 아내는 끌어들이지 마십시오!"

그들은 못 들은 척하며 공손하게 예의를 갖추어 그녀를 자리에 앉혔다. 그녀는 그들이 미끼로 유인하고 속여서 덫으로 잡아 아무렇게나 데려온 증인이 아니었다. 높은 자리에서 잠시 내려오는 우아한 호의를 베풀어 남자들 세상의 흙탕물에 발을 담근 귀부인이었다.

"스트리클랜드 부인, 5월 31일, 그날 밤 부인께서 개최한 파티가 끝난 뒤 새벽에 남편께서 집을 나간 적이 없다고 하셨죠?"

"아뇨. 그게 아니라 제가 아는 한 남편은 그날 새벽이나 다른 때에 이 집을 나간 적이 없다고 했죠."

그녀가 대답했다.

"왜 자꾸 그런 식으로 단서를 달려고 하십니까?"

캐머런이 물었다.

"왜 자꾸 제가 맨 처음에 한 말을 고치려고 하세요?"

그녀는 아주 애교 있게 맞받아쳤다.

"발언을 수정하거나 고칠 생각이 있으신지 여쭙겠습니다."

"없어요."

그녀는 이렇게 대답하고는 그만이었다.

"교묘하게 빠져나가시는군요. 부인이 저희보다 몇 배는 더 머리가 좋으신 것 같습니다. 부인의 저의를 알겠습니다. 제가 그럴 생각이 있으시냐고 여쭈었더니 곧이곧대로 생각이 없다고 대답하시는군요."

캐머런이 깍듯하게 말했다.

"묻는 말에만 대답해야 하는 거 아닌가요? 곧이곧대로 대답하지 않으면 안 되잖아요."

그녀가 붙임성 있게 대꾸했다.

"이건 심각한 문제입니다, 스트리클랜드 부인."

그녀는 유감스러워하는 눈으로 캐머런의 눈을 들여다보며 말했다.

"아주 심각한 문제죠."

"지금은 제가 처음 그 질문을 던졌을 때와 상황이 달라졌습니다. 그래서 다시 한번 여쭈려고 부인을 부른 겁니다. 줄리어스 글레이저라는 택시 기사가 그날 밤에 남편분을 태웠다고 합니다."

그는 봉투를 꺼냈다.

"입을 다무는 대신 뇌물 조로 남편분께 받았다며 그가 넘긴 천 달러예요. 신의를 지키려는 부인의 심정은 이해하지만 이제는 그래봐야 소용없습니다. 자, 다시 한번 묻겠습니다. 파티가 끝나고 새벽에 남편께서 집을 나간 적이 있습니까?"

"남편에게 불리한 증언을 하도록 실력을 행사하실 생각이신가요?"

"아뇨."

그녀는 한숨을 쉬고 고개를 숙였다. 더이상 아무 말도 하지 않았다.

하지만 대답을 한 거나 마찬가지였다!

의기양양하게 눈짓을 교환하는 그들의 모습이 보였다. 그는 극심한 공포에 갑자기 사로잡혔다. 이제 비장의 무기를 꺼내야 할 때가 됐다. 그게 아니면 어떤 것도 그를 구할 수 없다.

"플로렌스, 이분들한테 쪽지를 보여줘! 쪽지 말이야, 플로렌스! 내가 당신한테 준 그거!"

그녀는 어안이 벙벙한 표정으로 그를 쳐다보았다.

"플로렌스, 그 쪽지!"

그는 이제 고함을 지르다시피 했다.

그녀는 당혹스러워하며 고개를 저었다. 도움을 주고 싶지만, 도울 수 있다면 능력이 닿는 한도 내에서 무엇이든 할 작정이지만, 뭘 어쩌라는 건지 알지 못하는 사람처럼 괴로워하는 눈으로 쳐다보았다.

"무슨 쪽지 말이야, 휴?"

그녀가 애원조의 낮은 목소리로 물었다.

"플로렌스……. 플로렌스……."

그들은 그를 붙잡아 의자에 앉혀야 했다.

그녀는 그가 원하는 게 무엇인지 이해하지 못하는 좌절감에 손수건으로 눈가를 찍어가며 흐느꼈다.

"당신이 내게 준 거라고는……."

"준 거라고는? 준 거라고는?"

그들이 한목소리로 물었다.

그녀가 무심결에 핸드백을 쳐다보는 바람에 그것이 어디 있는지 감추려다 오히려 폭로한 꼴이 되었다.

캐머런이 핸드백으로 손을 뻗었다. 그녀는 그에게 핸드백을 건네지 않았지만, 몸부림치며 막지도 않았다. 그녀 같은 귀부인은 육탄으로 저지할 수 없는 법이었다. 그가 그녀의 무릎에 놓여 있던 핸드백을 가져가 안에 든 내용물을 살폈다.

잠시 후 그가 종잇조각을 꺼냈다.

"오백 달러짜리 수표로군요. 무기명이고. 날짜는 살인 하루 전……."

그녀가 엉뚱한 걸 태웠다. 끔찍한 실수를 저질렀다. 그가 태우라고 한 수표 대신 그를 살릴 수 있는 쪽지를 태워버린 것이다. 하지만 돌이킬 수 없는 실수는 아니었다. 이러니저러니 해도 '무기명' 수표였다. 발견된 장소가 비단 살인 현장이 아니라 다른 곳일 수 있었다. 그와 연결 고리가 없…….

캐머런이 수표를 뒤집어 왼쪽에서 오른쪽으로 읽었다.

"배서인. 에스터 홀리데이."

불길한 정적이 흘렀다. 잠시 후 스트리클랜드의 광분한 목소리가 정적을 갈랐다.

"아니에요, 아닙니다! 내가 들고 왔을 때는 배서가 없었…….

그건 그 여자의 서명이 아닙니다! 그럴 리 없어요! 내가 그걸 주웠을 때 그녀는 이미 죽은 사람이었어요……. 위조된 거예요! 누군가가……."

퍼뜩 플로렌스의 눈을 쳐다보았다. 뭔가 수상했다……. 그녀의 눈은 울음기 없이 냉랭했다. 남들은 보지 못하는 미소가 깊숙한 곳에 깔려 있었다. 그는 말을 멈추었다. 스위치가 꺼지기라도 한 것처럼 목소리가 끊어졌다. 그 뒤로 단 한 마디도 하지 않았다.

캐머런은 설명을 기다리는 듯 손을 들었다가 내렸다.

"'들고 왔을 때는'이라고 방금 말씀하셨죠. '내가 그걸 주웠을 때 그녀는 이미 죽은 사람'이었다고도 하셨고요. 당연히 그랬겠죠. 그녀를 죽여야 수표를 가져올 수 있었을 테니까요."

그는 동료들을 둘러보았다.

"이로써 공식적으로 사건이 성립됐네. 여기 그 여인의 손톱이 남긴 서명도 있고. 이런 필적은 희미해지기 십상이니 사진을 몇 장 찍도록 하지."

그는 스트리클랜드의 손을 가리킨 다음 복도로 난 문을 열고 누군가를 불렀다.

"스트리클랜드 씨의 차를 준비시켜놓으세요. 우리들과 함께 가실 데가 있으니까."

그들은 스트리클랜드를 일으켜 세웠다. 그 순간만큼은 옆에서 부축을 받지 않으면 서 있을 수 없는 지경이었던 것이다. 하지만 그녀는 자리에 가만히 앉아 있었다. 그는 보았다. 아니, 보았다고 상상하는 것일까? 그녀를 잘 모르는 사람들은 알아차릴 수 없는 끔찍한 광경을 보았다.

그녀는 비탄에 젖은 것처럼 고개를 숙이고 앉아 있었다. 울음을 터뜨리거나 추태를 부리지 않으려고 애쓰는 모양으로 앉아 있었다. 한쪽 팔꿈치를 옆 탁자에 얹고 손으로 눈을 가려서 얼굴 윗부분이 보이지 않았다. 하지만 그가 서 있는 자리에서는 입술 끝이 보였다. 굵은 주름이 패어 일그러진 입술이 탄식으로 찡그린 것처럼 보였지만, 그는 전에도 보았던 표정이기에 착각하지 않았다. 그것은 결정적인 증거라 할 수 있는 사악한 비웃음이었다. 씁쓸하지만 달콤한 승리의 훈장이었다. 정교한 복수의 의미가 담긴 희미한 미소였다.

죽은 에스터 홀리데이의 찡그린 얼굴보다 더 끔찍하고 그만큼 싸늘했다.

그는 고개를 돌려 (상대적으로) 연민이 느껴지는 캐머런의 인간적인 얼굴을 애원하듯 바라보았다.

"아내하고 잠깐만 이야기하게 해주세요. 단둘이서 잠깐요. 나가기 전에 잠깐이면 됩니다."

"우리 시야에서 벗어나면 안 됩니다, 스트리클랜드 씨. 지금 이 순간부터 선생은 구속된 피의자 신분이에요."

"이 방밖으로 나가지 않아도 됩니다. 한쪽 구석에서……."

"핸드백 주십시오, 부인."

그들은 핸드백을 수거해갔다. 그녀가 자해 도구를 슬쩍 쥐여줄 수도 있으니 예방 차원에서 취한 조치였다. 그들이 괜한 걱정을 하고 있다는 생각에 그는 참담해졌다. 그녀가, 그녀의 존재 자체가 자해 도구인 것을.

그녀는 자리에서 일어나 경찰들과 어느 정도 거리를 두고 벽 앞에 서서 그가 걸어오길 묵묵히 기다렸다. 참으로 침착하고 만면에 미소가 가득한 것이 매력적이기 그지없었다. 예전에 자칭 감정을 틀어막는다고 했던 분위기가 온몸에서 풍겨 나왔다.

"나한테 왜 이러는 거요, 플로렌스? 나는 그 여자를 죽이지 않았어."

그녀는 다른 사람들에게 들리지 않도록 조심스럽게 목소리를 조절했다. 입술을 거의 움직이지 않았는데도 그에게는 한 단어, 한 단어가 끔찍하리만치 또렷하게 전달됐다. (원래부터 그렇게 발음이 훌륭했다.)

"당신이 죽이지 않았다는 거 나도 알아, 여보. 그게 당신의 가장 큰 실수일 수도 있어. 만약 그녀를 죽였더라면 나한테 진 빚을 청산할 수 있었을 텐데. 그랬더라면 어떤 일이 있더라도 옆을 지키며 끝까지 당신을 위해 싸웠을 텐데. 하지만 그러지 않았어. 당신 손으로 그녀를 나에게서 제거하지 않았어. 그래서 나에게 진 엄청난 빚이 고스란히 남았지. 나는 채무 관계에 관해서는 정확한 사람이야. 당신 빚은 당신이 갚아야 할 거야, 휴. 고통과 굴욕으로 얼룩

진 삼 년의 대가는 크니까. 아주 크지."

뒤에서 누군가가 수갑을 준비하는 쇳소리가 들렸다.

그녀는 웃는 얼굴로 그를 보며 서 있었다. 참으로 침착하고, 매력적이며, 흔들림이 없었다.

# 004

## 세 번째 랑데부

여전히 컴컴한 밤의 끝자락이었지만 그녀는 뜬눈으로 가만히 누워서 밤이 조금만 더 계속되길 간절히 빌었다. 밤이 계속되길 기도하는 날이 올 줄은 꿈에도 몰랐다. 그녀는 항상 밤이 아니라 낮을 좋아했다. 어둠이 아니라 빛을 좋아했다.

"평소보다 조금 더 늦게 날이 밝도록 해주세요. 하루가 조금 더 늦게 시작하게 해주세요. 주님은 할 수 있잖아요. 조만간 날이 밝을 수밖에 없다는 거 알아요. 하지만 주님, 천천히 오게 해주세요."

등을 대고 똑바로 누워 어둑어둑한 천장을 올려다보며 하는 기도였다. 천장 너머에서는 전쟁의 신 마르스가 그녀를 둘로 갈라놓으려고 서성이고 있었다.

그녀는 기도를 하는 동안 양손으로 어떤 손을 꽉 쥐고 있었다. 이 세상에서 가장 소중한 손이었다. 그녀가 죽을 때까지 놓고 싶지 않은 손이었다.

예쁜 손은 아니었다. 볼품없고 울퉁불퉁하며 힘줄투성이에 튼튼한데다 손바닥은 거칠고……. 하지만 아, 그 손은!

그녀는 고개를 돌리고 다시 손에 입을 맞추었다. 벌써 열다섯 번은 입을 맞추었을 것이다.

시끄러운 소리와 부드러운 소리, 이렇게 두 가지 음색을 재치 있게 내는 자명종이 부우웅 하고 나지막이 울렸다. 그녀의 기도가 이루어지지 않은 것이다. 자명종은 소리를 내는 게 아니라 진동을 했다. 1단계면 그렇게 나지막이 진동하듯이 울렸다. 2단계일 때는 시끄러운 소리를 냈다. 그녀가 얼른 손으로 치자 자명종이 멈추었다.

그녀는 잡고 있던 손을 주인의 가슴 위에 미적거리며 올려놓았다. 잠시 빌렸지만 이제 돌려주어야 했다. 그녀는 자리에서 일어나 원피스와 속옷과 스타킹을 들고 손바닥만 한 욕실에 들어갔다. 그를 깨우지 않고 옷을 입기 위해서였다. 아직 불빛에 적응하지 못한 눈 위로 빛줄기가 쏟아졌고, 그녀는 불빛이 욕실 밖으로 새어 나가지 못하도록 얼른 문을 닫았다.

그러고는 울음을 터뜨렸다. 지금이 울 수 있는 마지막 기회라는 것을 알기에 실컷 울었다. 정부에서는 씩씩해야 한다고 했다. 사십팔 개 주에서는 명랑해야 한다고, 심지어 자발적이어야 한다고 했다. 사십팔 개 주는 종이 위의 그림에 불과했다. 사십팔 개 주에는 심장도, 혈관도 없다.

그녀는 이후 십오 분 동안 조그만 아파트를 돌아다니며 그를 깨우지 않고 분주하게 움직였다.

이제 모든 게 정리되고 해야 할 일들이 끝났다. 이제 힘든 부분만 남았다. 이제 결전의 순간이었다. 그녀는 용기를 낼 수 있도록 심호흡을 했다. 이제 커튼이 올라갔다. 이제 방송 시작이었다.

그녀는 침대로 다가가 살그머니 손을 뻗었다.

"자기야, 전쟁이 기다리고 있어."

남자가 눈을 뜨고 여유롭게 씩 웃었다.

"아."

그는 기억해냈다.

"오늘이 내가 가는 날이구나."

그러고는 벌떡 일어났다.

"세면대 가장자리에 면도기 준비해놨어. 내가 손도 안 베고 날까지 끼워놨어."

그녀는 엄지손가락을 핥았다.

"심하게 베지는 않았다는 말이야. 당신이 쓰는 그 튜브 뚜껑도 열어놨어. 안에 든 게 조금 나왔어. 모르고 눌렀나 봐. 그 분야에 대해서는 거기까지가 내가 할 수 있는 전부야. 아, 그거 입지 마. 저기 의자에 깨끗한 속옷 챙겨놨어."

"어차피 가자마자 벗어야 할 텐데."

"어휴, 꼭 그래야만 해?"

그녀는 조금 못마땅해하는 말투였다. 설마하니 그런 개인적인 부분까지 건드릴까?

"당신한테 보내줄 거야."

그는 면도를 하고 옷을 입었다.

"나, 시간 많이 걸렸어?"

"별로……."

그녀는 하려던 말을 바꾸었다.

"거의 안 걸렸어."

"이렇게 순식간에 면도를 마친 건 처음이야. 얼굴이 화끈거리네."

"로션 안 발랐어?"

그는 웃음을 터뜨렸다.

"오늘은 안 바르는 게 좋겠어. 바르면 좀 달짝지근한 냄새가 나서."

두 사람은 아침을 먹었다.

"무서워?"

"아니."

그녀는 눈부신 미소를 지으며 거짓말을 했다.

"당신은?"

그는 어깨를 으쓱했다. 그가 좀더 솔직했다.

"무섭지는 않지만 살짝 겁은 나. 아주 흥분이 되고. 기말고사 점수가 발표되던 날, 내가 통과할지 낙제할지 몰랐을 때 느꼈던 기분하고 비슷해. 그리고 우리가 결혼하던 날 느꼈던 기분과 비슷하기도 해. 결혼식 전날 말이야. 결혼식 다음날이 아니고."

"나는 오늘 내 의자에 앉지 않을래. 너무…… 너무 멀잖아. 당신 의자에 우리 둘이 같이 앉으면…… 좁을까?"

"떨어지지 않게 내가 한 팔로 안아줄게. 식사할 때는 한쪽 팔만 있으면 되니까."

"좀더 꽉 안아줘."

그녀가 속삭였다.

"라디오 들을래?"

그녀가 이내 머뭇머뭇 물었다.

그는 반신반의하는 눈빛으로 라디오를 쳐다보았다.

"새벽에 무슨 방송이 나올까? 이 시각에는 들어본 적 없잖아."

그러더니 "그냥 우리끼리 얘기하자" 라고 했다.

그녀는 안도의 한숨을 쉬었다. 바라던 바였다.

그가 냅킨을 내려놓았다.

"이제 그만……."

"커피 한 잔만 더 마셔."

그녀가 급히 말허리를 잘랐다.

"당신은?"

"당신 커피 마시지, 뭐."

그녀는 자기 잔을 멀찌감치 치우고 다시 기도했다. 커피잔을 앞에 두고 기도했다. 그는 그녀의 기도 소리를 듣지 못했다.

"커피가 없어지지 않게 해주세요. 바닥이 드러나지 않게 해주세요. 아래에서부터 계속 차오르게요. 마법의 힘으로, 기적의 힘으로. 주님은 할 수 있잖아요."

이번에도 그녀의 기도는 응답을 받지 못했다.

"다 마셨다."

딱 잘라 말한 그가 잔을 기울이더니 최후를 알리는 쨍그랑 소리를 내며 받침에 내려놓았다.

그는 냅킨으로 입가를 닦고 그녀의 입가도 닦아주었다. 안고 있던 팔을 풀었기 때문에 그녀는 굴러떨어지지 않으려면 일어서는 수밖에 없었다. 그도 그녀를 따라 일어섰다.

아침 식사가 끝났다. 영원히. 두 번 다시는, 두 번 다시는……. 그녀는 그런 생각을 애써 지워버렸다.

그는 전날 밤에 짐을 싸놓았다. 짐이라고 해봐야 별것 없었다.

"간밤에 전부 다 점검했으니까 다시 할 필요 없겠지? 당신이 가지고 있는 통장은 두 개야. 잃어버리면 안 돼. 앞면이 초록색인 게 이자가 2퍼센트야. 파란색인 건 1.5퍼센트밖에 안 되고. 그러니까 내가 보내주는 돈에서 남는 돈은 초록색 통장에 넣어놔."

그가 다시 한번 일렀다.

"초록색. 파란색. 잊어버리지 않도록 최대한 노력할게."

하지만 속으로 눈물을 흘리고 있었기 때문에 두 색이 섞여서 엉망진창이 되어버렸다.

"내가 수표 쓰는 걸 본 적 있겠지만, 수표를 한 장 쓸 때마다 십 센트의 수수료가 들어. 그러니까 집세나 가스 요금처럼 중요한 경우에만 수표를 써. 현금보다 안전하거든."

그는 우울한 얼굴로 말끝을 흐렸다.

"내가 뭐하러 수표며 이자를 운운하고 있는지……."

"나도 뭐하러……."

두 사람은 만원 열차 승객처럼 서로 뒤엉켰다.

"울지 마. 약속했잖아."

그가 입을 맞추는 중간에 말했다.

"안 울어. 안 울 거야."

그녀는 모자를 쓰고 외투를 입는 그를 거들고, 미리 싸놓은 짐을 건넸다.

"기차 타는 데까지 당신이랑 같이 가고 싶은데."

그녀는 말했다. 너무 일찍 얘기하면 그가 안 된다고 할까 봐 막판까지 아껴두었던 것이다.

"거기로 곧장 가는 거 아니야. 일단 집결지인 징병 위원회에 들러야 해. 모여서 다 같이 가는 거야."

그는 그들이 정말 인심도 좋다는 듯이 덧붙였다.

“교통비를 그쪽에서 내주거든.”

“그럼 징병 위원회까지만 같이 갈게.”

그녀는 이 단어를 들을 때마다 특이한 장면이 계속 생각났다. 남자들이 징과 병을 들고 일렬로 서 있는 장면이었다. 물론 그런 게 아니라는 걸 알고는 있었다.

“다른 사람들이…….”

“나는 당신을 사랑하는 마음을 남들한테 들켜도 부끄럽지 않아.”

그 말이 주효했다.

“알았어. 하지만 길모퉁이까지만이야. 징병 위원회 문 앞까지가 아니라.”

그녀는 돌아보지 않고 문을 닫았다. 집을 보고 싶지 않았다.

두 사람은 버스를 탔다. 이른 시각인데도 빈 좌석이 한 개밖에 없었다. 그녀가 그를 떠밀어 앉혔다.

“오늘은 당신이 앉았으면 좋겠어. 내가 서서 갈게.”

“다들 우리 쪽을 쳐다보고 있잖아…….”

“무슨 상관이야?”

그녀는 딱 잘라 말했다.

한 남자가 자리에서 일어나 모자를 살짝 만지고 인사하며 자기 자리를 권했다. 그녀는 고개를 저었다.

"너무 멀리 떨어져 있잖아."

그녀가 그에게 속삭였다. 통로 끝자리였다.

두 사람은 버스에서 내렸다.

"이쪽이야."

그가 말했다.

그녀는 그의 팔짱을 꼈다. 제 발로 처형장에 걸어가는 심정이었다.

두 사람은 길모퉁이에 다다랐다.

"다 왔다. 저기 저 건물이야."

회색의 큼지막한 공동주택이었다. 1층에서는 징병 위원회가 사람들을 까뒤집느라 정신이 없는데, 다른 층에는 사람들이 살고 있다는 것을 알고 그녀는 깜짝 놀랐다. 건물의 3층에서 창밖으로 걸레를 터는 여자까지 언뜻 보였다.

"저 건물이 폭발했으면 좋겠어요. 여기 서 있는 우리 눈앞에서 건물이 통째로 폭삭 무너졌으면 좋겠어요."

그녀는 기도했다.

이번에도 그녀의 기도는 이루어지지 않았다. 기도대로 된다 한들 다른 건물로 이전하면 그만일 것이다.

두 사람은 이제 고개를 돌려 얼굴을 마주보고 섰다. 무슨 말을 하면 좋을지 모르는 눈치였다. 할말이 없어서가 아니라 너무 많기 때문이다. 그런데도 말문이 막혔다.

"저것 봐. 저 사람들도 똑같네. 여자가 여기까지 따라왔잖아."

그녀가 근처에 멈추어 서 있는 커플을 가리키며 말했다.

그는 그들을 훌륭한 본보기로 삼았다.

"보이지? 여자가 안 우는 거 보이지?"

당신은 저 여자한테 속아 넘어갔을지 몰라도 나는 아니야. 나도 여자거든.

한 남자가 혼자서 모퉁이를 쏜살같이 돌아 나오더니 그들 앞을 달려 지나갔다. 남자는 일련의 과정을 함께 거치면서 버키와 알게 된 사이였다. 심지어 이름까지 알고 있었다.

"거기 그렇게 서 있으면 안 될 텐데, 페이지. 내 시계로 6시 이 분 전이야."

그가 경고 조로 외쳤다.

"안 늦었어. 다른 사람들더러 기다리라고 하지, 뭐."

버키는 익살스럽게 외쳤다.

"저 사람은 배웅해주는 사람이 없는 거야?"

그녀가 궁금해했다.

"응. 외톨이야. 딱하게도."

어떤 여자인지 몰라도 더럽게 운이 좋네, 자기는 아직 그런 줄 모르겠지만.

"자, 이제……."

두 사람은 입을 맞추고, 다시 한번 입을 맞추었다. 한 번 더, 두 번 더, 세 번 더 입을 맞추었다. 그러고 나서 그는 몸을 떼어냈다.

그녀의 손이 닿지 않는 곳까지 물러났다.

"이제 곧장 집으로 돌아가. 괜히 밖에서 돌아다니지 말고."

"알았어. 안 그럴게."

인도를 따라 뒷걸음질을 치던 그녀가 의기양양한 모습을 보이기 위해 두 손을 양옆으로 펼치며 마지막으로 한 말은 이것이었다.

"봐, 버키. 나, 울지 않잖아. 안 울 거라 그랬지? 봐, 안 울잖아."

"그래도 나중에는 울 거면서."

그가 마뜩잖아하며 대꾸했다.

"아니야, 안 울 거야. 두고 보면……."

이때 두고 보라는 말의 의미를 깨달은 그녀의 얼굴이 걷잡을 수 없이 일그러졌다. 그녀는 그가 볼 수 없게 고개를 돌리고 걸음을 옮겼다. 점점 속도를 냈다. 처음에는 총총걸음을 걸었다. 그러다 달렸다. 그러다 거리를 질주했다. 길모퉁이에 잡화점이 있는데 다행히 문을 일찍 열었다. 그녀는 안으로 뛰어들어 뒤편에 있는 공중전화 부스까지 달려갔다. 사람이 아무도 없었다. 그녀는 한 부스 안으로 들어가 문을 닫았다. 그러고는 밖에서 보이지 않도록 무릎을 꿇고 앉았다.

그녀는 지금까지 한 번도 울어본 적 없는 사람처럼 울었다. 앞으로 몇 년 동안 울 만큼 울었다. 전쟁 내내 흘릴 눈물을 한 번에 쏟아냈다.

어떤 남자가 들어오려고 문을 열었다가 웅크리고 있는 그녀를 보았다. 그는 "아, 죄송합니다!"라고 기계적으로 사과하고 문을 닫았다. 그녀는 아랑곳하지 않고 계속 울었다.

그녀가 잡화점 입구에 서서 기다리기 시작한 지 십오 분이 지났을 때 그와 동료들이 지나갔다. 그들이 조만간 그 앞을 지나리라는 사실을 알고 있었다. 버스 정류장이 바로 그 모퉁이에 있었던 것이다.

잡화점에는 유리문이 이중으로 달려 있었고, 그녀는 그가 볼 수 없도록 두 유리문 사이에 섰다. 훌륭한 위치였다. 그녀 쪽에서만 그가 보였다.

그들은 꾸러미와 배낭을 들고 이열종대로 걸었는데 그는 안쪽 줄 끝에서 세 번째에 있었다.

그는 옆 사람에게 말을 걸고 있었다. 벌써 친구를 만든 것이었다. 말을 하느라 고개를 돌리고 있었다. 그래서 그녀는 옆얼굴밖에 보지 못했다. 아, 얼마나 사랑스러운 옆얼굴인가!

그녀는 유리문에 손을 대고 그를 붙잡으려 했지만, 손에 닿은 것은 유리문뿐이었다.

"안녕, 버키. 안녕, 내 사랑."

그녀는 나지막이 속삭였다.

옆얼굴은 멀어지고 유리문만 남았다. 그녀가 원한 것은 유리문이 아니었다. 유리문은 버키가 아니었다.

그는 온 세상에 맞서 지켜야 할 소중한 보물이라도 되는 양, 자기 혼자만의 비밀로 간직해야 할 물건이라도 되는 양 몰래 그것을 들고 나갔다. 지금 이 시각이면 아무도 없는 막사로 들어갔다. 그러고는 그걸 들고 자기 침상에 올라가서 몸을 둥글게 말았다. 옆으로 누워서 무릎을 거의 턱에 닿을 지경으로 올려 방어 자세를 만들었는데 둥글게 말았다는 표현이 딱 맞았다. 그것은 그만의 것이었다. 어두컴컴하고 음울한 세상에서 반짝이는 정사각형. 바로 그녀의 편지였다.

사랑하는 나만의 남편에게

이 편지를 쓰기 전에도 열한 통을 썼지만 당신은 한 통도 받지 못했을 거야. 내가 부치지 않았으니까. 사방팔방에서 계속 이렇게 말해. 사기를 북돋워야 한다고, 즐거운 이야기만 써서 그들을 계속 미소 짓게 만들어야 한다고. 나도 알아. 다 알아. 노력했어. 하지만 안 되는걸. 이제 와서 왜 당신한테 거짓말을 해야 해? 지금까지 거짓말이라고는 한 번도 한 적 없는데.

그래서 이번이 열두 번째 편지야. 진짜 편지. 검열관이 눈살을 찌푸리며 고개를 젓고 전부 가위로 오려버려도 좋아. 상관없어.

더이상 못 견디겠어. 어딜 봐도 당신이 있고, 어느 쪽으로 고개를 돌려도 당신이 있고, 어딜 가든 당신이 있어. 주님은 이렇게 많은 일이 한꺼번에 들이닥치도록 계획하지 않았을 거야. 두 눈에서 이렇게 많은 눈물이 쏟아지도록 계획하지 않았을 거야. 가슴이 이렇게 아프도록 계획하지 않았을 거야. 그랬을 거야. 이것이 주님의 계획이라면 나를 더 강하게 만드셔야 했어.

식사를 하려고 자리에 앉으면 맞은편에 당신이 앉아 있는데, 당신은 아무 말도 하지 않고, 입도 벙긋하지 않아. 내가 애원하고 사정해도 입도 벙긋하지 않아. 길을 걸으면 왼쪽 옆구리가 공허하고 외롭게 느껴져. 모퉁이를 돌아 나온 차가운 바람이 할퀴고 지나가면 내 왼쪽이 뻥 뚫린 기분이야. 슈퍼마켓에서 장을 보고 나면 고개를 돌려 당신한테 부탁할 짐을 내미는데, 문득 정신을 차리고 보면 당신은 없고 나는 아무도 없는 허공으로 짐을 내밀고 있지.

집 앞으로 배달된 일요일 자 신문을 집으면 항상 만화 면이 제일 위에 있어. 왜 항상 만화 면을 제일 위에 놓는 걸까? 하지만 예전처럼 신문을 엉망진창으로 만들어가며 만화 면만 쏙 뽑아가는 사람은 없지. 예전에는 일요일마다 누군가의 손을 찰싹 때려가며 "기다려, 응? 기다려. 당신 몇 살이야, 열두 살이야?"라고 말했는데, 요즘은 그럴 일도 없어. 신문은 집안으로 들어올 때까지 가지런히 놓여 있어. 만화를 보려는 사람도 없어서 신문을 들고 오전 내내 기다려도 아무도 채가지 않아. 아무도 만화 면에 고개를 묻고 한쪽 구석에서 어린아이처럼 키득거리지 않아. 나는 결국 그걸 소각로에 쑤셔넣지. 만화 면이 당신한테 그러면 안 되는 거잖아. 당신을 행복하게 만들어주어야 하는 거잖아. 그러고는 후회하지만 ("그이가 저 방에서 걸어 나올 수도 있는데, 오늘 아침에 늦잠을 잔 것일 수도 있는데.") 돌이킬 수 없어. 지하실까지 달려 내려가지만 이미 엎질러진 물이라 소각로에서 꺼낼 수가 없어.
어딜 봐도 당신이 있어. 하지만 어딜 봐도 당신은 없어. 더이상 못 견디겠어. 더이상 못 견디겠어. 나는 영웅의 아내가 될 운명이 아니었어. 그냥 버키의 아내가 될 운명이었어. 그런데 그렇게 살 수가 없잖아. 어떻게 해야 해? 무슨 수로 버텨야 해? 가르쳐줘, 가르쳐줘, 내 사랑, 얼른 가르쳐줘. 금방이라도 무너질 것 같단 말이야.
샤론

……당신이 시킨 대로 했어. 전시 업무에 지원했어. 나더러 어떤 일을 할 줄 아느냐고 묻더라. "아는 게 없다"고 했어. 어떤 일을 하고 싶으냐고 묻더라. "뭐든 좋다"고 했어. 제일 시끄럽고, 환하고, 기계와 사람들이 가장 많은 곳에서 일하고 싶다고 했어. 이유는 묻지 않더라. 그냥 나를 보더니 이해하는 눈치였어…….
……신기하고 낯선 세상인데, 당신 생각이 나지 않아서 좋아. 하도 시끄러워서 당신 이름도 들리지 않아. 눈이 부셔서 당신 얼굴도 보이지 않아. 내가 원했던 바야. 우리, 전쟁이 끝날 때까지 이런 식으로 버텨보자. 이렇게 그들을 속이면서…….

……나는 이제 기계가 됐어. 아무 느낌도 없고 아무 생각도 없어. 아

프지도 않아. 낮에는 소음 때문에 마비돼서, 완전히 마비돼서 아플 겨를이 없어. 밤에는 탈진으로 마비돼서, 마비돼서 아플 겨를이 없어. 겉보기에도 기계 같아. 시커먼 고글을 껴서 얼굴이 보이지 않거든. 거기다 알루미늄 모자를 써서 머리카락도 보이지 않고. 묵직한 장갑을 껴서 손도 보이지 않고. 작업복을 입고 있으면 여자인지 알 수 없을 정도야. 출근 첫날, 원피스를 입은 나를 보고 다들 웃었지. 공장을 통틀어서 원피스를 입은 사람이 나 하나였어. 남자들이 서로 물었지.

"내가 저런 사람을 예전에 어디서 봤더라?"

그러고는 이렇게 대답하는 거야.

"저런 사람을 아가씨라고 하잖아, 기억 안 나? 전쟁 전에 여기저기서 보였던 야리야리한 부류."

그러고는 또 이렇게 말해.

"용도가 뭐였더라? 잊어버렸네."

최소한 아프지는 않아.

게다가 시간이 내 편이야. 우리 편이야. 하루가 지날수록 전쟁에 하루가 보태지는 거야. 앞으로 남은 기간은 하루 줄어드는 거지. 아무도 모르는 새 반환점을 돌았다는 생각 안 들어? 그런 생각이 든다고 대답해, 반환점을 돌았다고! 어쩌면 어제였을지도, 그제였을지도 몰라.

한때는 평화라는 게 있었는데. 기억나? 그때가 기억나? 아득히 먼

옛날이었지…….

내 작업 파트너도 겉보기에는 나처럼 기계 같은데, 그 안에 아가씨의 모습이 아주 많이 숨어 있어. (상처받을까 봐 걱정할 필요가 없나 봐.) 그녀는 사랑을 해도 아파하지 않아. 어떻게 그러는지 모르겠는데, 특유의 방식이 있어.

"길거리를 건너는 거랑 비슷해. 요리조리 피하면서 잽싸게 건너면 차에 치이지 않잖아."

그녀의 머리카락은 짙은 빨간색이야. 나도 퇴근하다 길에서 머리를 알아본 적 있지. 녹이 슬었다는 뜻의 러스티가 별명이야. 진짜 이름으로 부르면 자기를 부르는 줄 몰라. "누굴 부르는 건지 모르겠네"이래. 그녀의 기록을 재고 있는데, 만나는 남자들 모두 유효기간이 일주일이더라.

"상점에서도 환불 기한이 일주일이잖아. 그러니까 나도 더 길게 잡을 이유가 없지. 기한을 넘기면 낡은 티가 나기 시작할 텐데."

수요일마다 그녀는 남자를 반품하고 새 남자를 쇼핑하는 것 같아. 이유는 나도 모르겠어. 아무튼 수요일마다 주기적으로 마음에 안 들면 반품하는 조건으로 새 남자로 바꿔. 나는 샌드위치를 같이 먹으면서 그들에 대한 온갖 이야기를 듣지.

그녀는 지금도 새 남자를 만나고 있어. 다른 직원들과 함께 공장을 나섰을 때 출입문 앞에서 접근한 남자인데…….

그녀는 남자가 다른 남자들과 떨어져 울타리 안에 갇힌 채로 낙인을 찍어달라고 애원하는 것을 보았을 때 밧줄을 한아름 던졌다. 정말로 올가미 밧줄을 던졌다. 그가 올가미에 걸려들었을 때 잡아당겨 매듭을 조였다.

"안녕하십니까?"

그가 물었다. 액면 그대로 받아들일 질문이 아니었다. 남자는 여자의 안부에는 관심이 없었다.

"그쪽은 안녕하신가요?"

그녀가 대답했다. 여자도 남자의 안부에는 관심이 없었다.

그가 모자를 살짝 건드리며 인사했다. 그녀는 이 세계에서 잊힌, 전쟁 이전의 구식 관행이 마음에 들었다. 손등에 입을 맞춘 것이나 다름없었다.

그녀가 계속 걷자 그도 보조를 맞추느라 옆에서 종종걸음을 쳤다.

점잔을 빼는 일은 모자를 살짝 건드리며 인사하는 것보다 더 구식 관행이었다. 한쪽 다리를 뒤로 빼고 무릎을 구부리며 인사를 하는 것이나 다름없었다.

요즘은 어느 누구도 농담을 하며 시간을 죽이지 않았다. 그럴 여유가 없었다. 다들 본론으로 직행했다.

"나를 어디로 데려갈 작정이에요?"

그녀는 알고 싶었다.

"어디든 말만 해요."

그래서 그녀는 말했다.

"좋아요. 광장 옆 해리스요."

경제적인 걸림돌이 없도록 이렇게 덧붙였다.

"부담스럽지 않도록 계산은 각자 하는 걸로 해요. 나는 일주일에 구십 센트씩 돈을 버는데 처치 곤란이에요. 밤마다 매트리스 밑으로 쑤셔넣는 게 일이에요."

"부담스럽다고 누가 그래요? 차림새는 이렇지만……."

"거기 가는 사람들 차림새도 우리랑 비슷해요. 그럼 어쩌려고요, 옷이라도 갈아입으려고요? 지금은 전쟁중이잖아요."

가는 길에 그가 물었다.

"당신 친구는 오늘밤에 어디 갔나요?"

"아, 그 친구요?"

그러고는 물었다.

"오호, 그 친구한테 관심이 있다, 이거로군요?"

그가 급히 말했다.

"그야 당신이랑 붙어다니니까 그런 거죠."

"그 친구는 불러낼 수 없어요. 전쟁으로 남편을 잃었거든요. 밤새도록 방안에 틀어박혀 있어요. 그 애를 당신도 봐야 하는데. 퇴근하자마자 치마로 갈아입는다니까요?"

그들은 식당 겸 댄스홀인 해리스에 들어가 사람들을 헤쳐 한 테이블을 차지했다. 다른 커플과 합석해야 했지만, 팔꿈치가 부딪히고 담배 연기가 서로의 얼굴 위로 스쳐지나가도 두 커플은 천 킬로미터 멀리 떨어져 있기라도 한 것처럼 격리돼 독립적으로 존재했다. 어느 누구도 서로를 의식하지 않았다.

그들은 가볍게 술을 한 잔 마셨다. 통성명도 했다. 그의 이름은 조 모리스라고 했다.

"한 잔 더 해요."

통성명을 마치고 그가 말했다.

"내가 술에 취했으면 좋겠어요, 아니면 정신이 멀쩡했으면 좋겠어요? 둘 다 별 차이는 없어요. 나는 정신이 멀쩡해도 붙임성이 좋거든요."

그들은 술을 한 잔씩 더 마셨다. 그리고 그녀가 말했다.

"우리, 몸 좀 풀어요. 그러면 술이 소화가 더 잘될 거예요."

그들은 자리에서 일어나 댄스 플로어로 나갔다. 사람들 발밑으로 조명이 번쩍이는 게 보였지만, 어쩌다 한 번에 불과했다.

18세기에는 미뉴에트가, 19세기에는 왈츠가 있었다면, 1940년대는 구속복이나 간병인 없이 수위 조절이 가능한 알코올성 발작의 시대였다.

그가 다리를 벌리고 우편물을 던지는 것처럼 그녀를 다리 사이로 넣었다가 앞으로 잡아당기자 그녀가 기적적으로 일어나 그의 앞에 똑바로 섰다. 이번에는 허리를 숙이고 등뒤에서 그녀를 들어 왼쪽에서 오른쪽으로 넘겨 바닥에 내려놓았다.

어느 누구도 다른 이와 절대 부딪히지 않았다. 부딪혔다 한들 댄스 스텝을 밟는 것과 비슷해서 실수인지 의도인지 알 수 없었다. 다만, 실수가 아니라 사고로 포장해야 그럴듯해 보이기는 했다.

그들은 춤을 마치고 서로를 칭찬했다.

"잘 추네요."

그녀가 말했다.

"당신도 제법이에요."

그가 말했다.

그들은 술을 두 잔 더 마셨다. 그리고 술이 좀 깨도록 샌드위치를 먹었다. 이로써 술이 좀 깨자 마지막으로 한 잔 더 마셨다. 그런 다음 자리에서 일어나 밖으로 나갔다. 그들은 평범한 전시의 저녁 시간을 조용하고 즐겁고 완벽하게 함께 보냈다. 어쩌면 좀 따분하게 보낸 편이라고 할 수도 있었다. 싸우거나 하는 소란이 없었으니 말이다.

그가 하숙집 앞까지 그녀를 바래다주었다. 그의 팔을 빼자 그녀의 팔 사이에 빈 공간이 생겼다.

"또 만나요."

그녀는 멍하니 그를 쳐다보았다. 발끈한 눈빛이라기보다 영문을 모르겠다는 듯이 어리둥절한 눈빛이었다.

"오늘 저녁 내내 뭐한 거였어요? 남매의 정을 쌓은 거였어요?"

그는 자신의 대답에 어떤 반응을 보일지 미리 가늠하는 사람처럼 그녀를 빤히 쳐다보며 뜸을 들였다. 허심탄회하면서도 수줍은, 특이한 미소를 지어 보였다.

"당신 친구를 만나고 싶어서 그런 거였어요."

그녀가 쾅 하고 문을 닫자 탄약통 터지는 소리가 났다.

그는 문에서 한 걸음 뒤로 물러났지만 그게 전부였다. 방금 전 그녀의 표정에서 깊은 속내를 정확하게 파악이라도 한 것처럼 그랬다.

문이 다시 열렸다. 그는 여전히 앞에 서 있었다. 그녀의 웃음소리가 요란하게 터지며 밤하늘을 갈랐다. 그녀는 돕겠다는 뜻으로 손을 내밀었다.

"나는 바지를 입은 상대한테는 화를 내더라도 삼십 초를 못 넘기는 성격이에요. 내일 밤에 와요. 자리를 마련해놓을 테니까."

그녀는 다음날 저녁 7시 45분 쯤에 샤론에게 말했다.

"1층 휴게실로 내려와줘. 부탁할 일이 있어."

그녀는 친구의 팔을 잡고 풍차 터빈처럼 세게 끌어당겼다.

샤론이 물었다.

"뭔데?"

"내 친구를 만나줬으면 해."

"그 친구가 여기로 올라오면 안 돼? 그러면 안 될 이유라도 있어?"

"남자야, 남자친구거든."

샤론은 뒷걸음질을 치더니 못이 박힌 듯 자리에서 버텼다. 뭐라고 해도 꿈쩍하지 않았다.

"저기 있잖아. 네가 해주었으면 하는 일이 있어서 그래. 한 번만 부탁할게."

러스티는 애원했다. 그녀는 두 손을 펼쳐 보이며 열심히 구슬렸다. 그러더니 방 한가운데로 의자를 끌고 와서 샤론의 어깨를 눌러 앉혔다. 그러면 설득할 가능성이 높아지기라도 하는 것처럼. 그러고 나서 다른 의자를 끌고 와 샤론의 의자와 마주보도록 놓고 자신도 앉았다.

그녀는 손을 무릎 위에 얹고 팔꿈치를 옆으로 펼치며 몸을 숙여 진지하게 물었다.

"너, 나 좋아하지?"

"응, 당연하지. 너는 좋은 친구니까."

샤론은 이 사실을 인정하면 많은 걸 양보해야 할지 모른다는 사실을 깨달은 사람처럼 머뭇거리며 대답했다.

"그럼 부탁 하나만 들어주지 않을래? 곤경에 처한 나를 도와주지 않을래?"

그녀는 원하는 대답을 얻어내기 위해 약삭빠르게 덧붙였다.

"나라면 네 부탁을 들어줄 텐데."

"어떤 곤경에 처했는데?"

러스티는 이제 와서 누가 엿들을 것도 아닌데 속삭이는 수준으로 목소리를 낮추었다. 좀더 극적인 효과를 연출하기 위해서였다.

“이 남자를 만난 지 좀 됐거든.”

그녀는 쉰 목소리로 속삭이면서 미친듯이 손사래를 쳤다.

“괜찮은 사람이야. 사람 자체는 아무 문제없어. 그런데 오늘 저녁에…… 내가 다른 약속이 생겼지 뭐야. 그 사람이 아래에서 나를 기다리고 있는데, 가차없이 퇴짜 놓질 못하겠어. 오늘밤만 나를 대신해서 그 사람을 맡아줘. 다른 사람이랑 데이트 약속이 있는데 깰 수가 없어. 깰 수 있다면 깨고 싶은데 그럴 수가 없어.”

그녀는 샤론의 한쪽 손을 잡고 달래듯 손등을 토닥였다.

“그 사람에게 그렇게 말하면 안 돼?”

“못 그러겠어. 그 사람한테 상처 주기 싫어. 나 대신 만나줘. 그래줄 수 있지?”

샤론은 자리에서 일어나 뒤로 물러났다.

“나는 유부녀야. 그러니까…….”

러스티는 눈을 찡그렸다. 혐오감을 느끼고 있음을 있는 그대로 전달하기 위한 수법이었다.

“무슨 상관이야. 연애 하라는 것도 아니고. 그런 것 같으면 너한테 묻지도 않았지. 그 남자가 딱하게 혼자 있게 됐으니 친구처럼 만나달라는 거야. 사랑해달라는 것도 아니잖아. 나 대신 시간 좀 때워주면 안 돼? 삼십 분 만에 버리고 집으로 오면 되는데.”

그녀는 머리 위로 두 팔을 뻗으며 요란하게 이야기를 마무리지었다.

“그런 발상 자체가 마음에 안 들어.”

샤론은 눈을 찡그리고 상념에 잠긴 목소리로 말했다.

“나는 버키와 떨어져 지낸 내내 한 번도 그런 적 없었어. 이제 와서 그럴 마음도 없고. 왜 네 말을 듣고…….”

“왜 그래, 네 자신을 못 믿는 거야?”

러스티는 참지 못하고 심술궂게 빈정거렸다.

“알았어.”

그녀는 대답할 틈도 주지 않고 다시 말했다.

“알았다고.”

러스티는 요란하게 손을 흔들었다. 이번에는 뭔가를 물리치려는 것처럼 자기 이마에 대고 흔들었다.

“이 이야기는 두 번 다시 꺼내지 말자. 그렇게 결론을 내리자. 이 일에 대해서는 앞으로 아무 소리 않기로. 내가 이런 부탁을 했었다는 걸 잊어줘.”

그녀는 설득하려고 갖다 놓은 의자 두 개를 원래 있었던 자리로 내동댕이쳤다. 머리끝에서부터 발끝까지 환멸을 느끼지만 꾹 참고 있는 사람의 분위기를 폴폴 풍겼다.

“그냥 가서 얼굴을 비치기만 하면 되는데. 인간의 천성이라는 게 우습기도 하지. 한 여자애를 골라서 친구로 삼아. 공장에서 그

친구한테 일을 가르쳐줘. 작업반장이 고함을 지르면 친구를 위해 변호도 해줘. 방도 같이 써. 내가 할 수 있는 모든 걸 해줘. 그러다 처음으로 사소한 부탁을 했는데……."

그녀는 상대방이 양보할 뜻을 비친 적도 없는데 양보는 사양하겠다는 듯이 서둘러 결론을 내렸다.

"알았어, 관둬. 내가 그런 말을 꺼냈었다는 걸 잊어줘."

샤론은 하릴없이 고개를 저었다가 깊은 한숨을 내뱉었다. 친구를 흘끔흘끔 쳐다보았다. 그렇게 괴로워하다가 결국 친구의 어깨를 잡았다.

"어휴, 못 살겠네. 그게 그렇게 섭섭해? 알았어. 갈게. 너랑 네 복잡한 남자관계는 정말 못 말리겠다."

러스티는 화해라는 중간 단계는 건너뛰고 샤론의 대답에 보답을 하기 위해 부랴부랴 외출 준비를 거들기 시작했다.

"알겠어. 여기, 이거 괜찮아? 아니면 이거 어때, 이거 입을래?"

그녀는 친구 주변을 뱅글뱅글 돌며 삽시간에 많은 도움을 주고 싶어 했다.

"내 립스틱 살짝 바를래? 새로 산 건데?"

그녀가 직접 발라주려고 했지만 샤론이 잽싸게 고개를 돌렸다.

"좋았어, 가자. 내려가서 소개해줄게."

그녀는 혹시라도 친구의 생각이 바뀔까 두려운 마음에 샤론의 등을 밀며 방밖으로 나갔다.

그는 같은 시각에 같은 건물에서 다른 여자를 기다리게 된 어느 남자를 애써 모르는 체하며 1층 휴게실에 앉아 라디오를 듣고 있었다.

그가 자리에서 일어섰다. 그녀의 걱정과 달리 인상이 나쁘지 않았다.

러스티가 라디오 소리 너머로 정신없이 양쪽을 소개했다.

"조 모리스, 이쪽은 샤론 페이지."

"페이지 부인이에요. 남편이 있어요."

샤론이 나직하지만 분명하게 말했다.

그는 해석하기 어려운 묘한 표정을 지었다. 실망한 표정은 아니었다. 오히려 섬뜩한 만족의 표정에 가까웠다.

러스티는 두 사람의 등을 똑같이 두드렸다.

"자, 이제 둘이 나가요. 나 기다리지 말고."

"좀 걸으실래요?"

그가 샤론에게 공손하게 물었다.

샤론은 러스티가 뒤에서 옆구리를 세게 찌르는 바람에 하마터면 대답 대신 비명을 지를 뻔했다. 대답을 하지는 않았지만 좋다는 뜻에서 몸을 돌려 현관으로 앞장섰다.

러스티가 뒤를 따르는 남자의 꽁무니를 쫓았다.

그가 현관을 거의 빠져나갔을 때 그녀가 은밀하지만 날카로운 휘파람 소리로 그를 불러들였다. 그는 그녀가 기다리는 곳으로 들어갔고, 두 사람은 그녀의 이마가 그의 턱과 맞닿을 정도로 딱 붙어서 섰다.

"주선한 대가도 없어요?"

그녀가 나지막하게 말했다.

그는 아무 말 없이 샤론에게는 보이지 않게 주머니에서 무언가를 꺼내더니 제일 윗장을 집어 러스티의 손에 쥐여주었다.

그녀는 내려다보지 않았다. 놀라지도 않았다. 손이 먹이를 발견한 조그맣고 게걸스러운 분홍색 문어처럼 다물어졌다.

그녀는 그를 향해 요란하게 윙크했다.

그도 윙크로 화답했다.

양쪽의 윙크는 왠지 모를 냉혹한 분위기가 느껴졌다. 보통 윙크와 다르게 명랑하지 않았다.

그녀는 손등으로 스스럼없이 그의 가슴을 때리고 키득거리며 말했다.

"너무 밤늦게까지 붙잡고 있지는 마요."

그들은 화려한 조명이 비추는 곳까지 걸어갔다. 그곳에 도착하자 주황색 물결이 그들을 집어삼켜 천천히 끌고 갔기 때문에 힘을 들여 걸을 필요가 없었다. 인파로 가득한 보도가 무빙워크처럼 그들을 싣고 움직였다.

그녀는 무슨 말을 하면 좋을지 알 수가 없었기에 아무 말도 하지 않았다. 그 역시 같은 이유에서인지 어떤지 모르겠지만 아무 말도 하지 않았다. 그녀는 그가 말을 할 때까지 기다리기로 했다.

"뭐 좀 마실까요?"

"저는 술 안 마셔요."

그녀는 그를 쳐다보지도 않고 대답했다.

"아뇨, 탄산음료나 레모네이드요. 다른 뜻에서 드린 말씀 아닙니다."

"고맙지만 사양할게요. 저녁을 먹은 지 얼마 안 돼서요."

그들은 몸을 주체할 줄 모르는 사람들처럼 인파에 휩쓸려 계속 걸었다.

반짝이는 전구가 아랫면에 줄줄이 달린 차양이 머리 위로 지나갔다.

"영화 보러 갈래요?"

"싫어요! 싫어요……. 전쟁 이야기뿐이잖아요."

그녀가 이번에는 격렬하다 싶은 반응을 보였다.

"이해합니다."

그는 더이상 아무 말도 하지 않았다.

그녀는 살짝, 아주 살짝 뉘우쳤다.

"저 때문에 저녁 시간이 엉망이 되겠네요. 가서 하고 싶으신 다른 일 하셔도 돼요."

"이게 제가 하고 싶은 일입니다."

그가 딱 잘라 말했다.

그녀는 그 말에 뭐라고 대답하면 좋을지 생각이 나지 않았다. 대꾸가 필요 없는 말 같았다.

두 사람은 계속 걸었다.

"그분은 참전중이시겠군요."

"제 남편요? 맞아요."

당신은 왜 참전하지 않았지?

"무슨 생각하셨는지 압니다. '당신은 왜 참전하지 않았지?'"

그녀는 대답을 하지 않음으로써 암묵적으로 시인했다.

"세 번을 지원했습니다. 더이상 뭘 어쩔 수 있겠습니까?"

그녀는 아무 대꾸도 하지 않았다.

"이번에도 무슨 생각하셨는지 압니다. '다들 말은 그렇게 하지.'"

그녀가 무심결에 그를 바라보았다. 이것 역시 암묵의 시인이었다.

그는 뒷주머니로 손을 뻗었다.

"등급 분류 카드를 보여드릴게요."

그녀는 됐다는 뜻에서 손사래를 쳤다. 이번에도 그가 그녀의 생각을 읽었다.

"알아요, 관심 없다는 거."

그래도 카드를 꺼내 내밀었지만 그녀는 쳐다보지도 않았다. 결국 카드를 다시 넣었다.

"결핵에 걸린 적이 있거든요."

잠시 후 그가 미소를 지으며 그녀에게 물었다.

"이제 저랑 같이 걷기 불안하시겠네요?"

"아니에요. 아니에요, 천만에요."

그녀가 대답했다. 진심이었다. 그런데 대답하고 문득 생각해보니 어쩌다 그렇게 됐는지 모르겠지만 입장이 난처하게 되었다. 이제 와서 그를 버리고 등을 돌려 집으로 돌아가버리면 그가 아니라 그녀에게 비난의 화살이 꽂힐 것이다. 아무 뜻 없이 몇 마디 주고받는 동안 행동반경이 미묘하게 좁아졌다.

그런데도 그가 조금 안쓰러운 마음이 들기 시작했다. 아직은 스스로 인식하지 못했지만, 그런 마음이 싹트기 시작했다. 연민은 무엇의 전조인가 하면…….

"이제는 다른 면에서도 날 무서워할 필요가 없다는 걸 알게 되었을 겁니다."

"다른 면이라뇨?"

"아, 아시잖아요. 저 같은 처지에 있는 놈은 살아서 걸어 다니는 것만으로도 행운이라고 생각하니 언감생심……."

그는 그녀를 솔직하고 기분 좋게 쳐다보며 미소를 지었다.

그녀도 미소로 화답했다. 미소 정도는 지어줄 수 있다. 인간이 그렇게 매정하게 굴면 안 되는 법이다. 버키도 못마땅하게 여길 것이다.

그들은 공원 후문에 다다랐다.

“저쪽에 벤치가 있네요. 들어가서 앉을까요?”

그가 말했다.

“공원 안으로는 들어가지 않을 거예요.”

그녀가 경고했다.

“그래요. 불빛이 비추는 바깥 벤치에 앉아요. 앉아서 잠깐 쉬어요.”

이 사람은 환자잖아. 그녀는 기억을 환기했다. 걷느라 지쳤을지 몰라. 잠시 앉았다 간다고 큰일이야 나겠어?

두 사람은 바늘처럼 가느다란 연보라색 아크등 빛줄기가 쏟아지는 벤치에 앉았다.

“이제 곧 돌아가야 해요.”

삼 분쯤 뒤에 일어나서 집으로 걷기 시작해야겠다고 그녀는 다짐했다.

“그분에 대해 들려줘요.”

그가 말했다.

“어떤 걸 알고 싶은데요?”

“전부 다요. 어떤 일을 하고, 어떤 말을 하고, 어떤 사람인지…….”

그녀는 사진을 치웠다.

"지금 몇 시예요? 10시가 다 됐겠네."

그녀가 행복에 겨운 목소리로 탄식했다. 전쟁이 시작된 뒤로 이렇게 행복한 적이 없었다. 이런 마음의 평화를 누린 적이 없었다.

그가 시계를 보았다.

"12시 5분이네요."

그 자리에 세 시간 반 동안 앉아 있었던 것이다.

그는 연보라색이 도는 눈부신 아크등 불빛을 받으며 그들의 벤치에 앉아서 그녀를 기다렸다. 이제 그들은 그곳을 '그들의' 벤치라고 불렀다. 그녀는 조금이라도 빨리 그를 만나기 위해 뛰어서 길을 건너왔다.

그가 벤치에서 일어섰다. 그녀는 그가 내민 손을 맞잡고 악수를 했다.

"안녕, 조."

"안녕, 샤론."

그들은 오랜 친구처럼 나란히 벤치에 앉았다. 그가 양팔을 벌려 벤치 위에 올려놓기는 했지만 그녀의 어깨를 감싸 안지는 않았다.

"오늘 그이한테 또 편지를 받았어요. 빨리 당신한테 보여주고 싶어서 얼마나 좀이 쑤셨는지 몰라요."

그녀가 행복한 얼굴로 털어놓았다.

"읽어줘요. 그동안 나는 우리 둘이 피울 담배에 불붙이고 있을

게요.”

그가 편안한 목소리로 말했다.

그녀는 사적인 내용의 한두 구절만 제외하고 모두 소리내어 읽었다. 편지를 읽어줄 때마다 제외하는 부분이 점점 줄었다.

“그에 대해 속속들이 알아가는 기분이에요. 그와 내가 형제인 것처럼 느껴질 정도로.”

그녀가 편지를 다 읽었을 때 그가 말했다.

“내가 당신한테 편지들을 읽어주었다는 걸 알면 그이가 뭐라고 할지 궁금해요.”

“말하지 마요.”

그는 예전에도 했던 말을 반복했다.

“그랬다가 잘못될 수도 있으니까요. 우리 둘 다 알다시피 걱정할 일은 없지만……. 그가 나를 의식한다면 훌륭한 편지가…….”

그는 말끝을 흐렸다.

“이러면 안 된다고 생각하는 건가요?”

“당신은 그렇게 생각하나요?”

“아뇨.”

그녀는 열띤 목소리로 대답했다.

“아뇨. 조, 당신은 하늘이 내린 선물이에요. 당신이 내게 어떤 의미인지 모를 거예요. 덕분에 시간이 어찌나 빨리 지나가는지……. 함께 있으면 정말 행복해요. 지금처럼 대화를 나누고 그이의 편지를 읽어주기만 해도 그이가 가까이 있는 것처럼 느껴지거든요. 가끔 헷갈려서 당신을 그이로, 그리고…… 그이를 당신으로 착각할 때도 있어요."

그녀는 수줍게 웃었다.

"나도 함께 있으면 행복해요. 나도 얻는 게 있거든요. 말로 설명하기는 어렵지만 그를 통해서, 내 힘으로는 하지 못했고 앞으로도 평생 할 수 없는 일을 대리 체험할 수 있으니까요. 아내, 행복한 결혼 생활, 내가 돌보아야 할 사람……."

"우리 둘은 참 재미있는 관계지요?"

그녀는 혼잣말처럼 중얼거렸다.

"읽어줘요. 그동안 나는 담배에 불붙이고 있을게요."

그녀는 봉투에서 편지를 꺼내 펼쳐서는 불빛에 잘 보이도록 비스듬히 들었다. 하지만 아무 소리도 내지 않았다.

"왜 그래요? 왜 안 읽어요?"

"모르겠어요."

그녀가 당황하며 말했다. 여전히 편지를 읽지 않았다.

"읽어줄 수 없는 부분이 있어서 그래요? 그분이 나에 대해서 뭐라고 했어요?"

"아뇨. 당신에 대해서 그이한테 말한 적 없어요."

편지가 땅바닥으로 떨어져 그녀의 발치에서 두세 장의 낱장으로 흩어졌다. 땅에 떨어졌어도 첫 문장이 아크등 불빛에 선명하게 보였다.

사랑하는 아내에게.

"무슨 일이에요? 왜 울어요?"

그녀가 괴로워하며 흐느끼기 시작했다.

"왜 우느냐면…… 갑자기…… 그이의 편지에 관심이 없어져서요. 어떻게 된 일인지 모르겠어요! 그이의 편지를 더는 읽고 싶지 않아요……. 심지어 받고 싶지도 않아요. 내가 이 공원에 온 이유는 당신과 함께 앉아 있고 싶기 때문이에요. 그러니까, 그러니까……."

"그러니까 뭐요? 그러니까 뭐요?"

그가 대답을 유도했다.

그녀는 절망하며 양손을 이마에 대고 눌렀다.

"나는 그이를 더이상 사랑하지 않아요. 내가 사랑하는 사람은 당신이에요. 아, 조, 내가 왜 이렇게 됐을까요? 당신은 자주 만나는데 그이는 못 만나서 그런가 봐요. 두 사람의 위치가 바뀌었어요. 어딘가 잘못됐어요. 그러려고 한 게 아닌데, 이제는 당신이 그 사람이 되고 그 사람이 당신이 되었어. 나는 지금 사랑하는 사람과 공원 벤치에 앉아 있는데 군복을 입은 모르는 사람이 머나먼 전쟁터에서 계속 편지를 보내요."

그녀는 발작하듯 몸을 부들부들 떨었다.

그는 떨고 있는 그녀를 두 팔로 감싸 안고 달래려 했다.

"이제 어쩌면 좋을까요? 내가 자리에서 일어나 당신 곁을 떠날까요? 멀리 사라져서 두 번 다시 앞에 나타나지 말까요? 그러라고 하면 그럴게요."

그녀는 비명을 지르며 양손으로 그를 붙잡았다.

"안 돼요! 안 돼요! 조, 떠나지 마요. 당신이 없으면 살 수 없어요. 내게는 당신뿐이에요. 당신이 떠나면 아무것도 남지 않아요. 이제는 그이도 없으니까요."

"나는 버틸 수 없어요. 당신이 도와주지 않으면."

그는 애써 잠잠한 목소리로 말했다.

"참지 마요. 그러지 마요. 그러지 말았으면 좋겠어요. 나도 나를 어쩌지 못하겠어요. 아, 이것 봐요……."

둘의 입술이 처음으로 만났다. 그들은 현기증이 난 것처럼 서로 꼭 끌어안았다. 별빛과 아크등 불빛과 세상의 모든 것들이 그들을 가운데 두고 빙글빙글 돌았다.

그의 손길을 간절히 원하는 그녀가 자기도 모르게 발을 움직이자, 땅바닥에 떨어졌던 편지가 발에 밟혀 흙속으로 파묻혔다.

"사랑하는 아내에게"로 시작되는 꾸깃꾸깃한 편지가 그녀의 발뒤꿈치 아래에서 고개를 내밀었다.

내 사랑 버키에게

지난주에 편지 못 써서 미안해. 일이 줄줄이 이어져서…….

새로 전할 소식도 별로 없어. 모든 게 변함없이 예전 그대로야…….

요즘 들어 날씨가 얼마나 화창한지, 휴가를 즐기는 기분이야…….

이제 그만 줄여야겠다. 카풀한 차가 러스티와 날 태우러 왔거든. 다음번에는 좀더 길게 쓸게.

사랑하는 샤론

그는 호기심 어린 눈빛으로 두 번째 편지를 쳐다보았다. 그녀의 편지와 함께 들어 있었다.

군인 양반에게

누구라도 당신에게 알려야 하겠기에 내가 총대를 메리다. 만에 하나 내가 실수하거나 엉뚱한 사람을 착각하고 있다고 당신이 생각할 경우에 대비해서 밝히자면 그녀의 머리는 갈색이고 눈은 적갈색이오. 키는 160센티미터, 몸무게는 47.5킬로그램, 스타킹 사이즈는 8.5, 네잎 클로버 모양의 조그만 금색 로켓을 목에 걸고 다닙니다. 듣고 보니 생각나는 사람이 있지 않소?

그녀는 매일 밤 시립 공원에서 남자를 만나고 있소. 시립 공원이 어딘지는 당신도 알겠지? 물론 알 테지. 그녀는 매일 밤 그를 만나기 위해 가냘픈 다리를 최대한 빨리 놀려 전속력으로 달려간다오. 군인 양반을 만나러 갈 때도 그렇게 뛰어간 적이 있던가? 두 사람은 입을 맞춥니다. 그러고는 온 동네 사람들이 볼 수 있도록 벤치에 나란히 앉지. 그런데도 그들은 누가 보는 줄도 모른다오. 오직 서로만을 바라보기에.

가엾은 군인 양반, 나는 당신을 생각하면 안쓰러울 따름이오. 당신은 지금 부인을 잃어가고 있어.

(서명 없음)

그가 날카로운 비명을 터뜨리자 막사의 모든 장병들이 고개를 들고 묻는다.

"왜 그래? 누구 편지인데? 누가 저 친구를 핀으로 찌른 모양이지?"

바로 옆 침상을 쓰는 단짝이 물었다.

"왜 그래, 페이지? 무슨 일이야? 왜 그렇게 담요를 뒤집어쓰고 있는 거야?"

그는 담요를 뒤집어쓴 채 벌벌 떨다 기침을 참아가며 대답했다.

"아무것도 아니야."

이제는 늘 편지가 두 장씩 배달됐다. 늘 두 장이었다.

……사람들은 자주 변해, 버키. 그렇게 생각해야지. 사랑은 한번 부

으면 금세 굳어서 굳은 상태를 영원히 유지하는 콘크리트가 아니잖소. 사랑은 유동적이라 가끔 새어 나오면 막을 도리도 없이 흘러가 버리지.

두 사람이 실수를 저질렀다는 사실을 알아차리면 서로 죽을 동 살 동 매달리지 않고 (그러면 실수를 더 연장하는 꼴이라 아무에게도 도움이 안 될 테니) 실수를 인정하고 빠져나올 방법을 모색하는 것이 가장 현명한 방안 아니겠소? 다른 때도 아닌 지금 같은 때 당신에게 이런 이야기 꺼내고 싶지 않지만, 당신이 지난 몇 번의 편지에서 아무 일 없느냐고 하도 간절하게 묻기에…….

……두 사람은 이제 벤치에 앉아 있지 않는다오, 군인 양반. 어디로 가겠소? 거기서 무얼 하겠소? 당신을 대신해서 내가 알아보려 하였으나 실패했다오. 그녀가 8시에 그를 만나러 온 순간 두 사람은 사라진다오. 그러고 나서 그가 어떨 때는 12시에, 또 어떨 때는 1시에 그녀를 데려다주지요. 그 시간 동안 어디 있을까?

그녀는 멀어져가고 있어, 군인 양반. 급속도로 멀어져가고 있어. 멀어지고 멀어져서 사라져버리겠어. 지금 당장이라도. 부인에게 작별의 입맞춤을 하게나.

(서명 없음)

부대장은 아침으로 훈제 청어를 먹었다. 훈제 청어가 입맛에 맞지는 않았다. 그의 왼발에는 티눈이 있었다. 비가 오려는지 오늘따라 거기가 욱신거렸다. 부대장은 그의 표정이 왠지 마음에 들지 않았다. 너무 비통한 표정이었다. 비통한 표정의 병사들을 싫어했다. 표정이 있는 병사들을 싫어했다. 병사들을 싫어했다. 사실 그는 모든 것을 싫어했다.

부대장은 십 년 전에 아내에게 버림받았다. 그 뒤로 세상의 다른 모든 남자들도 아내에게 버림받길 원했다. 행복한 유부남들을 질투했다.

그는 무척 자애로운 반응을 보이며 달래듯 말했다.

"그래야지. 그 문제로 찾아줘서 고맙네. 우리가 그러기 위해 있는 것 아니겠나. 자네들의 개인적인 문제를 들어주기 위해서 말일세. 우리는 자네들이 행복하길 바라네. 자네가 사적인 문제들을 정리하는 동안 모든 전투를 멈출 수 있어서, 비록 일시적인 중단에 불과하지만 기쁘게 생각하네. 정부에서도 상관하지 않을 걸세. 당장 전보를 보내겠네. '페이지 일병이 본국에서 처리해야 할 사소한 문제가 있으니 모든 작전을 유예해달라'고. 이 주면 충분하겠나? 아니면 삼십 일 휴가가 필요한가?"

결정타가 채찍처럼 날아왔다. 따끔하기도 채찍과 똑같았다.

"당장 꺼지도록. 자네 요청은 거부하겠네. 해산!"

"네, 알겠습니다."

페이지 일병은 거수경례하고 몸을 돌려 나갔다. 문밖으로 나갔을 때 몸이 살짝 비틀거렸다. 그는 잠깐 벽을 짚고 진정했다.

어두컴컴하고 추운 새벽, 막사 화장실에는 아무도 없었다. 암모니아 냄새가 코를 찔렀다.

그는 불룩한 무언가를 옆구리에 숨기고 바지와 러닝셔츠 차림으로 들어갔다. 먼저 주위를 살펴 아무도 없는지 확인했다. 그런 다음 러닝셔츠를 들추고 총을 꺼내 세면기 가장자리에 내려놓았다.

숨을 쉬자 얼굴 앞으로 입김이 피어올랐다. 간단하게, 아주 간단하게 호흡을 멈출 수 있다. 입김이 가장 먼저 멈출 것이다.

내팽개쳐두었던 담배를 주머니에서 꺼내 불을 붙였다. 지금 이 순간을 위해 아껴둔 담배였다. 그런 다음 우리에 갇힌 짐승처럼 왔다 갔다 계속 걸었다.

마침내 이제 됐다 싶었다. 담배를 바닥에 버리고 옛날 습관처럼 발로 비볐다(그렇지 않으면 그보다도 담배가 오래 살아 있을 공산이 컸다). 허튼짓 그만하고 잽싸게 해치우기 위해 총을 집어 들었다.

지금까지 그 모르게 한두 번 흔들렸던 화장실 문이 와락 열리며 단짝 루빈이 펄쩍 뛰어들었다. 그는 위를 향하고 있던 페이지의 팔을 붙잡고 뒤로 꺾어 총을 떨어뜨렸다. 그런 다음 페이지를 세면기에 대고 꼭 누른 채 총을 차서 바닥 저편으로 보냈다.

그들은 잠깐 동안 가벼운 몸싸움을 벌였다. 페이지의 콧구멍에서 어느 때보다 빠른 속도로 콧김이 뿜어져 나왔다. 콧김이 그를 배신했다. 끊길 줄 모르고 그에게서 피어올랐다.

"뭔가 있을 줄 알았지. 내가 줄곧 지켜보고 있었어."

루빈이 거친 숨을 내뱉으며 말했다.

"당장 꺼져. 누가 너더러 끼어들래?"

"머리를 감싸쥐고 침상에 걸터앉아 있었으니 이런 일이 생길 거라고 온몸으로 소리지른 거나 다름없어."

"상관 마. 이 손 놓으라고."

"자, 진정해. 흥분하지 말고. 뒤로 돌아서 찬물로 세수 좀 해."

그는 완력으로 페이지의 얼굴을 눌러 세수를 시켜주었다. 그런 다음 얼굴을 위로 들어올려 숨을 쉴 수 있게 했다.

"어때?"

"축축하네. 어떨 줄 알았냐?"

무뚝뚝한 대꾸였다.

"나도 알지. 그래도 정신이 번쩍 나지?"

루빈은 쿡쿡거렸다. 그는 주먹을 쥐고 페이지의 턱을 향해 날리는 척하다 옆으로 방향을 틀었다.

"아무려면 어때. 너랑 그 고생을 했는데 새로운 단짝 친구를 사귀느라 또 진을 빼고 싶지는 않다고. 너 아니면 내가 누구한테 돈을 빌리고 안 갚을 수 있겠냐? 너 아니면 누구한테 담배를 뺏을 수 있겠어?"

"못 견디겠어, 루빈. 못 참겠다고. 이제는 잠도 잘 수가 없어."

"좋아. 그렇다면 남자답게 찾아가. 어떻게 된 일인지 알아내. 담판을 지어. 하지만 지레 항복하지는 말라고. 누가 알겠어? 사실이 아닐 수도 있잖아."

그는 의기양양하게 어깨를 으쓱했다.

페이지는 주머니에서 꾸깃꾸깃한 편지를 꺼내 건넸다.

……그녀가 8시에 그를 만나러 온 순간 두 사람은 사라진다오. 그러고 나서 그가 어떨 때는…….

"사실이야."

그가 씁쓸하게 말했다.

"아무튼 찾아가 봐. 네 팔 끝에 달린 이건 뭐냐, 수련 잎이냐?"

그는 페이지의 한쪽 손목을 들었다 내려놓았다.

"쓰라고 달린 거잖아? 그녀를 위해 싸워야지. 여자를 지키려면 싸워야 하는 법이야. 내 경험상 눈독 들이는 남자가 없으면 눈이 낮아서 애초부터 별 볼 일 없는 여자를 골랐다는 뜻이더라. 나도 똑같은 일을 겪은 적 있어. 연애 초창기에 코니 아일랜드 해변에서 세이디를 지키느라 어떤 자식 턱을 날린 적이 있지. 그 뒤로……."

그는 손날로 허공을 갈랐다.

"걱정할 일은 전혀 없었어. 세이디는 지금 집에서 애만 보고 있지."

"휴가를 안 주겠대."

"휴가는 무슨. 네가 발이 없는 것도 아니잖아? 그리고 길이 없는 것도 아니잖아?"

그가 친구의 어깨를 붙잡고 밀며 물었다.

"스스로 한 가지만 물어봐. 그러기만 하면 돼. 좋아, 수고를 덜어주는 차원에서 대신 물어봐주마. 너, 그녀를 되찾고 싶어?"

"너, 살고 싶어?"

페이지가 따라 질문했다.

그는 마을 경계에 도착하기 직전에 길가 수풀 속으로 들어가 루빈이 어렵사리 마련해준 평복으로 갈아입었다. 그때까지는 단단하게 말아서 겨드랑이 춤에 차고 있었다. 평복은 상하의가 모두 있지 않아서 갈아입었다기보다 입고 있던 군복 위로 겹쳐 입었다고 하는 게 맞았다. 그는 군복 재킷만 버렸다. 깔끔하게 개서 커다란 바위 밑에 묻었다. 바지 위로 몸에 딱 붙는 방수 바지를 입고, 관급 셔츠가 안 보이게 기름얼룩이 진 두꺼운 모직 반코트 단추를 채운 다음 너덜너덜한 펠트 모자를 썼다. 모자챙이 어찌나 얼굴을 넓게 가리는지 처음에는 뒤집힌 우산처럼 느껴질 정도였다.

잘하는 짓은 아니었다. 그는 걸어 다니는 시한폭탄이었다. 신발하며 헤어스타일하며 팔다리를 움직이는 방식하며 '군인'이라는 글자가 온몸에 씌여 있는 것이나 마찬가지였다. 근무지를 이탈한 헌병이 몇 번 쳐다보기만 해도 정체가 금세 탄로 날 것이다. 게다가 존재 자체가 걸림돌이었다. 전쟁이 극에 달한 지금, 무사히 제대한 그 나이 또래의 남자는 없었다.

전쟁. 전쟁. 그는 전쟁을 증오했고, 그 본질을 저주했다. 전쟁이 그에게서 그녀를 앗아갔다. 자기 덩치에 걸맞은 다른 사람을 고를 것이지. 왜 하필이면 그를 짓밟는 걸까? 전쟁을 상대로 아무 짓도 한 적 없는데.

동이 트기 시작했을 무렵 길가 외딴 마을로 들어섰다. 햇빛이 들어도 이 마을은 좋아 보이지 않았다. 초라한 판잣집들이 평소보다 두 배 더 허름하게 보일 따름이었다. 심지어 주변 나무들도 부끄러워서 그 일대를 감추려는 듯했다. 수탉이 울었다. 지나가는 그를 향해 개가 짖었다. 호롱불이 어느 집 2층에서 천천히 불을 밝혔다. 그를 위해서가 아니라 이제 사람들이 일어나야 할 시간이기 때문이었다.

만약 그에게 감정이라는 것이 남아 있었다면 우울한 시궁창에서 살아야 하는 사람들이 안쓰럽게 느껴졌을 것이다. 밖으로 나오지 않고 하루 종일 침대에 누워 있는 게 낫겠다고 생각했을 것이다.

이 마을에 기차가 서는지, 정거장에 해당하는 곳에 한 판잣집이 있었다.

역무원이 문을 열 때까지 삼십 분 동안 기다린 끝에 안으로 들어갔는데 정거장 역시 시답잖아 보이기는 매한가지였다.

돈은 있었다. 부대원들이 추렴한 돈을 들고 왔다. 그들은 있는 돈을 탈탈 털었다. 한 남자가 아내를 잃는 사태를 막기 위해서. 함께 고생하는 전우의 고통을 덜어주기 위해서.

그는 창구로 다가갔다.

"젊은 친구로구만?"

반백의 노인이 퉁명스럽게 말했다.

"언제 열차가 이 마을을 지나갑니까?"

"어디로 가는 열차 말이오?"

"아무데나 상관없습니다."

"6시."

"그럼 이제 곧……."

"저녁 6시요."

그는 마을을 관통하는 고속도로로 돌아갔다.

모든 게 부대 반대 방향으로 가고 있었다. 그는 덤으로 주어진 시간을 살고 있었다. 잠시 후 마을 밖으로 나가는 트럭이 지나가자 그 앞으로 모자를 날려 트럭을 세웠다. 기사는 사람인지 모자인지 따지고 말고 할 겨를도 없이 본능적으로 브레이크를 밟았다.

"당신 뭐야, 이 머리 좋은 인간 같으니라고."

"노상강도일 확률이 얼마나 될까요?"

"알았어요. 타쇼. 가는 데까지 가지, 뭐."

기사가 피곤한 목소리로 말했다.

트럭이 출발했다. 심하게 울퉁불퉁한 롤러코스터 같은 도로가 앞에 펼쳐지기 시작했다.

트럭 기사는 눈치가 빨랐다. 그를 한두 번 넌지시 쳐다보더니 물었다.

"저 뒤 부대에서 오는 길이오?"

"아닙니다."

페이지는 딱 잘라 말하고는 몇 푼 안 되는 비상금에서 지폐를 한 장 꺼내 기사에게 건넸다.

트럭 기사는 지폐를 보더니 주머니에 쑤셔넣었다. 그러고 나서 눈을 찡긋했다.

"당신이 아니라면 아닌 거지."

잠시 후 기사가 말했다.

"어디로 갈 작정이오? 돈을 받았으니까 아무 걱정 말고 대답해요."

"동쪽요. 그냥 동쪽요. 똑바로 동쪽으로 계속 가면 됩니다."

페이지는 단호하게 대답했다.

열차가 적갈색의 어두운 황혼을 쌩하니 질주했다. 열차가 달리자 땅거미 위로 차창에서 새어나온 빛이 드문드문 보여서 잔물결을 일으키며 헤엄치는 것처럼 보였다.

열차의 속도에 차체가 흔들리고 떨렸다. 접합 부분이 금방이라도 분리될 것처럼 끼익거리며 삐걱댔다. 더 속도를 냈다가는 선로를 이탈할 게 분명했다. 하지만 적어도 한 승객에게는 굼벵이가 기어가는 것처럼 느껴졌다. 땅이 너무 넓고 광활하고 끝이 없었다. 아무리 가도 동부에 가까워지지 않았다. 다가가면 갈수록 남은 길이 더 늘어났다.

천장에 달린 전등이 파도치듯 일제히 흔들거리며 흐릿한 담배 연기 사이로 통로를 가득 메운 사람들 위를 비추었지만 떨어질 염려는 없었다. 떨어질 만한 공간이 없었던 것이다. 릴레이 경주를 하듯 진과 옥수수 위스키가 담긴 종이컵이 이쪽에서 저쪽 끝으로, 이 손에서 저 손으로 이동했다. 노래를 부르고, 고함을 지르고, 웃고, 순식간에 흐지부지될 싸움을 벌인답시고 서로 노려보느라 모두들 기진맥진했지만 종이컵을 열심히 홀짝인 덕분에 쓰러지지는 않았다. 하모니카를 불기도 하고 여덟 개의 무릎을 테이블 삼아 카드를 쳤다. 모두들 차림새가 똑같았고 죽음의 그림자가 모두의 어깨 위에 드리워져 있었다. 이동하는 부대를 따라다니느라 이런 광경에 익숙해져 있는, 어쩌면 이런 광경의 일부인, 어쩌다 한 명씩 보이는 젊은 엄마와 아이만 예외였다.

온 객차를 통틀어 혼자만 다른 차림새인 사람은 구석자리에 웅크리고 앉아서 모자로 얼굴을 가린 채 잠을 자는 척 고개를 숙이고 있었다. 그런 식으로 최대한 이목을 피하고 있었다. 그렇게 해놓으니 남들 눈에 띄지 않았지만, 그도 남들을 볼 수 없었다.

누군가가 고압적인 손길로 고압적인 의미를 담아서 불쑥 어깨를 묵직하게 누르자 그는 움찔하며 머리끝에서부터 발끝까지 얼어붙었다. 붙잡힐 기미를 맨 처음 희미하게 느꼈을 때 숨을 죽이고 어느 쪽으로 도망쳐야 최선의 선택인지 살피는 동물과도 같았다.

그는 천천히 한쪽 손을 들어서 얼굴을 완전히 덮고 있던 모자챙을 조심스럽게 올렸다. 그러고는 그를 체포하러 나선 손이 어느 쪽에서 뻗어 나왔는지 흘끗 살폈다. 눈에 익은 칙칙한 녹색 군복과 헌병대 특유의 하얀 완장을 예상하면서.

그런데 눈에 보인 것은 반짝이는 황동 단추가 달린 감색 서지 유니폼이었다. 얇고 납작한 동그라미가 달린 모자의 챙 밑으로 노인의 얼굴이 보였다. 그가 손에 들고 있는 것은 곤봉이 아니라 검표기였다.

표를 검사하러 나선 열차 차장이었다.

"몇 시에 도착합니까?"

그가 물었다.

"8시 15분이오."

차장이 대답했다.

"몇 시에 만나기로 했어?"

러스티가 물었다.

"8시 30분."

샤론이 대답했다.

러스티는 팔꿈치에 몸을 실은 채 침대 발치 쪽 난간에 기대앉아서 침대 위에 올려놓은 조그만 여행 가방에 짐을 챙기는 샤론의 모습을 지켜보았다.

그녀는 한동안 아무 말도 않고 보고만 있었다. 샤론은 그녀의 시선을 몰랐던지 아니면 모르는 척했다.

"영원히 떠나는구나."

마침내 러스티가 입을 열었다.

"영원히라고 해야겠지. 영원히라고 해야 맞는 말이겠지."

샤론도 인정했다.

"남 생각은 안 하는구나."

러스티가 들으라는 듯이 중얼거렸다.

샤론은 고개를 들고 그녀를 흘끗 쳐다보았다.

"왜 그래, 못마땅하니?"

"내가 상관할 바 아니지."

"못마땅하다는 뜻이로구나. 네가 그러니까 마음이 놓인다. 매일 밤 남자를 만나는 너잖아. 그것도 매일 다른 남자를."

그녀는 여행 가방을 닫았다.

"맞아, 왜냐하면 나는 사랑을 다룰 줄 알지만 너는 모르니까. 나는 남자들의 방식으로 사랑을 해. 밖으로 마구 쏟아내지만 안으로 스며들게 하지는 않아. 내 마음의 틈새는 방수 처리가 돼 있거든. 다음날 아침이면 예전의 러스티로 돌아가. 너는 여자들의 방식으로 사랑을 대해. 풍덩 뛰어들어서 그대로 빠져버리지."

샤론은 여행 가방을 들고 문 쪽으로 발걸음을 옮겼다.

"그냥 즐기기만 하면 안 돼?"

러스티가 애원했다. 샤론은 문을 열었다.

"내가 아니라 내 심장을 나무라줘. 귀로는 네 말이 들리는데 심장은 귀머거리가 됐거든."

그녀는 가방을 들지 않은 손을 들어 작별의 의미에서 친구를 향해 흔들었다.

"내가 내야 할 방세는 서랍장 위에 있어. 열쇠는 네가 관리인한테 돌려줘. 돈이랑 같이 두었으니까."

러스티는 방에 남아 있지 않았다. 샤론의 발꿈치를 밟다시피 하며 그녀를 따라 계단을 내려갔다.

맨 아래 계단에 다다랐을 때 샤론은 고개를 돌려 지연되는 작별에 짜증이 나는 듯 조바심이 난 눈빛으로 그녀를 쳐다보았다.

"왜 그러니? 오늘밤에는 데이트 없어?"

"마음만 먹으면 두 명이건 세 명이건 네 명이건 만날 수 있었어. 그런데 우습게도, 어쩌면 네가 저지르고 있는 이 일 때문인지 모르겠지만 갑자기 데이트를 하고 싶은 마음이 사라졌지 뭐야. 그 게임이 이제는 재미가 없어."

"그럼 앞으로는 게임이 아니라 나처럼 진지하게 대하지 그러니?"

샤론이 톡 쏘아붙였다.

"그러면서 반칙을 하라고?"

샤론은 이제 대문에 다다랐다. 러스티의 말에는 대꾸를 하지 않았다.

문까지 따라온 러스티가 문고리를 손으로 붙잡고 잠깐 동안이나마 열지 못하게 했다.

"그 사람이랑 이런 식으로 갈라서는 게 최선일까, 샤론?"

"그 사람이라니 누구? 아, 그 사람."

샤론은 가까스로 기억해냈다.

"그 사람 편지를 읽은 적이 있어. 일부러 읽은 건 아니고, 립스틱 지울 화장지가 똑 떨어졌는데 네가 편지를 아무데나 놓고 갔더라. 그건 잉크로 적어 내려간 편지가 아니었어. 그런 식으로 한 남자의 가슴을 찢어서 피를 흘리게 해야겠니?"

샤론은 여행 가방을 턱 내려놓고, 영영 떠나기 전에 마지막으로 짚고 넘어가야 할 대목이 있는 사람처럼 한숨을 내뱉었다.

"얘, 아주 오래전에 누군지 모를 사람하고 결혼했던 기억은 난다. 심지어 그 사람 이름이 뭐였는지도 생각나고. 하지만 그래봐야 무슨 소용이니? 얼굴도 떠오르지 않는데. 잘 알지도 못하는 사람을 불쌍하게 여겨달라는 거나 마찬가지야."

"착한 여자들이라니……. 차라리 나 같은 망나니가 낫지."

러스티는 입을 꽉 다문 채 으르렁거렸다.

샤론은 여행 가방을 향해 손을 뻗었다.

복도 뒤편에서 전화기가 화재경보기처럼 갑자기 귀청이 찢어지도록 울려댔다.

러스티는 조금이라도 더 붙잡고 있기 위해서 반사적으로 손을 내밀어 샤론의 양팔을 잡았다.

중년 여자가 뒤에서 나와 전화를 받았다. 그러더니 계단 발치로 걸어가 열차 배차원처럼 우렁찬 목소리로 외쳤다.

"페이 매켄지, 전화! 페이 매켄지, 전화!"

바퀴가 수면에 부딪히는 것 같은 소리를 내며 계단을 내려오는 천 슬리퍼 소리가 들렸다. 누군가가 "안녕, 조!" 하고 목청껏 외치더니 행복에 겨운 목소리로 나지막이 가르릉거렸다.

두 여자는 고개를 돌렸다.

"이상한 예감이 들어. 가지 마, 샤론."

러스티가 쉰 목소리로 말했다. 그녀는 두 손으로 친구의 양팔을 붙잡고 말렸다.

샤론은 살짝 웃음을 터뜨렸다.

"왜, 눈물이라도 짤 거야?"

"저기 있잖아, 마지막으로 부탁 하나만 들어줄래? 내가 지금까지 너한테 아무 부탁도 한 적 없잖아. 작별 선물 삼아 들어줘."

"생각을 바꾸는 거라면……."

"삼십 분만 기다려. 그 사람한테 삼십 분만 시간을 줘. 그 사람이 전화를 할 수도 있잖아. 최소한 그 정도 기회는 줄 수 있는 거 아니야? 이런 식으로 냉정하게 떠나지 말고. 버스 탈 때도 그 정도는 기다리잖아. 토요일 밤에 싸구려 영화 볼 때도 그 정도는 기다리잖아. 직원들이 기름얼룩 덕지덕지 묻은 조끼 입고 다니는, 사료 같은 게 음식이랍시고 나오는 형편없는 식당에서도 그 정도는 기다리잖아. 오래전이지만 한때는 너의 남자였던 사람을 위해 그 정도는 기다려주어야 하는 거 아니야? 옛정을 생각해서라도. 페어플레이 정신을 위해서라도. 그런 다음에도 가겠다면 보내줄게."

샤론은 그녀를 쳐다보더니 한쪽 발로 여행 가방을 대문 근처의 벽으로 밀었다.

"십오 분."

그녀가 단호하게 말했다.

"무슨 이유인지 모르겠고 그래봐야 무슨 소용인지 모르겠지만, 그렇게 떨리는 목소리로 말을 하니까 갈 수가 없네. 휴게실에 앉아서 레코드 들으면서 기다리자. 그동안 나는 무릎 위에 시계 올려놓고 보고 있을게."

그녀는 손목을 뒤집어 시곗줄을 더듬었다.

"십오 분 동안 경야를 서는 거야. 죽어버려서 두 번 다시 숨쉬지 못할 사랑을 위해."

일반 객차는 이제 꼼짝하지 않았다. 어른거리는 불빛과 흐릿한 담배 연기와 빽빽하게 들어찬 승객들로 가득한 구유가 장막과도 같은 암청색 밤 한가운데 멈춰 섰다.

그들은 이제 노래를 하지 않았다. 부를 노래가 다 떨어졌다. 술도 마시지 않았다. 그것도 다 떨어졌다. 앉은 채로 또는 선 채로 비몽사몽 꾸벅꾸벅 졸았다. 객차 안이 신기하게 조용했다. 누가 말을 하면, 다른 소리가 전혀 없기 때문에 실제보다 훨씬 더 크게 정적을 갈랐다.

바깥에서 딸까닥거리는 진동이 끊임없이 이어졌다. 열차는 가만히 서 있었으니 열차에서 나는 소리는 아니었다. 외부의 진동이 열차 유리창을 흔들고, 축바퀴를 흔들고, 심지어 열차가 서 있는 선로까지 흔드는 듯했다. 왼쪽 창밖으로만 형체를 알 수 없는 시커먼 열차들이 유령처럼 계속 스치고 지나갔다. 보이는 불빛 하나 없었다. 죽음의 열차였다. 파멸의 행진이었다. 시커먼 객차 수십 대가 선로를 흔들고, 밤공기를 흔들고, 발이 묶인 일반 객차를 흔들었다.

이 나라의 모든 열차가, 세상의 모든 열차가 죽음을 향해 내달렸다. 바퀴가 달린 까만색 도미노처럼, 짙은 색 색종이 조각처럼 별 아래를 달렸다. 불빛 하나 보이지 않았고, 그 안을 가득 채운 수천 구의 시체도 전혀 보이지 않았다. 그래서 더욱 끔찍했다.

전쟁, 전쟁. 광기로 물든 온 세상.

그는 점점 더 속도를 높여가며 발로 바닥을 계속 두드렸다. 발로 그의 절망과 고통을 망치질했다.

"그만 좀 합시다! 더는 못 견디겠네! 지금 몇 시간째 그러는 거요? 신경이 날카로워질 지경이야. 발 좀 가만히 둡시다."

급기야 옆자리에 앉은 남자가 버럭 고함을 질렀다.

"입 닥쳐요."

그는 위협적으로 으르렁거렸지만 하던 짓을 멈추고 양손으로 머리를 감쌌다.

그러다 벌떡 일어나 주변 승객들의 무릎 사이를 헤치고 나갔다. 혼수상태였던 다섯 명이 금세 정신을 차리고 일제히 그의 자리를 향해 달려들었다. 두 명이 동시에 도착했다. 둘 중 어느 쪽도 양보하지 않았다. 결국 그들은 의자를 반으로 나누어 한쪽 엉덩이씩 걸터앉았다.

그가 객차 안을 헤치며 열차의 끝을 향해 나아가자 서서 졸며 이 아가씨 혹은 저 아가씨 꿈을 꾸던 사람들이 반짝 눈을 떴다. 집에서 저녁으로 칠면조 고기를 먹는 꿈, 어느 콜걸의 침대에 누워 있는 꿈. 상관없다. 꿈이란 원래 깨지라고 있는 것이었다.

그는 문을 비틀어 열고 연결 통로로 나갔다.

소음이 점점 커졌다. 객차 옆문이 열려 있었다.

"무슨 일입니까? 얼마나 더 걸리나요? 벌써 사십 분이 지났는데."

그가 큰 소리로 물었다.

"난들 알겠소? 나도 열차의 차장일 뿐인걸. 열차가 멈추면 나도 따라 멈추는 거요. 군부대가 이동하느라 다음 전환기에서 우리 앞으로 끼어드는 모양이에요. 군부대가 먼저니까. 당신은 어디 중요한 데 가는 것도 아니잖소. 전쟁이 벌어진 마당에."

그러더니 너덜너덜한 펠트 모자와 기름얼룩이 묻은 두꺼운 모직 반코트, 방수복을 업신여기듯 위아래로 훑어보았다.

"입 닥쳐요!"

악을 쓴 그는 견딜 수 없는 통증 때문에 더는 아무것도 참을 수 없을 때 그렇듯 손을 들어 손등을 깨물었다.

그러다 잠시 후 퍼뜩 난간을 잡고 어둠을 향해 뛰어내렸다. 어둠이 그를 집어삼키자 그의 모습은 영영 사라졌다.

차장이 옆에 서 있던 군인에게 무미건조하게 말했다.

"뭐, 저것도 계속 움직이는 한 가지 방법이지. 제힘으로 움직이는 것도."

어느 외판원의 까만색 쿠페가 웅웅거리며 고속도로를 따라 달렸다. 어두컴컴하고 외진 이 시골에서 보이는 불빛이라고는 그 차의 전조등뿐이었다. 차 안에서는 정적이 흘렀다. 똑바로 앞을 바라보며 앉아 있는 두 남자의 창백한 달걀형 얼굴이 계기판 불빛에 비쳐 보였다.

운전석에 앉은 남자는 대화를 시도하다 묵살당하자 상처를 받고 더이상 접근하지 않기로 마음을 먹은 표정이었다. 페이지는 표정을 바꾸면 오래전에 얼굴에 붙인 회색 석고가 떨어져나가기라도 하는 것처럼 무표정을 유지했다.

"좀더 빨리 달릴 수 없습니까?"

그가 입술을 움직이지도 않은 채 불쑥 물었다.

"있죠."

상대방의 냉랭한 대답이었다.

"하지만 그럴 생각이 없네요. 이 차는 내 차고, 아무리 시골 밤길이라도 시속 팔십 킬로미터가 내가 정한 상한선이거든요. 나는 아내도 있고 아이도 둘이에요. 좀더 빨리 가고 싶으면……."

그는 옆으로 보이는 길을 향해 고개를 까딱했다.

꾹 다문 페이지의 입술에서 한숨과 함께 하얀 입김이 새어 나왔다. 그는 두 팔을 단속하려는 사람처럼 가슴 앞으로 단단히 팔짱을 꼈다. 그러고는 반코트 밑으로 빠져나온 손을 군용 권총 손잡이 위에 올려놓고 권총 손잡이를 감싸쥐었다.

저 인간이 한마디만 더 하면 이 자리에서 해치우겠어. 그는 맹세했다. 입을 다물게 해주겠어. 그러고 싶지 않아서, 그러지 않으려고 애를 쓰고 있는 거야.

운전석에 앉은 남자는 더이상 아무 말도 하지 않고 침묵을 지켰다.

페이지는 손가락에서 힘을 빼고 잡았던 권총 손잡이를 놓았다.

속도계 바늘이 흔들거리며 계속 팔십을 가리켰다.

운전석에 앉은 남자가 무의식적으로 콧노래를 하기 시작하더니 가사까지 붙여 흥얼거렸다.

어떤 인간이 내 여자친구를 훔쳐갔지.

페이지의 손가락이 다시 권총 손잡이를 단단히 붙잡았다. 그러자 손잡이가 위로 이 센티미터 움직였다.

그는 좌석에 앉은 채로 몸을 살짝 비틀고 투덜거리며 호소했다. 나는 지금 이 남자를 죽이지 않으려고 애를 쓰는 중이야. 아무도 죽이고 싶지 않아. 나는 그냥…….

"하지 마요."

그가 어찌나 나지막이 속삭였던지 뭐라고 했는지 안 들릴 정도였다.

그런데 동행은 알아차린 모양이었다. 페이지 쪽으로 고개를 돌리더니 기분이 상한 투로 물었다.

"뭐라고요?"

페이지는 가슴 앞 팔짱을 세게 조였다.

"하지 말라고 했어요."

남자는 비난하는 눈빛으로 빤히 쳐다보았다. 그러다 다시 앞으로 시선을 돌렸다.

"예민한 성격이로군?"

그가 중얼거렸다.

"맞습니다. 예민한 성격이에요."

페이지가 말했다.

갑자기 차가 정차했다.

"왜 차를 세우는 겁니까?"

"여기서 헤어져야 하니까요. 저 앞에 있는 네거리 안 보여요? 동쪽으로 가고 싶으면 이 길을 따라 곧장 가야 해요. 우리 동네는 저 쪽이고. 차와 나는 여기서 방향을 꺾을 거요."

페이지의 손목이 살짝 움직이자 총이 불길한 모습을 드러냈다.

"내려."

"뭐, 뭐하려는 거요?"

"내려서 멀찌감치 떨어져."

페이지가 엉덩이로 남자를 밀쳤다. 문이 열리고 남자가 엉거주춤 땅바닥으로 떨어지면서 버둥거렸다.

"잠깐, 뭐하는 거요? 샘플들이 전부 그 안에 있는데! 고맙다고 인사는 못할망정……. 태우질 말았어야 하는 건데……."

쾅 소리와 함께 문이 닫혔다. 남자는 애원하듯 차창 안쪽으로 손을 밀어넣으며 문을 붙잡으려 했다.

그가 권총 손잡이로 손등을 솜씨 좋게 찍어 때리자 비명소리와 함께 손은 자취를 감추었다.

"당신은 남쪽으로 가도 좋아. 하지만 차하고 나는 동쪽으로 갈 거요."

페이지는 액셀러레이터를 끝까지 밟으며 덧붙였다.

"형씨, 지금 목숨을 부지한 게 얼마나 다행스러운 일인지 형씨는 모를 거요."

그는 두 주먹으로 미친듯이 문을 두드리다 멈추었다. 문이 열렸다. 어떤 아가씨가 천천히 밖으로 나왔다. 그녀는 등뒤로 문을 닫고 힘없이 기댄 채 자리에 서서 그를 쳐다보았다.

혼자서 술을 한두 잔 마신 듯했다. 불붙인 담배를 입에 물고 있는데, 말을 할 때 담배가 움직이지도 않았다. 한 대의 담배가 연필처럼 그녀의 귀에 꽂혀 있었다.

"너무 늦었어요. 그 애는 십오 분 전에 떠났어요. 십오 분의 차이로 그 애를 놓친 거예요."

그녀가 자기소개도 없이 불쑥 내뱉었다.

"내가 누군지 어떻게……?"

"지금 어떤 심정인지 눈빛으로 다 드러나거든요. 번뜩이는 눈 때문에 어둠 속에서도 알아볼 수 있었을 거예요. 왜 이제야 왔어요? 아니, 애초에 왜 그런 여자를 만났어요?"

그녀가 무뚝뚝하게 말했다.

"그녀는 내 아내입니다. 평생을 함께하기로 맹세했는데……. 두 사람, 어디로 갔습니까? 어느 쪽으로 갔나요?"

그녀는 지친 듯 주저앉았다. 온 세상에 지친 듯했다.

"그냥 '떠났구나' 하고 잊어버려요. '나를 떠났구나' 하고요. 당신이 진 거예요. 아직 시내 어딘가에 있을 수도 있어요. 아니면 저기 어느 모텔에……."

그는 손으로 얼굴을 쓸어 올리며 울상으로 일그러뜨렸다.

"저기요. 그렇게 심해요? 겉으로 보이는 것만큼 안으로도 곪아 있나요?"

그녀는 강 건너 불구경하듯 궁금해하며 물었다.

그렇지만 대답을 듣지 못했다.

그의 모습이 어둠 속으로 사라지고, 자동차 문이 날카로운 소리를 내며 닫히고, 빨간 미등이 빙글빙글 멀어진 뒤에도 지친, 온 세상에 지친 그녀는 한참 동안 어깨를 축 늘어뜨린 채 문에 기대고 그 자리에 서 있었다.

문득 담배를 바닥에 내팽개치자 불똥이 튀었다. 그녀는 씁쓸하게 외쳤다.

"망할! 나는 사랑이 싫어!"

그녀는 뱅그르르 몸을 돌렸고 문이 닫혔다.

그 여자는 혼자 있었다. 그를 기다리다 지쳐 깜빡 잠이 들었다. 그 모습만 봐도 뻔했다. 환하게 불을 밝힌 방갈로 모텔 방, 나중에 그가 합류할 수 있도록 그녀의 이름으로 미리 예약을 해놓은 그곳. 그런데 그는 오지 않고 그녀는 기다리다 잠이 들었다.

그녀는 미리 옷을 벗었기에 양쪽 창문은 블라인드가 쳐져 있었다. 입을 벌린 채로 의자 팔걸이에 걸쳐져 있는 그녀의 여행 가방은 어느 정도 비어 있었다. 침대 커버는 대각선으로 깔끔하게 젖혀져 있었다.

그녀는 화장대 앞에 앉아서 팔뚝에 얼굴을 묻고 잠이 들었다. 잠옷 삼아 하늘색 네글리제를 걸쳤다. 수마가 덮치기 전에 썼던 머리빗이 손을 내밀면 닿을 곳에 있었다. 그녀가 가방에서 꺼낸 작은 크기의 여행용 자명종이 옆에 놓여 있었다. 방안에서 들리는 소리라고는 시계가 째깍거리는 소리뿐이었다. 시계가 상황을 한마디로 요약하는 듯했다. 시곗바늘이 이제 10시 55분을 지나고 있었다. 그가 원래 몇 시에 오기로 했는지 그녀 말고는 아무도 알 수 없지만, 꾸벅꾸벅 졸고 있는 그녀를 보면 올 시간이 지났다는 것을 알 수 있었다. 한참 지났다는 것을 알 수 있었다.

바로 그때, 밖에서 누가 슬그머니 돌리는 것처럼 문고리가 소리 없이 천천히 돌아갔다. 그러다 손을 놓았는지 원래 위치로 되돌아갔다.

발걸음 소리도, 아무 소리도 들리지 않았다. 누가 다가오는 소리도, 물러나는 소리도 들리지 않았다. 그런데 끝까지 내린 블라인드 뒤로 창문 하나가 가만가만 위로 열렸다. 블라인드가 앞으로 불룩 튀어나왔다. 남자의 한쪽 다리가 그 뒤에서 바닥으로 내려왔다. 잠시 후 다른 쪽 다리도 따라왔다.

그녀는 누가 들어오는 소리를 듣지 못했다. 워낙 깊이 잠이 들어 있었던데다 소리도 거의 나지 않았기 때문이다.

누군가의 구부린 손가락이 블라인드 가장자리를 팽팽하게 잡고 있다 젖히자 블라인드가 잠깐 안으로 움푹 꺾여 들어갔다.

권총을 손에 쥔 버키가 모습을 드러냈다. 그의 두 눈은 그녀를 바라볼 때만 눈이라고 할 수 있었다. 그녀를 떠나 방안을 살필 때는 얼굴에 박힌 차갑고 단단한 돌이 되었다.

그는 발걸음을 옮겼다. 희생자를 찾는 사신처럼 소름 끼치도록 살금살금 걸었다. 그는 총을 휘두르며 욕실부터 들여다보았다. 옷장도 들여다보았다. 그녀가 도착하자마자 벗은 옷들이 거기 걸려 있었다.

들여다볼 만한 곳은 두 군데 외에 없었다. 그는 총을 주머니 안에 넣었다. 단단한 돌 같았던 시선이 그녀에게로 향하자 부드러워졌다. 용서하는 눈빛이 되었다. 그는 옷장에 걸린 그녀의 옷을 꺼내 입을 벌리고 있는 여행 가방 안에 넣었다. 생명이 없는 물건에 불과하지만 그녀의 것이었기에 함부로 대하지 않았다. 꾸깃꾸깃해지지 않게, 상하지 않게 잘 개서 넣었다.

코트 한 벌과 원피스만 남겼다. 그 옷은 그와 함께 집으로 돌아갈 때 입도록 넣지 않았다. 집? 그렇다, 집이다. 그들을 기다리는 공간은 없지만, 머리를 가릴 지붕은 없지만, 둘이 함께 있다면 어디든 집이다.

여행 가방을 닫고 그녀 대신 자신이 들고 갈 수 있게 바닥에 내려놓았다.

그런데도 그녀는 찰칵 하고 가방이 닫히는 소리를 듣지 못했다.

그녀를 깨우러 다가갔다.

그는 그녀 바로 뒤에서 잠깐 동안 그녀를 내려다보았다. 만약 그녀가 그때 그의 얼굴을 보았더라면 두려워할 필요가 없고 나중에 이 일에 대해 한마디도 질책하지 않으리라는 것을 깨달았을 것이다. 아무것도 묻지 않고 아무것도 비난하지 않으리라는 것을. 그녀를 되찾기만 하면 충분하다는 것을.

그는 마침내 허리를 숙여 그녀를 깨우기 위해 정수리에 입을 맞추었다.

"샤론. 샤론, 일어나. 당신을 데려가려고 내가 왔어."

그는 귀에 대고 부드럽게 속삭였다.

사람들이 서서히 잠에서 깰 때 그렇듯 그녀의 고개가 팔을 타고 살짝 넘어갔다. 그녀가 옆으로 그를 올려다보며 미소를 보였다(이제 그녀의 옆얼굴이 보였다). 장난꾸러기처럼 은근한 미소였다.

하지만 두 눈은 잠에 겨워 여전히 몽롱한데…….

그는 그녀 옆에 놓인 빗을 향해 퍼뜩 손을 뻗었다. 그러고는 빗이 아니라 밑에 눌려 있던 무언가를 집어들었다.

네모난 종이에 연필로 이렇게 적혀 있었다.

이제 그녀를 되찾아가도 좋소, 군인 양반.

내가 당신에게 아무것도 주지 않았다고 말하지는 말기를.

그는 처음에는 한쪽 무릎으로, 다음에는 양쪽 무릎으로 바닥을 디디며 그녀 옆에 주저앉았다. 그녀를 품에 안으려고 했지만 어떤 식으로 안아도 몸이 축 늘어지기만 했다. 결국 그녀는 바닥에 대자로 눕혀졌다. 그런 채로 그를 올려다보며 장난꾸러기처럼 은근한 미소를 지었다.

속수무책으로 절망한 그는 뭐가 됐건 그녀를 일으킬 수 있을 만한 것을 찾느라 주머니를 미친듯이 더듬었다. 무엇이 그녀를 다시 일으킬 수 있는지는 그도 알 수 없었다.

그러다 한쪽 손이 총에 닿자 더듬거리던 손을 멈추었다.

그는 고통에 겨워 쉰 목소리로 그녀에게 띄엄띄엄 속삭였다.

"나도 살고 싶지 않아, 샤론. 나도 살고 싶지 않아. 당신이 꿋꿋하게 살아온 대가가 이거라면 내 목숨도 가져가버리라고 하겠어."

그는 허리를 숙여 일그러지고 뒤틀린 그녀의 입술에 자기 입술을 갖다 댔다. 그러고는 남편의 자격으로, 남편답게 입을 맞추었다.

"고마워, 샤론. 당신을 사랑해서 행복했어."

총알이 죽은 그녀의 몸과 아직 살아 있는 그의 몸을 똑같이 관통했다.

그의 입술이 그녀의 입술 위로 또다시 비스듬히 포개졌고, 두 사람은 다시금 입을 맞추었다. 영원히 이어질 입맞춤이었다.

A 형사와 B 형사가 근무중에 우연히 나눈 대화:

……얼마 전에 접수된 사건이 생각나는군.
"이제는 어떤 기분인지 너도 알겠지."
이런 쪽지가 남겨져 있었던 거. 둘 다 죽어버려서 뭐가 뭔지 파악이 안 됐잖아. 누가 누구한테 쓴 건지…….

(삼 주 뒤에) B 형사와 C 형사가 근무중에 우연히 나눈 대화.

……얼마 전에 A가 나한테 얘기한 그 사건처럼 말이지.
"이제는 어떤 기분인지 너도 알겠지."
이런 쪽지가 발견됐잖아. 정확하게 뭐라고 적혀 있었는지는 기억이 잘 안 나지만…….

(육 주 뒤에) C 형사와 D 서장(캐머런의 상사)이 근무중에 우연히 나눈 대화.

……B가 비슷한 사건 얘기를 들었답니다. 비슷한 쪽지가 발견됐다기에 지금 막 생각났어요. 그 친구들은 쪽지에 별 의미를 두지 않고

희한한 작자의 소행인가 보다 했다는데…….

(두 시간 반 뒤에) D 서장이 본부의 A 서장에게:

……본인의 요청에 따라 매클레인 캐머런을 귀서의 벅 페이지 일병과 그의 아내 샤론의 수사팀으로 일시 배속하오니…….

(이십 분 뒤에) A 서장이 D 서장에게 보낸 답전:

기꺼이 귀서의 요청을 수락함. 조속 파견 요망.

캐머런과 그의 상사는 다시 증인에게 관심을 돌렸다.

"한 가지만 더 물을게요, 셀레스트 씨……."

의자에 앉아 있던 아가씨는 반대편 무릎 위에 걸쳐놓았던 다리를 들더니 짜증을 내며 쿵 하고 내려놓았다. 그녀는 허리띠에 손가락을 걸었다. 손톱으로 능숙하게 담뱃재를 털었다.

"또 시작이시네! 그렇게 부르면 누구한테 말하는 건지 어떻게 알아요? 뒤에 누가 있는 줄 알았네! 내 이름은 러스티라니까요. 내가 뭘로 보여요, 덜 떨어진 여자로 보여요?"

캐머런과 상사는 눈빛을 교환했다.

"미안합니다, 일부러 그런 건 아니에요. 우리 같은 늙다리들은 아가씨들을 별명이 아니라 진짜 이름으로 부르면 절대 절대 안 되는 요즘 풍습에 익숙해지려면 시간이 좀 걸리거든요. 좋아요, 러스티."

서장이 무미건조하게 사과했다.

"그렇게 불러주니까 더 좋네요. 이번에는 뭐가 궁금하신데요?"

그녀는 너그럽게 용서해주었다.

"샤론 페이지는 체인이 달린 그 뭣이냐, 로켓을 목에 걸고 있었어요. 그 로켓에 대해서 묻고 싶은데요."

"좋아요. 뭐가 궁금한지 물어보세요."

"그녀는 로켓을 자주 걸고 다녔죠?"

"늘 걸고 다녔어요. 목을 씻을 때만 풀었다가 곧바로 다시 걸었죠."

"우리가 묻고 싶은 건 그녀가 그걸 어떻게 걸고 다녔는가 하는 거예요. 말로 설명할 수 있나요? 보여줄 수 있나요?"

"이게 그 친구가 입은 옷의 목 부분이라고 쳐요."

그녀는 자기가 입고 있던 스웨터의 목을 잡아당겼다. 그러고는 한 손가락을 안으로 집어넣었다.

"이런 식이었어요. 옷 안으로 넣어서 걸고 다녔어요. 늘 안에 넣어 걸고 다녔어요."

"옷 밖으로 보이게 건 적은 없었고요?"

"한 번도요. 남들한테 보여주려고 하는 액세서리가 아니라 개인적인 기념품이었으니까요. 나도 그 친구가 겉옷을 입기 전에 본 적 있기 때문에 안 거예요."

"그렇다면 옷을 입고 나면 길거리에서 스쳐지나간 사람이나 심지어 같이 대화를 나눈 사람이라도 알 수 없다 이거죠?"

"엑스레이로 찍지 않는 한 모르죠."

"고맙습니다. 이것으로 마칠게요, 셀…… 아니, 러스티."

그녀가 나가려고 자리에서 일어서서 벽에 대고 성냥을 긋자 불이 붙었다.

"저기, 부탁인데…… 우리 벽에 대고 그러지 말아줘요."

서장이 난감해하며 말을 더듬었다.

"벽에 대고 그러면 뭐 어때서요? 성냥불 잘 붙기만 하는데."

그녀는 너그럽게 물었다.

그녀가 나가고 문이 닫혔다.

"제가 어떤 부분을 분명히 하려고 했던 건지 아시겠습니까? 남편에게 악의적인 편지를 보낸 자는 다름 아니라 그녀를 살해한 범인입니다! 그녀를 유혹해 페이지에게서 떼어내려고 작업을 하는 동안 진행 상황을 계속 그에게 알린 겁니다. 어떻게 되어가고 있는지 실황중계하는 것처럼. 그중 한 편지에서 그가 유혹하는 여자가 페이지의 아내라는 걸 분명히 알리는 수단으로 로켓을 활용했죠. 페이지가 의심하지 않도록. 길거리에서 만난 사람은 아무도 로켓을 볼 수 없었습니다. 그녀가 옷을 입고 있는 상태에서는 볼 수 없었습니다. 그러니 편지들을 보낸 사람이 그자일 수밖에요."

"그자는 왜 자신의 행동을 알렸을까? 미친 짓 아닌가?"

"그렇다기보단 미치도록 잔인한 짓이죠. 악랄한 사디즘이랄까요. 그자는 그가 괴로워하길 바랐고, 실제로 괴롭게 만들었습니다. 루빈이 그에 대해서 한 이야기를 서장님도 들으셨잖습니까."

"좋아, 그래서 뭐가 어떻다는 건가? 어떤 결론이 내려지는 거지?"

"그자는 그의 아내에게 관심이 없었습니다. 그녀를 사랑하거나 죽이는 데에 관심이 없었지요. 그자는 그녀에게 악의가 있어서 죽인 게 아니라 그에게 악의가 있어서 죽인 거였습니다. 남편이 표적이었고, 아내는 그를 쓰러뜨리기 위한 도구에 불과했죠."

서장은 못 믿겠다는 듯이 고개를 저었다.

"두 가지만 대답해보십시오. 그녀는 얼마나 오랫동안 고통스러워했을까요?"

캐머런이 물었다.

"십 초. 아니면 이십 초. 막판에 잠깐."

"그는 얼마나 오랫동안 고통스러워했습니까?"

"몇 주 정도. 루빈이 말했지. 몇 주에 걸쳐 서서히 고문을 당했다고."

캐머런은 양손을 펼쳐 보였다.

"그자가 처벌하려던 쪽은 둘 중 누구였을까요?"

"이건 완전히 새로운 사건이로군."

부서장은 암울하게 중얼거렸다.

캐머런은 털사까지 찾아가야 했다. 털사에 도착한 뒤에는 딕슨 애버뉴까지 가야 했다. 딕슨 애버뉴에서는 그 길의 끝까지 가야 했다. 그렇기는 했지만, 몇 주 간의 끈질긴 신문과 조사 끝에 가야 하는 방향을 정확히 알고 있었다.

그는 다양한 수단을 동원해 그곳으로 갔다. 기차에 이어 버스, 막판에는 털사에서 택시를 탔다.

그런 다음 포장도로를 걸어서 예정된 목적지에 도착해 초인종을 눌렀다. 잠시 후 밝은 분위기와 상냥한 태도를 갖춘 매력적이고 아담한 가정주부가 부산하게 나왔다.

"그레이엄 개리슨 씨 댁이죠?"

"네. 제 남편인데요."

그녀가 선뜻 대답했다.

"남편께 캐머런을 기억하느냐고 물어봐주십시오."

그는 요령껏 둘러말했다. 그녀에게 겁을 주거나 형사라는 사실을 밝히고 싶지 않았던 것이다. 그녀는 구김살 없고 순진해 보였다.

그녀는 전갈을 받은 여자아이처럼 혼잣말로 복창해서 제대로 외웠는지 확인했다.

"남편께 캐머런을 기억하느냐고 물어봐주십시오."

그러더니 제대로 외웠다는 뜻으로 고개를 끄덕이고는 말을 전하러 갔다.

금세 돌아와서 말을 전하는데, 솔직한 태도가 매력적이었다.

"기억이 안 난다고 하네요. 그래도 들어오시래요."

캐머런은 감사의 인사를 전하고, 재혼한 개리슨을 비난할 이유가 없다는 결론을 내렸다. 아니, 그보다는 이 아담한 여자와 재혼했다고 비난할 이유가 전혀 없었다. 그녀를 만난 이상 재혼을 하지 않으면 그게 오히려 이상한 일이었다. 인간은 누구나 행복하게 살 권리가 있다. 개리슨의 얼굴을 본 순간, 캐머런은 그가 지금 그의 몫으로 주어진 행복을 누리고 있다는 것을 느낄 수 있었다.

개리슨은 야구 중계를 듣고 있었다. 일요일 오후였다. 그는 예의 바르게 라디오를 껐다. 캐머런도 중간에 끄기가 아쉬울 거라는 것을 잘 알고 있는데도 개리슨은 더 듣고 싶은 내색을 않고 잘 감추었다.

"동부 지역 사무실 소속인가요? 거기서 만났었나요?"

그는 이렇게 묻고 나서 무슨 말인지 영문을 몰라 하는 캐머런의 표정을 보고 설명을 덧붙였다.

"스탠더드 정유 회사 말입니다."

"아뇨."

캐머런이 대답했다.

"업무상으로 만난 사이는 아닙니다. 선생께서는 기억 못 하실지 모르겠지만…….”

그는 주변을 둘러보았다. 그 자리에는 둘뿐이었다. 부인은 남편의 업무보다 더 관심이 가는 집안일을 처리하러 돌아갔다.

개리슨의 기억력이 선수를 쳤다. 그는 의자에 앉은 채로 자세를 바로 잡고 손가락을 퉁기더니 한 손가락으로 캐머런을 가리켰다.

“아, 이제 기억이 납니다! 저넷이 세상을 떠났을 때 몇 번 찾아와서 저와 대화를 나누었던 형사시죠?”

그러더니 캐머런이라는 존재가 아니라 기억력을 유감없이 발휘했다는 사실에 매우 흡족해하는 표정을 지으며 “앉으세요”라고 한 뒤 담배를 권하고 술을 한잔하겠느냐고 물었다.

캐머런은 자리에서 일어나 문을 닫으며 예방 차원에서 짚고 넘어갔다.

“단둘이서만 이야기를 나눌 수 있을까요?”

“안 좋은 일입니까?”

개리슨이 물었다.

“부인께서 듣지 않으셨으면 합니다. 유쾌하달 수 없는 일이라서요.”

안면을 튼 지 정확히 사십오 초 만에 그녀에게 완전히 호감을 갖게 된 캐머런이 말했다.

“아내는 주방에서 몇 시간 동안 나올 일이 없을 겁니다. 일요일 정찬을 처음으로 혼자서 준비하고 있거든요. 복도 저쪽에 보면 나더러 건너오지 말라고 분필로 그어놓은 선이 있어요."

개리슨이 애정 어린 자부심으로 얼굴을 환히 빛내며 이야기했다.

"운이 좋으십니다, 개리슨 씨."

캐머런은 자기도 모르게 불쑥 내뱉었다.

"나도 외롭던 시절이 있었습니다."

개리슨이 고백했다.

캐머런은 자리에 앉았다.

"저기, 찾아올 수밖에 없었던 이유를 말씀드리겠습니다. 개리슨 씨도 제가 찾아온 게 유쾌하지 않겠지만 저도 마찬가지입니다. 과거를 헤집기 싫거든요. 개리슨 씨는 이제 과거에서 탈출하셨죠. 아주, 아주 멀리가셨죠. 그래도 좀 도와주셨으면 합니다. 도움을 받을 만한 사람이 개리슨 씨밖에 없습니다. 개리슨 씨가 유일하게 남은 연결 고리니까요."

그러더니 이렇게 덧붙였다.

"유일한 생존자라고 할까요."

"아주 섬뜩하게 들리는군요."

"네, 그렇습니다. 섬뜩하죠. 휴 스트리클랜드라는 분을 아십니까?"

그는 그에게 보여주려고 들고 온 물건들을 주머니에서 꺼냈다.

"그 망나니 말입니까? 사형을 당했다고 들었는데. 깔끔하게 끝나지 않았던가요? 내 그렇게 될 줄 알았어요."

개리슨은 안다는 대답 대신 이렇게 대꾸했다.

"아주 잘 아신다는 말씀이로군요."

"너무 잘 알죠. 저넷이 죽기 전부터 연락을 끊었을 정도로. 아내도 막판에는 그자를 멀리하려고 했어요. 플로렌스 스트리클랜드와 아주 친한 친구였는데도요. 내가 도덕적으로 그렇게 엄격한 편은 아니지만 대놓고 그런 일을 저지르는 남자는……."

도덕적인 측면은 그의 관심사가 아니었기에 캐머런은 교묘하게 화제를 돌렸다.

"저와 선생은 두 부분에서 서로 의견이 다릅니다. 하지만 서로 의견이 다르더라도 여전히 저를 도와주실 수 있습니다. 전과 달라진 건 아무것도 없으니까요. 첫 번째는 전처인 개리슨 부인의 죽음과 관련해서……."

"아, 지금도 저넷의 죽음이…… 자연사가 아니었다고 생각하시는군요."

"지금도 그렇게 생각하고, 앞으로도 그렇게 생각할 겁니다."

"나는 아닙니다."

개리슨이 말했다.

"그래도 상관없습니다. 그리고 두 번째, 이 말을 들으면 놀라실지 모르겠는데, 저는 스트리클랜드가 여자를 죽이지 않았다고 생각합니다. 그가 그 죄로 사형을 당하기는 했지만요."

개리슨은 놀랐다기보다 비난하는 눈빛으로 그를 쳐다보았다.

"처형 몇 주 전에, 비공식적으로 사형수 감방에서 그를 면담한 적이 있습니다. 그는 맨 처음 구속됐을 때 했던 말을 반복하더군요. 그녀의 시신 옆에 복수를 하고는 고소해하는 분위기의 쪽지가 있었다고요. 그걸 증거로 제시하지 못했으니 목숨을 연명할 방법이 없었죠."

생각에 잠긴 그는 몸을 앞으로 숙이고 엄지손가락으로 자기 가슴을 가리켰다.

"저는 그런 쪽지가 실제로 있었다고 믿게 됐습니다. 왜냐고요? 어떤 남자가 목숨을 연명하고자 만들어낸 거짓말이라고 하기에는 너무 터무니없고 미심쩍으며 어떻게 보면 한심할 정도로 사소한 집착이었거든요. 그는 자기가 집에 도착했을 때 거기서 빠져나오는 남자의 형체를 보았다거나 하는 주장은 절대 하지 않았습니다. 시체 옆에 쪽지가 있었다고만 했죠. 그는 내 앞에서 정말이라고 맹세했어요. 그러면서 뭐라고 적혀 있었는지 읊었는데, 단 한 번도 달라진 적이 없습니다. 그런데 그는 처음부터 끝까지 절대 몰랐지만 저는 어쩌다 보니 알고 있었던 사실이 한 가지 있었습니다. 선생도 꼭 일 년 전에 부인이 세상을 떠났을 때 비슷한 쪽지를 받은 적이 있다는 것이죠. 그리고 그가 땅에 묻힌 지 일 년 만에 세 번째 쪽지가 다른 장소의 세 번째 무대에 등장했습니다. 이제 제가 왜 찾아왔는지 아시겠습니까?"

개리슨은 넋을 잃고 자기도 모르게 고개를 끄덕였다.

"자, 그럼 뜸들이지 않겠습니다. 성은 페이지, 이름은 벅 혹은 버키였던 친구를 아십니까?"

캐머런이 질문했다.

개리슨은 처음에는 머뭇거리며 고개를 저었지만, 점점 더 열심히 기억을 더듬었다. 캐머런이 도와주었다.

"출생증명서를 입수해서 보았더니 본래 이름은 버클린이더군요. 출생신고가 된 곳은 미시건 주 랜싱이고요. 거기서 1919년에 태어났어요."

"모릅니다. 모르는 사람이에요."

개리슨은 부정했다.

그러더니 시험 삼아 이름을 중얼거렸다.

"페이지. 버키 페이지. 기억이 안 납니다."

"확실합니까?"

개리슨은 논리적인 답변을 내놓았다.

"그 이름은 모릅니다. 처음 듣는 이름이 확실해요. 예전에 만난 적이 있어서 얼굴은 알지도 모르지만요."

"그럼 그쪽으로 시도해볼까요? 자, 이걸 봐주십시오. 주의깊게."

그는 두 병사가 서로 어깨동무하고 찍은 사진을 건넸다.

"왼쪽은 신경쓰지 마세요. 군복 입은 것도 신경쓰지 마시고요."

그는 종이를 두 장 꺼내 군모와 군복 재킷을 가리고 그 사이로 얼굴만 보이게 만들었다.

"이걸로 보세요. 얼른요."

그는 조그만 돋보기를 건넸다.

개리슨은 뚫어져라 쳐다보았다. 그가 반응을 보였다.

"네. 어디에선가 본 적 있는 얼굴이에요. 잠깐만요……. 어디였더라? 어디였더라?"

그는 의자에 등을 기댔다가 몸을 숙이고 사진을 좀더 훑어보았다.

"계속 기억을 더듬어보십시오."

캐머런이 옆에서 부추겼다.

"회사는 아니고……."

캐머런은 물리적인 압력을 가하면 도움이라도 되는 양, 참지 못하고 그의 어깨를 잡아 눌렀다.

"계속 더듬어보세요. 포기하면 안 됩니다. 계속 해보세요."

"어디서 봤는데……. 어딘가에서 봤는데."

그는 혼신을 다해 애를 쓰느라 잠깐 눈을 감았다. 그러다 압정이 몸에 박힌 것처럼 갑자기 움찔했다. 그가 사진을 주먹으로 내리치자 두 장의 종이가 날아갔다.

"이런, 우리와 동행했던 가이드잖아! 그 여행에서 고용했던! 우리는 동호인이었고 그가 가이드로서 우리를 데리고 다녔어요. 그가 갈 만한 곳을 골라주는 일 같은 걸 맡았죠. 맙소사, 몇 년 동안 잊고 있었는데!"

"어딜 갔었나요? 어떤 여행이었습니까?"

캐머런이 긴장한 목소리로 물었다.

"예전에 낚시나 캠핑을 같이 하곤 했어요. 친구들끼리 스포츠 동호회 비슷한 걸 결성해서. '로드 앤드 릴 클럽'이라는 이름이었어요. 일 년에 두세 번씩 하던 일을 잠깐 잊고 다 같이 떠나곤 했죠. 숲속으로 들어가서 고생스럽게 야영하고. 어떤 건지 아시죠?"

"제가 원했던 게 이런 겁니다. 바로 이런 거요. 이런 정보를 선생에게 듣고 싶었던 겁니다. 그래서 찾아온 겁니다. 이제 시동이 걸렸네요. 그럼 그런 여행을 같이 갔을 때 말고도 스트리클랜드와 엮이거나 만나거나 그런 적 있습니까?"

캐머런이 용기를 북돋워주었다.

개리슨은 고개를 끄덕였다.

"네, 클럽을 결성하기 전에는요. 그와 더이상 어울리지 않기로 한 후에는 없었습니다. 클럽도 해체했고요."

"페이지는요?"

개리슨이 단호하게 고개를 저었다.

"여행을 같이 가기 전에도 본 적 없었고, 이후에도 본 적 없었습니다. 여행을 갈 때만 만났어요. 공항에서 그를 만나 비행기를 탔는데 돌아오는 길에 공항에다 그를 내려주고 우리는 우리 갈 길을 갔죠."

"그럼 선생과 두 사람이 함께 어울린 게 그때뿐이었습니까? 한 명씩 따로 만난 게 아니라 둘 다 만난 게요."

"맞습니다."

"알겠습니다. 세 분은 두 가지 방식으로 얽혀 있습니다. 첫째는 날짜. 그리고 두 번째는 쪽지. 세 분 모두 특정 날짜가 삶에 개입되어 있죠. 저는 이유를 모르고, 의미도 모릅니다. 5월의 마지막 날인 31일이죠. 당신의 전 부인은 5월 31일에 세상을 떠났습니다. 스트리클랜드의 절친했던 친구도 5월 31일에 죽음을 맞이했고요. 그리고 마지막으로 벅과 샤론 페이지의 시신이 5월 31일에 발견되었습니다. 두 번이면 우연의 일치일 수 있어요. 하지만 세 번은 우연일 수 없습니다. 게다가 세 사람이 그런 일이 있기 전부터 알던 사이라면 절대 우연일 수 없죠.

그리고 쪽지. 세 분은 모두 심한 상처를 입히도록 쓰인 아주 악의적인 쪽지를 접했습니다. 문구도 비슷하죠. 저는 그중 두 장을 직접 읽었습니다. 그리고 세 번째 쪽지의 존재도 믿고요. 그 쪽지를 주웠던 스트리클랜드가 제가 이미 읽은 다른 두 쪽지의 존재를 모르는 상태에서 자기가 본 쪽지 이야기를 했는데, 내용이 나머지 두 장과 비슷했거든요.

이제 우리는 아주 중요한 지점에 다다릅니다. 이 모든 사태의 핵심이죠. 만약 쪽지, 날짜와 연관 있는 다른 사람이 있다면 사건이 아직 끝나지 않았을지도 모릅니다. 그런데 날짜와 쪽지의 의미를 파악하기 전에는 알 방법이 없어요. 그 스포츠 동호회에 어떤 회원이 있었는지 선생께서 알려주셨으면 합니다. 수사를 진척하려면 다른 회원들의 이름을 알아야 합니다. 어디 가면 그들을 만나서 경고할 수 있는지 알아야 합니다."

"그야 당장 말씀드릴 수 있어요. 작은 클럽이라 회원이 다섯 명밖에 안 됐거든요."

개리슨은 손가락을 꼽았다.

"저하고 스트리클랜드 그리고 그 페이지라는 친구 말고 회원이 두 명 더 있어요. 이름이 뭔가 하면……."

이 모든 사태가 시작된 작은 도시, 광장이 내다보이는 지티 잡화점의 불 밝힌 쇼윈도 앞에 유령 애인, 허깨비 같은 남자가 다시 얼굴을 비친다. 딱 하룻밤이다. 딱 하룻밤 동안 예전 그 자리에 서서 전처럼 불침번을 선다. 지나가는 사람들은 쳐다보지 않고 오지 않을 사람만 쳐다보고 있다.

이제는 그의 정체를, 사연을 아는 사람이 많지 않다. 마을이 그만큼 달라진 것이다. 그사이 전쟁이 개전되었다가 끝났다. 도시는 전쟁과 함께 부풀었다 꺼졌다. 이제는 쪼그라들어서 예전 크기로 돌아갔지만, 사는 사람들이 바뀌었다. 살던 사람들은 떠나고 새로운 얼굴들이 빈자리를 메웠다. 지티 잡화점에는 지금도 '지티'라는 간판이 걸려 있지만, 이제는 주인이 바뀌어서 더이상 지티 씨는 찾을 수 없다. 경찰도 바뀌었고, 비주 극장의 매표소 아가씨도 바뀌었고, 광장 저쪽으로 보이는 멀끔한 벽돌 소방서의 소방관들도 바뀌었다.

하지만 광장은 여전하고, 분위기도 여전하다.

그날은 6월 1일, 토요일이라 온 사방에서 불빛이 번쩍이고 온 도시가 들썩인다. 모든 남자는 여자친구와 함께, 모든 여자는 남자친구와 함께 쌍쌍이 한가롭게 지나간다.

그는 단정치 못하거나 이상한 구석이 전혀 없다. 누구라도 그렇게 생각할 것이다. 토요일 밤 데이트를 앞둔 남자처럼 깎은 지 얼마 안 된 머리. 알록달록한 새 넥타이. 좀 전에는 흑인 남자아이가 다가오자 그 애에게 구두까지 닦았다. 사람들 말로는 인생의 목적이 있어야 계속 살아가는 법이라고 한다. 아마 그의 인생은 목적의식으로 충만할 것이다. 궤도를 이탈한 흔적이 전혀 보이지 않으니까. 의사라면 몇 번 진찰 후에야 알아차릴 수 있을지 모른다. 하지만 어느 누가 돈을 대주며 그를 병원으로 보낼까. 게다가 환자들이 의사를 찾아 나서지, 의사들이 환자를 찾아 나서지는 않는다.

납골당이 있는 건물도 외관은 어디에서나 볼 수 있는 건전하고 전통적이며 평범한 건물과 똑같은 법이다. 지금까지 지나가는 행인 중에 타인의 영혼에 달린 창문 너머로 속을 들여다보는 능력을 갖춘 사람은 아무도 없었다. 만약 사람들에게 그런 능력이 있었다면 여기저기서 비명소리가 들리고 길거리에 갑자기 인간 띠가 등장했을 것이다.

그는 이따금 시계를 확인하며 너그럽고 자신감 넘치는 미소까지 살짝 짓는다. 느긋하고, 조금 기다려도 개의치 않으며, 그녀가 반드시 올 것을 아는 남자의 미소다.

같이 다닐 남자를 찾아 나선 자그마한 두 십 대 소녀가 잘난 척 그 앞을 지나간다(이러니저러니 해도 같이 다닐 남자를 아직 찾지 못했으면 광장 앞을 서성이는 게 좋은 방법이다). 두 사람은 옆으로 다가가 그가 있는 쪽을 흘끗 훔쳐보더니 후보로 낙점한다. 처음 보는 얼굴, 이 마을에 새롭게 등장한 남자다.

그들은 능청스러운 웃음으로 추파를 던지며 굼벵이 수준으로 걷는 속도를 늦춘다. 자기들이 마음에 들면 다가와서 말을 걸어달라는 신호다.

"못 보던 얼굴이네?"

관심을 끌기 위해 한 여자가 다른 여자에게 큰 소리로 묻는다.

그는 그들의 의도를 알아차린다.(알아차리지 않을 수가 없다.) 하지만 희미하게 미소를 지으며 고개를 젓는다.

"누구 기다리는 중이에요."

그런 다음 퇴짜 놓은 것을 무마하려고 모자를 건드려 인사한 뒤 반대 방향으로 고개를 돌린다.

여자들은 서로를 쳐다보며 어깨를 으쓱하고는 사라진다. 어차피 토요일 밤이라 물 반 고기 반이다.

그들은 나이를 먹어서 그럴 만한 시기가 지날 때까지 수많은 남자들과 시시덕거릴 것이다. 토요일 밤, 광장에서, 가벼운 마음으로. 그들은 두 번 다시 남자와 시시덕거리지 못할 뻔한 상황을 얼마나 아슬아슬하게 피했는지 영원히 모를 것이다. 토요일 밤, 온 사방에서 불빛이 번쩍이는 광장에서. 가끔 인파로 북적이는 곳에서 사신이 나를 스쳐지나갈 때도 있는 법이다.

잠시 후 마침내 확률의 법칙이 발휘된다. 인파 속에서 전쟁 전부터 이 마을에 살았던 사람, 그가 누구인지, 누구였는지 아는 사람이 등장한 것이다. 그를 한번 쳐다본 남자는 오랫동안 잠들어 있다 깨어난 기억에 화들짝 놀라며 같이 걷던 여자를 두고 다가와 앞에서 발걸음을 멈춘다.

"안녕, 조니. 나 모르겠어, 조니 마?"

그는 남자를 쳐다보기만 할 뿐 아무 대답도 하지 않는다.

"예전에 한 팀에서 농구 같이 했었는데. 레드 워시번이라는 팀에서. 당연히 내가 누군지 알겠지. 에드 테일러 코치 기억하지? '철인 에드'라고 불렀잖아. 타라와에서 전사했어. 앞장서서 깃발을 꽂으려다. 타라와인지 아니면 그 근처인지."

그는 남자를 쳐다보기만 할 뿐 아무 말도 하지 않는다. 눈을 깜빡이지도 않는다.

"조니, 너 왜 그래? 나 방과후에 앨런 식료품 가게에서 주문한 상품 배달해주는 아르바이트 했었잖아. 지금은 내가 거기 주인이야. 우리를 아는 척도 하지 않았던 앨런 영감님의 딸 기억해? 저기서 있는 여자가 걔야. 지금은 내 부인이지."

그는 남자를 쳐다보기만 할 뿐 한마디도 하지 않는다.

남자는 미심쩍은 표정으로 당황스러워하다 마침내 포기한다. 머리를 긁으며 부인이 있는 곳으로 돌아가 가던 길을 함께 걷는다.

"분명 조니 마 맞아. 내 기억력에는 문제가 없는데. 한마디도 안 하네. 당신도 조니 마 기억하지? 당신 눈에는 그 녀석으로 보이지 않았어?"

"쳐다보고 싶지 않아. 예전에 당신이랑 어울려 다녔던 남자애들한테는 어차피 눈길 한번 안 줬는데, 뭐."

"그 녀석이 아니라면 왜 잘못 봤다고 하지 않았을까? 유령처럼 잠자코 서 있기만 하더란 말이지. 예전에 들은 소문이 맞나 봐. 머리가 잘못되어서……."

"아, 그만해, 하틀리. 줄서서 표나 사와. 다들 자기보다 먼저 가고 있잖아. 지난번처럼 처음부터 끝까지 양쪽 끝자리에 떨어져 앉아 있기는 싫어."

그녀는 건성으로 말하며 그를 알맞은 방향으로 살짝 떠민다.

옛 친구. 젊은 시절의 친구.

야심한 시각이 되자 인파가 줄고 불빛들도 희미해진다. 영화관에 인적이 끊기고, 그다음은 음료수 가판대, 마침내 술집 두 군데마저 인적이 끊긴다. 광장에 있는 마이크스 플레이스와 광장 밖에 있는 좀더 시끌벅적한 켈리스까지. 지티 잡화점은 오래전에 문을 닫았고, 싸구려 균일가 상점은 그보다 먼저 문을 닫았다. 택시 기사 조는 차를 차고지에 집어넣고 아내와 아이들이 있는 집으로 돌아갔다. 순찰중이던 순경마저 근무를 마감했다. 고양이와 개들마저 잠을 청하러 사라졌다.

시계탑에서 1시를 알리는 종소리가 들린다. 시계탑 시계는 다섯 시간이 빠르다. 모든 불빛이 사라진 광장은 이제 황량하리만치 공허하다.

그가 떠나는 걸 본 사람은 아무도 없다. 그가 떠나는 걸 볼 수 있었던 사람도 아무도 없다. 그가 언제, 어느 쪽으로, 어떻게 사라졌는지 알 수 없다.

하지만 날이 밝고 햇살이 광장을 비출 때 잡화점 앞에는 아무도 없다. 그 앞에 서 있던 사람이 없다. 그리고 그날 밤에는 아무도 앞을 지키지 않는다. 다음날 밤에도, 그다음 날 밤에도.

딱 그날 밤만 등장하고는 사라진 것이다.

하지만 언덕 위 공동묘지 관리인은 마음만 먹으면 증언할 수 있다(묻는 사람이 없기에 하지는 않지만). 다음날인 일요일 아침, 첫 순찰을 도는데 간밤에 마지막으로 순찰을 돌았을 때는 보지 못했던 싱싱한 화환이 어느 묘비에 놓여 있더라고. 누가 두고 갔는지 모를 밤의 꽃다발, 어둠의 꽃다발. 너무나 애절하고 다정하며 가슴 아픈 꽃다발. 가게에서 산 게 아니라 들판에서 따다가 서툴게 엮은 꽃다발.

반쯤 잊힌 묘비에는 이렇게 새겨져 있다.

도러시

계속 기다릴게.

# 네 번째 랑데부

그들은 시계탑을 빽빽하게 에워싸고 옹기종기 모여 엄선한 데이트 상대를 기다렸다. 그날 저녁 한 번 만, 아니면 앞으로 계속 저녁을 함께 보낼 상대를. 남자들은 여자들을 기다렸다. 여자들은 남자들을 기다렸다.

대부분 젊었다. 한두 명은 좀더 나이가 있었지만 대부분 젊었고 젊음으로 환히 빛났다. 젊을 때에나 8시 무렵에 시계탑 앞에서 데이트 상대를 기다리는 법이다. 좀더 나이를 먹으면 그게 외롭게 느껴진다. 하지만 젊을 때는 날이면 날마다 크리스마스이브에, 큼지막한 선물 꾸러미가 눈앞에 있다. 원하던 선물이 아니더라도 상관없다. 다음날 저녁이면 다시 크리스마스이브가 되고, 큼지막한 선물 꾸러미가 찾아오니까. 꾸러미가 더이상 보이지 않고 크리스마스 트리 전등이 꺼지면 문득 자신이 나이를 먹었음을 자각하게 된다.

그 도시에서 가장 인기 있는 만남의 장소는 칼턴 호텔 로비 안에 있는 시계탑이었다. 관습과 편의가 낳은 결과였다. 모두들 상대를 거기서 만났다. 어디에서 데이트를 하든 거기서 출발했다.

여자들은 예쁘고, 남자들은 용모 단정하고 멀끔했다. 대부분의 여자들은 앉아서 기다렸지만 자리가 부족해서 서서 기다리는 여자도 있었다. 가끔 아는 여자들끼리는 일행이 아닐지라도 한 명은 좌석에 앉고 다른 한 명은 팔걸이에 걸터앉는 식으로 같이 앉았다. 두말하면 잔소리지만 남자들은 모두 서서 기다렸다. 그런 채로 각자 기질과 천성에 맞춰 행동했다. 가만히 있지 못하는 사람이거나 의심이 많거나 자신감이 없는 치들은 이리저리 돌아다녔다. 출입문 쪽으로 걸어가 밖을 내다보고 다시 돌아와서 손목시계가 맞는지 시계탑을 보며 확인하고, 발로 툭툭 바닥을 두드리고, 손가락을 두드렸다. ("그녀가 여기서 만나자고 했을 때 진심이었을까 아니면 바람맞힐 작정이었을까?") 참을성이 많거나 사람을 잘 믿거나 차분한 이들은 별로 움직이지도 않고, 자기가 시간 맞춰 나왔는지 확인할 때말고는 시계를 쳐다보지도 않으며 느긋하게 기다렸다. ("오겠지. 온다고 했으니까. 분명 올 거야.")

거기 서서 기다리는 남자들 중에서도 그는 자신 있고 걱정 없는 축에 속했다. 로비 경계선 역할을 하는 정방형 기둥에 삐딱하게 어깨를 기대어, 벽에 달린 전기 촛불 아래에서 한가롭게 신문을 뒤적였다.

상대가 누군지 몰라도 나올 거라고 확신하는 분위기였다. 쌍방간에 완벽하게 합의를 본 사이, 정식 약혼을 목전에 두고 있어 더이상 외부 요인을 걱정할 필요가 없는 교제 후반기인 게 분명했다.

그는 스물세 살 정도였다. 외모가 준수하고 건장했다. 미식축구 선수감이었다. 아주 지적이지는 않겠지만, 그걸 가지고 뭐라 하는 사람은 없을 것이다. 그 외에는 모두 매력적이었다. 나이 많은 남자들이 보았더라면 직원으로 삼고 싶어 할 청년이었다. 나이 많은 여자들이 보았더라면 칼턴 호텔 시계탑에서 딸을 만나주었으면 좋겠다고 생각할 청년이었다. 이런 청년을 만난다면 딸아이의 행방을 모르더라도 걱정할 필요가 없을 터였다.

그가 무슨 직감이라도 느꼈는지 마침 알맞은 때 신문을 보다 고개를 들었다. 바로 그때 출입문을 지나 안으로 들어오는 그녀의 모습이 눈에 들어왔다.

그녀가 왔다. 그의 여자가. 그의 약속 상대가.

그가 당장 신문을 접어서 내동댕이치는 것을 보면 알 수 있었다. 모자를 잡고 들어올리는 것을 보면 알 수 있었다. 안 그래도 유쾌해 보이던 얼굴이 더욱 환하게 빛나는 것을 보면 알 수 있었다. 그녀가 회전문을 빠져나와 둘 사이를 가르는 유리문이 완전히 사라지기 전부터 그랬다.

그녀의 뒤에서 회전문이 빈 채로 한 바퀴를 돌고 다시 한 바퀴를 돌았을 때 어느 남자가 들어왔다. 그녀의 뒤를 어찌나 바짝 쫓는지 따라오는 것처럼 보일 정도였다. 그렇게 생각하는 사람이 본다면 말이다. 하지만 그 문으로 사람들이 시도 때도 없이 드나들었다. 어쩌다 보니 그녀 바로 다음에 들어왔을 뿐이다.

그는 뒤에서 그녀를 한번 흘끗 훑어보더니 담배와 문구류를 판매하는 매대로 다가가 열심히 잡지를 고르기 시작했다. 원하는 잡지의 이름을 이야기하지 않고, 하나를 집어 처음부터 끝까지 훑어본 다음 다른 잡지로 손을 뻗었다. 세상에서 가장 꼼꼼하게 잡지를 고르는 고객이었다.

그사이 그녀는 자신을 기다리던 남자 앞에 다다랐다. 아니, 다다랐다기보다 둘이 서로 다가가 로비 중간쯤에서 만났다.

지금까지는 모든 여자들이 예뻐 보였다. 그런데 이제는 하나같이 평범해 보였다. 부연 석유램프들이 버글거리는 한가운데로 밝은 아크 조명이 비치는 듯했다. 그녀는 까만 머리를 어깨까지 길게 늘어뜨렸다. 머리에 치자꽃을 꽂았다. 눈동자는 회색이었다. 혹시 회색이 아니라 파란색이라면, 회색으로 보일 만큼 옅은 파란색이라고 해야 할 것이다. 아주 어려 보였다. 스무 살에서 두 살, 어쩌면 세 살은 빼야 할 것 같았다.

두 사람은 별 내용이 없는 대화를 하고 있었지만 즐거운 저녁을 향한 기대감에 명랑하고 떠들썩했다.

"안녕."

"안녕."

"나 늦었어?"

그녀는 대답을 기다리지 않았다. 대답을 기다리지 않고 다음 화제로 넘어갔다. 질문이 아니라 인사말이었다.

"표 샀어?"

"응. 매표소에 맡겨놨어."

"그럼 뭘 기다리는 거야?"

그녀가 명랑하게 물었다.

"얼른 가자."

그러고는 그의 팔을 잡았다.

그들은 출입문을 지나 밖으로 나갔다.

잡지 매대의 남자는 아직도 결정을 내리지 못하고 질감을 판단하려는 양 한 권을 얼굴 바로 앞에 대고 있었다.

그들의 뒤에서 빈 회전문이 한 바퀴 돌았다.

남자는 잡지를 사지 않기로 했다. 매대를 나서 자기도 회전문 쪽으로 걸어갔다. 직원이 안 들리게 욕을 하며 비뚤어진 잡지들을 바로잡았다.

그들이 탄 택시가 막 출발했다.

그는 다음 택시를 잡아탔다.

그가 탄 택시도 출발했다. 그들과 똑같이 모퉁이를 돌았다. 어차피 일방통행로라 모든 차량이 그쪽 방향으로 갈 수밖에 없었다.

몇 분 뒤 예닐곱 블록 정도 갔을 때 그들이 극장 앞에서 내렸다. 그들이 탔던 택시는 쌩하니 사라졌다. 다른 택시, 또 다른 택시, 또 다른 택시가 잇따라 등장했다. 평소에도 많은 사람들이 택시를 타고 극장에 오지 않는가.

남자가 줄을 서서 표를 받고 여자와 만나 안으로 들어갔다. 뒷사람도 자기 표를 챙겼고, 그 뒷사람도 자기 표를 챙겼다. 그런 후 어떤 남자가 입석표를 달라고 했다.

"열 번째 줄의 훌륭한 1인석을 드릴 수 있는데요. 막판에 취소돼서요."

매표소 직원이 말했다.

"그냥 뒤에 서 있고 싶은데요. 그러면 안 됩니까?"

남자는 무뚝뚝하게 자기 뜻을 전했다.

상대가 고마워하기는커녕 퉁명스럽게 나오자 매표소 직원은 놀란 표정을 지었다. 직원은 어깨를 으쓱하며 표를 팔았다. 남자는 안으로 들어갔다.

막간이 됐을 때 남자와 여자는 로비로 나왔다. 모든 관객이 나왔다. 어찌나 혼잡한지 어느 쪽으로 고개를 돌려도 모르는 얼굴들이 인산인해를 이루고 있었다.

11시 반이 됐을 때 그들은 극장에서 중국 음식점 겸 댄스홀로 자리를 옮겼다. 사이비 중국 음식점이었다. 웨이터들은 중국인이었지만 중국인은 전혀 모르는 음식, 미국인만 중국식이라고 생각하는 '중국' 음식을 팔았다. 밴드는 〈저지 바운스〉를 연주했고, 바에서 가장 인기 있는 품목은 마티니였다. 사장은 성이 골드버그였다.

불빛이 아주 침침해서 사람들이 잘 보이지 않았다. 어둑어둑한 가운데 언뜻 불그스름하고 푸르스름한 빛만 보일 따름이었다. 무시무시한 분위기를 연출하기 위한 장치였다. 스무 살이 되지 않은 사람이 느끼기에는 아주 낭만적인 공간이었고 전혀 위험한 장소가 아니었다. 이를테면 늑대의 탈을 쓴 양 같은 곳이었다. 밤 문화에서 길모퉁이에 주로 있는 아이스크림 가게의 다음 단계이자 진정한 성인 클럽과 시가지의 술집 이전 단계에 해당되는 곳이었다.

그들은 벽을 따라 배치된 조그만 칸막이 자리로 안내돼 마주보고 앉았다. 그들의 자리에서는 누가 들어와서 바 앞에 서건 말건 보이지 않았다. 볼 수 있었더라도 보고 싶지 않았을 것이다.

남자 한 명이 들어와서 바 앞에 서서 마티니를 주문하더니 술값을 낸 다음 술잔을 입에 대지도 않았다. 고개를 돌리고 누군가를 쳐다보지도 않았다. 가게 안쪽을 등지고 있었으니 그러거나 말거나 누가 알아차릴 수도 없었다.

남자와 여자가 자리에서 일어나 춤을 추었다.

주문한 음식이 나왔다.

그들은 자리에 앉아서 밥과 볶음 국수와 중국식 오믈렛과 이름이 뭔지 모를 음식들을 먹었다.

그러고는 자리에서 일어나 춤을 좀더 추었다.

그러고 나서는 다시 자리에 앉아 밥과 볶음 국수와 오믈렛을 좀 더 먹었다. 그런 식으로 재미있게 놀았다.

그들 옆자리에 있던 네 명의 일행이 자리에서 일어나 나갔다.

건드리지도 않은 마티니 잔을 앞에 두고 바에 서 있던 남자가 고개를 돌려 수석 웨이터에게 말을 걸었다.

"식사를 주문할까 하는데. 저기 앉아도 되겠소? 저기 저 자리 말이오."

"저기는 4인석입니다, 손님. 댄스플로어 바로 옆에 근사한 1인석을 드릴 수 있는데……."

"난 저 자리에 앉고 싶단 말이오."

남자는 거칠게 말했다.

"네 명 값을 내면 될 거 아니오."

남자가 그의 손에 무언가를 쥐여주었다.

"알겠습니다, 손님."

수석 웨이터는 마지못해 말했다.

남자는 그쪽 자리로 건너가서 그들을 등지고 앉아 식사를 주문했다.

남자는 잠자코 앉아서 주문한 음식이 나오길 기다렸다.

"……나는 그 부분이 좋더라. 여자가 고개를 돌리고 남자한테 말하는 부분……."

"응, 그 부분 정말 좋았지? 결혼한 사람들끼리도 서로 그럴까?"

"잘 모르겠다. 우리 식구들은 안 그래서."

"우리 식구들도 마찬가지야. 우리 형은 결혼한 지 오 년 됐는데, 돌로레스한테 그러는 거 한 번도 본 적 없어. 아, 형수 이름이 돌로레스야."

"좀더 흥미진진하게 꾸미기 위한 설정인 것 같아."

주문한 음식이 나왔지만 남자는 여전히 아무 말이 없었다. 아무 말 없이 먹기만 했다.

"……당연히 찰리 니커슨보다 네가 더 좋지. 찰리 니커슨보다 너를 자주 만나잖아, 안 그래?"

"그래? 흠, 이 주 전 베티네 파티 때 네가 그 녀석이랑 춤을 몇 번 추는지 세봤거든? 열 번 중에 여섯 번은 그 녀석이랑 추고 네 번만……."

"이것 보세요! 이제 와서 내 탓이라 이거지? 네가 룸바를 제대로 출 줄 모르잖아. 내가 자리만 지키면서 누가 춤을 신청할 때마다 '안 돼요'라고 퇴짜를 놓아야 한다면……."

옆자리의 남자가 먹은 음식값은 일 달러 오십 센트였다. 그는 돈이 아깝지 않은 사람처럼 굴었다.

음식점은 2층이었다. 그는 계단을 내려가다 말고 중간에서 갑자기 걸음을 멈추더니 구두끈을 다시 묶었다. 풀리지도 않았는데 자기 손으로 풀고 다시 묶었다. 그들은 차도와 인도의 경계선에 서서 택시를 부르고 있었다.

그들이 택시를 타고 떠났다.

그도 잠시 뒤에 택시를 타고 떠났다.

두 택시가 같은 방향으로 갔다.

도심을 상당히 벗어난 지역의 거대한 단독주택 앞에서 그들의 택시가 멈추어 섰다. 두 사람이 택시에서 내려 어두컴컴한 입구 안쪽으로 사라졌다.

그가 탄 택시는 서너 집 떨어진 곳에 멈추어 섰다. 그 택시에서는 아무도 내리지 않았다.

기다림이 이어졌다. 오랜 기다림이었다. 십 분에서 십오 분 상당의 기다림이었다. 입구에 불이 들어오지 않았다. 아무 변화도 없었다. 적어도 밖에서 보기에는 그랬다. 그들이 타고 왔던 첫 번째 택시가 길가에 서 있지 않았다면 그들이 거기 있는지조차 알 수 없을 정도였다.

잠시 후 한 사람만 택시가 있는 곳으로 돌아왔다. 남자 혼자였다. 차문이 열렸다 닫히자 주황색 불빛이 잠깐 켜졌다가 꺼졌다.

첫 번째 택시가 출발했다.

두 번째 택시도 출발했다.

"이번에는 좀더 바짝 따라가주세요."

두 번째 택시의 승객이 지시했다. 진짜 중요한 부분은 이제부터라는 듯이.

앞장 선 택시가 북쪽으로 열 블록, 동쪽으로 여덟 블록 가서 다시 북쪽으로 방향을 꺾더니 신호등 앞에서 멈추어 섰다가 반 블록을 더 갔다.

그러다 마침내 동쪽 모퉁이에서 세 번째에 해당하는 아파트 앞에 멈추어 섰다.

그가 택시에서 내렸다. 요금을 내고 건물 안으로 들어갔다.

남자는 길모퉁이에서 내렸다. 그는 요금을 내고 반대 방향인 서쪽으로 걸어가기 시작했다. 창문들을 유심히 관찰하면서.

한 창문에 불이 켜졌다. 건물 4층의 오른쪽에 달린 창문이었다.

남자는 길을 건너 건물 안으로 들어가서 입구에서 잠깐 걸음을 멈추고 우편함에 달린 이름 카드 하나를 바라보았다. 입구에서 오른쪽 네 번째 카드를 유심히 보았다. 거기에는 이렇게 적혀 있었다.

4-H. 모리시 Wm. C.

그는 몸을 돌려 밖으로 나가더니 잽싸게 사라졌다. 그것으로 끝이었다.

그리고 다음날 밤.

남자에게 이번에는 동행이 있었다. 문 앞을 함께 지키는 사이였다. 그 둘은 정문에서 불과 몇 미터 떨어진 건물 지하 출입구에서 얼쩡거리고 있었다. 지하 출입구는 인도보다 조금 아래로 우묵하게 들어가 있었다. 시멘트 계단을 서너 개 내려가야 했다. 몸을 숨긴 채 인도와 건물 정문을 감시하기에 완벽한 조건이었다. 원래는 청소부들이 앞을 볼 수 있도록 전구가 달려 있었지만, 고장이 났는지 전구를 돌려서 일부러 꺼놓았는지 불이 들어오지 않았다.

남자와 함께 문 앞을 지키는 동행은 싸구려 위스키와 퀴퀴한 옷 냄새만 풍길 뿐 모습은 전혀 보이지 않았다. 특유의 냄새로 정체를 짐작할 수 있을 따름이었다. 그가 남자보다 훨씬 더 꼼지락거렸다. 그가 담배에 불을 붙이려고 하자 남자가 손을 때려 담배를 바닥에 떨어뜨렸다. 그는 그런 데서 담배를 줍는 데 익숙한 사람처럼 허리를 숙이더니 담배를 찾아서 주머니에 넣었다.

"그자가 택시를 타고 올까요?"

그가 쉰 목소리로 속삭였다.

"남자들은 여자를 만날 때나 택시를 타고 다니지. 여자는 어젯밤에 만났잖아. 오늘밤에도 만나지는 않을 거야. 한 여자만 만나는 타입이니까."

"그자가 나를 쫓아와서 붙잡으면 어떻게 하죠?"

"그럼 배를 한 대 때려. 못 쫓아오게 조져버려. 자네, 전직 복서라고 하지 않았나? 어떤 식으로 처리하면 되는지 알 것 아닌가."

남자가 험상궂은 투로 말했다.

"네, 알겠습니다. 허리를 못 펴게 만들어버리겠습니다."

"지갑은 꼭 챙기고."

"처음 하는 일도 아닌데요, 뭘. 내가 아니라 남을 위해서 저지르는 건 처음이긴 하네요."

저쪽 길모퉁이에서 불빛이 아른거리는가 싶더니 버스가 잠깐 멈추어 섰다가 네거리에서 옆길로 꺾어 들어갔다. 정거장에서 내린 세 사람이 뿔뿔이 흩어지기 시작했다. 한 명은 여자, 두 명은 남자였다.

"헐렁한 외투를 단추 안 잠그고 걸친 녀석 보이지? 그 녀석이야."

남자가 가리켰다.

"안 되겠는데요. 여자는 다른 쪽으로 가고 있지만, 다른 남자가 녀석의 바로 뒤를 따라오고 있잖아요. 저자가 있는 한은 안 돼요. 끼어들어서 저 녀석을 도우면……."

동행이 긴장한 목소리로 말했다.

"3분의 2의 확률로 우리 쪽이 유리해. 저자가 먼저 나오는 두 건물 중 하나로 들어갈 수도 있으니까. 안 그러면 내일 밤으로 연기하지."

남자도 똑같이 긴장한 목소리로 말했다.

익명의 남자는 첫 번째 건물을 그대로 지나쳤다.

"이제는 확률이 반반이로군."

출입구 앞에서 남자가 중얼거렸다.

익명의 남자는 두 번째 건물 앞에 다다르자 몸을 돌려 그 안으로 들어갔다. 이제 모리시 혼자 뚜벅뚜벅 세 번째 건물을 향해 걸었다.

출입구 앞에서 남자가 한숨을 터뜨렸다.

"보람이 있군. 저 녀석이 문을 열기 전에 해치워."

그는 동행을 세 칸의 짧은 계단 위로 떠밀었다.

모리시가 현관의 눈부신 불빛이 막 비치는 곳에 다다랐을 때 행색이 후줄근한 거한이 그에게 다가가 우는 소리로 나지막이 말을 걸었다.

모리시는 그에게 무언가를 건네려고 주머니 쪽으로 손을 뻗었다가 생각을 바꾸었다.

"아니, 저리 비켜요. 보아하니 돈을 줘봐야 소용없는 사람 같네."

그가 불평하며 안으로 들어가려고 몸을 돌렸다.

걸인은 손을 대형 식칼처럼 휘둘러 모리시의 뒤통수를 있는 힘껏 내리쳤다. 그가 비틀거리며 몸의 중심을 잃자 이번에는 붙잡고 돌려 세워 무릎으로 복부를 찍었다. 그는 소름끼치는 신음 소리를 터뜨리며 주저앉았다. 강도는 한 손으로 능숙하게 뒷주머니를 뒤져 지갑을 꺼냈다. 그런 다음 고꾸라져 몸부림치며 괴로워하는 그를 남겨둔 채 몸을 날려 방금 전에 버스가 섰던 길모퉁이 너머로 사라졌다.

지하 출입구에 있던 남자가 기다렸다는 듯이 한걸음에 모리시에게 달려갔다. 그러더니 걱정스러워하며 몸을 숙였다.

"무슨 일입니까? 저자가 무슨 짓을 한 거예요?"

모리시는 배를 감싸 안고 숨을 헐떡이며 무기력하게 쓰러져 있었다. 의식은 있었지만 몸을 일으켜 세울 수가 없었다.

"잡아요……. 저 놈이 내 지갑을 가져갔어요……."

그가 헐떡이며 말했다.

남자는 추격전에 나섰다. 모퉁이를 돌았다. 아무도 없었다. 그는 블록을 따라 달리다가 또 다른 모퉁이를 돌아 달렸다. 그러더니 좀 전에 달려 나온 곳과 아주 비슷한 지하 출입구 안으로 들어갔다. 누군가가 거기서 기다린다는 걸 알고 있는 듯한 태도였는데, 과연 사람이 있었다.

"좋아, 지갑 이리 주게."

그가 가쁜 숨을 몰아쉬며 말했다.

"여기요. 잔금 잊지 마십시오."

"여기, 잔금 십 달러."

남자가 훔친 지갑이 아니라 자기 주머니에서 돈을 꺼내서 건넸다.

"이제 얼른 사라지게. 안 보이게."

남자는 등을 떠밀었다.

그는 출입구에 혼자 남을 때까지 기다렸다. 그런 다음 넥타이를 잡아당겨 삐딱하게 만들었다. 벽돌 벽에 손바닥을 문질러 시커멓게 만든 다음 얼굴과 외투 어깨에 길게 흙을 몇 줄 묻혔다.

그리고 몇 분 뒤, 바닥에 떨어져서 주운 것처럼 모자를 털고 두드리며 모리시가 보이는 곳으로 돌아갔다.

모리시는 간신히 비틀거리며 일어나 양손으로 벽을 짚고 그 사이로 고개를 떨어뜨린 채 바닥을 내려다보고 있었다.

"못 잡으셨습니까?"

그가 힘없이 물었다.

"모퉁이에서 덮치기는 했는데 놓쳤네요. 잡으려고 했는데 도망쳐버렸어요. 하지만 지갑은 떨어뜨리고 갔죠. 여기요."

남자는 보란듯이 어깨를 털고 이가 다치지 않았는지 살피는 것처럼 조심스럽게 턱을 만졌다.

"지금 여기저기 안 아픈 데가 없네요. 아무튼 도와주셔서 감사합니다."

청년은 가련한 목소리로 말했다. 그는 지갑을 받고 내용물을 훑었다.

"없어진 게 있나요?"

"아뇨, 다 있습니다. 칠 달러밖에 없기도 했고요."

"이제 좀 괜찮습니까?"

남자가 걱정하는 투로 물었다.

"네, 그런 것 같습니다. 속은 아직 울렁거리지만요. 어휴, 이렇게 도와주시다니 뭐라고 감사해야 할지……."

"누구라도 그 정도는 했을 겁니다. 가만히 서서 구경할 수는 없지 않겠습니까? 내가 마침 지나간 게 다행이죠."

남자는 대수롭지 않다는 듯이 말했다.

"필요할 때 경찰은 늘 없다니까요."

모리시가 말했다.

"맞습니다. 필요할 때 경찰은 늘 없죠."

남자도 맞장구쳤다.

"괜찮으신 거 맞습니까? 아직도 안색이 창백한데. 약국에라도 가서 상태를 확인해볼래요?"

"아뇨. 괜찮을 겁니다."

"그럼 술이라도 한잔할까요? 그러면 정신이 번쩍 날 텐데. 저도 한잔하고요."

남자는 근처에 술집이 있는지 찾는 양 길거리를 막연하게 두리번거렸다.

"좋습니다. 그게 좋겠네요. 여기서 조금만 가면 제가 아는 괜찮은 데가 있어요."

청년은 적극적인 태도였다. 그는 새로 사귄 친구에게 손을 내밀었다.

"제 이름은 빌 모리시입니다."

남자는 손을 잡았다.

"나는 잭 먼슨입니다."

먼슨은 안으로 들어가 바 쪽으로 걸어갔다. 자릿세 명목으로 마티니를 주문했다. 그곳은 웨이터들 말고는 중국과 관련 있는 게 아무것도 없었다. 밴드는 〈저지 바운스〉를 연주했고, 사장 이름도 골드버그였다.

먼슨은 고개를 돌려 바의 바깥쪽을 보았다. 그렇게 계속 바를 등지고 서서 모리시가 앉아 있는 칸막이 자리를 물끄러미 바라보았다. 두 사람의 시선이 만날 때까지.

모리시는 확인을 하려고 한 번 더 흘끗 쳐다본 다음 한쪽 손을 들어 인사했다.

먼슨도 손을 들어 인사했다.

모리시가 고개를 까닥이고 손을 흔들며 자리로 불렀다.

먼슨은 자기 잔을 들고 어슬렁어슬렁 그쪽으로 걸어갔다. 칸막이 자리가 정면으로 보이는 위치까지 걸어갔을 때 모리시를 마주보고 앉아 있는 여자가 시야에 들어왔다. 그녀에 비하면 식당의 다른 여자들은 모두 평범해 보였다. 그녀는 까만 머리를 길게 늘어뜨리고 반짝이는 핀을 꽂았다. 눈동자는 회색이었다. 혹시 회색이 아니라 파란색이라면…….

"안녕, 잭. 혼자서 여긴 어쩐 일이에요?"

모리시가 따뜻하게 그를 맞았다.

여자가 그를 쳐다보았다. 예의상 관심을 보이는 것뿐, 그 이상은 아니었다. 만나고 있는 남자의 친구였으니까. 그녀는 웃지 않았지만 얼굴을 찡그리지도 않았다.

"안녕, 빌."

그도 인사했다. 두 사람은 세 번째로 만났을 때부터 서로 이름을 불렀다.

"매들린, 이쪽은 잭 먼슨. 나랑 친한 친구야."

그들은 잠깐 이야기를 나누었다.

잠시 후, 모리시가 자리를 권했다.

"일행 없어요, 잭? 뭐해요, 앉아요. 여기 의자도 널찍한데."

"고맙지만, 방해하기 싫은데."

그는 양해를 구하는 의미에서 여자 쪽을 쳐다보았다.

"앉으세요."

여자가 부드럽게 말했다.

그는 자리에 앉았다.

다시 칼턴 호텔의 시계탑.

둘이 나란히 서서 오늘 저녁의 데이트 상대를 같이 기다리고 있었다.

"풋값은 얼마야? 잊어버리기 전에 받아 가."

모리시가 물었다.

"돈 떨어지기 전에 받아 가라는 소리지?"

먼슨이 놀렸다.

두 사람은 웃음을 터뜨렸다.

"저기 오네."

그녀가 사전에 약속했던 것처럼 다른 여자를 데리고 왔다.

그녀만큼 사랑스럽고 눈이 부시지는 않지만, 어떤 여자가 오건 마찬가지였을 것이다. 그래도 예쁜 편이었다.

서로 소개를 하고 짝을 정했다. 모리시는 매들린 드루와 함께, 먼슨은 필립스와 함께.

그들은 택시를 타고 극장으로 향했다.

극장을 빠져나온 그들은 물결처럼 양옆을 지나가는 인파 속에서 잠시 조그만 섬이 되었다.

"이번에도 뱀부 그로브 갈까?"

매들린이 운을 뗐다.

"그러자. 늘 가던 데니까."

모리시가 나머지 두 사람은 보지 않고 그녀만 보며 대답했다.

먼슨은 먼저 필립스와 춤을 추었다.

한 곡이 끝났을 때 서로 파트너를 바꾸었다. 그가 매들린과 추고, 모리시가 다른 아가씨와 추었다.

"해리엇 어때요?"

그녀가 그에게 물었다.

그는 그녀를, 그녀만을 쳐다보며 미소 지었다.

둘이 춤을 추면서 나눈 대화라고는 그게 전부였다.

그녀는 나지막이 노래를 흥얼거렸다. 남의 이목을 의식하듯 들릴락 말락 하게 흥얼거렸다.

잠시 후 춤이 끝났다.

그는 먼저 필립스와 춤을 추었다. 한 곡이 끝났을 때 파트너를 바꾸어 매들린과 추었다.

그녀는 이내 그를 올려다보았다.

“왜 그렇게 말이 없어요, 잭? 저녁 내내 한마디도 안 하고 있잖아요. 지난주나 그 전주에 비해 재미없어요.”

“내 역할은 재미있는 친구로군요.”

그는 씁쓸하게 대꾸했다.

“해리엇은 당신이 자길 마음에 안 들어 하는 줄 알아요. 좀 전에 극장 화장실에서 그랬어요. 앞으로는 우리 만나는 자리에 따라나오지 말아야겠다고. 그 친구한테 좀더 신경써줘요, 잭. 상처받잖아요.”

“저녁 내내 그녀 생각은 한 번도 한 적 없는걸요.”

그가 고백했다.

그녀는 나무라는 듯 어깨를 으쓱했다.

“하지만 당신이 그 친구의 짝이잖아요. 그럼 누굴……?”

그녀는 질문을 하려다 멈추었다.

그는 대답하지 않았다. 그녀의 눈만 똑바로 들여다보았다.

이후로 둘 다 말이 없었다.

잠시 후 춤이 끝났다.

이번에는 칼턴 호텔의 시계탑 앞에서 기다리는 사람이 모리시 혼자였다. 늦은 시각이라 사람들이 점점 줄었다. 이러다 공연을 놓치게 생겼다. 그는 안절부절못했다. 입구까지 가서 그녀가 오는지 살피다 실망한 얼굴로 돌아오고, 다시 입구까지 갔다가 애를 끓이며 돌아오길 반복했다. 시계탑의 시계도 지나치게 자주 확인하고, 손목시계도 자주 확인했다. 그런들 소용없었다. 양쪽 시계 모두 일 초가 흐를 때마다 일 초씩만 움직이고 그만이었다.

연애의 불씨가 꺼져가는 순간이었다. 완벽하게 바람맞기 직전, 오지 않을 사람을 포기하기 직전의 기나긴 순간. 그 상황에서 혼자 기다린다고 불씨가 살아나지는 않는다. 불씨를 살리려면 둘이 있어야 한다. 그래도 사람들은 어떻게든 혼자 지피려고 애를 쓰며 계속 기다린다.

담배를 어찌나 많이 피웠는지 가지고 온 담배가 모두 떨어졌다. 한 갑을 더 사다가 줄기차게 피웠다. 모두 불을 붙이고 반도 피우기 전에 꺼버렸다.

그가 겪고 있는 일을 이미 경험한 남자들이 수십만 명이었다.

그런들 소용없었다. 그에게는 첫 경험같이 괴로워서 견딜 수 없을 만큼 새로웠다.

그때 문득 표범 무늬 옷깃을 휘날리고 초록색 외투자락을 펄럭이며 그녀가 빙그르르 도는 회전문 사이로 등장했다.

그녀는 용서받았다. 이제 괜찮다. 그녀가 그의 앞에 도착하기도 전에, 입을 열기도 전에 모든 게 괜찮아졌다.

그녀는 혼자 왔다. 당연한 일이었다. 일대일 데이트였으니까. 필립스는 언짢아하며 발을 뺐고 그러자 잭도 불청객이 되어버렸다.

그녀의 얼굴이 우울해 보였다. 안색이 안 좋다 싶을 정도였다. 그녀는 그에게 인사를 건네며 미소를 지었지만, 금세 사라지는 미소였다.

"어휴, 안 오는 줄 알았잖아! 무슨 일 있었어?"

그녀는 기운이 없었다.

"아, 글쎄."

이렇게 건성으로 대답하더니 "아무튼 왔잖아"라고 말했다. 뭘 더 바라느냐는 듯이.

그는 더이상 캐묻지 않았다. 여자들은 두통이 있을 때가 있다고 어렴풋이 들은 기억이 났다. 여자들은 남자들과 다르다고 했다. 남자들에 비해 변덕이 심해서 기압계처럼 오르락내리락한다고 했다.

그들이 자리에 앉았을 때 공연은 이미 시작된 뒤였다.

"재미있어?"

그가 막간에 물었다.

그녀는 열띤 반응을 보이지 않았다.

"괜찮네."

미지근하게 대답하고는 그만이었다.

잠시 후 공연이 끝났다.

"오늘도 뱀부 그로브 갈까? 어때?"

그가 물었다.

"아니. 오늘밤에는 뱀부 그로브 싫어. 그럴 기분이 아니라서. 그냥 집에 가는 게 좋겠어."

"하지만……."

그녀가 그를 쳐다보았고, 그는 그녀의 눈빛에서 위기를 감지했다. 그는 손을 흔들어 택시를 잡았다.

집으로 가는 차 안에서 그녀는 두 마디뿐이었다.

"고마워."

그러고 나서 또 "고마워". 첫 번째는 담배를 권했을 때, 두 번째는 담배에 불을 붙여주었을 때였다.

택시에서 내려 그녀를 입구까지 바래다주었다. 하지만 입을 맞추려고 했을 때 그녀가 열쇠를 챙겼는지 확인하느라 살짝 고개를 돌리는 바람에 입술이 빗나갔다. 입맞춤은 질질 끌면 안 되는 법이다. 그러면 품위가 손상되고 자연스러움을 잃는다. 겨냥한 지점에

바로 꽂혀야지 그렇지 않으면 망한다. 그는 망했다.

결국 세 시간이 지난 지금에서야 사태를 파악했다.

"왜 그래? 내가 뭘 잘못했어, 매들린?"

"잘못한 거 전혀 없어, 빌."

그녀는 지금까지 내내 같이 있었던 사람이 그라는 걸 이제야 알아차린 듯한 눈으로 쳐다보다가 덧붙였다.

"정말이야, 내 말 믿어."

"그럼 도대체 왜……? 행동이 변했잖아."

그녀가 아주 중요한 일이라도 하는 것처럼 열쇠를 구멍에 꽂았다. 그는 열쇠를 쥔 그녀의 손 위에 손을 포갰다. 조금이라도 붙잡고 있기 위해서였다.

"사람들은 변하잖아."

그녀는 멍하니 대답했다.

열쇠를 돌리느라 그녀의 손이 그의 손 밑에서 꼼지락거렸다.

"하지만 매들린, 매들린……. 나랑 헤어지려고 이러는 거지? 이런 식으로 나를 버리지 마. 내가 붙잡을 만한 뭐라도 줘야……."

그녀는 손을 빼 열쇠를 돌리고 문을 열었다.

"내가 뭘 어쩔 수 있겠어? 사랑한다는 말이라도 하길 원해?"

그녀가 비관적으로 말했다.

"그럴 수 없어?"

그는 겁에 질려 파래진 얼굴로 물었다.

그녀는 아주 천천히, 보일락 말락 하게 고개를 저었다. 그것이 잘 가라는 인사였다.

그녀는 문을 닫고 무거운 마음을 달래며 계단을 올라갔다.

먼저 자기 방으로 들어가서 이런저런 소지품을 내려놓았다. 그것들이 천 톤의 무게로 온몸을 짓누르고 있었던 것처럼 무겁게 내려놓았다.

그런 다음 거울에 비친 자기 모습을 쳐다보다 거울 속의 여자가 창피한 양 다시 고개를 돌렸다.

그녀는 복도로 나가 어머니 방으로 다가갔다. 평소 아버지가 잠자리에 든 후에 어머니 혼자 책을 읽는 응접실이 어머니 방이었다.

불을 환하게 밝힌 실내에서 어머니가 책을 읽고 있었다. 그녀의 어머니가 서른 살, 매들린이 서른두 살처럼 보였다. 생김새가 아니라 하는 행동이 그랬다.

"엄마. 저 왔어요."

그녀가 기운 없는 목소리로 말했다.

"공연 어땠니?"

그녀의 어머니가 물었다.

"무슨 공연요?"

그녀는 멍하니 대답했다.

어머니는 알 만하다는 눈빛으로 그녀를 흘끗 쳐다보았다. 하지만 아무 소리도 하지 않았다.

"귀가 보고했으니까 저는 이만 잘게요."

그녀는 몸을 돌려 밖으로 나갔다.

그러다 걸음을 멈추고 다시 몸을 돌려 들어왔다.

"안녕히 주무세요."

그녀가 맥없이 말했다.

"잘 자라, 우리 딸."

그녀의 어머니는 기다렸다는 듯이 대답했다.

그녀는 몸을 돌려 밖으로 나갔다.

그러다 걸음을 멈추고 다시 몸을 돌려 들어왔다.

"왜?"

어머니가 짜증을 참으며 물었다.

매들린은 시간 낭비라는 걸 안다는 듯이 입술을 깨물었다가 힘을 풀고 담아두었던 말을 터뜨렸다.

"전화 온 사람 없었죠? 그렇죠?"

"있었어, 어떤 젊은 남자. 이름은 남기지 않았고 그냥 '매들린 있습니까?' 하고 묻더니 누구냐고 묻기도 전에 끊어버리더구나. 아는 사람인 모양이지?"

어머니가 눈치 없는 질문을 던졌다.

"네. 아는 사람이에요."

매들린은 대답했다.

그녀는 심장이 있는 쪽으로 손을 살짝 움직이다 멈추었다. 이제는 나이들어 보이지도 않고, 피곤해 보이지도 않았다. 크리스마스 아침을 맞은 어린애 같았다. 꺼져 있던 스위치가 켜진 것처럼 두 눈이 반짝였다.

"네, 맞아요. 아는 사람이에요! 아는 사람이에요!"

그녀는 밑도 끝도 없이 어머니를 와락 끌어안고 미친듯이 입을 맞추었다. 그러면서 웃음을 터뜨렸는데 흐느낌이 섞인 희한한 웃음이었다. 그러더니 뭐에 홀린 사람처럼 계단을 내려가 전화기가 있는 곳으로 갔다. 다이얼을 돌렸다. 어찌나 빨리 돌리던지 빗방울이 양동이를 두드리는 소리처럼 들릴 정도였다.

누가 전화를 받았다.

그녀가 물었다.

"당신이었어요?"

"네."

"아, 그럴 줄 알았어요. 그럴 줄 알았어요!"

"이러고 싶지 않았어요. 이러지 않으려고 했어요. 하지만 매들린, 더는 못 참겠어요."

그가 말했다.

"아, 잭. 나도 더는 못 참겠어요. 소용없어요, 소용없더라고요. 저녁 내내 모든 게 고요했어요. 그런데 지금은 사방에서 한꺼번에 터져 나오는 음악 소리가 들려요. 아, 잭, 살면서 처음으로 지독한 사랑에 빠진 것 같아요……."

그러더니 그녀는 애처롭게 애원했다.

"잭, 내 마음을 아프게 하지는 말아줘요, 네?"

"칼턴 호텔의 시계탑에서 봐요."

그가 나지막이 물었다.

"좋아요."

그녀는 반쯤 정신이 나간 사람처럼 말했다.

"아, 좋아요……. 좋아요. 앞으로는 당신이 말만 하면 몇 시가 됐건, 며칠 저녁이 됐건 좋아요."

외출 준비를 마친 그녀가 계단을 내려가보니 아버지가 누군가와 함께 서재에 틀어박혀 있었다. 목소리가 들렸는데 처음 듣는 목소리였다. 아버지의 손님이었다. 회사 친구 아니면 동료겠지. 문 앞을 지나가며 남자의 모습을 언뜻 보았다. 처음 보는 사람이었다.

그녀는 대수롭지 않게 넘겼다. 전혀 관심 없는 일이었다.

현관에서 이제 막 문을 열려던 찰나, 어딘가에서 불쑥 등장한 어머니가 그녀를 잡아 세웠다. 어머니는 겁을 먹은 듯했다. 아니, 그보다는 어안이 벙벙한 듯했다. 잔뜩 긴장한 얼굴이었다.

"아버지가 보자신다. 안으로 들어오라셔."

"이제 막 나가려던 참인데. 진짜 중요한 데이트가 있단 말이에요. 다녀와서 뵙겠다고 전해주세요."

"안 돼, 중요한 일이야. 들어가보는 게 좋을 거다, 매들린. 내가 당장 들여보내겠다고 약속했거든. 그러니까……."

들여보내야 하는 건지 아닌지 어머니도 자신 없어 하는 말투였다. 두 사람의 목소리를 들었는지 아버지가 서재에서 나왔다.

"매들린, 들어오너라."

아버지가 불렀다. 웃음기 없는 표정이었다.

그녀는 안으로 들어갔다.

어머니도 뒤따라 들어가려고 했다.

"아니, 당신은 말고."

그는 딱 잘라 말하며 어머니의 면전에서 문을 닫았다.

같이 있던 남자가 자리에서 일어섰다.

무슨 일인지 몰라도 아버지는 심각하게 받아들이고 있었다. 안색이 좋지 않았고, 땀이 여기저기서 흘렀는데 계속 한쪽 눈 바로 윗부분만 훔쳤다.

"매들린, 얘야. 이쪽은 캐머런 경위님이다."

하필 형사라니! 그녀는 이상한 일로 붙잡힌 데 짜증이 났다. 형사들은 신문 기사에나 등장하는 족속이었다. 아무도 읽지 않는 신문 기사에. 그런데 우리집 서재에서 실제로 존재하는 족속처럼 굴고 있다니.

"앉아라. 중요한 일이야."

아버지가 말했다.

그녀의 아버지와 침입자가 서로 얼굴을 쳐다보았다. 당신이 묻겠소 아니면 내가 물을까요? 하고 의견을 교환하는 듯했다.

결국 입은 연 쪽은 아버지였다.

"최근 들어 새로 만난 사람 있니?"

그녀는 이마 한가운데까지 눈썹을 치켜세웠다. 그것으로 대답을 대신했다.

"간단한 질문이잖니, 매들린. 어물쩍 넘어갈 생각은 마라. 아주 심각한 문제니까."

형사가 다른 말로 물었다.

"요즘 들어 전에는 몰랐던 사람, 전에는 친구 범주에 들지 않던 사람을 만난 적 있습니까, 드루 양?"

그녀는 아니라고 대답해야 할 것 같은 예감이 들었다.

"아뇨."

"확실하니, 매들린? 친구네 집이나 파티나 식당에서도 만난 적이 없니?"

그녀의 아버지가 걱정스러운 투로 캐물었다.

"아니면 다른 사람을 통해서요. 그러니까 기존에 알던 사람을 통해 소개를 받았다든지 말입니다. 아주 친한 친구 아니면……."

형사가 한쪽 손을 펼쳐보이며 끼어들었다.

그녀는 그의 쪽으로 잠깐 고개를 돌리고는 누가 밟고 지나간 동전처럼 경위의 코를 납작하게 만들었다.

"아, 경위님은 꼭 소개를 받아야 누굴 만날 수 있나봐요? 저는 그냥 길을 걷다가 손수건을 떨어뜨리기만 해도 되는데."

그는 얼굴이 붉으락푸르락하며 의자 속으로 몸을 파묻었다.

"오늘 저녁에 만나는 사람은 누구니, 매들린?"

아버지가 달래듯 물었다.

그녀는 좀 전의 질문을 들은 다음부터 대답을 준비하고 있었다.

"소개로 만나지 않은 사람요. 옆자리에 앉으려다 제 소지품을 깔고 앉는 바람에 그쪽에서 사과를 했고, 그러다 알게 된 사람이에요."

그녀가 대답했다.

형사는 뻣뻣하게 긴장하며 몸을 앞으로 숙였다. 그녀는 그런 반응이 마음에 들었다.

"아, 그때 제 나이가 열다섯 살, 그 사람이 열여섯 살이었고 우리 둘 다 고등학교 1학년이었다는 걸 깜빡하고 말씀 안 드렸네요. 빌 모리시라고 해요."

그녀는 그 말을 끝으로 자리에서 일어섰다.

두 사람 다 어깨가 축 늘어졌다. 그녀는 그것도 마음에 들었다.

그녀의 아버지가 묻는 듯한 눈으로 형사를 쳐다보았다.

"얘기하십시오, 드루 씨. 얘기하시는 게 좋을 듯합니다."

캐머런이 조용히 말했다.

"무슨 얘기요?"

그녀가 반항조로 물었다.

"어떤 남자 때문에 네가 위험하단다, 매들린……."

"어떤 남자요?"

"글쎄, 확실하게는 모르겠는데……."

그녀가 비웃음을 터뜨렸다.

"누구인지도 모르면서 제가 그 남자 때문에 위험하다는 건 무슨 수로 아시는 거예요? 어떤 식으로 위험한데요? 아, 몸값을 요구하는 납치범 같은 거군요. 요즘은 그게 하도 유행이라 몸값을 요구하는 납치범한테 한 번 이상 납치되지 않으면 별 볼 일 없는 무명인이 되더군요. 사교계 인명록에 이름 올리는 것처럼 말이에요."

"목숨이 위험합니다, 드루 양."

형사가 짜증을 달래며 말했다.

그녀는 두 팔로 어깨를 엇갈리게 감싸고 뒷걸음질을 치며 경악한 멜로드라마 여주인공 흉내를 냈다.

"챙 넓은 까만색 모자 밑으로 저를 훔쳐보는 사람이 있으면 알려드릴게요."

"당신은 그의 정체를 알아차리지 못할 겁니다, 드루 양."

"보고도 정체를 알 수 없을 거라고요? 정말이지, 경위님……."

"매들린……."

아버지가 입을 열었지만, 그녀는 문을 열고 두 사람 곁을 빠져나갔다.

어머니가 밖에서 서성이고 있었다.

"얘, 뭐라니? 무슨 일이라니? 나한테는 알려주질 않는다."

그녀는 입을 꾹 다물고 있어야 했다. 두 사람이 그녀의 뒤를 따라 서재 문 앞으로 나와 있었다. 아무 말도 할 수 없었기에, 아니, 믿지 않았기에 그녀는 어머니를 보며 고개만 저었다.

그녀는 등뒤로 현관문을 닫은 다음에야 다물었던 입을 열고 참았던 웃음을 터뜨렸다. 살짝 비틀거리기까지 했다. 살면서 이렇게 황당한 이야기는 처음이었다.

어찌나 배꼽을 잡고 웃었던지 택시에 오르는 것조차 버거울 지경이었다. 눈물이 줄줄 흐르는 바람에 화장이 지워졌다.

목적지에 거의 도착했을 무렵에야 웃음이 가라앉았다. 그녀는 가는 내내 깔깔대고 웃었다.

그가 그녀의 잔을 채웠다.

"또 뭐라고 하던가요?"

그가 재근했다. 그도 그녀만큼이나 재미있어했다. 늘 상대방의 기분을 맞출 줄 안다는 것이 그의 장점이었다. 상대방이 까불거리면 그도 까불거렸다.

그녀는 샴페인을 반 잔이나 뱉어낼 만큼 침을 튀기며 말했다.

"입가를 여기까지 늘어뜨리고 앉아 있더라고요."

그녀는 가슴께를 가로로 그었다. 그러고는 목소리를 한껏 낮춰 바리톤 흉내를 냈다.

"'요즘 들어 새로 만난 사람 있니, 매들린?'

솔직히 민스트럴 쇼•에서 제일 끝에 선 광대나 함 직한 대사 같지 않아요?"

그는 고개를 끄덕였다. 그러더니 입술 이쪽 끝에서 저쪽 끝까지 가지런한 치아를 드러낸 채 어깨를 우스꽝스럽게 들썩였다.

"'경위님이 말씀하시죠.'

'아닙니다, 드루 씨께서 말씀하시죠.'

이런 식으로 긴장감을 고조시킨 다음 드디어 나한테 하려던 말이 뭔지 공개했는데……."

그녀는 활짝 펼친 손 뒤로 얼굴을 가린 채 우스워죽겠다는 듯이 고개를 저었다.

"어떤 사람인지, 어떻게 생겼는지도 모른대요. 나는 본다 한들 정체를 알 수 없을 거래요. 정말이지 우리 아버지가 유머 감각을 잃은 게 아니면……."

그는 엄청나게 재미있어하면서 분위기를 좀더 이어나갈 생각에 실없이 굴었다.

"어쩌면 나를 두고 한 말일 수도 있겠네요. 나야말로 당신이 얼마 전에 만난 사람이잖아요. 조심해요, 나한테 물릴지 모르니까."

그러고는 개처럼 그녀를 향해 이를 딱딱 부딪치는 척했다.

그 정도면 충분했다. 그녀는 고개를 젖히고 비명을 질렀다.

"아, 내 웃음보 터뜨리지 마요. 갈비뼈가 아플 지경이에요. 더

• **민스트럴 쇼** _ 백인이 흑인으로 분장해 춤과 노래를 선보이는 쇼.

는 못 참겠어요."

그녀는 애원했다.

그도 고개를 뒤로 젖히고 그녀를 따라 껄껄대며 웃었다.

"살인이라니."

그는 숨을 헐떡였다.

그곳에 있던 모든 사람들이 알 만하다는 듯 부러운 미소를 지으며 그들 쪽을 쳐다보았다.

누군가가 말했다.

"세상만사 아무 근심 없구나. 젊을 때 저런 식으로 즐거워하는 커플을 보면 좋더라. 괴로워할 시간은 앞으로도 많잖아."

저녁 약속을 앞두고 막 옷을 갈아입었을 때 누가 아파트 문을 두드렸다.

그는 감전이라도 된 것처럼 잡고 있던 넥타이를 갑자기 바닥으로 떨어뜨렸다. 그러더니 서랍장 앞으로 쏜살같이 달려가 가운데 서랍을 열었다. 권총이 퍼뜩 보이는가 싶더니 사라졌다. 그의 손이 뒷주머니를 지나자 빈손이 되었다.

그는 문 앞으로 다가가 나지막이 물었다.

"누구십니까?"

"빌 모리시요."

건너편에서 퉁명스러운 대답이 들렸다.

그는 천천히 숨을 내뱉으며 부드러운 소리를 냈다. 그런 다음 걸쇠를 풀고 문을 열었다.

모리시가 안으로 들어왔다. 모리시는 그를 지긋이 쳐다보았다. 문지방에서부터 시작된 모리시의 시선이 그의 주변을 면밀히 살피다 방 한가운데서 멎었다. 그러는 동안 단 한 번도 그에게서 떠날 줄 몰랐다.

"미안, 빌. 나가려던 참이라서."

"내 여자를 만나러 나가는 거겠지."

먼슨은 잠깐 아무 대꾸도 하지 않고 애써 희미한 미소만 지었다. 하지만 모리시를 위한 미소가 아니라 스스로를 위한 미소였다. 모리시를 위한 미소였다 한들 받아들여지지 않았을 것이다.

"그런 거라고 확신해?"

모리시의 시선은 흔들림이 없었다.

"확신해."

"아닌 것 같은데. 좀 전에 '내 여자를 만나러 나가는 거겠지'라고 했지? 내가 나가는 건 맞아. 하지만 네 여자를 만나려고 나가는 건 아니야. 그 부분에서 헛다리를 짚은 거지."

"내가 뒤통수를 아주 제대로 맞았지. 너는 매들린 드루를 만나러 나가는 길이야. 아니라고 잡아떼면 거짓말을 하는 거지."

모리시는 높낮이가 없이 싸늘하게 말했다. 그는 글로 옮기기에는 부적절한 형용사로 거짓말이라는 명사를 수식했다.

먼슨은 살짝 고개를 끄덕였다.

“나는 매들린 드루를 만나러 나가는 길이야. 이제 드디어 우리 서로 말이 통하는군그래. 그런데 거기에 ‘네 여자’라는 단어가 끼어들 소지가 어디 있는 거지?”

그는 잠깐 상대방의 대꾸를 기다렸다.

“그리고 뭘 어쩌겠다고 여길 찾아온 거야.”

“네 머리를 날려버리려고 왔다.”

“그래 좋아, 빌. 그래 좋아, 날려버려. 그렇게 해서 그녀를 되찾을 수 있다면.”

먼슨은 고분고분 말했다.

“그녀를 되찾지 못할 수도 있지. 하지만 어쨌든 기분은 지금보다 훨씬 좋아질 거야.”

모리시는 사악하게 실눈을 떴다.

그는 문을 향해 뒷걸음질쳤다. 뒷짐진 손에 열쇠가 만져지자 돌려서 문을 잠갔다. 그런 다음 열쇠를 빼서 주머니 안에 넣었다. 그러는 동안에도 먼슨을 계속 쳐다보며 이를 드러냈는데, 웃느라 그런 건 아니었다.

“손을 내밀어서 보여주시지.”

그는 언뜻 다정해 보이는 얼굴로 다그쳤다. 이를 활짝 드러내고 말을 하니 그런 오해를 살 만도 했다.

“그렇게 정해진 형식을 따를 필요는 없잖아? 두들겨 패고 싶으면 그냥 패지그래?"

먼슨이 비꼬듯 말했다.

그는 방어 태세를 갖추지 않았다. 뒤로 물러서지도 않았다. 서랍장 상판을 팔꿈치로 디디고 몸을 기대어 반쯤 눕다시피 했다.

모리시는 분노로 얼굴이 노래졌다. 그의 외투가 뱀이 벗은 허물처럼 펄럭이며 바닥으로 떨어졌다.

"나한테서 그녀를 빼앗아갈 수 있을 줄 아는 모양이지? 가만두지 않겠다!"

먼슨은 동정하는 투로 고개를 살짝 젓고 나지막이 속삭였다.

"이 바보. 원하지 않는 사람을 원하도록 만들 수 있는 사람은 없어. 그걸 아직도 모른단 말이야?"

모리시가 뚜벅뚜벅 다가와 그를 향해 인정사정없이 주먹을 날렸다. 주먹이 옆얼굴을 강타하자 서랍장에 등을 기대고 있었던 그는 옆으로 빙그르르 돌며 풀썩 쓰러졌다.

"이 겁쟁이! 일어나!"

"아, 싸우는 데 에티켓 같은 건 신경쓰지 마."

먼슨은 지긋지긋하다는 듯이 말했다.

"굳이 일어날 필요도 없잖아. 이 상태에서 그냥 해치워."

분노로 이성을 잃은 모리시는 손을 뻗어 그를 단숨에 일으켜 세웠다. 그런 다음 다시 주먹을 날려 쓰러뜨렸다. 어찌나 기세가 엄청났던지 모리시까지 덩달아 휘청거렸다. 그는 이내 자세를 바로잡고 세 번째 공격을 준비했다. 하지만 주먹을 휘두를 상대가 없었다. 이것이 그를 당황스럽게 만들었다. 어쩔 줄 몰라 하며 주춤거렸다.

문득 그의 표정이 달라졌다. 그는 상대방이 손바닥을 보지 못하게 막으려는 것처럼 손뼉을 쳤다.

“주먹을 휘두른들 무슨 소용일까? 그런다고 그녀가 돌아오지도 않는데! 하지만 다른 방법을 모르겠군.”

그는 숨을 죽이고 신음했다.

장님처럼 더듬더듬 문을 찾은 그는 좌절감을 달래며 무기력하게 기진맥진 기대고 있다가 잠시 후 열쇠를 꺼내 문을 따고 활짝 열어놓은 채 나갔다.

그가 시야에서 사라진 뒤 입을 막고 기침을 하는 소리인지 아니면 남자가 우는 소리인지가 복도를 따라 흘러들어왔다.

먼슨은 끙끙대며 몸을 일으켰다. 손수건을 꺼내 물에 적시고 피가 나는 얼굴에 갖다 댔다. 피가 나는 곳이 여러 군데라 계속 닦아내야 했다. 하지만 그는 웃고 있었다. 삐딱하긴 해도 그만 아는 의미의 미소를 짓고 있었다.

그는 비틀거리며 걸어가 문을 닫았다.

주머니에서 권총을 꺼내 원래 있었던 서랍 안에 넣었다. 권총은 내내 주머니에 들어 있었다. 그걸로 상대방을 열 번도 넘게 쏠 수 있었다. 그는 그럴 마음이 없었던 듯했다. 애초에 그를 염두에 두고 챙긴 총이 아닌 듯했다.

그는 계속 미소 짓고 있었다.

그녀는 칼턴 호텔의 시계탑 아래에서 기다리고 있었다. 다른 여자들은 몰라도 그녀로서는 처음 있는 일이었다. 지금까지 만난 남자들은 항상 먼저, 훨씬 먼저 나와서 기다리곤 했다.

그런데 이번에는 그녀가 그러고 있었다.

그녀는 의자에 앉아 있었다. 들어오는 사람마다 그녀를 쳐다보았지만 정작 그녀가 보고 싶은 사람은 오지 않았다.

다른 사람을 기다리는 거였다면 진작 일어나서 가버렸을 것이다. 하지만 다른 사람이었다면 애초에 그녀가 여기 있지도 않았다.

그녀는 가버리고 싶었지만 그럴 수가 없었다. 단단히 붙들려서 옴짝달싹 못했다. 밧줄로 의자에 묶인 듯했다. 노래 제목이 뭐였더라. 〈사랑의 포로〉. 그녀가 딱 그 짝이었다.

그녀는 자신을 가운데 두고 추파를 던지고 주변을 돌며 작전을 짜는 남자들을 견디다 못해 마침내 자리에서 일어섰다. 표정들이 어찌나 빤한지 읽을 수 있을 정도였다.

'대신 나 어때요? 나라면 당신을 이런 식으로 대접하지 않을 텐데. 한 번만 기회를 주면 보여줄게요. 누군지 모를 그 남자 대신 나를 만나면 어때요?'

그녀는 자리를 옮겨 세로로 홈이 파인 두꺼운 기둥을 피난처 삼았다. 남자들이 그녀 옆으로 다가오려면 거대한 오월제의 기둥과도 같은 그 기둥을 빙 돌아와야 했으니 쉽사리 접근하지 못할 것이다.

그녀는 콤팩트를 열어 얼굴을 살폈다. 바람 맞은 여자, 가만히 서서 바람 맞을 여자의 얼굴처럼 보이지는 않았다. 상대가 다른 사람이었다면 짜증나고 굴욕적이고 자존심이 상했을 텐데 지금은 화가 나기보다 불안하고 불길한 예감이 들었다. 상대가 그였기 때문이다.

"뭘까? 뭐가 잘못된 걸까? 그이를 두 번 다시 못 만나는 걸까? 아, 만나야 하는데! 올 거야!"

그녀는 "이만하면 충분해. 더는 못 기다려. 지금 당장 가버릴 거야"라고 계속 중얼거렸지만, 마음속으로는 한 시간이 지난 후에도 계속 이렇게 기다리고 있을 것임을 알고 있었다. 자정이 돼서 로비에 아무도 없고 조명이 모두 꺼진 뒤에도 여기서 기다리고 있을 것이다.

어쩔 수가 없었다. 그녀보다 더 강력한 무언가가 있었다. 사랑이었다.

이때 갑자기 벨보이가 큰 소리로 외쳤다.

"드루 씨, 드루 씨 계신가요?"

그녀는 기둥 옆에서 쏜살같이 튀어나와 로비를 가로질러 벨보이에게 달려가다시피 했다.

"뭐예요? 무슨 일이죠?"

"전화가 왔어요. 3번 부스에서 받으시면 돼요."

그녀가 벨보이에게 들은 곳으로 달려가지 않았던 것은 극도의 자제력을 발휘한 덕분이었다. 그녀의 희망도 널을 뛰고 두려움도 널을 뛰었다. 오직 두 발만 예외였다.

그녀는 수화기를 들려다 급한 마음에 떨어뜨린 뒤 다시 들었다.

상대가 반성하는 투로 말했다.

"거기서 계속 기다리게 하다니……. 나를 용서해줄 수 있겠어요? 어쩔 수 없었어요. 최선을 다했는데……."

"상관없어요. 괜찮아요……. 무슨 일 있어요?"

그녀는 날카롭게 물었다.

"좀 맞았어요."

그녀는 날카롭게 숨을 들이마셨다.

"강도한테 당했어요? 아니면……."

"그보다는 사교성 방문에 가까워요. 당신 친구가 문안 인사차 찾아왔더라고요."

"빌 모리시로군요."

그녀는 바로 알아맞혔다.

그는 너털웃음을 터뜨리는 것으로 대답을 대신했다.

그녀는 다시 숨을 들이마셨다. 이번에는 분노 때문이었다.

"이것으로 그 사람과는 끝장이에요. 정말 그 사람하고는 안녕이에요. 많이 다쳤어요? 혹시……."

"택시를 타고 갈 수는 있겠는데 보기가 좋지는 않을 거예요. 여기 반창고 하나, 저기 반창고 하나, 이런 식이라. 당신이 사람들 많은 데서 나를 만나고 싶어 할지 의문이네요."

"지금 어딘데요? 괜찮은 거죠? 정말 괜찮은 거죠? 많이 다치지는 않은 거죠?"

그녀는 몇 번이고 물었다.

"이런 식으로 약속 취소하기 싫은데. 혹시…… 당신이 이쪽으로 올래요?"

그녀는 망설였다. 그녀가 계속 망설였을지 어땠을지 알 수 없다. 그가 여지를 주지 않고 대신 대답을 해버린 것이다.

"안 되겠죠, 물론 안 되겠죠. 이해해요. 내가 물어보지 말았어야 하는데, 그렇죠?"

그것이 반대로 그녀를 결심하게 만드는 계기가 됐다.

"갈게요."

그녀가 딱 잘라 말했다.

"거기가 어디예요? 당신 어디 사는지 지금까지 한 번도 얘기한 적 없어요."

이제는 그녀보다 그가 더 머뭇거렸다.

"내키지도 않는데 그러는 거……."

"잭, 모르겠어요? 당신을 사랑한단 말이에요. 가고 싶어요."

문이 안쪽으로 천천히 열리고 직사각형의 틈새로 문고리를 잡은 그의 손과, 문을 코앞에 두고 부둥켜안은 두 사람이 보였다. 한 명은 등불 때문에 금색이었고, 다른 사람은 그림자 때문에 푸른색이었다.

두 사람이 마지못해 포옹을 풀자 그녀를 감싸 안았던 그의 팔이 밑으로 떨어졌다.

"자, 봐요. 내가 이렇게 당신을…… 도착했을 때 순결한 상태 그대로 보내주고 있잖아요."

"내가 순결한 그대로이길 정말 바라요?"

그녀가 나지막이 물었다.

"늘 내일이 있기 마련이니까요."

"오늘밤은 오늘밤인걸요."

"괜찮아요. 내일이 올 거예요. 5월 31일인 내일이."

"사랑하지 않을 때 여자는 신사가 아닌 남자를 싫어해요. 하지만 사랑에 빠지면…… 신사를 싫어하죠."

"매들린, 남의 눈을 속이며 여기까지 올라오게 만들기 싫었어요. 당신은 그러면 안 돼요. 당신처럼 사랑스러운 여자가. 그건 천박하고 비열한 짓이잖아요. 그러나 오늘밤만이었어요. 이제 유예기간은 끝났어요. 지금 단단히 경고하는 거예요. 매들린, 두 번 다시 여길 찾아오면……."

그는 그녀를 와락 끌어안았다.

그녀는 그를 쳐다보았다. 눈빛에 담긴 뜻을 이해하고 동의했다.

그녀는 마지막으로 입을 맞추었다.

"내일 만나요."

그녀가 말했다.

"칼턴 호텔 시계탑 앞에서?"

그가 물었다.

그녀는 고개를 저었다. 집게손가락으로 바닥을 가리켰다. 그러더니 몸을 돌려 계단으로 도망쳤다.

그녀는 날아갈 듯이 행복하고 더없이 기쁘며, 반짝이는 별들로 눈앞이 아득하고 빙글빙글 돌아가는 황금색 바람개비 때문에 몽롱한 상태로 삼십 분쯤 뒤에 자기 방문을 열었다.

집안의 불이 있는 대로 켜져 있는데 감정에 취해 있던 감각 기관은 처음에 이것조차 알아차리지 못했다. 그런 상태에서는 이글거리는 불속으로 걸어 들어간들 몰랐을 것이다.

그러다 그녀의 원피스부터 속옷까지 모든 옷이 차곡차곡 개어져서 의자와 침대 위에 여기저기 쌓여 있는 광경이 조금씩 눈에 들어오기 시작했다.

무언가를 팔에 걸친 어머니가 침실과 연결되어 있는 문을 넘어 갑작스레 등장했다.

"이게 다 뭐예요? 뭐하는 거예요?"

"네 대신 짐을 싸는 거야. 들어올 때까지 최대한 기다렸는데 도

무지 올 기미가 안 보이기에 그냥 내가 하는 게 낫겠다 싶어서. 내일 아침 일찍 출발해야 하거든."

"어디로요?"

매들린은 경계하며 따져 물었다.

"해변에 있는 별장에 갈 거야."

"그런데 왜 내일이에요? 다음주나 다음……."

"지시가 내려졌거든."

어머니는 말을 잠시 멈추었다.

"아무리 늦어도 내일 중으로 출발하라고. 네가, 아니 우리가 내일 반드시 떠나야 한대."

그녀는 퍼뜩 알아차렸다.

"그 사람이 그랬군요. 제가 요전날 밤에 외출하려고 했을 때 아버지와 함께 있었던 그 사람. 그 사람이 또 찾아온 거예요?"

그녀의 어머니는 대답이 없었다.

"엄마, 도대체 왜 그래요! 저도 가끔은 장난을 좋아하지만 이번 일은 점점 이상해지고 있잖아요. 그 사람들, 월급 받고 하는 일이 남들 겁주는 거예요?"

"그 사람이 너희 아버지를 설득했으니까 그거면 충분하다."

"그 사람이 제 대신 살아줄 건 아니잖아요! 저더러 이래라저래라 하면서 언제 오고 언제 가라고 할 건 아니잖아요!"

"여기 앉아봐. 심각하게 할 얘기가 있으니까. 나는 엄마잖니.

지금 여긴 우리 둘뿐이야."

그녀는 짐 몇 덩어리를 옆으로 치웠다.

"엄마는 제 엄마고 지금 여긴 우리 둘뿐이죠. 그거야 누가 봐도 뻔한 거 아니에요?"

매들린은 딱딱하게 말했다.

"요즘 들어 새로 만나는 사람 있니? 어렸을 때부터 보아온 남자애들 말고."

"이제 엄마까지 가세한 거예요? 요전날 밤에 그 사람과 아버지가 물으시더니!"

"오늘밤에는 누구 만났어?"

"엄마, 지금 퇴행한 거 알아요? 십 년 전쯤으로?"

"매들린, 오늘밤에 누구 만났니?"

"빌 모리시요."

그녀는 어머니의 눈을 똑바로 들여다보며 싸늘하게 말했다.

"제가 무슨 죄를 지었기에 이러세요?"

"매들린, 엄한 엄마 행세하느라 묻는 게 아니야. 너의 안전이 걸린 문제라서 그래."

"그자가 물어보라고 했겠죠. 그자가 시킨 거겠죠."

그녀는 비난하는 눈빛으로 노려보았다.

"매들린, 오늘밤에 누구 만났니?"

"엄마, 지금 똑같은 질문 세 번이나 반복하고 있어요. 저는 똑같은 대답을 다시 한번 반복할게요. 빌 모리시요."

"매들린. 빌이 오늘밤 10시 조금 전에 전화해서 널 바꿔달라고 했단다."

그녀는 클렌징크림을 화장지로 닦아내다 멈칫하지도 않았다.

"그랬겠죠. 옥신각신하다 제가 일어나서 극장에 그를 남겨둔 채 나와버렸으니까요. 제가 집으로 간 줄 알았나 봐요. 그러니 전화를 했겠죠. 저는 2막이 끝날 때까지 라운지에 앉아 있었는데. 그러다 마지막으로 커튼이 내려오기 직전에 자리로 돌아갔어요."

"아."

그녀의 어머니는 안심한 듯 들릴락 말락 희미하게 외쳤다.

"아."

믿고 싶으면 믿게 되어 있다. 어머니는 손을 뻗어 매들린의 손을 토닥였다.

"제가 엄마한테 거짓말한 적 있던가요?"

(제가 이런 식으로 사랑에 빠진 적이 있던가요? 하고 그녀는 생각하고 있었다.)

어머니는 달래는 듯이 이마에 입을 맞추었다.

"잘 자라, 우리 딸. 내일 같이 해변으로 갈 거지? 괜히 소란 피우지 않을 거지?"

어머니는 문 쪽으로 걸어갔다.

매들린은 거울에 비친 자기 모습을 슬그머니 바라보았다.

"괜히 소란 피우지 않을게요."

그녀는 고분고분 약속했다.

태양이 고작해야 땅바닥에 쓰러져 있는 노란색 나무 울타리 높이로 떠서 길거리를 나지막하게 비출 무렵에 그들은 출발했다. 운명의 그날이 환하니 불길하게 밝았는데 그때까지 위험 지대에 있으면 큰일이라도 날 것처럼 서둘렀다. 하인들과 거추장스러운 가재도구들은 전날 밤에 먼저 보내두었다(매들린은 이제야 알았다). 그래도 휴대할 작은 짐을 챙기느라 난리 법석과 소동이 빚어지고, 어머니가 비상경보를 울리며 몇 번씩 집을 들락거린 끝에 드디어 출발 준비가 끝났다.

그러는 내내 매들린은 한손에는 담배를, 다른 손에는 조그만 여행 가방을 들고 구경꾼인 양, 이 모든 사태와 아무 상관없는 사람인 양 무심하게 리무진 뒷좌석에 앉아 있었다. 심지어 집이 아니라 반대편을 쳐다보고 있었다.

기사가 운전석에 오르고 이제 막 출발하려는 찰나 캐머런이 느닷없이 앞문을 열고 조수석에 올랐을 때 그녀는 적의를 드러냈다. 그는 그들의 집이 아니라 어딘가에서 불쑥 등장했다.

"저 사람이랑 같이 가야 하는 거예요? 이게 뭐예요? 강제 호송이에요?"

그녀는 큰 소리로 물었다.

"쉬이잇."

그녀의 어머니가 얼른 달랬다.

그녀가 한 말을 들었는지 그는 목덜미가 벌게졌다.

해변에 도착하자 그는 등장했을 때처럼 불쑥 사라졌다. 차에서 내리자마자 자취를 감춘 것이다. 같은 차를 타고 왔다는 걸 알 수 없을 정도였다.

매들린은 한쪽 입꼬리를 올리며 싸늘한 미소를 지었다. 그가 사라진 것 때문일 수도 있고 이런저런 다른 생각을 하고 있기 때문일 수도 있었다.

점심을 먹기 직전에 그녀가 집과 상당히 거리가 있는 위치에 설치한 접이식 의자에 누워 있었을 때 그동안 정밀 조사를 하느라 일대를 서성이고 있었던 것 같은 그가 다시 등장했다. 그녀는 바스락거리며 풀밭을 밟는 발소리가 들리고 뒤에서 다가오는 그림자가 보여도 모르는 척했다.

그는 한 곳에 서서 아주 얌전하게 그녀를 보고 있었다.

그녀는 고개를 들고 험상궂은 눈빛으로 그를 노려보았다.

"저 지금 책 읽는데요. 보세요. 책요."

그녀는 얼굴을 찌푸리며 무뚝뚝하게 책을 들어 보였다.

"책이 뭔지는 아시죠? 책한테 이렇게 하면……"

그녀는 책을 구부렸다.

"교도관이 찾아와서 멍하니 쳐다본다죠."

"미안합니다, 드루 양. 이곳으로 오게 된 것 때문에 기분이 상하신 모양이네요."

그가 조심스럽게 말했다.

"공교롭게도 저는 지금 여기가 아니라 다른 데……."

그녀는 생각 없이 말문을 열었다가 뚝 그쳤다.

"사귀고 있는데 못 만나게 된 사람이라도 있는 겁니까?"

그는 독수리처럼 날카로운 눈빛으로 그녀를 살폈다.

그녀는 돌연 묵비권을 행사하며 어깨를 돌리고 다시 책을 읽기 시작했다. 하마터면 전략적인 실수를 저지를 뻔했다는 것을 방금 전에 깨달은 사람처럼.

점심시간이 되자 그녀는 전혀 다른 사람이 되었다. 꾹 다물었던 입술과 뚱한 표정이 사라지고 명랑하게 조잘거렸다. 흥분했다 싶을 정도였다. 달라진 환경을 선선히 받아들이고 거기에 적응한 듯했다. 딱 한 번 환경의 변화에 대해 간접적으로 언급했을 때도 호의적이었다.

"여기 날씨가 정말 좋네요. 예전에도 기다리지 말고 올해처럼 일찍 올걸 그랬다."

직접 말은 건네지 않았지만 심지어 캐머런에게도 좀더 싹싹하게 굴었다. 웃는 얼굴로 다른 사람을 돌아보는 길에 한두 번 잠깐 그에게 시선을 던졌다. 마치 "보이죠? 나, 여기 와서 아주 행복해요. 만족해요. 다른 데는 안중에도 없어요. 당신이 착각한 거예요"

라고 말하는 듯했다.

하지만 그는 독수리처럼 날카로운 눈빛으로 그녀를 쳐다볼 따름이었다.

오후에 그들은 해변으로 나갔다. 그는 모래 언덕에 앉아서 배경이 되었다. 그녀를 지켜보지는 않는 듯했다. 다른 곳을 보고 있었다. 그녀는 그를 의식하지 않는 듯이 반대쪽을 쳐다보며 물속에서 시간을 보내거나 모래사장을 신나게 뛰어다녔다. 하지만 관객 앞에서 연극을 하는 것처럼 행동이 과장되어 있었다. (게다가 둘의 시선이 만난 적이 단 한 번도 없다니 자연스럽지 않았다.)

그곳에서 알고 지냈던 두 청년과 한 아가씨가 합류하자 그녀가 칵테일을 마시고 저녁을 먹고 같이 놀자며 세 사람을 집으로 초대했다.

"내가 지금 격리 조치 비슷한 걸 당하고 있거든. 이러는 게 도움이 될 거야."

그녀는 웃으며 말했다.

그들은 타고 왔던 스테이션왜건에 다 같이 올라탔다.

그들은 집에 돌아가자마자 칵테일파티를 시작했다. 그녀는 해변용 샌들과 흰색 타월 천으로 만든 가운 차림으로 합류했다. 그들이 그에게도 한잔 권했지만 고개를 저으며 다른 사람에게 잔을 주었다. 그녀는 귀에 거슬리는 카랑카랑한 목소리로 요란하게 떠들었다. 칵테일이 너무 독하거나, 아니면 지나치게 많이 마신 것 같았다. 쿵쿵거리는 휴대용 라디오 음악에 맞춰 청년 한 명씩과 거실을 돌며 간단한 춤까지 추었다. 다들 그렇게 쉴 새 없이 웃고 떠들며 재미있는 이야기와 장난을 이어나갔다.

그런 분위기가 한도 끝도 없이 이어질 조짐이 보였을 때 정찬용 복장을 갖추어 입은 그녀의 어머니가 불쑥 계단을 내려오더니 조금 날카롭게 물었다.

"매들린, 저녁 내내 그 차림으로 있을 작정이니? 몇 분 뒤면 저녁을 먹을 텐데."

매들린은 하던 걸 멈추고 몸을 흘끗 내려다보더니 뭘 입고 있는지 이제야 알게 된 사람처럼 천진난만하게 이마를 때리며 외쳤다.

"아이고, 완전히 깜빡했네! 어쩐지 어디선가 찬바람이 분다 싶더라니."

그녀는 친구들의 웃음소리를 뒤꽁무니에 달고 계단을 달려 올라가다 샌들 한쪽이 벗겨지자 허둥지둥 다시 내려왔다.

잠시 후 기운차게 샤워기를 트는 소리가 그들이 있는 거실까지 또렷하게 들렸다. 자기 방문과 방안의 욕실 문까지 활짝 열어놓은 모양이었다.

"저런 녀석하고는."

어머니가 속수무책이라는 뜻으로 고개를 저으며 중얼거렸다.

하녀 한 명이 식당 밖으로 나와 묻는 표정으로 쳐다보았다.

"응, 준비 다 됐어."

어머니가 대답했다.

그녀는 자리에서 일어나 계단 발치로 다가가서 외쳤다.

"매들린!"

콸콸 쏟아지는 물소리만 거침없이 계속 이어졌다.

"막판까지 뜸을 들인다니까? 내가 저녁상 앞에서 기다리는 걸 얼마나 싫어하는지 알면서. 오후 내내 물속에 있어놓고."

그녀는 투덜거렸다.

"그건 짠물이었잖아요. 처음에는 건강을 생각해서 짠물에 몸을 담그고, 그런 다음에는 건강을 생각해서 짠물을 씻어내야죠."

청년 하나가 빙그레 웃으며 말했다.

어머니는 쏟아지는 물줄기라는 음향 장애를 극복하기 위해 계단을 올라가기 시작했다.

매들린이 떠난 뒤로 계단이 잘 보이는 곳에 앉아 있던 캐머런이 벌떡 일어나 그녀의 뒤를 따라갔다.

어머니는 이제 침실 문 앞에서 딸을 불렀다.

"매들린!"

매들린은 타일에 부딪히며 크게 울리는 물소리 때문에 어머니가 부르는 소리를 듣지 못했다.

뒤따라 침실 문 앞에 도착한 캐머런은 바닥에 내팽개쳐진 샌들과 가운을 보고 더이상 들어가지 못하고 멈춰 섰다.

드루 부인은 이제 욕실 문 앞에서 소리를 질렀다. 그러다 결국에는 진동하는 샤워 커튼 한쪽을 살짝 젖히고 화가 난 목소리로 외쳤다.

"매들린, 목이 쉬어라 부르고 있잖니. 밤새도록 여기 있을 작정……."

샤워 커튼 뒤로 크리스털처럼 투명한 물줄기가 쏟아지는데, 사람의 살갗은 보이지 않고 푸르스름한 타일만 보일 따름이었다. 바로 그 순간, 활짝 열린 침실 창문에서 산들바람에 펄럭이는 커튼 자락이 캐머런의 시야에 들어왔다.

가스 불꽃처럼 푸르스름하고 매끈하며 선명한 하늘에 은색으로 반짝이는 무언가가 유독 눈에 띄었다. 탄호이저가 노래한 금성이었다. 반짝이는 금성의 은빛은 아직 덜 말라서 줄줄 흐르는 물감처럼 땅까지 길게 이어져 흐르고 있었다. 그 아래로 그녀의 소형 로드스터가 마치 자기가 사랑에 빠진 것처럼 고동치며, 눈부신 하늘을 반사하고 있는 반짝이는 길을 질주했다. 한 하인과 공모하여 근처 차고로 몰래 옮겨 낮 동안 정비를 받고 도망치는 순간까지 숨겨 놓은 작고 다정한 로드스터였다. 주인이 사랑에 빠졌고, 사랑에는 날개가 달려 있어서 속도계 따위는 아랑곳하지 않기 때문에 이 세상 어느 형사도 따라잡을 수 없는 조그만 로드스터였다.

로드스터가 정확한 궤적을 그리며 도시를 향해, 도시로 진입하는 다리를 향해, 지상 최고의 랑데부를 향해 총알처럼 날아갔다.

바람을 정면으로 받은 깃발처럼 그녀의 뒤에서 수평으로 나부끼는 스카프. 묶였다 풀려난 가장자리에서 나부끼는 머리카락. 그녀는 둥그스름한 지면을 넘어 까만 밤의 요새로 돌진하는 현대판 발키리• 같았다. 한 번인가 두 번 뒤를 돌아보았지만, 불안해서가 아니라 비웃기 위해서였다. 잇새로 터져 나온 웃음소리가 바람에 찢겼다.

한번은 교차로에서 신호에 걸리자(아무리 사랑에 빠졌더라도 신호는 지켜야지, 그러지 않으면 가까이 있는 경찰에게 추격당할 수 있었다) 차 안에서 일어나서 앞을 가로막은 빨간불을 향해 뚱하니 주먹을 흔들었다. 빨간불이 그런 반항에 놀라서 꺼질 때까지 그랬다.

다리는 지름길과 돌아가는 길, 두 개가 있었다. 그녀는 영리하게 돌아가는 쪽을 선택했다. 돌아가는 다리를 건너면 빙 돌았다가 갔던 길을 되짚어와야 하지만, 형사가 지름길의 다리에서 그녀의 차가 보이거든 자기가 도착할 때까지 붙잡아놓고 있으라고 그쪽 경찰들에게 미리 연락해놓았을 수도 있었다.

그녀는 허리를 숙이고 반대 방향으로 고개를 돌린 채 한데 뒤엉킨 차량들 속으로 들어가 차분하게 속도를 늦추고 느릿느릿 움직였다. 작은 콘크리트 섬에 갇혀 있는 다리 위 교통경찰은 문손잡이를 건드릴 수 있을 만큼 거리가 좁혀졌을 때에도 그녀 쪽을 쳐다보지 않았다.

그것이 마지막 위험 요소였다. 이제는 아무것도 그녀를 막을 수

• **발키리** _ 북유럽 신화에서 오딘 신을 섬기고 전사자의 영령을 발할라로 인도하는 소녀들.

없었다. 아무것도.

들쑥날쑥한 도시의 스카이라인이 짙은 회색, 탁한 진주색, 짙은 자주색, 흑탄색으로 하늘을 물들였고, 그녀는 다리를 빠져나가기 위해 긴 내리막길을 질주했다.

미리 지시를 받은 형사들이 합류하기 위해 다리 입구에서 기다리고 있었을 때, 캐머런은 드루 집안의 거추장스러운 리무진을 타고 느릿느릿 다가오고 있었다. 리무진은 너무 크고 묵직해서 엄청난 속도로 달리는 그녀의 로드스터를 따라잡을 수 없었다.

그는 리무진에서 내려 그곳에 준비해놓은 좀더 빠른 경찰차로 갈아탔다. 사이렌이 울리자 앞서가던 차량들이 길고 구불구불한 선을 그리며 바다가 갈라지듯 양쪽으로 비켜 길을 터주었다.

"성과가 없습니까?"

캐머런이 물었다. 묻지 않아도 뻔했다. 성과가 있었다면 그가 도착했을 무렵 그들이 그녀를 붙잡아놓았을 것이다.

"코빼기도 못 봤습니다. 이십 분 동안 진입하는 차량을 일일이 수색했는데도요. 우리보다 먼저 지나간 것 같습니다."

"그렇게 빨리 지나가지는 못했을 겁니다. 수사망을 피해 다른 다리를 건넌 게 분명합니다."

"그녀를 붙잡아야 하는 이유가 뭡니까?"

한 경찰이 물었다.

"살해당하기 전에 막아야 합니다."

그는 간단명료하게 대답했다.

사랑에 눈이 멀어서 실성한 그녀의 로드스터가 인도를 덮칠 듯이 전속력으로 모퉁이를 돌아 나오더니 마지막 질주를 위해 자세를 가다듬고 반대쪽 차도를 향해 길게 대각선으로 달리다 마침내 그의 집 대문 바로 앞에 다다랐다.

그녀가 브레이크를 당기자 녀석이 부르르 떨며 귀에 거슬리는 소리를 냈다.

갑작스러운 정적. 도착한 것이다. 이제 여기 온 것이다.

그녀는 기나긴 질주로 차 못지않게 기진맥진한 듯이 잠시 가만히 앉아 있었다. 그러다 고개를 돌려 그녀를 기다리고 있는 대문간을 바라보았다. 한 치 앞도 보이지 않을 만큼 어두컴컴해서 왠지 모르게 기대감을 가지게 했다. 그녀가 들어올 생각인지 아닌지 숨을 죽이고 지켜보는 듯했다.

하지만 숨을 죽여 지켜볼 필요가 없었다. 이 세상 그 무엇도 그녀가 들어가지 못하게 붙잡을 수 없었다.

나 왔어요, 내 사랑. 나 때문에 기다렸나요? 늦었나요? 그녀의 심장이 중얼거렸다.

그녀는 차문을 열어젖히고 알아서 닫히도록 내버려둔 채 인도를 미끄러지듯 지나 건물 안으로 들어갔다. 그림자가 칼날처럼 그녀의 등을 비스듬히 베어 빛을 앗아갔다.

날개가 달린 그녀의 두 발에 계단은 아무 문제도 아니었다. 그녀는 그의 집 문 앞에서 걸음을 멈추고 잠깐 고개를 모로 꼰 채 귀를 기울였다. 아무 소리도 들리지 않았다. 하지만 그녀는 누가 봐도 분명하고 자신 있는 미소를 지었다.

그녀는 그에게 더 예쁘게 보일 수 있도록, 사랑을 듬뿍 받을 수 있도록 머리와 스카프와 외투를 매만졌다.

그런 다음 손을 들어 문을 두드렸다.

대답이 없었다.

하지만 그녀는 좀 전처럼 다시금 미소를 지을 따름이었다.

그녀는 말소리가 잘 들릴 수 있게 문에 얼굴을 좀더 바짝 갖다 댔다.

"문 열어요. 나예요. 나 기억 못 해요? 당신이랑 만나기로 했는데."

그녀가 떨리는 목소리로 나지막이 구슬렸다.

문이 천천히 열렸지만, 그 뒤로 사람의 모습은커녕 손잡이를 잡고 있는 손마저도 보이지 않았다.

그녀는 앞으로 하게 될 포옹에 대비해 팔을 활짝 벌렸다. 그렇게 팔을 최대한 벌린 채 안으로 들어갔다.

문이 천천히 닫혔다.

처형을 앞두고 울려 퍼지는 북소리 같은 큰 소리가 계단의 꼭대기에서부터 맨 아래까지 쿵쾅쿵쾅 울리는 가운데 그들이 한 명씩 뛰어 올라왔다. 선두에 나선 캐머런이 문 앞에서 우뚝 멈추어 섰다.

아주 잠시 정적이 흘렀다.

캐머런의 손에서 한 줄기 불꽃이 뿜어져 나오자 우레와 같은 총성과 함께 낡아빠진 자물쇠가 산산조각 났다.

정적이 흘렀다. 이번에는 잠시가 아니었다. 기나긴 정적이었다. 아무도 움직이지 않았다. 더이상 움직일 필요가 없었다. 아무도 말하지 않았다. 할말이 없었다.

몇 명은 숨을 깊게 들이마셨다. 마음이 상당히 아플 때 그러듯이 숨을 들이마셨다. 실제로 그들은 마음이 아팠다. 누구라도 그랬을 것이다.

그곳에는 그녀 혼자 있었다. 소파 역할을 하는 방안의 의자에 반은 기대고 반은 누워 있었다. 문이 열리고 누가 들어오는데 몸을 일으킬 기운조차 없을 때 나올 직한 자세였다. 한쪽 다리만 죽기 직전에 돌발적으로 발길질을 한 후 제자리로 돌아와서 긴장을 풀지 못한 양 조금 멀리 있었다.

그들이 그 자리에 옹기종기 서서 그녀를 쳐다보고 있듯이 그녀도 그곳에서 그들을 쳐다보고 있는 것처럼 느껴졌다. "거기 그렇게 서 있지 말고 들어와서 문 닫아요"라고 말하는 듯했다.

최악은 얼굴이었다. 그의 손에 막혀서 내려가지 못한 피가 얼굴에 쏠린 채로 갇혀버려서…….

칼턴 호텔 시계탑 아래에서 너도나도 쳐다보던 얼굴이건만 (나라면 당신을 이런 식으로 대접하지 않을 텐데. 나를 만나보면 어때요?) 그때의 남자들이 지금 본다면 참지 못하고 뒷걸음질을 치면서 도망을 갈 것이다. 그 얼굴을 좋아할 사람은 물론이고 알아볼 사람조차 없을 것이다.

캐머런은 조용히 안으로 들어가 고개를 반대쪽으로 돌린 채 그녀의 앞을 지나갔다. 형사임에도 불구하고 고개를 반대쪽으로 돌린 것은 그녀의 예전 모습에 마지막으로 바친 경의의 표시였다.

제일 윗 장에 31이라고 까만색으로 커다랗게 적힌 달력이 벽난로 선반 위에 있었다.

캐머런은 달력을 뜯어 바닥으로 펄럭펄럭 떨어뜨렸다.

그런 다음 비참한 패배에 힘없이 고개를 숙였다.

찍은 지 오래되서 누렇게 바래고 안 보일 정도로 희미해진 어떤 아가씨의 사진이었다. 현관 앞 계단에 서서 한쪽 발을 뒷 계단에 올려놓고 햇볕을 받으며 웃는 젊은 아가씨의 사진이었다.

캐머런은 서랍장을 통째로 떠밀었다가 그 뒤에서 사진을 발견했다. 바닥에 떨어져 있지 않고 바닥과 벽 사이 틈새에 똑바로 박혀 있어서 윗부분만 보이는 상태였다.

서랍장 거울에 꽂아두었는데 서랍장이 세게 흔들리면서 떨어진 모양이었다. 예컨대 누가 턱을 강타당해 서랍장에 부딪혔다든지 해서 말이다. 아니면 서랍 안에 들어 있었는데 서랍을 급하게 여닫는 바람에 뒤쪽 틈새로 떨어진 것일 수도 있었다. 누가 느닷없이 문을 두드리거나 해서 말이다.

아무튼 사진이 있었다. 마지막 세입자 이전에 살았던 사람들의 사진은 아니었다. 집주인이 말하길 마지막 세입자를 들이기 전에 바닥을 청소하고 칠을 새로 했다고 했다.

"이 아가씨를 찾아요. 그러면 그자를 찾을 수 있습니다."

캐머런은 무뚝뚝하게 말했다.

그는 좀더 세부적으로 분석했다. 모든 경찰 업무는 세부 분석이 필수다. 개괄은 있을 수 없다.

"이 아가씨를 찾으려면 두 가지를 알아내야 합니다. 사진을 찍은 시기와 장소."

그는 사진을 여섯 장으로 확대해서 유리창 크기로 만들었다. 모든 그림자와 세세한 부분들이 쉽사리 눈에 띄었다. 선이 불분명한 부분은 손질했다. 무엇을 덧붙이지는 않았다. 그런 다음 사진을 들고 도시에서 가장 큰 백화점 여섯 곳의 여성복 수석 바이어를 찾아갔다.

"주인공이 입고 있는 옷을 근거로 언제 찍힌 사진인지 근사치를 알 수 있을까요?"

분석 결과가 하루에서 닷새 사이에 모두 도착했다. 반복된 부분을 제외하고 내용을 종합하면 다음과 같았다.

외투에 어깨 패드가 없음: 1940년 이전. 어깨 패드가 맨 처음 도입된 것은 우리 백화점의 1941년 디자인부터.

일자 라인의 외투(업계 용어로는 '박스 코트'): 1939년 이전. 몸에 꼭 맞는 외투는 1940년에 등장하기 시작해 1941년에 인기를 끌었음.

동그랗게 말린 옷깃: 1940년에 유행이 끝났음. 그 뒤로는 남성복처럼 바늘땀이 또렷하게 보이고 납작한 옷깃이 유행.

풍성한 치마: 전쟁으로 원단 사용에 제한이 생긴 1942년 이전.

앞이 막힌 구두: 오픈토 구두가 시장을 휩쓴 1940년 이전.

헤어스타일: 영화배우 X가 Y 작품에서 선보인 스타일. 영화의 개봉 시기는 1940년 여름.

모조 장신구: 주인공이 목에 건 짧은 한 줄짜리 진주 목걸이는 1940년 후반에서 1941년 초반까지 유행. 그다음 시즌에는 두 줄이나 세 줄짜리가 유행. 그 이전에는 가슴까지 내려오는 긴 목걸이가 유행.

하나같이 이런 경고를 덧붙였다.

“전 시즌(그러니까 봄이면 이듬해 봄까지, 가을이면 이듬해 가을까지)의 오차를 감안해야 정확도를 높일 수 있다. 뒤로 보이는 배경이 시골인 듯하고 사진 속 인물이 아주 맵시 있거나 옷차림에 관심이 많은 성격으로 보이지 않는다. 주요 도시의 우리 같은 백화점에서 시작된 유행이 전국적으로 완전히 퍼지려면 육 개월에서 십이 개월이 걸린다.”

적힌 내용이 대부분 그에게는 외국어나 다름없었다. 하지만 그들은 전문가였으니 그는 그들의 말을 믿었다.

(배경으로 보이는 현관 기둥을 휘감은 덩굴손의 도움 아래) 압축하고 압축해서 내린 결론은 이것이었다. 삼월 중순 이후, 사월 중순 이전의 초봄, 1940년 이후, 1941년 이전에 찍은 사진이라는 것.

“이제 장소만 알아내면 되겠군.”

두 개의 하얀색 현관 앞 계단과 두 개의 하얀색 현관 기둥, 빈약한 판잣집 전면, 안쪽에 달린 레이스 커튼이 보이는 창문의 모서리가 전부인 사진을 보노라면(780만 제곱킬로미터에 달하는 미국의 모든 주, 모든 군, 모든 마을이 마음만 먹으면 이와 상당히 비슷한 배경을 제공할 수 있었다) 그 자리에서 당장 포기할 만도 했다.

하지만 그는 본격적으로 작업에 착수해 밀고 나갔다.

# 006

## 다섯 번째 랑데부

캐머런은 어깨를 으쓱했다.

“한 남자가 한평생 가장 사랑했던 여자가 누구인지 알아내려면 어떻게 해야 할까요? 직접 물어봐야 할까요?”

그의 상사도 어깨를 으쓱했다.

“달리 다른 방법 있나? 그게 자네 일이잖아.”

캐머런은 턱이 아픈 사람처럼 턱을 감싸 쥐었다.

“정확히 측정할 수 있는 게 아니잖습니까. 저울을 들고 가서 무게를 잴 수도 없고.”

“나도 알아. 어렵고 까다로운 일이지. 그게 얼마나 어려운지는 듣고 싶지 않아. 답을 듣고 싶을 뿐이지. 정답을. 그러니까 꼼지락

대고 꿈틀거리는 게 끝나거든 나가서 답을 들고 와주겠나?"

그의 상사는 무미건조하게 대꾸했다.

캐머런은 상반신을 뒤틀었다가 원위치로 돌렸다.

"무슨 수로요? 그냥 관찰하는 수밖에 없잖아요. 몇 주가 걸릴지 모릅니다. 게다가 내면에서 벌어지는 일이잖습니까. 얼굴에 티가 나지 않는 경우도 있어요."

"그럼 내면으로 들어가서 알아내!"

캐머런의 상사는 손가락으로 책상을 두드렸다.

"내면에 아무도 없을 수도 있습니다."

"세상의 모든 사람들은 누군가를 남들보다 조금 더 좋아하게 되어 있어. 천성적으로 그렇게 태어나거든. 남자는 한 여자를. 여자는 한 남자를."

캐머런은 우울하게 한숨을 쉬었다.

"이건 불가능한 임무입니다, 서장님."

"나도 인정하네."

그의 상사는 차갑게 말했다.

"그래도 나가서 해보겠습니다."

상사는 칭찬하는 이야기는 전혀 하지 않았다.

"당연히 그래야지. 여기 앉아 있느라 시간 허비하지 않고 오 분 전부터 시작했으면 좋았을 것을."

"그자의 정보를 색인 카드로 정리해놓으셨습니까?"

"철저하게 해놓았지. 사전 작업은 모두 끝났네."

캐머런은 몸을 앞으로 숙였다

"그가 지금까지 만난 모든 여자들의 명단을 주십시오. 가능합니까? 가지고 계신가요?"

"가능해."

상사는 책상에 달린 단추를 엄지손가락으로 눌렀다.

"아직은 명단이 없지만 지금 만들고 있는 중이야."

그는 지시사항을 전달하고 단추에서 손을 뗐다.

"내가 충고 하나 하지. 거꾸로 접근하지 말게. 여자들을 찾아가 거기에서부터 수사를 진행하지 말라고. 남자의 인생에 등장했던 여자들은 누구나 자기가 가장 사랑을 많이 받았다고 생각하거나 그렇게 생각하고 싶어 하거든. 남자 쪽에서 시작해야 해."

기다리는 동안 그가 말했다.

깔끔하게 타자로 입력한 간소한 명단을 받았다. 이름이 다섯 개 있었다.

캐머런은 유심히 들여다보았다.

"만난 여자가 많지 않네요."

"거기 없을 수도 있어. 그게 성서처럼 변치 않을 기록은 아니니까. 자네가 달라고 해서 만든 것 아닌가. 명심하게, 그 목록은 외부에서, 그것도 상당한 거리를 두고 관찰한 결과에 불과해. 내면에 들어가서 만든 게 아니라. 그러니까 직접 살펴보도록."

캐머런은 명단을 지갑에 넣고 자리에서 일어섰다.

"제가 알아내겠습니다. 생각해놓은 방법이 있거든요."

그는 여전히 칭찬을 듣지 못했다.

"왜 이렇게 꾸물거리나. 외근 나가서 일하라고 지시했을 때 아무도 나가지 않고 그렇게 미적거렸다면 우리는 아직도 로즌솔 사건• 을 수사중일 거야."

상사는 따끔하게 쏘아붙였다.

그 무렵 캐머런은 문 앞에 서 있었다.

"그 남자도 모를 수 있어요. 지금까지 이런 부분에 대해 한 번도 생각해본 적 없을지 모릅니다. 하지만 저한테는 알려줄 겁니다. 제가 알아낼 겁니다."

접수원은 마네킹에 버금가는 완벽한 차림새와 여학교 여교장에 버금가는 쌀쌀맞은 분위기가 한데 어우러진 인물이었다. 차림새와 분위기의 조합을 유감없이 발휘하는 것이 채용의 이유가 분명했다.

"약속하고 오셨나요?"

그녀가 시선을 내리깐 채 물었다.

캐머런은 고개를 저었다.

"그럼 죄송하지만……."

그녀는 말을 하려다 말고 멈추었다.

"저희 사장님과 아시는 분이신가요?"

그는 그녀를 쳐다보았다.

"당신 집에 불이 났는데, 꼭 아는 소방관이 창문에 사다리를 대주어야 합니까?"

그녀는 눈썹을 치켜세우고 빈정거렸다.

"비상 사다리와 관련된 일인가요?"

"말을 하자면 그렇다는 거죠. 당신도 잘 알겠지만."

"어떤 일로 오셨는데요?"

"경찰 업무로 왔는데요."

이번에도 그녀는 눈썹을 치켜세웠지만 빈정거리지는 않았다.

"아. 혹시, 혹시 제가 도울 일은 없나요? 만약 딱지나 교통 법규위반 때문에 오신 거라면……."

"워드 씨를 만나게 해주는 것 말고 당신이 도울 수 있는 일은 없어요. 당신의 일이 뭔지 나도 알지만, 무슨 일이든 때와 장소가 있잖아요. 지금은 나를 이렇게 붙잡아놓고 있을 때가 아니에요."

"잠시만요."

그녀가 황급히 말하고 잠시 후에 돌아와서 "들어오세요"라고 하며 사장실 문을 열고 닫아주었다.

책상 뒤에 서 있는 워드는 옅은 회색 양복 차림이었다. 오 년 전만 해도 멋진 외모를 자랑했겠지만 지금은 빛을 잃어가고 있었다. 여전히 숱이 많고 까만 머리는 서리가 내린 듯 끝이 옅어졌고 은색 여우 털처럼 여기저기 희끗거리기 시작했다. 눈빛은 지적인 분위기

● **로즌솔 사건** _ 1912년에 마권업자 로즌솔이 청부 살인당한 사건.

를 물씬 풍겼는데, 사업가 특유의 약삭빠르고 무정한 눈빛이 아니라 따뜻하고 너그러우며 지적인 눈빛이었다.

"캐머런이라고 합니다. 경찰서에서 나왔고요."

캐머런이 자기소개를 했다.

워드는 책상 너머로 그와 악수했다. 예의 바르기 때문에 티는 안 내지만 그다지 관심 없는 눈치였다.

"케이니그 양이 말하길……."

캐머런은 말끝을 흐렸다. 어차피 말을 끝까지 할 생각도 없었다.

"저도 이렇게 사무실로 찾아오기 싫었습니다만, 그래도 이게 가장 인간적인 방법이라서요. 전화는 매정하게 느껴질 때도 있어서……."

"가장 인간적? 매정?"

"안 좋은 소식이 있습니다."

캐머런은 불쑥 내뱉었다. 그러고는 타자로 입력한 명단을 꺼내 손으로 덮었다.

워드는 책상 뒤에서 돌아 나오다 말고 걸음을 멈추었다.

"사고가 났습니다. 그 사고로 사람이 다쳤어요. 여자분이……."

캐머런이 말했다. 그는 일부러 '여자'라는 단어를 강조했다.

"당신과 어떤 관계인지 저희는 모르겠습니다만."

그는 자기만 읽을 수 있게 명단을 들고 있었다.

"루이즈? 아내인가요?"

워드는 긴장해서 안색이 파래졌지만 그래도 흔들림이 없었다. 캐머런은 그의 얼굴을 유심히 관찰했다. 그러면서 일부러 잘 알아들을 수 없게 머뭇거리며 뭐라고 중얼거렸다.

"저희 어머니는 아니죠? 엄마는?"

그의 얼굴이 점점 파래지고 눈물을 참으려고 애를 쓰느라 실룩였다.

캐머런은 그의 얼굴을 유심히 관찰했다.

이제 명단에 남은 사람은 세 명뿐이었다. 결혼한 두 명의 여동생과 부인이 데리고 온 열두 살인가 열세 살짜리 딸. 캐머런은 속으로 고개를 저었다.

"저도 믿기지가 않습니다만."

그는 웅얼거렸다.

워드가 비틀거리며 한 발짝 한 발짝 다가와 애원하듯 캐머런의 옷깃을 잡았다. 내리뜬 눈꺼풀이 눈을 반쯤 가렸다.

"마틴이로군요."

그가 죽어가는 사람처럼 중얼거렸다.

"마틴이 누굽니까?"

캐머런이 물었다.

워드는 그 말에 대답하지 않았다.

"오, 주여."

그는 힘없이 무릎을 구부린 채 발작하듯 몸을 떨었다. 캐머런이 팔 밑으로 손을 넣어 몸을 추스를 때까지 붙잡아주지 않았다면 쓰러지지는 않았더라도 스르르 주저앉았을 것이다.

“그리고요? 성이 뭡니까?”

캐머런이 귀에 입을 바짝 갖다 대고 질문을 던져야 그가 이해하고 알아들을 수 있었다. 충격으로 모든 기능이 마비돼서 그렇지 않으면 머릿속으로 파고들지 못했다.

“젠슨이오.”

그는 끙끙거리며 기계적으로 대답을 짜냈다.

캐머런은 그를 의자가 있는 곳으로 데리고 가서 앉혔다.

“술 한잔 드시죠, 워드 씨.”

워드는 고개를 끄덕이며 술이 있는 곳을 손으로 가리켰다. 캐머런이 대신 술병을 꺼내 한 잔 따라서 건넸다.

“사고는 전혀 없었습니다. 다친 사람도 없었고요.”

그는 이름을 명단에 적었다.

“마틴 젠슨.”

그는 했던 말을 다시 한번 반복해야 했다.

“아무도요. 젠슨 씨나 다른 사람이 다치지 않았습니다.”

워드의 반응은 좀 전보다 느렸지만 좀 전처럼 폭발적이었다. 폭발이 끝났을 때 그는 자리에서 벌떡 일어나 종이컵에 반쯤 남은 브랜디를 캐머런의 얼굴에 뿌렸다. 지푸라기색 술 방울이 하얀색 셔츠 칼라와 선명한 대조를 이루었다.

"내 사무실에서 나가."

그는 부들부들 떨며 어렵사리 내뱉었다.

그러더니 캐머런에게 다가가 옆 턱을 주먹으로 날렸다.

캐머런은 비틀거리다 뒤에 있는 무언가를 잡아 균형을 잡았다.

"이 건으로 당신을 탓하지는 않겠습니다. 나라도 좀 전 같은 일을 당했으면 당신처럼 했을 테니까요."

워드는 팔이 부들부들 떨릴 정도로 힘을 주어가며 다시 한번 주먹을 날리고 싶은 것을 참았다.

"왜 그런 짓을 한 거요?"

"당신이 가장 사랑하는 사람이 누군지 알아내야 했거든요. 달리 방법이 없었습니다."

워드는 이유를 묻지 않았다. 앙다문 입술 사이로 "나가요" 하고는 그만이었다.

캐머런이 문을 열었다.

"갑니다. 다시 뵙겠습니다, 조만간."

캐머런은 돌아가서 상사에게 명단을 보여주었다. 세 명의 이름은 지웠다. 그러자 세 명의 이름이 남았다. 남은 세 명 중에 한 명은 원래 명단에는 없었다가 면담 도중에 추가된 이름이었다. 명단은 다음과 같았다.

1. 3. 아내

2. 2. 어머니

3. 1. 마틴 젠슨

상사는 짜증을 냈다.

"이게 뭐야? 두 숫자를 같이 적은 이유는 뭐며, 무슨 뜻인가?"

"제가 묻고 싶은 게 그거예요. 의미를 말씀드리자면 첫 번째 숫자는 그가 언급한 차례입니다. 그러니까 그가 그 사람을 떠올린 순서죠. 나머지 숫자는 표출한 감정의 강도입니다. 자, 그럼 누구일까요? 맨 처음 떠올린 아내일까요? 아니면 가장 큰 반응을 보인 마틴 젠슨이라는 정체를 알 수 없는 여성일까요? 저는 심리학자가 아니라서요."

"누가 아니래나."

상사가 추임새를 넣었다.

"분명하고 쉽게 가려낼 수 있을 줄 알았는데. 분명하지도 않고 쉽게 가려지지도 않네요. 그게 이런 행동 검사의 문제점입니다. 인간의 본성이 개입되면 예측은 절대 불가능해지고 항상……."

상사는 무언가를 곰곰이 생각했다. 그러다 생각을 멈추고 결론에 다다른 듯 고개를 끄덕였다.

"가장 큰 반응을 보인 상대야."

그가 상당히 신중하게 말했다.

"계속된 긴장감으로 감정이 누적된 것일 수도 있잖습니까. 어쩌면 제일 먼저 떠올린 사람이 정답인데, 그때는 속마음을 어느 정도 감출 수 있을 만큼 자제심을 발휘할 수 있었을지도 모릅니다. 그러다 결국에는 자제심이 한계에 다다른 거죠. 아내를 향한 마음이 그 시점을 지나서까지 계속 유지되다 세 번째 이름이 거론된 때에 이르러서야 외부로 표출된 겁니다."

상사는 그와 설전을 벌이려들지도 않고 고집스럽게 말했다.

"가장 큰 반응을 보인 상대야."

"그자도 그런 식으로 생각할까요? 용의자 말입니다. 경찰인 우리도 잘 모르겠는데, 외부인인 그가 무슨 수로 알아낼 수 있을까요? 우리는 애인을 보호하지만 그자는 아내를 노릴 수도 있습니다."

"가장 큰 반응을 보인 상대라니까. 이봐, 복잡하게 생각하지 마. 그래봐야 골치만 아파질 따름이야. 자네에게 주어진 역할에 걸맞게 기계가 되라고. 미량의 논리를 동원하면 정답을 얻을 수 있는데, 내가 동원한 게 그 미량의 논리야. 그가 아내 외에 애인을 두고 있다는 사실이야말로 애인을 더 사랑한다는 증거 아니겠나. 애인보다 아내를 더 사랑한다면 애인을 둘 이유가 없겠지. 필요가 없을 것 아닌가. 애인이라는 것이 불필요하지."

그는 연필과 캐머런의 명단을 집었다. 그러더니 '아내'와 '어머니'에 X를 그었다.

"이제 이걸 가지고 작업에 착수하도록."

남은 이름은 단 하나. '마틴 젠슨'이었다.

캐머런은 다음날 다시 찾아갔다.

접수원은 더이상 얼음처럼 냉정하지 않았다. 자기가 직접 겪은 일이 아닌데도 분노로 이글거렸다.

"사장님은 만나주시지 않을 거예요. 저는 방문객이 왔다고 알리지 않을 거예요. 사장님께 지시를 받았어요. 여기는 법을 준수하는 개인의 사무실이고 평등권의 보호를 받아요. 방문객이 경찰이건 누구건 간에 억지로 문을 열고 들어가거나 사장님에게 면담을 강요할 수 없어요. 그랬다가는 사장님이 당장 변호사에게 연락해서 경찰서를 상대로 민사소송을 제기할 거예요. 그래도 들어가고 싶으면 들어가보시든지요."

그녀는 씩씩대며 말했다.

캐머런은 들어갈 수 없다는 걸 알았다. 그는 등을 돌려 걸어나와 건물 로비에서 상사에게 전화를 걸었다. 상사가 워드에게 전화를 걸었다. 그런 다음 캐머런이 기다리는 로비로 다시 전화했다.

"올라가봐. 이제는 만나줄 거야. 내가 힘 좀 썼거든."

그가 다시 올라갔을 때 접수원은 벌써 소식을 알고 있었다. 지금도 씩씩댔지만 좀 전처럼 적극적이지는 않고 소극적이었다. 그녀는 "들어오세요"라고 하지 않았다. 문만 열어주고는 그만이었다.

그렇게 워드의 사무실 문도 열어주었다.

워드도 아직 분이 풀리지 않은 상태였다.

"앉으시죠."

그가 미간을 찌푸리며 말했다.

캐머런은 자리에 앉았다.

"단둘이서 조용히 이야기를 나눌 수 있을까요?"

"이미 그렇게 지시를 내렸습니다."

워드는 무뚝뚝하게 대답했다.

"제가 드리는 말씀을 한마디도 빠짐없이 믿어주셔야 합니다."

"들은 다음에 결정하겠습니다."

"당신이 살인 명부에 올랐습니다. 당신의 이름이 아니라 당신을 대신해서 마틴 젠슨이라는 여자분의 이름이요. 저희에게 최대한 협조해주시면 그분이 아무 피해를 입지 않을 거라고 약속드릴 수 있을 것 같습니다. 저희 입장에서 한 가지 유리한 부분이 있다면 정확한 범행 예정일을 알고 있다는 겁니다. 범행은 5월 31일 자정부터 6월 1일 자정 전까지 스물네 시간 안에 벌어질 겁니다. 아니면 아예 벌어지지 않든지요."

워드가 들릴락 말락 하게 뭐라고 중얼거렸다.

"네?"

"미쳤다고 했습니다."

"제 말을 믿지 않으시는군요."

"나는 이 세상에 적이 없습니다."

"죽기 전에는 아무도 장담할 수 없는 겁니다. 당신이 아는 한도 내에서는 적이 없을지 몰라도 이건 다른 경우입니다."

"동기가 뭡니까? 협박인가요?"

"돈으로는 막을 수 없을 겁니다. 돈의 효과는 정신이 온전한 상대한테만 발휘되는 법이거든요. 정신병자들은 동기라는 게 없습니다. 복수라고 할 수 있을지 모르겠지만, 그것도 정확한 표현은 아닙니다. 의도치 않게, 모르고 피해를 주었을 경우에는 설득해서 복수를 접도록 만들 수도 있으니까 말입니다. 복수에 광적으로 집착하는 정신병자라고 하는 게 가장 근접한 표현이 아닐까 싶습니다."

"용의자가 누군데요?"

워드가 빈정거리며 물었다.

"당신은 모를 겁니다. 왜냐하면……."

그는 망설이다 마지못한 듯 덧붙였다.

"저희도 모르거든요."

"동기를 알 수도 있고 모를 수도 있다고 했죠. 돈으로는 해결이 안 될 거라는 건 알고. 그자가 정신병자라는 것도 알고. 그자가 범행을 감행할 날짜도 스물네 시간 단위로 알고. 그런데 그자의 정체는 모른다고요. 대단한 성과로군요. 입장 바꿔놓고 생각하면 어떻게 받아들여질 것 같습니까?"

"가끔 이럴 수밖에 없는 때도 있습니다. 이렇게 될 때도 있습니다. 고맙게도 자주 이러지는 않는데, 이번에는 그러네요."

그는 워드의 대꾸를 기다렸다. 워드는 아무 말이 없었다. 하지만 웃음을 참느라 자기 뜻과는 정반대로 입가를 실룩였다.

"저희를 도와주셔야 합니다."

캐머런이 말했다.

"제가 장난을 치기에는 나이가 좀 많아서요."

"마틴 젠슨에 대해서 정보를 전부 주셔야 합니다."

"예를 들면 어떤 걸요?"

"일단, 저희는 그분이 어디 사는지도 모릅니다."

워드의 표정이 어두워졌다.

"어디 사는지 알아내서 찾아가 신문하고 괴롭히고 겁을 주려는 겁니까? 나는 절대 용납 못 합니다. 허튼소리를 늘어놓고 싶거든 나한테 하고 그녀는 건드리지 말아주십시오. 그녀는 빼달라고요. 알겠습니까?"

"빼드릴 수가 없습니다. 그분이 이 사건의 중심이자 목표물이자 타깃이니까요. 당신이 아니라 그분입니다."

캐머런은 더듬거려가며 알맞은 단어를 찾으려고 애를 썼다.

"요령 있게 대처하겠습니다. 경찰은 온갖 일들을 접하다 보니 많은 것들을 이해합니다. 살다 보면 원치 않는 관계가 생길 수 있다는 것도 알고요. 선을 넘지 않도록 조심하겠습니다, 워드 씨……."

캐머런은 참을성 있게 말했다.

워드는 그 말에 명예가 훼손되기라도 한 것처럼 허리를 꼿꼿이 세우고 앉았다. 이제는 태도가 몹시 심각하고 진지했다.

"당신은 이해 못 합니다. 절대 이해 못 합니다. 내가 아내 몰래 저질스러운 불륜을 저지르고 있다고 생각하십니까?"

그는 넌더리를 내며 헛기침을 했다. 그러더니 소용없다는 듯이 다시 의자에 몸을 묻었다.

"남자들끼리는 사생활을 공개하지 않는 법이죠."

"하지만 상대가 아주 가까운 사람의 목숨을 보호하려는 경찰이라면 이야기가 달라지지 않을까요?"

캐머런은 요령 있게 접근했다.

워드는 잠깐 고민하다 마침내 고개를 끄덕였다.

"네, 그렇겠네요. 예전에는 한 번도 그럴 필요가 없었지만요."

그가 시인했다.

"전반적인 배경 정보만 알려주시면 됩니다."

캐머런은 설득 조로 말하면서 상대방이 입을 닫으면 어쩌나 하는 두려움에 숨을 죽였다.

워드는 결국 이야기를 해주었다. 과거의 편린들을 돌아보며 상념에 젖느라 듣는 이의 존재조차 잊어버리는 무아지경의 경지였다.

"나는 마틴을 먼저 만났습니다. 결혼하기 훨씬 전부터요. 그녀가 첫사랑이자 마지막 사랑입니다. 유일한 사랑이죠."

그는 책상 위에 연필의 뾰족한 쪽을 대고 세우며 계속 연필을 쳐다보았다. 그러다 하던 걸 멈추고 물었다.

"생사가 걸린 문제입니까?"

"생사가 걸린 문제입니다."

캐머런은 상대방을 배려하는 차원에서 시선을 내리깐 채 대답했다.

"나는 루이즈를 사랑한 적 없습니다. 그녀와의 결혼은 차선책이었죠. 아니, 선택의 여지가 없었다고 할까요? 뭐라고 표현하면 좋을지 모르겠네요. 그전에는 곁에 항상 마틴이 있었습니다. 평생 마틴이 있었죠. 하지만 우리는 바보처럼 여유를 부렸어요. 나에게는 그녀, 그녀에게는 나뿐이라고 철석같이 믿었기에 여유를 부렸죠. 내년에 하자고. 다시 내년에 하자고. 그 '내년'이 절대 오지 않더군요. 어느 순간 정신을 차리고 보니 너무 늦어버린 겁니다. 그녀가 날 거부했어요. 우리 둘 사이에 어떤 변화가 생긴 겁니다. 적어도 그녀는 그렇다고 생각했어요. '이제는 당신 뜻에 따르지 않겠어'라고 그녀가 말했어요. 그러면서 날 거부했어요. 기다리고 또 기다려도 계속 거부했죠. '내년'이 계속 찾아오는데 우리는 여전히 혼자였어요. 그녀가 나더러 다른 여자와 결혼을 하라더군요. 그게 자기 소원이라고. 내가 계속 혼자 지내는 게 싫다고. 우리 둘 중 한 명이라도 결혼을 하면 자기가 조금이나마 행복해질 것 같다고. 나는 전부터 그녀가 행복해할 만한 일이라면 뭐든 했어요. 그래서 이번에도 시키는 대로 했죠. 시키는 대로 한 건 그게 마지막이었죠. 후에 만난 루이즈와 결혼한 겁니다."

"부인께서는?"

"아내는 마틴에 대해 몰라요. 마틴이라는 여자가 있었다는 건 알죠. 지금도 여전하다는 건 몰라요. 마틴은 아내의 경쟁 상대가 아닙니다. 나는 결혼한 이래 아내에게 신의를 지켰어요. 하지만 아내도 마틴의 경쟁 상대가 아니긴 마찬가지죠. 내 사랑은 마틴이고, 다른 어느 누구도 사랑이 될 수 없으니까요."

그는 연필을 세우려던 것을 멈추고 주머니에 넣었다.

캐머런은 그를 쳐다보지 않았고, 그도 캐머런 쪽을 쳐다보지 않았다. 시선을 X자로 교차하고 있는 두 사람 모두 생각에 잠겼다.

"이제 다 털어놓았습니다. 부끄럽네요. 술집에서 술기운에 고백이라도 한 것처럼."

마침내 워드가 한숨을 쉬었다.

"아닙니다. 생사가 걸린 문제인걸요. 사람들은 두 가지 경우에 속을 털어놓게 되어 있습니다. 마음의 평화가 위태로우면 교회를 찾아가죠. 목숨이 위태로우면 경찰서를 찾아가고요. 좀 전에 당신은 그렇게 한 거예요."

캐머런은 수첩을 꺼내 받아 적을 준비를 했다.

"아, 이제 기본적인 사항들을 몇 가지 알려주시면 되겠습니다. 어디 사는지."

"아뇨. 그녀의 일상이 깨지는 것은 싫습니다. 사생활을 침해당하고 불안해지는 것은 싫습니다. 그건 용납할 수 없습니다."

워드가 말했다.

"저희는 그분을 보호하려는 겁니다. 예방 조치를 취해야……."

"당신의 주장은 별로 설득력이 없어요. 그자가 누구인지, 어디 사는지, 어떤 사람인지, 심지어 어떻게 생겼는지도 모른다면서요. 그렇게 황당한 이야기는 처음 듣습니다. 5월 30일에는 하루 종일 괜찮지만, 5월 31일에는 하루 종일 조심해야 한다니요. 그러다 6월 1일이 되면 괜찮아질 거라니 무슨 일기예보도 아니고."

뭔지 모를 게 그의 웃음보를 건드렸다. 웃음을 터뜨린 그는 멈추지 못했다. 고개를 젖히고 껄껄대며 웃었다. 책상까지 때리며 웃었다.

캐머런은 그를 말리지 않았다.

"시간이 걸리겠군요. 알겠습니다."

그는 자리에서 일어섰다.

"괜찮습니다. 아직 시간이 있으니까요."

그는 다음날 다시 찾아갔다.

워드는 그를 보더니 씩 하고 웃었다.

"오늘도 유령 이야기를 시작할 작정입니까?"

"이걸 보여드리고 싶어서요."

캐머런은 조용히 말했다.

그는 신문 기사, 신문에 실린 사진, 영안실 사진을 책상 위에 펼쳐놓았다.

워드는 장난스럽게 쿡쿡거리며 그것들을 훑어보았다.

"이분, 아시죠?"

캐머런이 손가락으로 가리키며 물었다.

워드는 고개를 끄덕였다.

"이분 따님이 사망했습니다."

워드는 차분한 눈빛으로 그를 올려다보았다.

"압니다. 제삼자를 통해서 언뜻 들었어요. 안타까운 일이죠. 하지만 있을 수 있는 일 아닙니까. 그게 저와 무슨 상관입니까? 나는 딸이 없습니다. 그리고 마틴은 타락한 자에게 이성을 잃는 불운을 겪을 사춘기 소녀도 아니고요. 이 일도 그런 종류 아닙니까."

캐머런은 다른 인물을 손가락으로 가리켰다.

"이 사람도 아시죠?"

그는 비난조로 물었다.

"아주 살짝요. 그 이야기도 들었습니다. 전쟁 피로증이었다면서요. 먼저 아내를 죽이고 자기도 자살했다고요. 동반 자살 협약에서 저를 구하고 싶으신 거라면 몇 년 전, 전쟁 때 찾아오셨어야죠."

그는 신문 기사를 옆으로 치워버렸다.

캐머런은 신문 기사를 다시 책상 정중앙으로 가져왔다.

"적힌 날짜에 주목해주십시오."

그는 꿈쩍하지 않았다.

“아하. 거기서 영감을 얻으신 거로군요. 우연의 일치일 뿐입니다. 두 사건의 간격이 이 년이네요.”

“그리고 그 중간에 이 사건이 있었습니다.”

캐머런은 인내심을 발휘하며 말했다.

워드는 어깨를 으쓱했다.

“그가 정부를 살해했죠. 그 죄로 전기 의자에서 처형당했고요. 그런 짓을 저지르면 그런 벌을 받아야한다고 법으로 정해져 있지 않습니까? 그걸 가지고 왈가왈부하는 이유가 뭐죠?”

“날짜요.”

“이번에는 날짜가 전혀 다른데요. 잘못 짚으셨네요.”

“처형 날짜가 아니라 범행 날짜 말입니다.”

“정말이지…….”

워드는 사람은 좋지만 고집이 셌다. 더이상 들으려 하지 않았다.

캐머런은 자리에서 일어섰다.

“좋습니다. 아직 시간이 있으니까요.”

“여기, 이거 가지고 가셔야죠.”

“안 보시렵니까?”

워드는 고개를 저었다.

“지금 시간 낭비하시는 거예요.”

“아뇨. 제 사전에 시간 낭비란 없습니다.”

그가 사무실을 나섰을 때까지 워드는 활짝 웃고 있었다.

다음날에도 그는 찾아갔다.

이번에는 워드가 그를 보아도 살짝 미소를 짓고는 그만이었다. 그마저도 별로 자신 없는 미소였다.

"이것 보세요, 경위님. 경위님이 신경에 거슬리기 시작하는데요. 나는 사업가이고 할 일이 있는 사람입니다. 그런 일에 신경쓸 여유가……."

"제가 신경에 거슬리는 겁니까 아니면 다른 게 신경에 거슬리는 겁니까?"

캐머런이 조용히 물었다.

"경위님이 라디오 시보처럼 날마다 규칙적으로 집요하게 찾아와서 내 사무실을 공포의 집으로 바꾸어놓고 있지 않습니까."

"이 보고서를 보여드리고 싶어서요."

워드는 보고서를 한두 줄 읽었다.

"사망진단서로군요. 나는 알지도 못하는, 한 번도 본 적 없는 여자의."

그는 성급한 결론을 내렸다.

"남편하고는 아는 사이였잖습니까. 이름을 보셨겠지요."

"그랬죠. 하지만 보고서에 적힌 바로는 사인이……. 그 증상으로 죽는 사람이 한 해에 몇 명이나 됩니까, 경위님?"

"다른 사람들은 우연히 감염이 된 거고요. 그녀는 살인 의도를 가진 자에 의해 감염이 된 것입니다."

"그걸 증명할 수 있었습니까?"

"제가 증명할 수 있었더라면 이 사건이 그때 끝이 났겠죠."

캐머런은 솔직히 시인했다.

"그러니까요. 오늘은 이걸로 끝인가요?"

워드는 냉담하게 대꾸하고 진단서를 돌려주었다.

"당신이 결정하기 나름입니다."

"알겠습니다. 그럼 이것이 마지막인 것으로 하겠습니다."

캐머런이 나가면서 문을 닫았을 때 워드는 더이상 웃지 않았다.

캐머런이 내려가려는데 엘리베이터가 곧바로 오지 않았다. 서서 기다리는데, 복도 끝에 달린 간유리문이 홱 하니 열리더니 접수원이 달려나왔다.

"사장님께서 다시 와달라고 하세요. 지금 당장요!"

그녀가 숨을 헐떡이며 말했다.

무너졌군. 캐머런은 만족스럽다는 의미로 한숨을 쉬며 생각했다.

워드는 술을 한 잔 마신 참이었다. 표정으로 보건대 한 잔 더 마셔야 할 듯했다.

"문 닫으세요."

그는 떨리는 목소리로 말하고 의자에 풀썩 주저앉았다.

"이런 효과를 노리신 건지 모르겠습니다만, 성공하셨네요."

그가 비난조로 말했다.

"이제 겁이 납니다. 정말로 겁이 납니다."

"정신 차리셨네요, 워드 씨. 드디어 정신을 차리셨네요."

"시간이 얼마나 남은 겁니까?"

"충분합니다."

"왜 지난 며칠 동안 허송세월하도록 저를 내버려두셨습니까?"

"제가 그동안 어떤 노력을 기울였던가요?"

워드는 이마를 훔쳤다.

"맙소사! 그녀에게 무슨 일이라도 생기면……."

"저희한테 맡기면 아무 일도 없을 겁니다. 이제 그분의 집으로 안내해주시겠습니까? 드디어 그럴 마음이 생긴 겁니까?"

"지금 당장 갑시다. 지금 당장."

그는 문을 열기 전 캐머런을 잠깐 잡았다. 애처롭게 소맷부리를 붙잡았다.

"그녀가 꼭 알아야 할까요? 그녀에게 꼭 알려야 할까요? 모든 그늘로부터 그녀를 보호하려고 애써왔는데. 알리기 싫습니다."

캐머런은 약속했다.

"그분에게는 비밀로 할 수 있도록 최선을 다하겠습니다. 그럴 수 있다면요."

그곳은 단독주택이었다. 캐머런의 예상이 빗나갔다. 남자들이 애인을 숨길 때 종종 애용하는 호화롭고 사치스러운 아파트에 살고 있을 줄 알았던 것이다. 건전하고 소박한 분위기에 관리가 잘되어 있는 집이었다. 쾌적해 보이는 석회암 전면, 안 보일 정도로 깨끗하게 닦은 유리창, 그 뒤로 드리운 깔끔한 거즈 커튼, 창턱마다 놓인 화분. 워드가 캐머런에게 그녀를 소개하며 썼던 표현과 잘 맞아떨어졌다. 남몰래 만나는 불륜 상대가 아니라 일생일대의 사랑이라고 하지 않았던가.

초인종을 누르자 어머니 같은 분위기를 풍기는 오십 대 초반의 여자가 문을 열었다. 앞치마를 두르거나 눈에 띄는 유니폼 대신 깔끔한 꽃무늬 홈드레스를 입고 있었지만, 가정부 겸 말동무인 게 분명했다.

"어머나, 워드 씨! 마틴이 좋아하겠어요!"

그녀가 행복에 겨운 목소리로 외쳤다.

"이쪽은 제 친구 캐머런 씨예요. 이쪽은 바크먼 부인."

워드가 살짝 긴장한 목소리로 말했다.

"들어오세요. 짐은 저 주시고요."

그녀는 부산을 떨었다.

"당연히 점심 드시고 가실 거죠?"

그녀가 두 사람 모두에게 물었다.

"글쎄요……."

워드는 애매하게 대답하며 어떻게 하느냐는 눈빛으로 캐머런을 쳐다보았다.

"제가 올라가서 데리고……."

"아닙니다. 어디, 2층에 있나요? 올라가서 깜짝 놀라게 하려고요."

"그럼 저는 요리사한테 알릴게요. 점심 드시고 가세요."

그녀는 명령하듯 말하며 워드의 팔에 잠깐 손을 얹었다.

"벌써 12시 오 분 전이잖아요. 그런데 그냥 보낼 수 있겠어요? 마틴이 좋아할 거예요. 정말 행복해할 거예요."

올라가는 길에 캐머런이 주의를 주었다.

"이제 마음을 가라앉혀요. 안절부절못하고 있잖아요. 그분이 아무것도 알아차리지 못하길 바란다면서요?"

"도와주세요. 도와주십시오."

그는 처량하게 말했다.

캐머런은 워드의 어깨에 잠깐 팔을 올렸다가 내렸다. 워드가 딱하게 느껴졌다. 그는 지금까지 그런 사랑을 만난 적이 없었다. 그런 사랑이 존재한다는 이야기는 들었지만, 반신반의했었다.

워드가 방문을 두드렸다. 그는 어느 방문을 두드려야 하는지 알고 있었다.

노크 소리만으로도 그의 존재를 짐작하고 뛸듯이 기뻐하는 사랑스럽고 감미로운 목소리가 들렸다.

"들어오세요."

그가 문을 열자 그녀가 보였다.

앞 창문에서 그녀를 향해 햇볕이 쏟아지고 있었다. 그녀는 창가에 앉아 있었다. 그래서 그녀의 주변에 후광 비슷한 게 만들어졌다. 아니, 비스듬하게 비추는 햇살이 아니라 그녀가 후광을 만들어내는 것 같았다.

그녀가 두 사람을 향해 고개를 들었다. 아름다웠다. 눈부시게 아름다웠다. 일생일대의 사랑이 될 만하다고 캐머런은 생각했다. 미모의 핵심은 어린아이 같은 순수함이었다. 성숙한 관능미나 이국적인 분위기가 아니었다. 늘 감탄하고 신뢰하는 영원한 어린아이의 모습이 젊은 여자의 껍데기 사이로 언뜻언뜻 드러났다.

그녀는 워드를 보고 있었다. 캐머런은 어깨를 나란히 하고 바로 옆에 서 있었다. 하지만 그녀가 보고 있는 사람은 워드였다.

"누구랑 같이 왔네요."

그녀가 말했다.

그녀는 앞을 전혀 보지 못했다.

캐머런은 그때까지 취한 조치를 상사에게 보고했다.

"네 명을 그녀의 집에 배치했습니다. 2인 1조로 짝을 이루고 야간과 주간으로 나누어 스물네 시간 동안 집을 지키고 있습니다. 한 명은 전부터 이 집을 드나들었던 보일러 기술자를 대신해 난방을 조절하고 있습니다. 원래 드나들던 보일러 기술자에게는 돈을 주어

발을 끊도록 했고요. 모든 자물쇠를 교체했고, 앞뒤로 도처에 전자 경보 장치를 설치했습니다. 어떤 배달부도 출입 금지입니다. 제 허락 없이는 어느 누구도 대문을 출입할 수 없습니다. 워드는 예외입니다만 심지어 그도 하루에 두 번, 정해진 시간에만 방문할 수 있습니다. 특히 해가 진 뒤에는 전처럼 아무때나 드나들 수 없습니다."

그는 칭찬을 기다렸지만 어떤 칭찬도 돌아오지 않았다. "그걸로 끝인가?"가 다였다.

"아니요. 밖에서도, 적어도 바로 앞 대로에서만큼은 그 집을 감시하고 있습니다. 어떤 차가 지나가거나 누가 근처에서 얼쩡거리면 알 수 있지요. 건너편 집에는 병력을 심어놓지 못했습니다. 하숙생을 받는 집이 아니라서요. 하지만 지붕에 두 명을 올려 보내 데드라인이 지날 때까지 가짜로 보수 작업을 하게 만들어놓았습니다. 거기에서 내려다보면 이쪽 모퉁이에서부터 저쪽 모퉁이까지 거리가 한눈에 들어옵니다. 송수신 겸용 무전기를 들고 올라갔기 때문에 아래쪽과 무전을 할 수 있습니다. 고성능 조명으로 아래를 비출 수도 있고요."

"반입되는 음식물도 예의 주시해야 할 거야. 개리슨의 아내를 기억하도록. 소포도 조심해야지. 폭발물이 담겨 있을 수도 있으니까."

"추후 통지가 있을 때까지 해당 주소지로 가는 모든 우편물 배달을 중단해달라고 동네 우체국에 일러두었습니다. 요리사는 열흘

전에 내보냈습니다. 몇 년 동안 거기서 일한 여자 요리사였지만 내보내는 게 낫겠다 싶어서요. 아무것도 모르는 상태인 요리사가 남자를 만나 어울리거나, 신원을 보장할 수 없는 친척이 있을지 모르잖습니까. 여경을 요리사로 배치해 장을 보고 음식 준비하는 걸 맡겼습니다."

"말동무는? 그 아가씨가 따른다는 바크먼 부인 말일세."

"아가씨는 그 부인을 B 부인이라고 부르죠. 집 일손 중에서 유일하게 부인만 남겨두었습니다."

캐머런이 말했다.

"부인에 대해서는 장담할 수 있나?"

"제 목숨을 걸고 보증할 수 있습니다. 그녀에게는 의혹의 여지가 전혀 없습니다. 한 개 대대를 동원해 부인이 태어났을 때 시청에 등록한 출생증명서까지 철저하게 조사했습니다. 어렸을 때 홍역에 걸렸던 것하며 어떤 건물에 있는 초등학교에 다녔고 선생님들은 누구였는지까지 알아냈죠. 그녀는 열다섯 다리 건너 사촌조차 없는 무연고자입니다. 남편은 결혼하고 일 년 만에 미국-스페인 전쟁에서 황열병으로 전사했고요. 그 아가씨가 어렸을 때부터 한집에 살았습니다. 아가씨는 십 년인지 십이 년 동안 부인 없이는 외출한 적이 없는 듯합니다. 부인은 자기 삶이라는 게 없습니다. 아가씨가 삶의 전부죠. 그렇다 하더라도 일시적이나마 내보낼까 했는데, 워드와 의논한 결과 득보다 실이 많다는 데 의견의 일치를 보았습니다.

아가씨에게 불필요한 충격과 공포를 안길 뿐 아니라 보안의 관점에서도 불이익이 따르니까요. 부인으로 말할 것 같으면 그 아가씨에게 어찌나 헌신적인지 파수꾼으로서 우리보다 더 훌륭합니다. 우리 병력이 한 명 더 추가된 셈이죠."

"그게 전체적인 상황이란 말이지?"

"네, 그렇습니다. 외부와 내부를 모두 감시중입니다. 우리 병력과 B 부인 말고는 집에 외부인은 없습니다. 집을 요새로 바꾸어놓았습니다. 누구도, 무엇도 깨뜨릴 수 없는 요새로요."

캐머런은 설명을 마쳤다.

"아직까지는 순조롭군."

그가 상사에게 들은 말은 이것이 전부였다.

"하지만 한 가지 기억해야 할 게 있어. 그곳을 지키는 사람들이 훌륭해야 훌륭한 요새가 될 수 있다는 거."

그러면서 그는 캐머런을 똑바로 쳐다보았다.

목요일 8시에 눈을 떴을 때(평소 기상 시각이었다) 워드는 복안을 실행에 옮기게 될 줄은 아직 모르고 있었다. 목요일은 15일이었다. 갑작스럽게 내린 결정이었다. 아니, 갑작스럽게 수면 위로 떠오른 발상이었다. 며칠 동안 잠복해 있었을 것이다. 분명 그랬을 것이다. 그러다 점점 커졌을 것이다. 하루가 지나고, 시간이 지날수록.

그는 수염을 깎았다. 샤워를 했다. 옷을 갈아입었다. 파란색 바탕에 회색 꽃무늬가 있는 얇은 명주 넥타이를 골랐다. 레지멘탈 스트라이프 실크 넥타이와 고민하다 고른 것이었다.

"저건 내일 매야지."

그는 혼잣말처럼 중얼거렸다. 그 복안을 실행에 옮기게 될 줄 아직 모른다는 증거였다.

그는 1층으로 내려갔다. 아침상이 있었다. 아내도 있었다. 신문도 있었다. 1번보다는 3번에, 2번보다는 1번에 관심이 쏠렸지만, 깍듯하게 속마음을 감춘 채 1, 2, 3번 모두에게 똑같이 관심을 보이되 신문에만 살짝 더 무게를 실었다.

그는 아내에게 입을 맞추고 담소를 나누었다. 다정하고 유쾌하지만 진심은 담기지 않은 대화였다. 최소한 악감정은 없었다. 하지만 서로에게 매력도 없었다. 그들은 서로에게 별 관심이 없는 교양 있는 부부에 불과했다.

그는 사무실을 향해 나섰다. 신문을 들고 서류 가방도 들고 나갔다. 옆방을 향해 "다녀올게, 루이즈"라고 했다. 그 길로 그녀와 영영 이별일 줄은 몰랐다. 알았더라도 똑같은 목소리로 옆방을 향해 "다녀올게, 루이즈"라고 했겠지만.

그는 그 복안을 실행에 옮기게 될 줄 아직도 모르고 있었다.

그는 문 앞에서 대기중이던 차에 올라탔다. 사무실로 가는 길에 신문을 읽었다.

무슨 이유에서인지 날짜가 관심을 사로잡았다. 오늘 처음 그러는 것은 아니었다. 앞으로 십육 일 남았다. 내일이면 십오 일이 남을 것이다. 몸을 숨길 만한 데가 많고 많은데, 왜 여기서 이렇게 기다리고 있어야 하는 걸까? 우리에 갇힌 다람쥐처럼.

문득 그는 복안을 실행에 옮겨야겠다는 생각이 들었다.

그는 유리 칸막이를 두드렸다. 기사가 뒤를 돌아보았다. 워드는 차를 길가에 세우라고 손짓했다.

그는 차에서 내려 문을 닫았다.

"됐네. 기다릴 것 없어."

그가 무뚝뚝하게 말했다. 차가 있으면 거추장스러웠다. 차를 알아보는 사람이 있거나 정체가 탄로 날 수 있었다. 그가 아는 한, 지금 이 순간에도 감시당하고 있을 것이다.

놀란 얼굴의 기사는 차를 몰고 사라졌다.

워드는 택시로 갈아탔다. 택시를 타고 주거래 은행으로 갔다. 계단을 이용해서 금고가 있는 지하로 갔다. 신분 증명을 위해 서명하고 확인을 거친 뒤 안으로 들어갔다. 지금 같은 상황에서는 이런 식의 보안 조치가 두 배로 감사했다.

그는 조그만 칸막이 공간에 혼자 들어가서 대여 금고를 앞에 두고 황급하지만 체계적으로 뒤졌다. 루이즈의 보석. 그건 필요 없었다. 인장이 찍힌 주황색 제너럴 모터스 주식 뭉치. 그것도 옆으로 치웠다. 현금화하려면 시간이 많이 걸렸다. 초콜릿색 아메리칸 텔 앤드 텔 주식 뭉치. 마찬가지로 시간이 너무 많이 걸렸다. 굿이어.

제너럴 일렉트릭. 이것들 역시 폐기 처분됐다. 그의 아내 루이즈가 수령인으로 지정된 칠만오천 달러짜리 보험 증서. (그는 그 증서를 보기만 해도 겁이 나는 듯 몸서리를 쳤다.)

잠시 후 제일 밑바닥에 있던 국채가 등장했다. 그가 찾는 것이었다. 여기에 온 이유였다. 금액은 오만 달러. 마음만 먹으면 그 자리에서 당장 현금으로 전환할 수 있었다. 전 세계 어디에서나 통용됐다.

그는 허둥지둥 1층으로 올라가 지점장실에서 지점장을 만나고 싶다고 면담을 요청했다.

십 분 뒤에 그는 오만 달러 상당의 신용장을 주머니에 넣고 은행을 나섰다. 십육 일. 몸을 숨길 만한 데가 많고 많은 세상. 죽음을 앞두고 있는 칠면조는 갇혀 있는 우리에서 빠져나오지 못한다. 하지만 죽음을 앞두고 있는 사람은 지구 끝까지 달아날 수 있다. 죽음이 무엇인지 알기에. 신에게 그만 한 지적 능력을 받았기에.

그는 다시 택시를 타고 여행사 앞까지 갔다. 여행사 직원에게 오십 달러를 찔러주고 똑같은 금액을 더 주기로 약속했다. 이런 경우 통상적으로 하듯 이름과 주소와 전화번호를 남기지 않는 대가였다. 그는 다음날 직접 찾아오겠다고 했다. 계약 진행상 필요한 경우에는 직원이 브로이어라는 자기 이름을 쓰기로 했다. 직원은 자기도 모르는 새 그 자리에서 워드의 후견인이 되었다.

워드는 그러고 나서 사무실로 향했다. 그날 잡혀 있던 모든 약속을 취소했다. 계류중이거나 새로 시작한 업무는 무시하고 전부터 진행중이었거나 미루어두었던 일들을 끝마치는 데 집중했다. 익숙해서 남들보다 훨씬 쉽게 끝마칠 수 있는 일들이었다.

그는 점심을 건너뛰고 이른 오후까지 계속 일을 했다. 그러다 3시가 됐을 때 중단했다. 너무 피곤해서 더이상 할 수 없었기 때문이었다. 마지막으로 한 일은 안에서 사무실 문을 잠근 다음 녹음기에 대고 동업자에게 사직의 뜻을 밝히며 회사 지분을 그에게 넘긴다는 메시지를 남긴 것이었다.

"……신의 가호가 따르길 바라겠네, 제프."

녹음기를 껐을 때 눈에는 눈물이 맺혀 있었다. 남자들도 사업을 하다 감상에 젖을 때가 있다.

3시 15분에 그는 하루 일과를 마감했다. 아니, 남은 생을 마감했다고 보아야 할 것이다.

이번에는 목적지가 훨씬 애지중지하는 곳이라 위험 부담이 컸기 때문에 아침보다 더 뱅뱅 돌아서 갔다. 택시를 두 번 갈아타고 중간에 상점 등의 장소에 숨어서 시간을 보내며 흐름을 깨뜨렸다.

사무실을 나서면서 습관적으로 들고 나온 서류 가방 말고는 수중에 아무것도 없었다. 그는 맨 처음 서류 가방의 존재를 알아차렸을 때 버리려는 목적으로 첫 번째 택시에 두고 내렸다.

하지만 택시 기사가 그를 불러 "손님, 서류 가방 두고 내리셨어요" 하며 건네는 바람에 좌절됐다.

가방을 절대 잃어버리지 않으려고 했더라면 택시에 두고 내려도 기사가 알아채지 못했을 텐데. 워드는 이렇게 삐딱한 생각이 들었다.

두 번째로 탄 택시에서 다시 시도했지만, 이번에는 그가 내리자마자 올라탄 여자가 차창 너머로 날카롭게 외치며 억지로 그의 손에 쥐여주었다.

삼차 시도에서 좌석 등받이 밑에 숨긴 덕분에 드디어 처치할 수 있었다.

택시가 마틴의 집 앞에서 멈추자 그는 걱정스러운 눈빛으로 길거리를 이쪽저쪽 훑어보지 않으려고 안간힘을 쓰며 서둘러 집안으로 들어갔다. 감시당하고 있다 한들 알아차릴 방법이 없었다. 그는 감시당하는 데에 익숙하지 않은 반면 감시병들은 감시하는 데에 익숙할 터였다.

바크먼 부인이 평소처럼 호들갑스럽게 맞았지만, 그는 조용히 시키고 나지막이 지시 사항을 전달했다.

"그녀와 단둘이 있어야 해요. 할 얘기가 있거든요. 계단을 지키고 서서 아무도 우리 근처에 못 오게 하세요."

그녀는 항상 그를 위해 외부인들과 싸웠던 사람답게 고개를 끄덕였다.

마틴은 고개를 살짝 모로 꼬고 앉아서 손가락으로 책을 읽고 있었다. 손끝의 감각으로 느끼는 게 아니라 소리를 듣는 것 같은 자세였다.

네크라인에 까만색 리본이 달린 노란색 원피스를 입었고, 한쪽 귀 바로 위에 (아마도) 바크먼 부인의 솜씨일 듯한 앙증맞고 조그만 노란색 리본을 달고 있었다.

"앨런?"

그의 발소리에 문지방이 울리자 그녀가 물었다. 그녀의 얼굴에서 햇살이 퍼져 나왔다. 햇살이 얼굴 위에서 반사되는 게 아니라 안에서 밖으로 환하게 퍼졌다.

"내 작은 마티."

그는 흐느꼈다.

그는 그녀를 한참 동안 꼭 끌어안았다. 그녀는 그것만으로도 무슨 문제가 생긴 것을 알 수 있었다.

"왜 그래요, 앨런? 왜 그래요?"

그녀가 달래듯이 물었다. 그러면서 많은 정보를 알려주는 똑똑한 손끝으로 얼굴을 더듬었다.

"당신이 조금 놀랄 만한 이야기를 할 거야."

그녀가 마음의 준비를 하기 위해 의자에 앉았다. 그는 이중으로 꼭 잡은 그녀의 두 손을 놓지 않은 채 옆에 무릎을 꿇고 앉아서 언성을 높일 필요가 없도록 그녀와 머리를 맞댔다.

"나를 떠날 거예요? 어두운 곳에 나 혼자 남겨지는 거예요?"

"절대 그럴 일은 없어. 내가 살아 있는 한. 그건 오래전에 한 맹

세이고 끝까지 지킬 거야."

"그럼……?"

"당신을 나한테서 빼앗아가려는 사람이 있어."

"어떤 식으로요? 무슨 수로 그럴 수 있어요?"

"무슨 수로 그럴 수 있겠어? 유일한 방법이 뭐겠어? 생각해봐."

"죽음."

그녀는 소스라치게 놀라며 내뱉었다.

"그거야. 바로 그거야. 그게 유일한 방법이지."

그녀는 고개를 힘껏 앞으로 내밀어 그의 가슴에 묻었다. 바짝 다가가 깊숙이 고개를 묻으려고 외투 옷깃과 셔츠 앞부분을 잡아당겼다. 두려움에 그녀의 호흡이 가빠졌다. 그가 꼭 끌어안고 진정시키려고 했지만 부들부들 떠는 것을 느낄 수 있었다.

"안 돼. 안 돼. 안 돼. 안 돼."

그는 겁에 질린 아이를 달래는 것처럼 기계적으로 중얼거리며 그녀를 달래고 달랬다.

"아무리 어둠 속에 갇혀 지내도, 죽는 것보다는 사는 게 더 좋은데. 왜 그 작은 것마저 나한테서 빼앗아가겠다는 거예요?"

"안 돼. 안 돼. 안 돼."

그가 할 수 있는 말은 이것뿐이었다.

"내가 무슨 짓을 했다고 그러는 거예요?"

"당신이 아니라 나 때문이야. 나도 내가 무슨 짓을 했다고 그러는 건지 전혀 모르겠지만……."

"누군데요?"

그녀가 이내 물었다.

"몰라. 경찰에서도 몰라. 얼굴을 모르는 사람이야. 경찰도 얼굴을 모른대. 어떤 사람, 아니, 예전에는 사람이었지만 지금은 살인기계가 된 자야. 안락사를 시켜야 할 골칫덩어리 환자. 분명 그런 작자일 거야. 아니면 어느 누가 당신을 해치려 하겠어?"

그녀는 조금씩 안정을 되찾았다. 여전히 가슴에 고개를 묻고 있었지만 그래도 차츰 안정을 되찾았다. 그는 그녀의 곁을 떠났다. 잠시 후 유리 마개가 뽑히면서 현악기 소리를 냈다. 그가 돌아왔다.

"이거 마셔. 그런 다음 내 말 잘 들어."

"이게 뭔데요?"

"브랜디 아주 조금이야."

그가 얼마 안 되는 술을 그녀의 입술에 대고 먹여주었다.

"이제 내 말 잘 들어. 당신 귀에다 대고 속삭일게. 아무도 듣지 못하게. 잠깐, 문부터 잠가야겠다."

그는 문으로 다가가 열쇠를 돌렸다. 펼친 손수건을 문손잡이에 걸어서 손톱만 한 열쇠 구멍 틈새로도 안을 들여다볼 수 없게 했다.

그런 다음 그녀에게로 돌아가 한쪽 무릎을 꿇고 옆에 앉아서 귀에 입을 바짝 갖다 댔다.

그녀는 이내 고개를 끄덕이기 시작했다.

"네, 그럼요. 당신한테 목숨을 맡길게요. 당신이 내 목숨과도 같은걸요."

다시 그녀가 고개를 끄덕이자 그의 속삭임이 이어졌다.

"알겠어요. 당신이 하라는 대로 할게요. 뭐든 할게요. 아니, 두렵지 않아요. 당신과 함께라면 두렵지 않아요."

비밀의 속삭임이 결론 부분에 다다르자 그가 살짝 언성을 높였다. 드문드문 한두 마디가 들렸다.

"유일한 희망…… 아무한테도…… 절대 입도 벙긋하지 말아야…… 심지어 B 부인한테도……."

그런 다음 비로소 그녀에게 입을 맞추었다. 뭔지 알 수 없는 다짐을 위해 이마에, 눈꺼풀에, 마지막으로 입술에 입을 맞추었다.

"저들은 당신을 데려가지 못할 거야."

그가 열띤 목소리로 말했다.

"당신을 해치지 못할 거야. 내가 당신을 데리고 세상 끝까지 달아날 테니까."

그녀는 정성스럽게 머리를 빗었다. 그 정도는 혼자 할 수 있었다. 이상하게도 늘 거울 바로 앞에 서서 머리를 빗었다. 오랜 습관이었다. 그녀의 눈에는 거울이 보이지 않는데도 그랬다.

그런 다음 B 부인이 옷가지를 펼쳐놓은 의자 쪽으로 걸어갔다.

감촉으로 보건대 B 부인이 오늘 골라놓은 옷은 까만색 모직 원피스였다. 그녀의 손가락이 알려준 정보였다. 이 정도는 놀라운 수준이 아니라 기본이었다. 그녀가 아는 직물, 그녀가 아는 단추, 그녀가 아는 소매와 옷깃이었다. 그녀는 모든 옷을 손끝으로 기억하고 있었다. 남의 말을 들어야 알 수 있는 부분은 딱 하나, 색상이었다. B 부인이 이 옷은 까만색이라고 했다. 그녀는 옷을 입었다.

이제 옷을 다 갈아입었다. 그녀는 마음만 먹으면 립스틱을 훌륭하게 바를 수 있었지만 한 번도 바른 적이 없었다. 그녀는 망설임 없이 방문을 열고 밖으로 나갔다. 한 치의 오차도 없이 아침 식탁, 자기 의자를 찾아가 의자를 꺼낸 다음 B 부인이 차려놓은 아침상을 마주하고 앉았다.

그녀는 이 모든 것을 혼자 할 수 있었다.

그녀는 손을 내밀고 오렌지주스 잔을 찾아서 입으로 옮겼다. B 부인은 잔을 늘 3분의 2만 채웠다. 그래야 쏟을 가능성이 줄기 때문이었다. 둘 중 아무라도 그녀의 장애를 유일하게 인정한 지점이 이 부분이었다. 그것은 두 사람 모두에게 자존심이 걸린 문제였다.

그녀는 토스트를 찾아 직접 버터를 발랐다. 커피는 B 부인이 따라주었지만(앞이 보이는 사람들도 남이 따라주는 커피를 마신다) 설탕과 크림은 그녀가 직접 넣었다. 이 두 가지는 섬세한 무게 감각과 균형 감각이 있기에 가능한 일이었다. 신기하게 들릴지 몰라도 그녀는 한 숟가락 분량을 상당히 정확하게 가늠할 수 있다. 수북이 담았는지 깎아서 담았는지까지. 물주전자에서 물을 얼마나 따랐는지는 주전자의 무게를 가늠하여 알았다.

두 사람은 여느 때처럼 이런저런 대화를 나누었다. B 부인이 조간신문을 읽어주었다. 그리고 잠시 후 아침 식사가 끝났다.

그가 (엄청난 수소문 끝에) 사다 준 선물 중에 정각마다 부드러운 종소리로 해당하는 시간의 숫자만큼 울려서 시간을 알리는 특이한 시계가 있었다. 유럽과 군대 방식에 따라 오후로 넘어가면 다시 1시로 돌아가는 게 아니라 24시까지 차근차근 전진하는 시계였다. 12시가 지나면 영리하게 종소리를 이중으로 냈다. 그래서 몇 시인지 아는 데 걸리는 시간이 늘 비슷했다. 괘종시계가 아니라 그녀가 이 방에서 저 방으로 마음대로 들고 다닐 수 있는 탁상시계라는 점도 특이했다.

그 시계가 지금 10시를 알렸다. 그녀는 숫자를 셌다. 그런 다음 그게 무슨 신호인 것처럼 B 부인에게 말했다.

"산책하고 싶어요. 상쾌한 공기를 마시고 싶어요. 오후까지 기다리지 말고 지금 나가요."

"아유, 좋죠."

B 부인은 냉큼 맞장구쳤다. 그녀가 창문 밖을 흘끗 내다보는지 아주 잠깐 정적이 흘렀다.

"날씨가 정말 화창하네요."

그들은 준비를 하러 흩어졌다. 그녀는 방으로 혼자 들어가 벽장에서 보석함을 꺼냈다. 반지 몇 개를 손수건에 끼워 핸드백에 챙겼다. 그에게 선물 받은 티파니 진주 목걸이는 목에 걸었다. 원피스의 네크라인이 높아서 안 보이게 감출 수 있었다. 그녀는 한 개를 더 꺼냈다. 나머지 브로치와 팔찌는 보석함 안에 그대로 두었다. 용케 허겁지겁 짧은 쪽지를 남길 시간이 있었다.

'이디스, 당신에게 주는 선물이에요. 이 쪽지를 잘 보관해요. 유언장이니까.'

그녀는 쪽지를 안에 넣고 보석함을 잠근 뒤 밀어넣었다.

그녀가 마지막으로 하려는 장신구는 혼자서 할 수 없는 거라 도움이 필요했다. 복잡한 잠금장치가 달려 있었다. 이것 역시 그가 준 선물이었다. 쓸모는 없을지 몰라도 추억이 깃들어 있었다. 값어치가 어마어마하긴 했지만 그녀에게 그것은 전혀 쓸데없는 부분이었다.

그녀는 B 부인을 불렀다.

"이것 좀 채워줄래요?"

"어머나, 다이아몬드 손목시계를 하려고요?"

B 부인이 탄성을 질렀다.

"예뻐 보이고 싶어서요. 화창한 날이잖아요. 예뻐 보여야 하는 날이잖아요."

마틴은 덤덤하게 말했다.

그녀가 이 시계를 분해해서 다이아몬드가 돌멩이라도 되는 양

땅바닥에 하나씩 떨어뜨리며 걷는다 해도 B 부인은 그냥 내버려둘 것이다. 그럴 것을 두 사람 다 알고 있었다.

마틴이 보호자의 손에 깍지를 끼고 함께 집을 나섰다. 둘 다 잘 차려입었으며 한쪽은 젊고 한쪽은 나이가 지긋했다. 누가 보았더라도 둘 중 한 명이 앞을 못 보는 줄은 몰랐을 것이다. 알아차렸다 하더라도 안경을 낀 나이 지긋한 쪽이 장애인인 줄 알았을 것이다.

B 부인이 조용히 인사를 건넸다.

“안녕하세요.”

상대방은 대답이 없었다. 인사 대신 모자를 들어 보이면 소리가 나지 않는 법이다.

몇 걸음 걸었을 때 B 부인이 다시 인사했다.

“안녕하세요.”

이번에도 역시 소리가 들리지 않았다.

하지만 그때부터 두 명의 나지막한 발소리가 메아리처럼, 소리를 죽인 베이스 반주처럼 그들을 따라왔다.

“지금 우리 어디예요?”

이내 마틴이 물었다.

“길모퉁이예요. 블록을 크게 돌고 있어요.”

“우리, 우리 특별한 데 가요. 여기는 시멘트랑 지저분한 돌뿐이잖아요. 공원을 따라 17번가에서 시내 쪽으로 걸어요.”

B 부인은 반대하지 않았다.

잠시 후 마틴이 다시 물었다.

“도착했어요?”

그러더니 자기가 직접 대답했다.

“아, 도착했네요. 잔디랑 나뭇잎 냄새가 나요. 정말 향기롭고 상쾌하지 않아요?”

B 부인도 기분 좋게 공기를 들이마셨다.

마틴이 목소리를 살짝 낮추었다.

“아직도 그 사람들이 따라오고 있어요?”

잠깐 정적이 흘렀다. B 부인이 고개를 돌린 것이다.

“아, 따라오고 있네요. 그게 저 사람들 임무잖아요.”

“나도 알아요.”

마틴은 무미건조하게 대꾸했다.

잠시 후에 그녀가 입을 열었다.

“라파예트 동상 근처에 도착하면 알려줘요.”

“거의 다 왔어요.”

“시내 방향으로, 차들이랑 같은 방향으로 걷고 있는 거 맞아요?”

“아유, 그럼요. 내가 왜 다른 길로 인도하겠어요?”

B 부인은 재미있어했다.

그녀가 다른 질문을 했다.

“아직 12시 안 됐어요?”

다시 짤막한 정적.

“삼 분쯤 남았어요.”

“동상 바로 앞에 도착했네요. 느낌으로 알겠어요. 길의 포장이 달라졌어요. 판석이 좀더 반질반질해졌고 장식용 조각이 새겨져 있네요.”

잠시 후 그녀가 말했다.

“우리, 연석을 따라서 걸어요.”

“그러면 위험해요. 달리던 차들이 우리를 스치고 지나갈 수 있잖아요.”

“나한테 맡겨요.”

그녀는 “부탁이에요”라고 덧붙였다. B 부인은 그렇게 말하면 절대 저항하지 못했다.

두 사람은 위치를 바꾸어 마틴이 인도의 바깥쪽에 섰다. B 부인이 뒤를 흘끗 돌아보았는지 “경찰들이 우리더러 안쪽으로 들어오라고 손짓하고 있어요”라고 알려주었다.

마틴은 비밀 작당이라도 하는 것처럼 장난스럽게 그녀의 팔을 꼭 붙잡았다.

“우리, 모르는 척해요. 우리가 안 하겠다면 경찰들도 강요할 수 없는 거 아니에요?”

“네, 그렇겠죠. 그런데 그럴 이유가 없잖아요.”

B 부인은 애매하게 맞장구쳤다.

"해보고 싶은 게 있단 말이에요. 어렸을 때 좋아했던 놀이가 있어요. 아래로 떨어지지 않게 균형을 잡으면서 도로의 연석 위를 걷는 놀이요."

마틴이 말했다.

"여기서는 안 돼요."

"왜 안 돼요? 어렸을 때 기분을 떠올리고 싶어요. 부인이 바로 옆에 있잖아요. 그런데 무슨 일이 있겠어요. 봐요, 이렇게 부인 손을 잡고 있는데."

느닷없이 바로 뒤에서 어떤 남자의 목소리가 들렸다.

"지금 뭐하시는 겁니까?"

사복형사가 다가온 모양이었다.

B 부인의 모성 본능이 고개를 들었다.

"그냥 좀 두세요! 매처럼 그렇게 일거수일투족 감시하지 말고."

그녀는 퉁명스럽게 응수했다.

"멀찌감치 있으라고 하세요."

마틴이 애처로운 목소리로 말했다.

"동료 옆으로 돌아가세요. 우리 뒤를 바짝 따라오는 건 그만하시고요."

B 부인이 그다지 부드럽지 않은 말투로 명령했다.

그들의 주변을 물들였던 옅은 담배 냄새와 냉혈한의 기운이 사라졌다. 애초부터 평범한 사람은 느낄 수 없고 마틴만 느끼는 부분이기는 했다.

“아직 12시 안 됐어요? 12시가 되면 그만둘게요.”

그녀가 약속했다.

“어린애 같기도 하지. 일 분 남았어요.”

B 부인이 울먹이며 말했다.

“발이 미끄러진 게 딱 한 번뿐이에요. 아주 옛날에 해보고 처음 해보는 데 아직도 감각을 잃지 않았다니. 이렇게 높은 구두를 신고도, 나는 시력…….”

기뻐하던 마틴은 말끝을 흐렸다. 그녀는 이제 ‘눈’이라는 단어를 거의 쓰지 않았다.

“손을 떨고 있네요?”

B 부인이 알아차렸다.

“그야 균형을 잡느라 온몸을 떨고 있으니까 그렇죠. 지금쯤 12시 정각이 됐을 텐데?”

문득 그녀가 다급한 목소리로 말했다.

“부인을 정말 사랑해요. 부인은 제게 친어머니나 다름없어요. 정말 사랑한다는 걸 잊지 말아주세요.”

“어머나, 어쩜 좋아!”

감상적인 B 부인은 감격의 눈물을 터뜨렸다.

그녀는 눈물이 앞을 가리는 바람에 손수건을 더듬더듬 찾아서 꺼내느라 마틴의 손을 잠깐 놓을 수밖에 없었다.

그때 갑자기 타이어가 바람을 가르며 안쪽으로 커브를 그리는 소리가 들렸다. 자동차 발판 위로 누군가가 몸을 내밀어 한 팔로 마틴의 허리를 감싸고 한 손으로 그녀의 손('외줄 타기'를 하느라 도로로 내밀고 있었던 손)을 잡고 낚아챘다.

그녀는 잠시 허공을 날아서 어디론가 옮겨지는 듯한 아찔함을 느꼈다. 잠시 후 몸이 가죽 시트 위에 안착했다. 차문이 끼익 하고 닫혔다. 차가 다시 바깥쪽으로 미친듯이 커브를 그리자 현기증이 났다.

밖에서 B 부인이 차 꽁무니에 대고 애절하게 비명을 지르는 소리가 들렸다. 그 뒤 어딘가에서 놀란 남자가 고함을 터뜨렸다. 허공에 대고 공포탄을 발사하자 총성이 전해졌다.

차 안에서는 순간적으로 정적이 흘렀다. 일시 소강상태였다. 느껴지는 진동으로 보건대 차가 점점 더 속도를 높이며 돌진하고 있었다.

부들부들 떨리는 손을 뻗자 한 남자의 옆얼굴이 닿았다. 그녀는 거미줄처럼 섬세하게 더듬어 내려가다 이윽고 입술에 다다르자 형태를 확인했다.

입술이 살짝 오므라들며, 궁금해하는 그녀의 손끝에 닿을락 말락 하게 입을 맞추었다.

그녀는 말로 표현할 수 없는 깊은 안도의 한숨을 내쉬었다.

"당신이로군요. 잠깐 맞나 싶었어요."

서장은 당장이라도 폭발할 듯이 노발대발했다. 평소에는 분노를 고스란히 표출하는 성격이 아닌데도 그랬다. 한 번도 아니고 몇 번이나 사무실 회전의자를 들었다가 바닥에 대고 내동댕이치는 바람에 다리 한 개가 부서져서 날아갔다. 전화기를 집어던지지 않은 것은 오로지 고정되어 있어서 집어들 수가 없기 때문이었다. 마찬가지로 정수기가 화를 면한 것은 무거워서 들 수 없기 때문이었다. 최소한 탈장대를 달고 다니는 사람의 기준에서는 그랬다.

"멍청이!"

그는 고함을 질렀다.

"멍청이! 한심한 멍청이! 그녀를 죽음의 문턱으로 끌고 가다니! 그녀를 살리겠답시고 예방 조치를 총동원해가며 몇 주 동안 공을 들였는데, 낚아채서 죽음의 문턱으로 곧장 끌고 가다니! 두 사람의 능력으로는 한 시간도 못 버틸 텐데! 가망이 없어! 망할, 지금 이 자리에 그 인간이 있었다면!"

그는 손마디가 새하얀 수술 자국처럼 보일 지경으로 책상 양쪽 모서리를 부둥켜 잡았다.

그는 그날 재수없게 당번을 맡은 사복형사 두 명을 헐뜯다 못해 부모까지 걸고넘어지며 손찌검을 하려다 캐머런에게 손목을 잡히는 바람에 뜻이 꺾였다.

분노의 화살이 캐머런에게로 날아갔다.

"자네!"

그가 캐머런 쪽으로 고개를 돌리며 고함을 질렀다.

"자네는 어디서 뭘 하고 있었던 거야? 앞도 못 보는 아가씨를 그자한테 빼앗기다니! 앞도 못 보는 아가씨를 벌건 대낮에! 낮 12시에! 눈이 먼 사람은 그 아가씨가 아니라 자네야! 맹도견을 요청했으면 진작 마련해주었을 것 아닌가!"

"제 배지 지금 반납할까요? 아니면 기다렸다가 정식 요청을 받으면……."

캐머런은 공손하게 물었다.

상사의 신랄한 비난을 누그러뜨리는 데에는 도움이 안 됐다.

"오호라, 무능력할 뿐 아니라 비겁하기까지 하군! 그러면 간단하지, 안 그래? 벌러덩 드러누워버리면. 자네는 멍청한 겁쟁이야!"

"저한테 그런 비난을 할 수 있는 사람은 오직……."

"거기 서서 뭐하고 있는 거야? 종이에 써서 가르쳐주어야 하나? 자네 손을 잡고 문 앞까지 데려다줄까? 두 사람이 사라진 지 벌써 한 시간 사십 분이 지났다고!"

그의 상사는 목청 높여 분노의 고함을 질렀다. 베이스의 음역대가 허락하는 한도 내에서 최대한으로 목청을 높였다.

그가 주먹을 불끈 쥐고 두 팔을 머리 위로 높이 올렸다가 한참 전부터 고생중이던 책상을 쾅 하고 내리치자 그 소리가 복도에까지 울려 퍼져 난방 배관이 터졌나 하는 착각을 불러일으켰다.

"추격해! 어디로 갔건 잡아! 잡아서 여기로 끌고 와! 31일 전에 두 사람을 보호 감호해서 이 자리로 데리고 오라고!"

캐머런의 유감스러운 특징 가운데 하나인 우유부단한 성향이 하필이면 그때 도졌다.

"만약 두 사람이 열차를 타고 서쪽으로 갔다면 앞지를 수 있지만 배를 타고 서쪽으로 갔다면 잡아오기는 어렵겠지."

그는 중얼거렸다.

상사가 느닷없이 외투가 걸려 있는 옷걸이 쪽으로 몸을 날렸다. 손수건을 찾아서 이마에 난 땀을 닦으려는 것일 수도 있었다. 하지만 그곳에는 권총 케이스도 걸려 있었다.

"나 좀 도와주게. 이러다 집무실에서 부하 직원을 쏘고 재판을 받게 생겼어!"

그가 헐떡거리며 말했다.

캐머런은 손수건과 권총 중 어느 쪽인지 굳이 확인하지 않았다.

두 사람은 열차를 타고 있었다. 열차 안 객실에 틀어박혀 있었다. 이제는 끝없는 어둠이 그녀가 알던 것처럼 고요하고 차분하지 않았다. 어둠은 희미하지만 그칠 줄 모르는 바람처럼 윙윙거렸다. 그러다 끽끽거리는 기계 소리가 나면 천천히 균형이 무너졌다. 오른쪽으로. 아니면 왼쪽으로. 그러다 끽끽거리는 소리가 잦아들면 움직임이 바로잡혔다. 상자 안에서 주사위가 달가닥거리는 것처럼 일정한 반주가 계속 이어졌다. 엇박자 없이 아주 단조로웠다. 한번은 모든 게 일순 진공 상태로 돌변해 귀를 닫고 싶어진 적도 있었다. 터널이었을 것이다. 다양한 소리들이 저마다의 울림을 잃는가 싶더니 다시 터널 밖으로 나왔다.

(내게 있어 삶은 터널과도 같지. 끝없이 한참 동안 계속 이어지는 터널. 그녀는 이런 삐딱한 생각이 들었지만 불평은 하지 않았다.)

달리는 느낌마저 없었더라면 앞이 보이지 않았으니 앞으로 가는지 뒤로 가는지 알 길이 없었다. 혼란스러워져서 뒤로 달리는 게 아닐까 싶을 때도 있었다. 하지만 그녀도 알다시피 달리는 열차와 같은 방향으로 앉아 있었으니, 아니 그 방향으로 그가 앉혀 주었으니 그런 느낌은 착각이자 환각이었다.

모든 게 조금씩 떨렸다. 그래서 바닥에 놓인 발이 살짝 '저릿저릿'했다.

"풍경을 설명해줘요."

그녀가 말했다.

그가 그녀 너머로 팔을 뻗어 블라인드를 살짝 올리고 고정시키는 게 느껴졌다.

"초록색이야. 땅이 울퉁불퉁해. 우리가 지나가면 살짝 일렁여. 기본적으로 초록색인데 색조가 다 달라. 어떤 곳은 짙고 햇볕이 비추는 풀밭은 초록 사과처럼 옅어."

"알겠어요, 알겠어요. 보여요."

"방금 전 울타리 옆에 소가 한 마리 있었어. 멍하게 궁금해하는 표정으로 열차를 쳐다보고 있었어. 풀을 뜯어먹다 고개를 들고서. 붉은 기가 도는 갈색이었고 이마에 하얀 줄무늬가 있었어."

"가엾은 소. 귀여운 소. 운이 좋은 소."

"조그만 실개천이 막 지나갔어. 눈 깜짝할 새. 실개천 역사상 그렇게 빠른 속도로 움직인 건 처음이었을 거야. 피유, 하고 사라졌으니까. 개천이 아니라 하늘을 반사하는 은쟁반 같았어."

"기억나요. 그런 실개천을 본 적이 있어. 예전 그대로인 거로군요?"

그녀가 말했다.

"예전 그대로야. 방금 전에 하얗고 조그만 집을 지나갔어."

"누가 살고 있을까요? 우리처럼 죽을까 봐 겁에 질려 있지는 않겠죠?"

"이제 나무 몇 그루가 보여. 아주 짙은 초록색이고 태양을 등지고 비스듬하게 그늘을 드리웠어. 열차 유리창까지 닿을 정도라 열차 안이 어두워졌다 밝아졌다, 어두워졌다 밝아졌다, 어두워졌다 밝아졌다 하도록 그림자를 드리우고……."

그녀는 손을 뻗어 손끝을 유리창에 갖다 댔다.

"내가 그늘을 건드리고 있어요?"

"응. 밝아졌다 어두워졌다 다시 밝아졌어."

"구분을 못 하겠는데. 그래도 좋네요. 나무 옆에 있는 것 같아서."

이때 누가 갑자기 문을 두드리자 공포가 모든 것을 새까맣게 덮어버렸다.

탁 소리와 함께 블라인드가 쳐졌다. 그는 그녀를 남겨둔 채 자리에서 일어섰다. 그가 문 앞에 서 있는 게 느껴지는데, 잠갔던 문을 여는 소리는 들리지 않았다. 모직 옷을 입고 있어서 소리가 나지 않았지만, 그녀는 그가 총을 꺼내들었다는 것을 알 수 있었다.

"누구십니까?"

"승무원입니다. 주문하신 음식 가지고 왔는데요."

"그것 말고 다른 말을 해봐요."

"무슨 말을 할까요?"

"'멀리거토니'라고 해봐요."

"멀리-거-터니"라는 소리가 문 틈새로 들렸다.

그녀는 그를 향해 고개를 끄덕였다. 보이지는 않았지만 그도 그녀를 향해 고개를 끄덕였을 게 분명했다.

"아무것으로나 그릇을 두드려봐요. 소리가 나게."

날붙이가 사기 그릇에 쨍그랑 부딪치는 소리가 희미하게 들렸다.

"문 바로 앞에 내려놓아요."

잠깐 정적.

"내려놓았습니다. 완전히 내려놓았습니다."

"이제 통로 끝에 달린 문으로 걸어가서 나간 다음 내가 들을 수 있을 만큼 큰 소리로 문을 닫아요."

"거스름돈 받으셔야죠. 좀 전에 문 밑으로 이십 달러를 주셔서 거의 십오 달러를 거슬러 받으셔야 하는데요."

"가져요. 세게 문 닫는 소리나 들려줘요."

쾅 소리가 객실까지 전해졌다.

그 소리가 들린 다음에서야 그는 객실 문을 열었다.

그녀가 잠에서 깨어 보니 낯선 도시의 낯선 소음이 들렸다. 그녀는 눈을 떴다. 여전히 캄캄했지만 그래도 눈을 떴다. 그것은 본능적인 반응이었다.

그녀는 잡음과 거리의 소음을 통해 얻는 정보가 남들보다 훨씬 많았다. 남들에게 차량 소음은 세상 어디에서나 있는 똑같은 차량 소음에 불과했다. 하지만 그녀에게는…….

소음에 날카롭고 귀에 거슬리는 구석이 있는 것으로 미루어 보았을 때 기온이 쌀쌀한 것 같았다. 삐걱거리는 소리로 미루어 보았을 때 언덕이 많아서 끙끙대며 올라갔다가 브레이크에서 발을 떼고 내려오는 그런 지형이었다. 케이블카가 방향을 바꾸느라 이따금 엄청나게 소름 끼치는 소리를 냈다. 공기 중에서 알싸하고 간질간질한 생동감이 느껴졌다. 무언가를 하고 싶게 만드는, 아니면 하던 일을 그만두고 싶게 만드는 그런 느낌이었다. 길거리를 일없이 어슬렁거리는 사람들이 그려지지 않았다. 우울해하거나 풀이 죽은 사람들도 그려지지 않았다. 이곳은 살기 좋은 도시였다.

이 도시의 이름은 샌프란시스코였다.

그녀도 남들 못지않게, 어떻게 보면 훨씬 더 훌륭하게 샌프란시스코를 감상한 셈이었다. 서늘하고 언덕이 많으며 상쾌하고 활기찬 곳.

"앨런, 앨런, 내 옆에 있어요?"

그녀가 조용히 불렀다.

그녀가 아닌 다른 사람의 숨소리가 들리지 않았다.

낯선 도시의 객실 안에 혼자 있다니 겁이 났다. 그녀는 그의 이름을 미친듯이 외치고 싶은 충동을 누르며 애써 냉정을 되찾았다.

그는 조만간 돌아올 것이다. 멀리 가지 않았을 것이다. 그녀를 두고 그럴 리 없었다. 그녀는 그를 믿었다.

그녀는 침대 발치에서 실크 가운을 찾아 입고 침대 밖으로 나왔다. 그런 다음 앉아서 댄스 스텝을 밟는 것처럼 한 발로 동그라미를 그려가며 바닥을 두드린 끝에 슬리퍼를 찾았다.

그녀는 일어나서 객실 안을 조심스럽게 움직이다가 문을 찾아서 열었다. 저 멀리서 무언가가 울리는 소리가 전해졌다. 객실 밖으로 나가는 문이었던 것이다. 그녀는 얼른 문을 닫고 다른 문을 찾아서 열었다. 진주 목걸이가 그녀의 코를 간질였다. 축 늘어진 외투 소맷부리가 그녀의 손끝에 닿았다. 옷장 문이었다. 그녀는 마침내 차갑고 미끄러운 세 번째 문을 찾았다. 안에는 거울이 있었다.

그녀는 샤워를 할까 고민하다 하지 않기로 했다. 낯선 시설이라 까딱 잘못하다가는 인정사정없이 데일 수 있었다. 어느 쪽이 뜨거운 물이고 어느 쪽이 찬물인지 아는 집이라면 모를까.

사고의 가능성이 항상 그녀를 따라다녔지만 그녀는 한 번도 사고에 대해서 생각해본 적이 없었다. 단 한 번도 자기 연민을 느낀 적이 없었다. 무엇을 빼앗기건 여전히 남은 게 많았다.

그녀는 객실로 돌아가서 옷을 갈아입었다.

열쇠 돌아가는 소리에 이어 문이 열렸다.

"일어났어?"

그가 물었다.

그의 옆에 누가 있었다. 두 사람이 부스럭거리며 들어오는 소리가 났다.

그녀는 고개를 반대편으로 돌린 채 가만히 서 있었다. 될 수 있으면 앞을 보지 못하는 것을 들키지 않는 게 좋다고 그가 일러둔 적이 있기 때문이었다. 그녀가 완전히 무기력한 존재라는 게 밝혀지면 위험해질 가능성이 높아졌다. 그가 걱정하는 게 그런 것이라고 그녀는 미루어 짐작했다. 그녀가 똑바로 쳐다보면 대부분의 사람들은 알아차렸지만, 그렇지 않으면 알아차리지 못했다.

"거기 내려놓아요."

잠시 후에 다시 그가 말했다.

"아니, 괜찮아요. 내가 알아서 할 테니까."

잔돈이 쨍그랑거렸다. 문이 닫히고 둘만 남았다.

"됐어요, 마티. 갔어요."

그녀는 그가 있는 곳을 똑바로 찾아가 그의 입술에 자신의 입술로 화답했다. 그는 그녀를 잠시 품에 안았다.

"당신 마시라고 커피를 가지고 왔어. 종업원이 조그만 테이블을 꺼내줬어."

두 사람은 나란히 앉았다.

"조심해. 각설탕에 껍데기가 있으니까."

그가 말했다.

"알아요. 느껴져요."

그녀는 너그럽게 말했다.

"당신 지금 얼마나 예쁜지, 얼마나 사랑스러운지 몰라. 얼마나 상큼하고 귀여워 보이는지."

"내 머리 괜찮아요? 가끔 밖으로 삐칠 때가 있는데 짐작으로 알아내야 하거든요."

"화살처럼 말이지."

성냥 긋는 소리에 이어 담배 냄새가 풍겼다.

"표를 사놨어. 배를 타려고. 여기서도 꾸물거리면 안 돼. 우리가 온 곳에서 끊임없이 열차가 오니까. 나랑 같이 이 나라를 등지고 바다를 건너도 괜찮겠어?"

그는 언성을 낮추었다.

"그럼요. 이제는 당신이 내 모국인걸요."

그녀는 들릴락 말락 하게 대답했다.

그 역시 한층 더 목소리를 낮추었다.

"내일 정오에 출발해. 하지만 우리는 오늘밤 9시나 10시쯤에 배를 탈 수 있도록 조치를 취해놨어. 밤새 객실 문을 잠가놓고 있으면 돼. 그러면 낮에 남들 보는 앞에서 타지 않아도 돼. 날이 저물 때까지 이 호텔에 있을 거야. 기다리고 있을 시간이 없어서 비자를 항공우편으로 보내달라고 했어. 지금 막 도착했네. 조만간 의사가 와서 당신한테 콜레라 예방 주사를 놓을 거야. 나도 같이 맞을 거고. 무섭지 않지?"

"당신이 내 손을 잡아주면 무서워하지 않을게요."

그녀는 약속했다. 그가 그녀를 안심시키는 게 아니라 그녀가 그를 안심시키는 것처럼.

잠시 후에 그녀가 물었다.

"간밤에 내가 이 객실에 혼자 있었던 거예요? 당신이 저기 저 의자에 앉아 있었던 것까지는 알겠는데. 그러고는 잠이 들었어요."

그녀는 그의 목소리에서 다정한 미소를 느꼈다. 그렇다, 느꼈다고 해야 맞을 것이다.

"당신을 여기까지 데려와놓고 낯선 도시의 객실에 혼자 내버려뒀을 것 같아? 그럴 리가. 당신이랑 여기서 같이 잤어. 소파를 펼치면 침대가 되거든. 그런데 조용히 펼치고 접으려니까 스프링이 하도 삐걱거려서 힘이 들더군. 내가 먼저 일어나서 소파로 다시 접어놓은 다음 당신 깨우지 않고 침대에다 베개만 갖다 놨지. 우리가 숙박부에 부부로 되어 있거든."

그녀는 살짝 미소를 지으며 생각에 잠겼다.

"삶과 죽음이 걸린 긴박한 상황에 놓이니까 지켜야 할 도리라는 게 얼마나 하찮게 느껴지는지 참 신기하기도 하죠."

"지켜야 할 도리는 마음속에 있는 거야. 서로 수천 킬로미터 떨어져 있는 사람들도 마음속으로 온갖 타락을 저지를 수 있지. 간밤에 우리가 그랬던 것처럼 한 호텔방에 있어도 품위를 지킬 수 있고."

그가 말하며 그녀의 손을 잡았다.

"마틴. 이 사태가 끝나고 우리가 마음을 놓을 수 있게 되면 당신이랑 결혼하고 싶어. 이번에는 허락해주지 않을래? 우리가 허송세월한 시간들을 생각해봐. 루이즈는 나랑 헤어지면 오히려 기뻐할 거야. 그러거나 말거나 신경쓰지 않을 거야."

"좋아요. 이번에는 나도 허락하겠어요. 이제는 마음의 준비가 됐어요."

그녀는 조용히 말했다. 그리고 나서 이렇게 덧붙였다.

"만약 내가 죽지 않으면 말이에요."

"죽지 않을 거야. 내가 장담해. 당신을 데리고 지구 끝까지 가야 한대도 상관없어. 당신과 더불어 숨이 끊기는 순간까지 도망쳐야 한대도 상관없어."

그가 잠긴 목소리로 말했다.

3시쯤 됐을 때 전화벨이 울렸다. 순간 그녀는 겁에 질렸고, 그 역시 숨을 참으며 당장 전화를 받지 못하는 것을 보면 마찬가지임을 알 수 있었다.

그는 수화기를 들었지만 나지막하고 조심스러운 목소리로 미루어 보았을 때 여전히 불안한 눈치였다.

"여보세요?"

그는 가만히 귀를 기울였다. 그러더니 안도의 한숨을 내뱉었다.

"네, 알겠습니다."

그는 이렇게 대답하고 전화를 끊었다.

"의사가 온대."

"깜빡하고 있었는데!"

그녀가 외쳤다.

"나도."

그도 솔직히 털어놓았다.

삼사 분에 걸쳐 기다리는 동안 둘 다 불안해서 어쩔 줄 몰랐다.

"여기까지 올라오는데 시간이 오래 걸리네."

그가 말했다.

"엘리베이터를 기다리느라 그런 걸지 몰라요."

그가 걸어가서 문을 여는 소리가 들렸다. 기다리며 밖을 내다보고 있는 게 분명했다.

그가 문을 닫고 다시 들어왔다.

바로 그때 뒤늦은 노크 소리가 들렸다.

그녀는 두세 걸음 얼른 걸어서 의자를 찾아 털썩 주저앉았다. 그러고는 양손으로 아랫부분을 꽉 붙잡았다.

"선생님이 아세요? 말씀드렸어요?"

그녀가 조그맣게 물었다.

"말씀드리는 수밖에 없었어. 안 그러면 선생님이 여기로 오지 않고 당신더러 진찰실로 오라고 할 테니까."

문이 열렸다.

"다른 층에서 잘못 내리는 바람에……."

쩌렁쩌렁한 목소리가 들렸다.

그녀는 워드가 헉 하고 숨을 들이마시는 소리를 들었다.

"아, 다른 분이 오셨네요?"

"콘로이 선생을 대신해서 내가 왔습니다. 선생이 빠져나올 수 없는 상황이 되었어요. 어떤지 아시잖습니까, 일이 워낙 많다보니."

워드는 아무 대꾸가 없었다.

하지만 남자는 들어오려다가 워드의 표정에서 무언가를 감지한 모양이었다. 그다음으로 들린 남자의 목소리에서 딱딱한 기미가 느껴졌다.

"나도 예방접종에는 그 선생만큼이나 경험이 많소이다. 사실 별것도 아니고요. 여기, 내 자격증이오."

은근한 책망이 그 뒤를 이었다.

"우리가 보통은 이러지 않아요. 예방주사를 맞으려면 남들처럼 병원으로 와야지. 댁의 경우 사정상 특별히 봐준 거요."

"감사합니다. 들어오십시오, 선생님."

워드가 살짝 멋쩍어하며(그녀가 느끼기에는 그랬다) 말했다.

문이 닫혔다. 의자의 가죽 시트가 밑으로 꺼지면서 뿌드득 하는 소리를 냈다.

"이 아가씨요?"

그녀는 의자 아랫부분을 잡은 손에 힘을 주었다.

"네, 선생님. 제 아내입니다."

"안녕하세요?"

그녀는 인사를 하며 목소리가 들렸던 쪽을 향해 똑바로 시선을 돌렸다. 그것이 의사의 오해를 불러일으켰다. 그가 바짝 다가와서 그녀의 눈앞에 대고 손을 흔들거나 하는 식으로 확인한 모양이었다.

워드의 나지막한 목소리가 들렸다.

"저를 못 믿으시는 겁니까, 선생님?"

"미안합니다."

의사가 뉘우치는 듯이 말했다. 가방의 자물쇠가 딸깍 열렸다. 그는 사무적인 태도로 돌아갔다.

"뜨거운 물 나옵니까? 손부터 씻었으면 좋겠는데."

그가 밖으로 나갔다. 워드가 가까이 다가와 그녀의 어깨를 한쪽 팔로 감싸 안고 용기를 불어넣으려는 듯이 머리를 끌어당겼다.

"괜찮아요. 무섭지 않아요. 조금도."

그녀가 속삭였다.

다시 의사의 발소리가 들렸다. 워드는 그녀에게서 몸을 뗐다.

"제가 먼저 맞겠습니다, 선생님."

그가 이미 소매를 걷은 모양이었다.

"그 심정 이해합니다. 하지만 부인을 기다리지 않게 하는 쪽이 낫지 않을까요?"

의사가 그에게 기다리느라 긴장할 필요 없도록 얼른 해치우겠다는 사인을 보냈는지 어쨌는지 그녀로서는 알 길이 없었다. 워드가 좋다는 뜻에서 고개를 끄떡였는지 어쨌는지 마찬가지로 알 길이 없었다.

"손 줘요."

워드가 조용히 말했다. 그녀는 손에 힘을 빼고 내밀었고 그가 그녀의 팔을 살짝 구부리자 긴장이 됐다. 그녀의 원피스 소매가 거의 끝까지 올려졌다. 차갑고 축축한 솜뭉치가 살갗을 토닥였다. 그녀가 아무 티도 내지 말아야겠다고 속으로 다짐한 것도 잠시, 갑자기 찌르는 듯한 통증이 엄습했다. 통증 자체보다 막무가내로 밀고 들어오는 바늘이 더 견디기 힘들었다. 그럴 리 없겠지만, 원래 그런 거겠지만, 그가 필요 이상으로 거칠게 다룬다는 느낌이 들었다.

반대 방향으로 다시 한번 통증이 느껴졌다. 고마운 솜뭉치가 또다시 등장했고 이번에는 치워지지 않았다.

"잠깐 누르고 있어요."

"나 티 냈어요?"

워드가 조심스럽게 이마에 입을 맞추자 그녀는 자신만만한 목소리로 나지막이 물었다.

다음은 워드의 차례였다. 그는 어린애처럼 비명을 질렀다. 그녀의 용기를 은근히 칭찬하려고 일부러 그러는 걸까? 아니면 다른 남자들처럼 필요한 경우에는 엄청난 육체적인 고통도 의연하게 버티면서 작은 상처에는 겁을 내는 걸까? 어느 쪽이 됐건 그녀로서는 똑같이 사랑스러웠다.

"부인보다 못 참으시는군요."

의사가 쿡쿡거렸다. 그녀도 살짝 웃었다. 어쩌면 워드가 의사를 향해 눈을 찡긋거렸을 수도 있었다. 그런 효과를 노린 것일 수도 있었다.

"이제 서류에 서명을 해서 드리죠. 승선하기 전에 이걸 보여주면 됩니다."

문이 닫히고 의사가 갔다.

그들을 덮친 두려움은 희한하게도 느림보였다. 의사가 가고 싶분이 지난 다음에서야 고개를 들었다.

그는 그녀의 팔에 자기 팔을 나란히 대고 그녀가 앉은 의자 팔걸이에 걸터앉았다.

"어때? 뭐가 느껴져?"

그가 물었다.

그녀는 못 들은 사람처럼 아무 대꾸도 하지 않았다.

그가 그녀의 손을 잡았다. 그러자마자 놀라서 고함을 질렀다.

"왜 이래? 마틴! 손이 얼음장 같잖아."

그는 의자 팔걸이에서 벌떡 일어났지만 손은 놓지 않았다. 전염이 됐는지 저절로 생겼는지 알 수 없지만 그녀와 똑같은 생각이 들자 그런 채로 얼어붙었다.

"내 손을 잡고 있으면서 당신도 떨고 있잖아요. 그러는 게 느껴져요."

그녀가 되받아쳤다.

"당신도 나랑 똑같은 생각하고 있는 건가?"

"그런 것 같아요."

그녀는 온몸을 관통하는 전율을 달래려고 애를 쓰며 움찔했다.

"어쩌면 그가, 어쩌면 그가……."

"나도 그래. 이제 와서 의심한들 늦었지만."

그가 괴로워하며 실토했다.

그들은 배를 타고 심해를 가르며 양쪽 세계를 잇는 대양을 건넜다. 그녀를 둘러싼 끝없는 어둠은 여전했지만, 이제는 거기서 광활함, 공허함, 고립이 느껴졌다. 허공에서는 소금과 요오드 냄새가 났다. 창밖에서는 정원의 스프링클러가 물을 뿌리듯 은은하게 쉭쉭거리는 소리가 계속 이어졌다. 뱃머리 쪽 문이 잠깐 열리면 복도에 깔린 고무 매트 냄새가 흘러들어왔다. 자주는 아니지만 어쩌다 한 번씩 나무가 삐걱거리는 소리도 흘러들어왔다. 무엇보다 새로운 것은 양옆으로 천천히 흔들리는 느낌이었다. 덜컹거리지 않고 아주 나른하고 평화로웠다. 지내다 보면 이내 익숙해져서 다른 삶의 방식이 있다는 것을 잊어버렸다. 완벽하게 단단하고 뻣뻣하고 고정된 삶이 있다는 것을. 이쪽이 훨씬 더 좋았다. 흔들림에 몸을 맡기면 몸이 살짝 저쪽으로 갔다가 다시 이쪽으로 돌아왔다. 어르는 듯이 가만가만 움직이는 그네를 타고 있는 것과 비슷했다.

그녀의 곁은 항상 앨런이 바짝 지키고 있었다. 배가 일 해리를 움직일 때마다 점점 위험을 벗어나서 결국 그들은 상대적으로가 아니라 절대적으로 안전해질 것이다.

그래도 그는 도박을 감행하지 않았다. 사신이 이 배를 비껴갔고, 바다 위에 떠 있는 조그만 강철 세상은 외부와 단절돼 아무 걱정이 없었지만 그래도 도박을 감행하지 않았다. 많은 일을 겪으며 이렇게 멀리까지 왔는데, 지금까지 거둔 소득을 바보처럼 날려버릴 수는 없었다.

그녀가 안쪽 방에서 자는 동안 안쪽 방문은 밤새도록 잠겨 있었다. 그는 바깥쪽 방 벽에 달린 간이 침대를 꺼내 썼다. 아침 9시가 되면 승무원이 문을 두드렸지만, 그들의 방에 들어올 수 있는 남승무원은 없었다. 승무원이 사라지면 열차에서 그랬던 것처럼 조심스럽게 주변을 살핀 뒤 아침 쟁반을 그가 직접 들고 들어왔다.

11시쯤 되면 누가 다시 문을 두드렸다. 이번에는 여승무원이었다. 여승무원은 객실 안으로 들였다. 여승무원은 배에서 그들의 객실을 출입할 수 있는 유일한 직원이었다. 하지만 그녀도 마틴은 절대 만나지 못했다. 마틴은 여승무원이 들어오기 전에 개인 욕실에 숨었다. 여승무원이 나가고 객실 문을 잠그면 그제야 나왔다. 승무원이 있는 동안에는 그가 욕실 문을 지켰다. 승무원이 갑작스럽게 안으로 들어가려고 할 경우를 대비하기 위해서였다. 승무원은 여자 승객이 그와 객실을 함께 쓰고 있다는 것을 감지했을 것이다. 증거들이 날마다 여기저기서 고개를 내밀었다. 하지만 승무원은 그녀를 본 적이 없었기 때문에 생김새를 설명할 수가 없었다. 무엇보다 정체불명의 여자 승객이 시각장애인이라는 사실을 전혀 알아차릴 수 없었다. 배를 통틀어 어느 누구도 알지 못했다. 그는 그녀를 데리고 한밤중에 배에 올랐다. 그 순간부터 그녀를 본 사람은 그 말고 아무도 없었다.

그는 그녀가 아무리 권해도 특실 밖으로 나가지 않았다. 갑판에 올라가서 바람을 쐬거나 기지개를 켜고 오라고 해도 소용없었다.

그는 단 한 순간도 그녀의 곁을 떠나려 하지 않았다.

"안 돼. 그 날짜가 지나기 전까지는 안 돼."

그는 고집을 부렸다.

그녀는 무슨 날짜를 말하는지 알고 있었다. 설명을 들을 필요도 없었다.

그는 떠나기 직전에 샌프란시스코에서 장만한 조그만 휴대용 라디오를 들고 탔다. 요즘 기술이 그렇듯 이 라디오도 깜찍하게 만들어져서 여행 가방 비슷하게 생겼다. 덕분에 그들은 심심하지 않게 시간을 보낼 수 있었다.

날이 점점 따뜻해지는가 싶더니 호놀룰루에 도착했다. 그녀가 자다 일어나보니 배가 움직이지 않았다. 어르는 듯한 흔들림이 그리워졌다. 짐과 승객들이 내릴 준비를 하느라 쿵쾅거리는 소리로 복도가 제법 소란스러웠다. 그러고 나서 십오 분 정도 지나자 다시 잠잠해졌다. 항구에 정박한 배가 그렇듯 섬뜩하게 고요했다. 꼭 죽은 것 같았다. 아니면 무슨 일인가 벌어지길 기다리는 듯했다.

두 사람 모두 바다 위에 떠 있을 때보다 조마조마하고 긴장됐다. 위험의 그림자가 배를 쿡쿡 찔렀다. 기슭 밖으로 고개를 내밀고 배를 맞이하는 잔교 같았다. 배로 건너오는 다리 같았다.

결국 그것이 그에게 영향을 미쳤다.

"불안해서 안 되겠네. 잠깐 올라가서 살펴볼게. 못 견디겠어. 멀리 가지는 않고 금방 돌아올게."

그가 이번에는 총을 들고 가지 않고 그녀에게 맡겼다.

그는 밖으로 나가서 문을 잠그고, 당일치기 여행이라도 나서는 듯이 열쇠를 챙겼다.

얼마 안 되어 다급하게 열쇠를 달그락거리는 소리가 들리더니 그가 다시 들어왔다.

그녀는 그가 놀란 상태라는 것을 알 수 있었다.

"왜 그래요?"

"하와이 소속 형사들이 있어. 형사들이 승선해서 객실마다 뒤지며 당신을 찾고 있어. 캐머런이 본국에서 경보를 보냈나 봐."

그가 속삭였다.

"그럼 어떻게 해요? 독 안에 든 쥐나 다름없는데. 어디 숨으면 될까요?"

"숨을 수 없어. 그래봐야 소용없을 거야. 승객 명단에 우리 둘 다 이름이 올라가 있어서 저들이 소재를 확인할 거야. 그리고 그럴 만한 시간도 없어. 이미 복도 저쪽 끝에서 이쪽으로 오고 있거든. 승무원이 슬쩍 알려줬어. 운 좋게 거기서 딱 만났지 뭐야. 지금까지 팁을 두둑하게 챙겨줬고 승무원이 말이 많은 성격이기 망정이지."

그는 손으로 머리칼을 헝클어뜨리며 문 쪽을 흘끗거렸다.

"그럼 나를 보자마자 바로……."

"아니야. 정확한 인상착의는 듣지 못했을 거야. 인상착의야 금세 바꿀 수 있다고 캐머런이 생각했을 테니까. 저들은 당신이 어떻게 생겼는지 몰라. 승무원이 그러는데, 경찰들끼리 이야기하는 걸 들었대. 그들은 딱 한 가지 정보에 의존하고 있어. 캐머런은 그것만으로 충분하다고, 우리가 빠져나갈 구석이 없다고 생각했나 봐. 저들은 함께 여행중인 남자와 앞을 못 보는 여자를 찾고 있어. 어느 배에 타고 있는지도 몰라. 그냥 이때쯤 도착하는 배라는 것만 알아. 지난 스물네 시간 동안 들어온 배를 모조리 조사하고 있어. 그러니까 그만큼 승산이 있는 거야."

그는 고뇌에 찬 투수처럼 주먹으로 다른 쪽 손바닥을 때렸다.

"저들이 당신을 보더라도 당신이 앞을 보지 못한다는 걸 알아차리면 안 돼."

그녀는 결의에 찬 얼굴로 자리에서 벌떡 일어났다.

"그럼 모르게 하면 되죠!"

"할 수 있겠어?"

그가 의심스러운 듯이 물었다.

"당신을 위해서라면 뭐든 할 수 있어요. 함께 있을 수 있다면, 저들에게 끌려가 당신과 헤어지지 않을 수 있다면. 서둘러요! 당신이 도와줘야 해요. 그 사람들 봤어요? 알아두어야 할 게 몇 가지 있는데."

그녀가 말했다.

"그들이 옆옆 객실로 들어갈 때 승무원이 가르쳐줬어. 그래서 얼른 살필 수 있었지."

"그럼 몇 가지 나한테 알려줘요. 정확하게 알려줘야 해요. 두 번 반복할 시간이 없으니까. 첫째, 몇 명이에요?"

"형사는 두 명이고 경찰을 두 명 대동하고 있어. 하지만 경찰들은 객실 안으로 들어오지 않을 거야."

"들어올 사람 두 명은?"

"한 명은 피부가 까맣고 작고 땅딸막한 하와이 출신이야. 다른 한 명은 키가 크고 호리호리한 전형적인 백인이고. 햇볕에 심하게 타서 살갗이 조금 벗겨지고 있었어."

그녀는 두 손으로 호들갑스럽게 그의 목을 조르는 시늉을 했다.

"목소리, 얼른요. 그래야 두 사람을 구분할 수 있죠."

"백인은 엄청난 저음이야. 이런 식으로."

그는 자기 목소리를 낮추었다.

"다른 쪽은 피리에 가까울 정도로 상당히 높고."

"옷은요? 얼른!"

"섬 출신은 머리끝에서 발끝까지 하얀색이야. 티끌 한 점 없고. 다른 쪽은 쭈글쭈글한 회색 옷을 입었어. 더위에 익숙하지 않아서 땀을 많이 흘리는 것 같아."

"손수건으로 얼굴을 닦아요?"

"뒷덜미를 닦아."

"여기서 그 사람이 그러면 헛기침을 해줘요. 맨 처음 그랬을 때만. 넥타이는요?"

"하와이 사람은 요란한 초록색이야. 다른 쪽은 못 봤고."

"그럼 그 부분에 대해서는 아무 말 안 하는 게 좋겠다. 둘이 담배 피웠어요? 어떤 담배 피웠어요?"

"키가 작은 쪽은 안 피웠어. 백인은 저쪽 객실에 들어가기 직전에 파이프 담배를 다 피웠는지 가슴 주머니에 꽂는 걸 봤고."

"자루가 보이도록?"

"자루가 보이도록."

여러 사람이 한자리에 모여 객실 문 바로 앞에서 웅얼거리는 소리가 들렸다.

"그 정도 정보를 가지고 할 수 있겠어?"

"할게요. 해야 하잖아요. 나 좀 도와줘요. 내가 한 번도 쓴 적 없는 여행 가방에 들어 있는 화장품을 모조리 꺼내서 화장대 위에 올려놔줘요."

그녀가 말했다.

"그걸로 뭘 어쩌려고?"

"화장요. 그러면 한 자리에 앉아서 시선을 거울 속 한 지점으로 고정할 수 있잖아요."

그녀는 의자에 앉았다.

문을 두드리는 소리가 들리기 시작했다.

"할 수 있겠어? 엉뚱한 걸 바르거나 한곳에 너무 많이 바르면 어쩌려고?"

그가 속삭였다.

"내 손끝이 모든 화장품 용기와 화장 도구를 기억하고 있어요. 게다가 남자들은 세세한 부분을 잘 모르잖아요. 여자라면 알아차릴 수 있을지 몰라도 남자들은 모를 거예요."

다시 한번, 이번에는 좀더 끈질기게 문을 두드리는 소리가 들렸다.

"겁먹지 마요."

그녀가 속삭였다.

"당신 역할만 잘하면 나 때문에 실망할 일은 없을 거예요. 나를 잊어요. 나를 루이즈 아니면 다른 사람이라고 생각해요."

그녀가 그에게 용기를 불어넣다니! 그녀는 갑자기 귀에 거슬릴 정도로 언성을 높였다. 지금까지 한 번도 들어본 적 없는 목소리였다.

"조! 밖에 누가 왔나 봐요! 누가 왔는지 나가봐줄래요?"

그녀가 욕실에 있는 사람을 부르는 것처럼 소리를 질렀다.

문이 열렸다. 그녀는 심호흡을 한 뒤 칠흑 같은 어둠을 향해 눈을 치켜뜨고는 새끼손가락 끝으로 윗입술을 문질러 혀로 맛을 본 다음 다시 조금 더 문질렀다.

카랑카랑한 목소리가 물었다.

"브로이어 씨 되십니까?"

앨런이 대답했다.

"네, 그런데요?"

"번거롭게 해드려서 죄송합니다. 저희는 승객 검사차 승선한 호놀룰루 경찰입니다."

"들어오세요."

앨런이 말했다. 의자 하나가 아주 조그맣게 뽀드득거리는 소리를 냈다. 두 번째 의자는 아주 묵직한 소리를 냈다.

두 번째 의자에서 엄청난 저음의 목소리가 들렸다.

"조지프 브로이어 부부 되십니까?"

"네."

"샌프란시스코에서 승선하셨고요."

"네."

"목적지가?"

"일단은 요코하마입니다. 거기서……."

문득 정적이 흘렀다. 다들 그녀를 쳐다보며 감탄하느라 그런 거였다. 그녀는 반쪽짜리 광학 렌즈 비슷하게 생긴 조그만 초승달 모양의 속눈썹을 조심스럽게 한쪽 아랫눈썹에 붙이고 조그만 브러시로 살금살금 속눈썹을 까맣게 칠하는 중이었다.

"담배 드릴까요?"

앨런이 묻는 소리가 들렸다.

그녀는 두 사람이 대답할 틈조차 주지 않았다.

"파이프 담배를 피우는 분한테 담배를 권하면 어떡해요, 조. 그래봐야 입만 아프지."

앨런은 아주 그럴듯하게 헉 소리를 냈다.

"이분이 파이프 담배를 피우는 줄 어떻게 알았소?"

"가슴 주머니에 꽂혀 있는 담뱃대가 여기서도 보이는걸요?"

담뱃대 주인이 자기 주머니를 확인하고는 깜짝 놀라는 동안 잠깐 정적이 흘렀다.

그녀는 거울에 대고 말하는 것처럼 퍼뜩 물었다.

"여기 오신 지 얼마 안 되셨나 봐요?"

저음의 목소리가 대답했다.

"사실 그렇습니다. 어떻게 아셨습니까?"

"보아하니 피부가 아직 햇볕에 민감한 것 같아서요."

"관찰력이 아주 좋으시군요, 부인."

앨런이 살짝 헛기침을 했다.

그녀는 두 번째 의자가 있는 쪽으로 살짝 고개를 돌렸다.

"경관님은 목을 닦지 않으시네요?"

그녀는 장난스럽게 물었다.

"동료분과 달리 더위를 잘 참으시나 봐요. 동료분도 경관님처럼 하얀 옷을 입으시면 좋을 텐데."

"우윳병처럼 보이라고요?"

조그맣게 투덜거리는 저음의 목소리가 다른 방향에서 들렸다.

"화려한 넥타이를 매고 계신 걸 보니 경관님은 섬 출신이신가 봐요. 눈부신 날씨, 눈부신 넥타이."

그녀는 말을 이었다.

그 말이 결정적인 역할을 했는지 곧바로 두 사람이 일어서는 소리가 들렸다.

"가자고."

한 사람이 다른 사람을 향해 중얼거렸다. 완벽한 시간 낭비였다는 데 넌더리가 나는지 풀죽은 목소리였다.

앨런이 두 사람을 문 앞까지 배웅했다.

"찾으시는 사람이 있는 건가요?"

그가 문을 닫으려고 하면서 묻는 소리가 들렸다.

"네. 앞을 못 보는 여자 승객요. 그분을 보호 감독하라는 명령이 전달됐습니다."

"조, 수첩 고무줄 떨어뜨리고 가셨다고 알려드려요."

바로 그때 객실 깊숙한 곳에서 그녀가 다정하게 외쳤다.

발소리가 한쪽 의자를 향해 다가오다 멈추었다.

"정말 감사합니다, 부인. 여기 있네요. 찾았습니다."

발소리가 다시 멀어졌다. 문이 닫히고 열쇠가 꽂혔다.

앨런은 허둥지둥 그녀 곁으로 달려가 한쪽 무릎을 꿇고 앉아서 손끝으로 턱을 잡고 자기 쪽으로 돌렸다.

"그걸 어떻게 알았어? 어떻게 알았어?"

그는 놀라워했다.

"그 사람이 수첩에 달린 고무줄을 벗겼을 때 탁 하는 소리가 들렸거든요. 그런데 다시 들리지가 않더라고요. 그래서 끼우지 않았다는 걸 알아차리고, 그 사람이 모르는 새 의자나 바닥에 떨어진 게 아닐까 넘겨짚은 거예요. 도박이기도 했죠. 주머니에 넣거나 손가락에 감았을 수도 있으니까요. 하지만 도박에서 내가 이겼어요."

그는 두 손으로 그녀의 손을 감싸고 열렬히 축하했다.

"아주 잘했어."

그는 나중에 또 한차례 짧은 정찰에 나섰다. 그녀는 이제 안전했지만, 적어도 그들이 생각하기에는 위기를 모면했지만, 그래도 확인하고 싶었다.

"갔어. 십오 분 전에 뭍으로 돌아갔어. 대형 프레지던트 정기선이 다이아몬드 헤드•를 이제 막 지났는데, 거기에 맹도견을 데리고 탑승한 앞 못 보는 여자 승객이 있다는 무선을 받았대. 모르는 게 없는 내 승무원 친구 말로는. 찾는 사람이 그녀가 아닌 것으로 밝혀졌을 무렵, 우리는 먼 바다에 있을 거야. 손이 닿지 않는 곳에. 다음 정착지는 요코하마거든. 그런데 수상한 구석이 있어. 경찰 한 명을 남겨두고 갔더라고. 돌아오는 길에 봤어. 사람들 눈에 잘 띄지 않게 복도 끝을 지키고 서 있었어."

배는 그날 저녁 5시에 다시 바다로 나섰다. 엔진이 끼익끼익, 쿵쿵거리며 돌아가는 소리가 잔잔한 수면이라 더 크게 들렸다. 배가 역을 출발하는 열차처럼 천천히, 차분하게 바다 위로 미끄러지는 게 피부로 느껴졌다. 산들바람은 상쾌했고, 부둣가의 시설들이 철커덩거리는 소리는 점점 희미해져갔다.

그가 잠깐 나갔다가 배가 천천히 출항하기 시작한 때와 거의 동시에 돌아왔다.

"경찰이 아직 거기 있어요?"

다시 돌아온 그를 붙잡고 그녀가 물었다.

"내가 나갔을 때는 아직 있었어. 그런데 방금 전에 돌아오면서 보았더니 없었어. 갔나 봐. 화환 받아 왔어. 당신한테 주고 싶어서. 하와이를 떠나는 모든 사람들한테 화환을 준다는데, 당신은 여기 있어서 못 받았잖아."

배가 쿵쿵거리며 물살을 가르고 한바탕 소동을 벌이며 출항한 것은 그가 객실을 나서기 이전이었다. 두 사람은 너무 신이 나서 후방을 지키던 경찰이 자리를 이탈한 시점이 이상하다는 걸 알아차리지 못했다. 어쩌면 그 경찰은 항구 너머로 사법권이 미치는 경계선을 지날 때까지 최대한 자리를 지키다 수로 안내선 같은 걸 타고 돌아오라는 명령을 받았을지도 모른다.

아무튼 중요한 사실은 그녀가 무사하다는 것, 위험을 모면했다는 것이었다. 이제 마음을 졸일 필요가 없었다. 그녀는 이제 위험에서 벗어났다.

은백색 광택이 흐르는 바다 위에서 맞이한 자정. 그들은 서로

● **다이아몬드 헤드** _ 하와이 주 오하우 섬 남동부에 있는 사화산.

어깨동무하고 머리를 맞댄 채 꼼짝 않고 숨을 죽이며, 정신을 바짝 차리고 눈을 반짝반짝 빛내며 어두컴컴한 공간에서 함께 기다렸다.

객실 불은 모두 꺼놓았다. 바다에 반사된 은백색 달빛이 창밖에서 벽을 타고 미끄러져 들어왔다가 썰물처럼 사그라졌다.

깨알 같은 불빛 두 개가 그들의 위치를 알렸다. 이 불빛 역시 벽을 타고 흐르는 달빛처럼 일렁이다 다시 사라지길 반복하는데, 양상이 다르고 속도가 더 빨랐다. 하나는 빨간색 점이었고, 다른 하나는 옅은 초록색 점 뭉치였다. 그 둘이 늘 가까이에서 함께 움직였다. 초조해하는 그의 손에 들린 담배와 그의 손목시계에 달린 라듐 숫자판이었다.

그리고 정적 속에서 들리는 숲속에 있는 두 철부지의 조그만 속삭임. 두 철부지는 이제 숲을 거의 빠져나왔다.

"지금 몇 시예요?"

"11시 58분. 쉿, 진득하게 기다려."

"이제 됐어요?"

"아직. 11시 59분이야. 일 분만 더 기다리면 돼. 일 분만. 숨쉬지 말고, 아무 말도 하지 마."

두 사람은 서로 주의를 주는 어린아이 같았다.

"당신 때문에 주문이 풀리겠어요."

그녀가 손을 들어 그의 입을 막는다. 그가 손을 들어 그녀의 손을 막는다.

그들의 심장이 째깍, 째깍, 째깍, 째깍, 예순 번을 째깍거린다. 시계가 아니라 그들의 심장이. 하나인 양 완벽하게 호흡을 맞춰서.

그가 그녀의 입을 막았던 손을 뗀다. 야광 숫자가 달린 조그만 왕관을 든다.

"이제 됐어요?"

그녀가 속삭인다.

"이제 됐어!"

처음에는 그도 속삭이다가 평소처럼 이야기한다. 그러다 큰 소리로 외친다.

"이제 됐어! 이제 됐어! 이제 됐어!"

그들은 어둠 속에서 함께 벌떡 일어선다.

"밤 12시. 6월 1일. 날짜가 지났어. 그가 날짜를 놓쳤어. 마티, 마티, 무슨 말인지 알겠어? 내가 하는 말 들려? 우리는 이제 안전해. 다 끝났어. 우리가 이겼어. 우리가 이겼다고."

그는 여길 건드리고 저길 건드리며 사방을 뛰어다닌다. 객실 안의 모든 조명에 환하게 불을 밝힌다. 앞이 안 보일 정도로 눈부시게 이글거린다.

그들은 입을 맞춘다. 그가 소파 밑에 감추어두었던 반짝이는 얼음 양동이를 꺼낸다. 죽지 않을 경우에 대비해서 준비해놓은 것이다. 그가 샴페인을 끄집어낸다. 그들은 입을 맞춘다. 그가 잔을 두 개 들고 온다. 그들은 입을 맞춘다. 그가 마개를 돌린다. 그들은 입을 맞춘다. 마개가 펑 하고 튀어나온다. 그의 외투 소매를 타고 거품이 흘러내린다. 그들은 웃음을 터뜨린다. 그들은 입을 맞추고, 다시 입을 맞추고, 웃음을 터뜨린 다음 다시 입을 맞춘다.

잔을 머리 위로 높이 들어올린다.

"삶을 위하여!"

"삶을 위하여! 근사하고, 근사한 삶을 위하여!"

그들은 잔을 서로 부딪치고 샴페인을 두 잔 더 따른다. 그녀는 눈물을 흘리지만 기쁨의 눈물, 환희의 눈물이다.

"우리 지금 파티를 벌이고 있는 거예요. 당신이랑 나, 둘이서. 다른 살아 있는 사람들처럼."

"우리가 지금 살아 있잖아."

"알아요, 알아요. 같이 춤춰요. 언제인지 모르겠어요……. 마지막으로 스텝을 밟은 게. 아무리 힘들어도 상관없어요. 다 따라할게요. 살아 있는 사람들처럼 같이 춤춰요."

그녀가 그를 향해 두 팔을 내민다.

그는 조그만 휴대용 라디오를 켠다. 머나먼 해변에서 단파로 수신된 음악이 더듬더듬 희미하게 이어지다 자리를 잡는다. 합창단이 한목소리로 환희의 찬가를 부른다. 〈라 트라비아타〉의 왈츠다.

그가 그녀를 품에 안고 기쁨에 겨워 객실을 빙글빙글 돌자 묶지 않은 그녀의 머리가 휘날린다. 그는 계속 춤을 추면서 반쯤 빈 그녀의 술잔을 집어 그녀에게 던지듯이 건넨다. 그리고 다시 한번 그 앞을 지날 때 이번에는 자기 잔을 집는다.

그들은 왈츠 도중에 잔을 부딪쳐 건배한다.

"삶을 위하여! 우리를 기다리는 길고 긴 날들을 위하여!"

"지금까지 기다렸던 길고 긴 날들을 위하여!"

다음날, 인생이 시작되고 세상이 시작됐다. 그들은 더이상 문을 잠그지 않고, 암호를 중얼거리지 않고, 쟁반을 몰래 들이지 않았다. 이른 아침부터 바다 위로 땅거미가 질 무렵까지 하루 종일 객실을 비웠다. 이제는 완벽하게 위험에서 벗어났으니 남들처럼 이리저리 돌아다녔다. 고개를 끄덕이고 미소를 지으며 하루를 보냈다. 처음 보는 얼굴이라고 이야기하는 사람이 있으면 그녀가 뱃멀미가 심해서 계속 몸이 안 좋았다고 둘러댔다.

그들은 맨 위 갑판으로 올라가 칠리소스병을 쏟은 듯 바다 위로 왈칵 쏟아지는 아침노을을 감상했다. 그가 보이는 것을 그녀에게 말로 그려주었다. 그들은 식당에서 아침을 먹었다. 갑판 의자를 차지하고서 오전 내내 햇볕을 쪼이며 빈둥거렸다. 다른 여자들도 눈부신 햇살을 가리느라 짙은 선글라스를 쓰고 있었기 때문에 그녀와 다를 바 없었다.

그들은 땅거미가 질 무렵에서야 옷을 갈아입고 저녁을 먹으러 객실로 내려갔다. 그들은 선장과 같은 테이블에 앉기로 했다. 적지 않은 영광이었다. 그녀는 파티용 의상을 챙겨오지 않았지만 배 안에 옷가게가 있어서 오후에 그가 만찬용으로 화려한 드레스를 사 주었다. 그녀의 몸에 맞게 수선한 뒤 객실을 비운 동안 배달이 돼서 침대 위 상자 안에서 그녀를 기다리고 있었다.

그녀는 어린아이처럼 좋아하며 상자를 들고 꼭 끌어안았다. 그 앞에서 열어보지는 않았다. 그에게는 입은 다음에 보여주어야 했다.

"당신은 나가 있어요. 준비가 끝날 때까지 보면 안 돼요. 당신을 놀라게 하고 싶단 말이에요."

"바에 올라가서 마티니 한잔할게. 그럼 되지?"

그도 수긍했다.

"삼십 분쯤 있다가 와요."

그는 그녀의 입술에 살짝 입을 맞추었다. 그녀는 어린아이처럼 상자를 등뒤로 숨기고 그가 나가는 소리가 들릴 때까지 기다렸다.

그가 밖에서 문을 잠그고 열쇠를 빼는 소리가 들렸다. 아마 습관적으로 그랬을 것이다. 이제는 그럴 필요가 없는데. 하지만 그래도 조심하는 게 나을 수 있었다.

그녀는 준비를 시작했다. 먼저 상자를 열었다. 얇은 포장지가 바스락거렸다. 그녀는 드레스를 꺼내 침대 위에 펼쳐놓았다. 그는 꽃을 들고 올 것이다. 그는 아무 말도 하지 않았지만, 그녀는 그가 올라간 이유가 그 때문임을 알고 있었다. 배 안에 꽃집이 있었다. 어깨에 꽂을 수 있게 치자꽃이나 난초를 사 가지고 올 것이다.

그녀는 겉옷을 벗고, 스타킹과 구두를 갈아 신고, 머리를 만졌다. 그런 다음 드레스를 입었다. 간단했다. 옷가게 여직원에게 미리 배웠다. 뒤쪽에 달린 고리를 옆으로 채운 다음 치맛단이 똑바로 내려왔는지만 확인하면 됐다. 손가락으로 확인해보니 똑바로 내려왔다. 그런데 위가 많이 파였다. 레이스 두 줄만 달려 있을 뿐이었다. 어깨와 등을 가릴 게 필요했다. 바다에서는 해가 지면 추워졌다. 게다가 실내에서 춤을 추다 지겨워지면 갑판으로 나가서 음악을 듣게 될 수도 있었다.

숄이나 스팽글이 달린 스카프가 없는 게 아쉬울 따름이었다. 아니, 잠깐. 딱 알맞은 물건을 기억해냈다.

그녀는 손가락으로 더듬더듬 옷장 문을 찾았다. 미끄럽고 차가운 거울 표면이 느껴졌다. 그녀는 손가락을 움직여 유리로 된 육각형 모양의 손잡이를 찾았다. 문을 열고 안으로 손을 넣었다. 옷장에 걸린 옷들을 하나씩 더듬던 그녀의 손가락이 거의 끝에 다다라서야 원하는 옷을 찾았다. 벨보이 재킷만큼이나 작은 실크 재킷이었다.

그녀는 옷걸이째 꺼내 옷을 벗기고 빈 옷걸이를 아무데나 걸었다.

그리고 거울이 달린 문을 닫았는데, 중간에 손잡이에서 손을 떼는 바람에 끝까지 닫히지 않았다. 빗장이 구멍 안으로 들어가지 않았다. 문이 문틀에 닿기는 했는데(쿵 하고 닿는 소리가 들렸다) 완전히 닫히지는 않았다. 그래도 상관없기는 했지만.

그녀는 재킷을 걸치고 앞이 보이는 사람처럼 이리저리 몸을 돌리며 마음에 들 때까지 매무새를 가다듬었다. 이거면 될 것이다. 이

거면 충분히 보온이 되고 너무 무겁지 않았다.

그녀는 마무리를 위해 화장대 앞에 앉았다. 작은 향수병을 찾아서 뚜껑을 열고 양쪽 귓불에 갖다 댔다.

저녁 시간을 위해 단장할 수 있어서 정말 좋았다. 아무 생각 없이 지낼 수 있어서 정말 좋았다. 그들은 이제 남들처럼 살 것이다. 더이상 두려워할 필요 없이, 더이상 숨을 필요 없이. 선장의 테이블에서 웃고 떠들며 저녁 식사와 함께 와인을 마실 것이다. 춤을 출 것이다. 그런 다음 별빛을 받으며 갑판을 산책하고, 난간 앞에 설 것이다. 아무 두려움 없이, 아무 두려움 없이. 지나가는 발소리는 지나가는 발소리에 불과할 테고, 고개를 돌리고 깍듯하게 고개를 까딱이든지 못 들은 척하든지 선택하기 나름일 것이다.

아무 두려움 없이, 아무 두려움 없이.

좀 전에 건 옷걸이가 미끄러졌는지 툭 하고 바닥에 떨어지는 소리가 났다.

그녀는 무슨 소리인지 알았기에, 설명이 필요 없는 소리였기에 고개조차 돌리지 않았다. 옷걸이는 원래 그랬다. 삐딱하게 걸거나 대충 걸어놓고 손을 떼면 종종 떨어졌다.

그녀는 립스틱을 고민했다. 바를까 말까. 오늘 저녁은 특별한 파티였다. 그녀는 자신이 있는 그대로의 모습으로도 그에게 걸맞은 짝이라는 걸 알았지만, 그래도 오늘 저녁은 남들 앞에 나설 것이었다. 입술 색을 위장하려는 목적만 있었던 예전과는 다르게 요즘은

립스틱을 바르는 게 관례였다. 그녀는 바르기로 했다. 앞을 못 보는 그녀가 덕지덕지 떡칠하지 않고 립스틱을 제대로 바를 수 있다고 하면 아무도 못 믿을 것이다. 하지만 그녀는 예전에도 제대로 바른 적이 있었기에 할 수 있으리라는 것을 알았다.

잠깐 동안 심혈을 기울여 발랐다.

그녀는 이제 자리에서 일어섰다. 다 끝났다. 더이상 할 게 없었다. 그를 기다리는 것 말고는.

그녀는 옷걸이가 떨어지는 소리를 들었던 게 생각났다. 다시 집어 제자리에 걸어놓으려고 옷장 쪽으로 다가갔다. 모든 걸 깔끔하게 정리해야 직성이 풀리는 여성 특유의 오랜 본능 때문이기도 했고, 딱히 급한 일이 없기 때문이기도 했다.

그녀가 내버려둔 대로 문이 직각으로 열려 있었다. 그녀는 안쪽 바닥으로 손을 뻗어 떨어진 옷걸이가 만져지자 집어서 다시 걸었다.

걸쇠가 찰칵 소리와 함께 제자리에 꽂히고, 손 안에서 손잡이의 반동이 살짝 느껴질 때까지 문을 꼭 닫았다.

그러고는 등을 돌려서 화장대로 발걸음을 옮겼는데…….

좀 전에 그녀가 닫은 문이 직각으로 열려 있었다.

그녀는 그렇게 한 적이 없었다. 분명히 밀어서 닫았다. 문이 문틀을 건드리며 멈추는 소리까지 들었다.

그녀의 심장이 먹구름으로 뒤덮였다. 조명이 하나씩 모두 꺼졌다. 냉기가 흐르고, 어디에선가 불어오는 바람이 그녀를 할퀴었다. 그녀는 비틀거리지도 않았다. 겉으로는 아무 티도 내지 않았다. 하지만 내면에서는 온 세상이 암흑 속으로 빨려들어가고 있었다. 화장대 의자 등받이를 찾아서 조금 무겁다 싶게 주저앉은 게 그녀가 보인 행동의 전부였다.

이곳에 그녀와 함께 있었다. 누군가가 이곳에 그녀와 함께 있다. 사람인지 짐승인지 모를 존재가 바로 이 순간 그녀와 함께 있다. 중간에 들어온 게 아니라 애초부터 이 안에 있었다. 처음에는 옷장 안에, 지금은 객실 안에.

어디 있을까? 어느 쪽에 있을까? 아무 소리도 들리지 않았고 아무 기척도 느껴지지 않았다.

입술이 부들부들 떨리며 빼끔거렸지만 소리를 내지 못했다.

"앨런."

문으로 갈까? 옆방을 지나서 바깥과 연결된 문으로? 그 앞으로 가면, 바로 그 앞으로 가면 앨런이 문을 열고 때맞춰 들어올 수도 있는데.

향수를 너무 많이 뿌렸다. 귀 바로 밑에서 액체가 목덜미를 타고 가느다랗게 흘러내렸다.

아무 소리도 없고 기척도 없었다. 그녀는 고개를 숙인 채 열심히 집중했다. 모든 세포를 동원해서 귀를 기울였다. 남들은 꿈도 꾸지 못할 것들을 들을 수 있도록 훈련된 감각기관의 모든 세포를 총

동원했다.

숨까지 참다니 으스스할 정도로 영리한 자였다. 숨을 쉬더라도 파동이 그녀에게 미치지 않을 정도로 흔적을 남기지 않았다. 이 객실 어딘가에서 다른 이의 심장이 뛰고 있었다. 그녀가 아닌 다른 사람의 심장이었다.

그자는 어디 서 있을까? 어디 있을까?

그가 움직이지 않고 그녀에게 접근하지 않으면 그녀가 나서서 찾아내야 했다. 비정상적인 끔찍하고 팽팽한 긴장감이 흘러서 앉은 채로는 감당할 수가 없었다. 그 정도였다. 긴장감의 진원지가 계속 숨어 있으면 그녀가 찾아내야 했다.

그녀는 진원지를 찾으러 나섰다.

자석으로 끌려가는 쇳가루처럼. 뱀에게 끌려갈 수밖에 없는 새처럼.

그녀는 자리에서 일어나 벽 쪽으로 걸어갔다. 목적지에 다다르자 벽을 왼쪽에, 심장에서 가장 가까운 쪽에 두고 따라가기 시작했다. 한 손 위로 다른 손을 겹쳐 동그란 바퀴 모양을 만들며 더듬었다.

앞을 보지 못하는 두 눈에 고인 눈물이 한줄기씩 천천히 뺨을 타고 흘러내렸다. 계속해서 달싹이는 입술은 몇 번이고 나지막이 똑같은 한마디를 중얼거렸다.

“앨런. 앨런. 앨런.”

비명을 지를 수가 없었다. 그렇게 돼버렸다. 끝까지 비명을 지를 수 없을 것이다. 끝이라는 게 있을지 모르겠지만, 이글거리는 불꽃 같은 두려움이 합선을 일으켜 성대를 태워버렸다.

기분이 이상했다. 누군가의 손길이 덮치기 전부터 그녀는 이미 천천히 죽어가고 있을지 모른다. 죽음의 초기 단계로 진입해 있을지 모른다. 그 과정이 이미 시작됐을지 모른다.

앨런의 소지품이 들어 있는 서랍장 때문에 벽이 끊기자 그녀는 서랍장을 빙 돌아서 다시 벽을 짚었다. 두 손으로 헤엄을 치고 또 쳤다. 그녀는 기슭에 도착하지 못할 것임을 알면서 죽음의 헤엄을 치고 있었다.

욕실 문 가까이 다다랐을 때 지금까지 한 번도 해본 적 없는 생각이 머릿속을 스치고 지나갔다. 잽싸게 욕실 안으로 들어가서 문을 닫으면…….

그녀의 얼굴 앞으로 한줄기 바람이 지나가더니 쾅 하고 문이 닫혔다. 부채꼴을 그리며 다가가던 그녀의 손끝이 닿기 직전이었다. 희망이 산산이 무너지며 가슴을 할퀴는 고통만 남았다. 덜거덕거리며 열쇠를 돌리고 빼는 소리가 들렸다. 그녀의 손이 닿자 손잡이의 온기가 느껴졌다. 다른 사람이 남긴 온기였다.

혀를 달싹여 바짝 마른 입술을 축였다.

"앨런."

그녀의 입술이 나지막이 속삭였다.

그자를 찾아내려고 두 팔을 앞으로 완전히 내밀었다. 그런 식으로 욕실 문을 닫은 것을 보면 한 발짝이나 두 발짝 앞에 있을 것이다.

하지만 그는 그녀가 다가가면 뒤로 물러서는 듯했다. 떨리는 손끝에 계속 허공만 닿았다.

파트너끼리 절대 만나지 않고 계속 일정한 거리를 유지하는 죽음의 무도. 죽음의 사라반드.

그녀는 한 발짝씩 벽을 따라 전진했다. 모퉁이가 나오자 그 너머의 벽으로 이동했다.

절반쯤 갔을 때 머리를 벽에 대고 삐죽 튀어나온 침대 때문에 벽이 끊겼다.

그녀는 몽유병 환자처럼 손을 앞으로 내민 채 몸을 돌려 침대를 따라 움직였다.

침대 머리에서 발치로 반쯤 걸었을 때, 반대쪽에서 뻗어 나온 두 손이 마침내 그녀의 손을 맞잡았다. 손을 붙잡아서 부드럽지만 잔인하리만치 고집스럽게 자기 쪽으로 끌어당겼다. 그 바람에 그녀가 침대를 마주보도록 돌아섰고, 침대 저쪽에서 두 손이 그녀를 잡아당기는 형상이 되었다.

두 사람이 침대를 사이에 두고 런던 브리지 게임•을 하는 형국이었다.

하지만 왠지 모르게 두려움이 사라져서 그녀는 흠칫 놀라거나

• **런던 브리지 게임** _ 두 사람이 손을 잡고 아치를 만들면 다른 사람들이 노래를 부르며 한 줄로 그 아래를 지나는데, 노래가 끝났을 때 아래를 지나던 사람이 술래가 되는 게임.

움찔하지도, 몸이 뻣뻣하게 굳지도 않았다. 그녀가 지나온 모든 과거가 이미 뒤에, 한참 뒤에 있었다. 두려움을 자각하려면 완전히 살아 있어야 한다. 그녀는 이럴 수밖에 없다는 것을, 아무리 몸부림쳐도 피하거나 바꿀 수 없다는 것을 아는 듯했다.

그녀는 나른하게 눈을 감았다. 앨런은 제때 돌아오지 못할 거야. 지금까지의 어둠이 또 다른 어둠으로 바뀌었을 때 그녀가 마지막으로 한 생각이었다.

주삿바늘이 쉰 목소리의 울부짖음을 잠재우고 잠깐의 잠이라는 휴식을 주기 직전에 그는 선상 의사의 소맷부리를 붙잡고 뜯어내려는 듯이 잡아당기며 절망적으로 속삭였다.

"저들이 그랬어요. 캐머런이라는 경찰이 그랬어요. 31일만 조심하면 된다고, 그자는 31일에만 일을 저지른다고 장담했다고요. 어제 자정으로 31일이 지나서, 그녀 옆에서 불침번을 서던 것도 그만두고 마음을 놓았더니. 저들이 왜 나를 속였을까요? 어디가 잘못됐을까요?"

"무슨 소리를 하시는지 모르겠네요."

수염을 기른 선상 의사는 최대한 다정하게 말했다.

"어제 자정부터 자정까지가 31일이었던 건 맞아요. 하지만 오늘도 자정부터 자정까지 31일이에요. 똑같은 날짜가 되풀이되는 거죠. 서쪽으로 날짜변경선을 지나면 하루가 생기잖아요? 이 배가 정확히 31일에 날짜변경선을 지난 겁니다. 그러니까 마흔여덟 시간 동안 31일인 거예요. 아무한테 얘기 못 들었어요? 몰랐어요?"

캐머런은 상사가 천둥처럼 고함을 지르고 사무실 집기를 박살 내며 활화산처럼 분통을 터뜨릴 줄 알았다. 그런데 오히려 그를 투명 인간 대하듯 했다. 보이지 않는 인간 취급했다. 눈에 무슨 이상이라도 생긴 듯했다.

그가 용기를 내서 서장실 문 앞으로 다가가기까지 이십 분이 걸렸다. 이십 분 동안 경찰서 맞은편에 서 있다 도로를 건너고, 출입문 앞 계단에서 서성이다 안으로 들어가고, 마시고 싶지도 않은 물을 마시면서 복도에 있는 정수기를 만지작거리다 끔찍한 문 앞에 섰다.

마침내 문을 두드렸다.

대답이 없었다. 보고하러 온 사람이 그라는 걸 상사가 알고 있는지, 노크 소리를 듣고 알아차렸는지, 묘한 육감으로 간파했는지 알 길이 없었지만 아무튼 대답이 없었다.

캐머런은 상사가 분명 안에 있음을 알았다. 전화 통화를 하는 소리가 들렸다.

그는 기다리다 다시 문을 두드렸다.

아무 반응이 없었다. 유령이라도 된 듯했다.

결국 그는 문을 열고 안으로 들어갔다.

상사는 앉아서 보고서를 검토하고 있었다.

캐머런은 문을 닫고 안에 서서 기다렸다.

누군가가 들어왔다 나갔다. 상사가 그에게는 말을 걸었고, 그를 대할 때는 시각이나 청각에 아무 문제가 없었다.

캐머런은 헛기침을 했다.

상사는 안 들리는지 고개를 들지 않았다.

캐머런은 책상으로 걸어가 상사 바로 앞에 섰다.

상사는 스탠드를 켜고 혼잣말을 중얼거렸다.

"해가 일찍 지는군."

결국 캐머런은 절박한 심정으로 입을 열었다.

"서장님, 제가 여기 서 있잖습니까. 서장님께 보고를 드리려고 기다리고 있단 말입니다."

상사는 공기 중에 뭔가 거치적거리는 게 있기라도 한 것처럼 새끼손가락으로 한쪽 귀를 후볐다.

"실수였습니다. 하지만 제 실수인 동시에 호놀룰루 경찰의 실수이기도 합니다. 저는 샌프란시스코에 있었지, 현장에는 있지도 않았단 말입니다. 배가 요코하마에 도착했을 때 선장이 전보로 호놀룰루 당국에 보고했지만, 그때는 이미 엎질러진 물이었죠. 호놀룰루에서 전보를 저에게 전송해주었습니다. 형사 두 명과 경찰 한 명이 호놀룰루에서 그날 오전 9시에 그녀를 찾으러 배에 탔답니다. 그로부터 십오 분인가 이십 분 뒤에 또 다른 경찰 한 명이 마치 일행과 합류하는 양 모습을 드러냈죠. 다들 경찰은 그런 식으로 업무를 진행하나 보다고 생각했을 뿐, 아무도 그자를 막거나 의심하지 않았답니다. 형사들이 배에서 내렸을 때 동행한 경찰은 한 명이었습니다. 남은 경찰 한 명은 남들이 뻔히 보는 앞에서 경계 근무를 섰죠. 아무도 확인할 생각조차 하지 못할 정도로 공공연하게 말입니다. 그가 떠나는 모습은 아무도 보지 못했지만 배가 출발했을 때 선상에서 사라졌으니 다들 갔다고 생각했고요."

상사는 한마디도 듣지 않았다. 어딘가에 서명을 하고 잉크를 닦았다. 그의 시선은 캐머런을 똑바로 지나서 벽에 걸린 시계를 확인하고는 다시 고개를 숙였다.

"호놀룰루에서 식당 급사가 새로 채용됐습니다. 직접 가서 확인해보니 정말로 급사가 교체됐더군요. 이게 중요한 부분입니다, 부서장님. 승무원들이 나중에 말하길 급사의 외모가 처음 승선했을 때와는 달라졌다는 겁니다. 전혀 다른 사람처럼요. 하지만 아무도 따지지 않았고, 어떤 조치를 취한 사람도 없었습니다. 하와이 혼혈 급사 이름이 승무원 명단에 적혀 있고, 이름에 걸맞은 하와이 혼혈 급사가 있기만 하면 되는 거였으니까요. 게다가 그가 요코하마에서 뭍으로 도망쳐버렸으니 조사를 하려고 해도 이미 늦은 일이었고요. 서장님, 배 안에서 살인이 두 번 저질러졌고, 경찰 제복은 호놀룰루와 날짜변경선 사이 어딘가에서 배 밖으로 조용히 버려졌을 겁니다. 제가 일을 그르쳤다는 건 압니다. 하지만 변명을 하자면……."

그는 절망감에 손으로 책상을 짚었다.

"서장님, 아무 말씀이라도 해주세요. 욕을 하셔도 좋습니다! 하지만 저를 이런 식으로 세워놓고……."

"하크니스!"

상사가 카랑카랑하게 외쳤다.

내근 경사가 문밖에서 고개를 들이밀었다.

"하크니스, 자네 제정신인가? 아무나 함부로 들이지 말게. 여긴 경찰서야. 아무나 걸어가다 마음 내키면 들어올 수 있는 곳이 아니라고. 낯선 사람이나 지나가던 행인도. 일반인은 대부분 출입 금지인 거 모르나? 복도 끝에 있는 책상, 자네가 치워주어야겠어. 그리고 이 방 청소도 부탁하네. 처리해야 할 서류가 많은데, 우리 부서원이 아닌 사람이 있으면 곤란하지."

상사는 호되게 호통을 쳤다.

캐머런은 자기 발을 한 번도 본 적이 없어서 이제 와 어떻게 생겼는지 열심히 뜯어보는 사람처럼 고개를 푹 숙였다.

"서장님이 하신 말씀 들었지?"

하크니스가 자기도 이런 역할이 유감스럽다는 듯이 속삭였다.

"다시 오겠습니다."

캐머런은 끈질기게 이야기하고 몸을 돌려 밖으로 나갔다.

"하크니스. 옛날 속담에 이런 말이 있지. 죽은 자는 절대 돌아오지 않는다는 말."

털사 소인이 찍혀 있고, 받는 쪽 주소는 캐머런의 본서인데, 샌프란시스코로 전송됐다가 호놀룰루로 재전송됐다가 샌프란시스코로 반송됐다가 캐머런의 본서로 반송됐다가 "잘못된 주소!"라는 서장의 손글씨와 함께 캐머런의 집 주소로 고쳐서 배달이 된, 개리슨이 캐머런에게 보낸 편지:

……형사님이 작년 칠월에 이 근처에 열흘 동안 계셨는데도 도움을 못 드렸네요. 아무튼 요점만 간단히 이야기하겠습니다. 간밤에 아내와 함께 공연을 본 뒤에 차를 타고 집으로 돌아오는데, 취객 하나가 비틀거리며 길모퉁이에 서 있다가 저희를 향해 거의 정통으로 술병을 던졌습니다. 제가 브레이크를 얼른 밟지 못하는 바람에 타이어에 펑크가 났죠. 그 자리에서 당장 그를 경범죄로 경찰에 넘겼지만, 사십오 분이 지난 다음에서야 수리를 받고 다시 집으로 출발할 수 있었습니다.

상상이 되고도 남으시겠지만, 저희 둘 다 상당히 화가 났고 아내는 열을 내며 이렇게 외쳤습니다.

"저런 인간들은 정말이지 위험하다니까요! 술병을 그렇게 함부로 던지다니! 지나가던 사람 머리에 맞았으면 죽었을 수도 있어요!"

"예전에 내가 아는 사람 한 명이 비행기 밖으로 술병을 던지는 습관이 있었는데."

그러고는 낚시 동호회에서 비행기를 타고 여행을 갔을 때 스트리클랜드가 창문으로 술병을 던진 이야기를 아내에게 전하는데, 문득 예전에 형사님께서 찾아왔을 때 제가 드리지 못했던 정보가 이게 아니었을까 싶은 생각이 들더군요.
이제는 필요 없는 정보가 됐을지 모르겠습니다. 유효기간이 지났을 수도 있고, 애초에 형사님이 찾던 정보가 이게 아니었을 수도 있고요. 하지만 어젯밤부터 자꾸 신경이 쓰여서 마음의 부담을 덜려는 생각에…….
이 편지가 부디 형사님께 전해졌으면 좋겠고 어쩌고저쩌고…….

캐머런이 개리슨에게 보낸 전보:

아직도 매우 긴요한 정보임. 다음의 질문에 즉각 답변을 요함. 후불로 전송 요망. 하나. 그가 그런 짓을 저지른 날이 며칠이었는지. 5월 31일이었는지. 둘. 비행기의 목적지가 어디였는지. 셋. 비행기가 공항을 이륙한 시간이 몇 시였는지. 넷. 그가 술병을 던진 시각을 기억하는지. 다섯. 그 비행기의 평균 비행 속도를 추정 가능한지.

개리슨이 캐머런에게 보낸 전보(후불이 아니라 선불 처리했다):

하나. 전몰장병 추모일•이었던 게 거의 확실함. 그는 항상 공휴일에

심하게 폭음을 했음. 둘. 캐나다 국경 근처의 스타 오브 더 우즈 호수. 셋. 오후 6시. 늘 정해진 시간에 공항에서 만나 이륙했기 때문에 장담할 수 있음. 넷. 정확한 시간은 알 수 없음. 발밑으로 불빛이 보이는데 햇빛이 남아 있었으니 해가 지기 시작할 무렵이었을 것임. 다섯. 오래된 비행기라 시속 160킬로미터쯤 되지 않았을까 싶은데 단순 추측임.

작업에 십 분이 걸렸다. 아니, 그 정도도 안 걸렸다. 일단 작은 마을과 사거리는 물론이고 농가까지 거의 모두 표시가 된 대축척 지도를 펼쳤다. 그런 다음 공항에서 호수까지 자로 일직선을 긋고 대강의 비행 거리도 옆에 적었다. 그해, 그러니까 1941년 책력을 뒤져서 그해, 그날, 그 위도 상의 정확한 일몰 시각이 몇 시였는지, 정확히 몇 시에 해가 졌는지 찾았다.

먼저 6시를 출발점으로 삼았다. 그런 다음 160킬로미터 간격으로 일직선 위에 눈금을 찍어서 각각의 시각 그러니까 7시, 8시, 9시에 이론상으로 비행기가 어디쯤에 있었을지 파악했다. 눈금을 삼십 분 단위로 나누었다. 다시 십오 분 단위로 나누었다. 오 분 단위로 나뉠 때까지 과정을 반복했다. 두말하면 잔소리지만 비행기가 꾸준히 시속 160킬로미터의 속도를 유지했어야 쓸모가 있는 정보였다. 어떨 때는 좀더 빠르게 가고, 어떨 때는 좀더 느리게 갔다면 물 건너간 얘기였다. 하지만 그 정도 위험부담은 감수해야 했다.

● **전몰장병 추모일** _ 오월의 마지막 월요일이다.

그는 7시 50분과 7시 55분 눈금 사이에 큼지막한 포물선을 그려 일몰을 표시했다. 두 번째 포물선으로 어둠이 깔린 시점을 표시했다. 그리고 마치 괄호처럼 생긴 양쪽 포물선 안에 갇힌 지역을 뚫어져라 쳐다보았다.

그 일대에서 지도상에 마을을 의미하는 동그라미가 그려진 곳은 딱 한 군데뿐이었다. 옆에 마을 이름도 적혀 있었다. 근처에 마을은 그곳 하나뿐이었다.

바로 그곳이었다. 그는 이제 사진이 '어디에서' 찍혔는지 알아냈다. 한 생명, 두 생명 정도 늦긴 했지만 드디어 알아낸 것이다.

할머니 한 명이 창가 흔들의자에 앉아서 먼 곳을 물끄러미 바라보았다. 그러다 한 손을 들어 레이스 커튼 자락을 뒤로 젖혔다. 아주 오래전에, 이제는 누렇게 빛이 바랜 사진 속에 배경으로 등장했던 바로 그 레이스 커튼이었다.

"그 아이는 죽었다오."

할머니가 말했다.

"어제였던가? 몇 년 전이었던가? 모르겠네, 잘 모르겠어. 이제는 심장이 시간을 정확히 알려주지 않아. 내가 혼자라는 것만 알지. 그 아이는 여기 없다는 것만 알지.

그래, 남자친구가 있었지. 그 아이가 사랑했던 남자친구가. 평생 한 남자밖에 몰랐다오. 딱 한 명만 알고 싶어 했지. 남자친구랑 결혼할 계획이었어. 결혼을 못하면 아마 죽어버렸을 거야."

할머니는 퍼뜩 뭔가 생각난 듯 하던 말을 멈추었다.

"그 아이는 죽었지."

할머니는 의자를 흔들며 먼 곳을 바라보았다.

"매일 저녁 8시에 남자친구를 만났어. 광장 앞에 있는 잡화점 앞에서. 거의 매일. 어쩌다 비가 억수같이 퍼붓거나 내가 화가 나면 그 아이를 못 나가게 했거든. 착한 아이라 말을 들었지. 내가 못 나가게 하면 남자친구가 여기로 찾아와 창문 아래에서 휘파람을 불었고, 그러면 그 아이가 창문을 열고 이야기를 나누었으니 매일 만난 셈이었어. 나는 모르는 척했지. 둘이 소곤거리는 소리가 들렸지만 모르는 척했지.

남자친구가 그 아이를 위해서 불던 휘파람 소리가 얼마나 재미있었는지 몰라. 지금도 귓가에 선하네. 우렁차거나 거침없지 않고 부드러운 애원조였지. 꼭 길을 잃은 새끼 올빼미처럼.

'티-후. 티-후.'

이런 식이었거든.

그런데 일 년 전쯤 희한한 일이 벌어졌지 뭔가. 어느 날 밤에 그 소리가 분명하게 들리는 거야. 예전처럼 그 아이의 방 창문 아래에서. 한밤중이었고, 나는 뜬눈으로 침대에 누워 있었어. 그런데 그 달달하고 절절한 휘파람 소리가 계속 이어지는 거야. 결국 나는 자리에서 일어나 그 아이의 방으로 건너갔지. 창가로 가서 창문을 열어보니 남자친구가 아래 서 있지 뭔가. 달빛에 서 있는 모습이 보였어. 그 녀석은 나를 올려다보았고, 나는 그 녀석을 내려다보았지. 젊은 눈동자를 기대감으로 반짝이며 나를 올려다보더군. 그러더니 아주 오래전에, 어렸을 때 그랬던 것처럼 모자를 살짝 기울이면서 '도러시 나올 수 있나요?' 하고 묻는 거야. 아주 오래전에 그랬던 것처럼.

나는 그 아이가 죽었다는 걸 깜빡했지.

그래서 이렇게 말했어.

'오늘은 안 된다. 너무 늦었잖아. 내일 저녁 때 오너라.'

그러고는 이제 그만 가라는 뜻에서 손을 내저었어. 내 딸을 좋아하는 남자아이를 대할 때 하는 식으로. 알잖아, 다정하지만 단호하게.

그런 다음 창문을 닫고 등을 돌렸지. 방을 절반쯤 가로질렀을 때 문득 몸이 휘청거렸고 이러다 기절하는 게 아닐까 싶더군. 오랫동안 큼지막한 커버로 덮어놓은 딸의 빈 침대가 눈에 들어온 거야. 창가로 달려갔지만, 그 녀석은 없었어. 보이지 않았어. 가버렸어.

내가 꿈을 꾼 걸까? 정말로 그 녀석이 왔었을까?

잘 모르겠어."

할머니는 이내 말을 이었다.

"이게 어떤 사랑인지 모르겠어. 내가 이해할 수 있는 한계를 넘어버렸거든. 가끔은 우리 아이나 그 녀석이 이해할 수 있는 한계도 넘지 않았을까 싶어. 어쩌다 그 둘한테 그런 사랑이 찾아왔을까. 우리 도러시처럼 평범한 아이한테. 조니처럼 평범한 아이한테."

형사는 아무 대꾸도 없이 묵묵히 그 자리에 서 있었다. 그렇게 아름다웠던 것이 어쩌면 그렇게 흉악해질 수 있을까. 그렇게 올발랐던 것이 어쩌면 그렇게 잘못될 수 있을까. 그는 그런 생각을 했다.

창가 흔들의자에 앉은 할머니는 계속 먼 곳을 물끄러미 바라보았다.

# 007

## 재회

전형적인 소도시 호텔의 허름한 객실. 1916년쯤에 지어진 이래 한 번도 개조된 적 없는 그곳. 창틀 안쪽까지 칙칙한 밤색으로 착색된 목조. 벽의 틈새로 공기가 들어와 기포가 생긴 벽지. 그 벽지에 그려진 빛바랜 빨간 꽃. 마치 벌레들이 대칭을 이루며 줄줄이 벽을 기어 올라가는 것처럼 보인다. 천장 한가운데에는 유리로 된 종 모양의 전등이 달려 있다.

젊은 여자와 나이 지긋한 남자가 안에 있다. 머리카락이 희끗희끗한 남자는 두툼한 안경을 쓰고 옷 위로 하얀색 작업복을 걸치고 있다. 여자는 스포트라이트처럼 얼굴을 환히 비추는 자동 점등식 화장용 거울 앞에 앉아 있다. 그녀는 옷 위로 턱받이를 걸치고 있다. 머리에 뒤집어쓴 수건을 뒤에서 핀으로 고정해서 머리카락을 완전히 덮었다. 공연계에 종사하는 사람들이나 앎 직한 화장품들이 주변에 흩어져 있다. 그런데 그녀가 아니라 남자가 그걸로 작업을 하고 있다. 그녀는 무릎 위로 두 손을 포개고 앉아 있다. 바닥에는 조그만 받침대 위에 가발이 놓여 있다.

그들 앞 화장대 위에는 두 가지 물건이 세워져 있다. 하나는 오래전에 찍어서 누렇게 빛이 바래고 안 보일 정도로 희미해진 어떤 아가씨의 사진이다. 현관 앞 계단에 서서 한쪽 발을 뒤 계단에 올려놓고 햇볕을 받으며 웃는 젊은 아가씨의 사진이다. 그게 그들의 왼편에 놓여 있다. 오른편에는 똑같은 사람을 크게 확대한 사진이 놓여 있다. 아가씨의 얼굴만 있다. 몸과 현관 앞 계단과 배경은 생략됐다. 얼굴만 실물보다 더 크게, 정교하게 복원했다. 가장자리에 몇 가지 사항들이 일종의 지침 삼아 연필로, 세로로 적혀 있다.

가르마는 왼쪽. 삼십오 센티미터 단발.

눈썹은 세 번째로 어두운 색조. 초턴 #3.

양쪽 눈가에 서너 개의 옅은 주근깨.

속눈썹, 노 메이크업.

뺨, 노 메이크업.

입술, 노 메이크업.

모래색 외투, 놋쇠 단추.

여미지 않은 옅은 파란색 스카프.

모자는 쓰지 않는 것이 습관.

굽 낮은 구두.

남자는 살갗과 비슷한 색깔의 점토인지 퍼티를 그녀의 광대뼈와 턱에 치대 얼굴의 윤곽을 바꾼다. 이쪽에서 조금 덜어내는가 하면 저쪽에 좀더 붙인다.

그 후 팬케이크처럼 생긴 커다란 분첩으로 조심스럽게 이쪽저쪽을 토닥여 번들거림을 죽이고 전체를 하나로 연결한다. 뒤로 물러서서 확대한 사진 속의 얼굴과 비교한다. 사진을 보다 그녀를 보고, 그녀를 보다 사진을 본다.

"이쪽으로 고개를 살짝 돌려요.

이제 저쪽으로 살짝 돌려요.

눈을 아래로 떠요.

이제 위로 떠요."

그가 고개를 끄덕인다. 이제 둘은 하나다. 그녀는 자기와 똑같은 얼굴을 마주보고 있다. 처음에는 사진이 실물을 고스란히 베꼈다면 이번에는 실물이 사진을 고스란히 베끼고 있다.

그가 수건을 고정하고 있던 핀을 조심스럽게 뺀다. 일치 비율이 깨진다. 다섯 시간의 노고가 일견 수포로 돌아간다. 머리가 까만색이다.

그가 받침대에 놓여 있던 가발을 집는다. 거기에 핀으로 꽂아놓은 무언가를 떼어낸다. 처음에는 뭔지 보이지 않더니만 이제 보니 누군가에게서 잘라낸 머리카락 샘플이다. 어쩌면 관 속에 누워 땅속에 묻힐 순간을 기다리는 시신에서 기념품 삼아 잘라낸 것일 수도 있다.

그가 여자에게 조심스럽게 가발을 씌우자 일치 비율이 높아진다. 둘이 다시 하나가 된다.

그녀가 자리에서 일어나 턱받이를 벗는다. 그가 상자에서 옅은 파란색 스카프를 꺼내 이번에는 작은 스냅사진을 참고해가며 자연스러운 분위기를 풍기도록 그녀의 목에 조심스럽게 걸친다. 좀더 커다란 상자에서 모래색 모직 재킷을 꺼낸다. 이번에도 핀으로 꽂아놓았던 톱니 모양의 조그만 샘플을 떼어낸다. 입던 사람이 죽은 뒤에도 오랫동안 옷장에 걸려 있었던 재킷에서 잘라낸 샘플일지 모른다.

그녀가 재킷을 입는다.

스냅사진을 보면 놋쇠 단추 하나가 살짝 뜯어져서 실밥에 대롱대롱 매달려 있다. 복제품에도 놋쇠 단추 하나가 살짝 뜯어져서 실밥에 대롱대롱 매달려 있다.

"오픈해서 입어요. 절대 단추를 채우면 안 돼요. 항상 오픈해서 입어요. 배가 시려서 죽을 것 같더라도."

그가 주의를 준다.

그는 문 앞으로 걸어가 방안이 아니라 복도에 있기라도 한 양 문을 두드린다.

밖에서 열쇠가 돌아가더니 체구가 아담한 할머니가 한 남자의 안내를 받으며 비틀비틀 들어온다.

"다 됐습니까?"

뒤따라 들어온 남자가 묻는다.

"다 됐습니다. 능력이 닿는 한도 내에서 최선을 다했어요. 이 이상은 못 합니다."

전문가가 대답했다.

여자가 천천히 몸을 돌려 그들을 마주본다.

할머니의 입에서 비명이 터져 나온다. 할머니가 두 손으로 입을 막는다.

"도러시!"

할머니는 함께 들어온 남자 쪽으로 몸을 숙이고 얼굴을 가리려고 한다.

"내 딸 도러시야! 무슨 수로? 저 아이가 어떻게 여길……?"

할머니는 나지막이 흐느낀다.

데리고 들어온 남자가 할머니의 머리와 어깨를 위로하듯 토닥인다.

"저희가 확인하고 싶었던 게 이겁니다. 잔인하다는 건 압니다만 달리 방법이 없었습니다. 할머님의 눈을 속일 수 있다면 그자의 눈도……."

그가 달래듯 말한다.

캐머런이다.

그가 문밖에서 기다리고 있던 다른 사람에게 할머니를 부탁하자 할머니는 그를 따라가면서도 훌쩍이고 중얼거리며 계속 돌아보려고 한다. 오래전에 죽은 딸을 보려고 한다.

전문가는 짐을 챙기고 작업복을 벗고 떠날 차비를 마친다.

캐머런이 그와 악수한다.

"솜씨가 훌륭하시네요."

"경찰 일은 이번이 처음입니다. 하지만 이십 년 동안 카메라와 촬영용 조명 앞에서 일을 했으니 감쪽같이 속일 수 있을 겁니다."

캐머런은 그럴 수 있길 바란다. 그녀가 등장하는 장면에 재촬영은 없다. 한 번에 완벽하게 끝내야지 그렇지 않으면 죽는다.

문이 닫히고 그와 단역 배우만 남는다. 한 명의 관객을 위한 배우다.

그가 32구경 리볼버를 꺼내 화장대 위에 놓는다.

그녀가 리볼버를 핸드백에 넣는다. 발사 준비 상태로 고정이 되도록 사전에 특별히 준비한 클램프에 끼워 넣는다. 그러면 핸드백에서 꺼내지 않아도 손만 갖다 대면 총을 쏠 수 있다.

"준비됐나, 수습 경관?"

"네, 경위님."

"자네 임무가 시작됐다."

그가 불을 끄지만, 두 사람은 어둠 속에서 잠깐 꾸물거린다.

캐머런이 창문틀 한참 아래까지 내려두었던 블라인드를 올린다.

맞은편으로 광장 너머에서 간판이 번쩍인다. '지티' 아래로 '잡화점'이라고 적혀 있다.

섬뜩한 남자가 서 있던 자리에 이제는 매일 밤마다 유령 아가씨가 데이트 상대를 기다린다. 잊힌 아가씨가 오지 않는 남자를 기다린다. 멀지도 않고 가깝지도 않은 곳을 열심히 바라보는, 걱정과 슬픔과 절대 오지 않는 사람에 대한 애원이 담긴 눈빛. 화장수를 파는 움푹 들어간 조그만 공간에 끈질기게, 쓸쓸하게 서 있는 그녀. 어느 누구와도 시선을 맞추지 않고, 아직 만나지 못한 사람의 시선만 기다리는 두 눈.

행인들이 지나간다. 과거에도 그랬고 미래에도 그럴 테지만 즐거운 곳을 찾아 웃고 떠들며 개미떼처럼 빽빽하게 지나간다. 극장 차양을 수놓은 불빛들이 간격을 두고 리드미컬하게 반짝이며 사방으로 물결친다. 그 앞으로 행렬이 늘어섰다가 사라진다. 그러다 불빛의 물결이 얼어붙으면서 동작을 멈추고 조명이 꺼지면 마지막 공연을 시작부터 감상하기에는 늦었다는 뜻이 된다. 한 남자가 들고 나온 사다리를 타고 올라가서 '케리 그랜트'를 '벳 데이비스'로, 혹은 '벳 데이비스'를 '케리 그랜트'로 바꾼다. 그렇지만 야외 공연은 영원히 계속된다. 그리고 숨이 붙어 있기만 하면 이 공연을 볼 수 있다.

사람들은 예전에 남자를 볼 때보다 더 노골적으로 그녀를 쳐다본다. 그녀가 젊은 여자이다 보니 많은 시선이 쏠릴 수밖에 없다. 그들은 각자의 기분과 연령과 현재 옆에 있는 사람의 상태에 따라 다양한 의미와 의도가 실린 눈빛으로 그녀를 쳐다본다. 남자와 함께 걷는 여자들은 그녀를 보며 자기도 그만큼 예뻐 보이는지 비교하고, 자기 남자가 그쪽으로 고개를 돌리고 쳐다보는 시간에 따라 상대의 불만족도를 측정한다. 남자가 없는 여자들은 경쟁적으로 의혹의 눈길을 던지며, 오늘밤에 지금까지 아무 소득이 없는 게 그녀 때문일까 궁금해한다. 여자가 있는 남자들은 그녀를 쳐다보며 너무 성급하게 내린 결정을 후회한다. 하지만 가끔, 아주 가끔, 같이 걷는 여자와 손을 잡은 쪽 팔에 힘을 주며 '나는 만족해. 나는 바꾸지 않을 거야'라고 생각하는 남자도 있다. (훌륭한 남편감이다.) 나이가 있는 여자들은 못마땅해서 코를 찡그리며 이렇게 생각한다.

'나 때는 여자들이 남자가 데리러 올 때까지 집에서 기다렸는데. 길모퉁이에서 남자친구를 만나고 그러지 않았는데, 그래서 저 여자가 바람맞고 있는 거야. 조신하지 않아서.'

나이가 있는 남자들은 다시 젊은 시절로 돌아가고 싶어 한다.

걸음을 멈추고 뭔가를 시도해보는 쪽은 여자가 없는 젊은 남자들이다.

쳐다보던 시선이 미소로 바뀌고, 미소가 느린 걸음걸이로 바뀐다. 그러다 아예 걸음을 멈춘다.

그녀는 시선을 떨어뜨린다.

그러고는 핸드백 덮개를 연다. 다른 핸드백 같으면 거울이 붙어 있을 안쪽 자리에 어떤 남자의 얼굴이 붙어 있다. 실력 있는 화가가 상상으로 그린 몽타주다.

몽타주의 선 하나하나마다 어떤 이의 목숨이나 애끓는 아픔이 아로새겨져 있다.

"눈이 잘생겼다는 것 말고는 아무것도 기억 안 나요. 눈동자는 적갈색이고 작은 눈은 아니었어요. 둥그렇고 심지어 성실해 보이는 눈이었어요."

그와 하룻저녁 만났던, 샤론의 친구 러스티가 남긴 증언이었다.

"입술이 얇고 비열하게 생겼어요. 왠지 모르게 씁쓸한 분위기였고 늘 꾹 다물고 있었죠."

어느 날 밤, 그 입을 향해 주먹을 날렸던 빌 모리시가 남긴 증언이었다.

"코는 넓적하지 않았어요. 끝이 살짝 들렸고요. 한번 감기에 걸려서 시도 때도 없이 코를 푼 적이 있었는데, 그때 눈치챈 거예요."

잭 먼슨의 하숙집 주인이 남긴 증언이었다.

그녀는 교태를 부리는 척 시선을 떨어뜨린다. 그랬다가 시선을 든다. 다시 떨어뜨린다.

수줍어하는 척 추파를 던지는 것 같다. 하지만 데이트 지망생들은 짐작이 맞았는지 틀렸는지 알아볼 기회가 없다.

뒤에서 누군가가 그에게 몸을 부딪치며 어깨로 밀치다시피 한다.

"좀 갑시다. 형씨가 길을 막고 있잖소."

누군가가 귀에 입을 바짝 대고 중얼거린다. 그런 다음 지망생이 몸을 떼어낼 겨를도 없이 손바닥에 있는 반짝이는 신분증을 슬쩍 보여준다. 그것으로 충분하다. 그러면 수작을 걸려던 남자는 가던 길을 간다.

그녀가 손을 조금 움직여서 스카프를 벌린 결과다. 아주 살짝 벌렸을 뿐이지만 아니라는 뜻이다. 만약 그녀가 반대로 스카프를 살짝 여몄다면 맞는다는 뜻이 된다. 그랬더라면 사방에서 순식간에 사람들이 뛰쳐나와 눈 깜빡할 새 총을 꺼내고 잔인한 몸싸움을 벌이다 사망자가 발생할 수도 있다. 사소한 움직임이 그렇게 엄청난 결과를 낳을 수 있는 것이다.

그러다 밤이 깊어지면 조명이 하나둘씩 꺼지고 인적이 끊긴다. 도금된 것처럼 반짝이던 인도가 거무스름한 납 찌꺼기로 덮인다. 그녀의 모습은 희미해져 캄캄한 어둠 속 실루엣이 된다.

광장 저쪽에서 조그만 불빛 하나가 잠깐 깜빡이고 사라진다. 미적거리던 행인이 아무 생각 없이 담뱃불을 붙이려고 성냥을 긋는 모습인가 싶다. 그게 해산 신호라도 되는 양, 누군가의 유령 애인은 몸을 돌려 그림자 속으로 사라진다. 아주 오래전에 누군가가 그랬던 것처럼.

단정하게 한곳으로 모은 채 미동도 하지 않는, 너무나 조그만 그녀의 두 발이 거기 있다. 금색으로 반짝이는 인도에 붙박여 있다. 그 앞으로 수십 쌍의 발이 터벅터벅 혹은 느릿느릿 혹은 빠르게 줄지어 지나간다. 발뒤꿈치와 발가락이 맞닿을 정도로 잇달아 끊임없이 지나간다. 개성 없고 무표정한 낯선 사람들의 발. 사연이 거의 없는 발, 사연이 정말 많은 발.

피곤하고 기운이 없어서 질질 끌리는 발. 춤을 추듯 경쾌하게 통통 튀는 발. 얼른 목적지에 가고 싶어서 안달하는 발. 가기 싫어서 미적대는 발. 남자들의 넓적하고 커다란 발. 발등이 아파 보일 정도로 휘었고 발끝으로만 살짝 땅바닥을 디딘 발. 끊임없이 움직이는 번화가의 발. 인도가 손바닥만큼도 안 보일 정도로 끊임없이 이어지는 발의 행렬.

누군가의 손이 움직이는 게 보이지도 않았는데 문득 꾸깃꾸깃한 종이 뭉치가 하나 떨어진다. 그냥 떨어진 게 아니라 곡선을 그리며 날아와 꼼짝 않고 서 있던 그녀의 발치 바로 앞에 떨어져서 그 자리에 머문다. 발을 겨냥이라도 한 것 같다.

누군가가 무엇을 던졌다. 그게 아니라면 왜 하필 그녀가 서 있는 곳에 떨어뜨렸을까. (지나가던 사람이 보지도 않고 던진 게 어쩌다 거기 떨어진 것일 수도 있다.) 그녀의 앞에 못 미쳐서나 그녀의 앞을 지난 다음이 아니라, 왜 서 있는 사람이 아무도 없는 곳이 아니라 여기일까.

호두만 하게 꾸깃꾸깃 뭉친 종이는 그 자리에 한참동안 머물러 있다.

그녀가 발을 살짝 움직여 종이 뭉치를 건드려본다. 그런 다음 발을 제자리로 거둔다. 왔다갔다한 이동 거리가 십오 센티미터밖에 안 된다. 그녀가 그러는 걸 본 사람은 없다.

망설임의 시간이 계속 이어진다.

우연이 아니다. 왜 그녀가 서 있는 곳에 떨어뜨렸을까.

그녀가 손을 아래로 뻗어 바닥 위를 스치자 종이 뭉치가 자취를 감춘다.

그녀는 핸드백 덮개로 가린 채 종이를 펼친다. 연필로 쓴 글씨가 눈에 확 들어온다. 구멍이 있는 벽돌 담벼락에 대고 급하게 휘갈긴 듯 울퉁불퉁하다. 사신이 이미 죽은 자에게 보내는 편지다.

도러시,

멀리서 당신을 봤어. 지난밤도, 지지난밤도. 삼 일 밤 연속으로 당신을 보고 있어. 당신을 기다리게 해서 정말 괴롭지만 곤란한 상황이야. 당신이 있는 곳으로 다가가면 안 될 것 같은 예감이 들거든. 이유는 나도 모르겠어. 불빛도 밝고 사람들도 너무 많아서 거기에서는 당신과 이야기를 나눌 수가 없어. 나는 쫓기고 있어. 당신 앞을 얼른 지나가면서 이 쪽지를 떨어뜨릴게. 당신이 집어주었으면 좋겠다. 쪽지를 읽으면 거기서 천천히 움직여. 컴컴하고 사람들이 없는 곳으로 가. 그래야 내가 당신이 있는 곳으로 찾아갈 수 있어. 당신 옆에 누가 있으면, 사람이 한 명이라도 있으면 갈 수가 없어.

조니

그녀는 잠깐 휘청거렸지만, 유심히 관찰한 사람이 아니면 알아차릴 수 없었다. 한 손을 뒤로 뻗어 잡화점 쇼윈도에 대고 몸을 가누었다. 그러는 것 역시 아무도 알아차리지 못했다. 그녀는 은연중에 무언가로부터 몸을 움츠리려는 듯한 분위기를 풍겼다.

이내 기운을 차린 그녀는 쇼윈도를 짚은 손을 떼고 몸을 꼿꼿이 세웠다. 손을 들어 한기가 느껴지는 듯 스카프를 여몄다. 사전에 정한 신호이기는 했지만, 실제로 한기가 느껴졌다. 턱밑을 팽팽하게 감쌀 만큼 바짝 여몄다. 그런 다음 납덩이라도 되는 듯 양손을 떨어뜨렸다. 그녀가 기댈 언덕은 그 신호뿐이었다.

그녀는 몸을 돌려 천천히 걸음을 옮기기 시작했다. 무기력한 사람처럼 천천히. 주변을, 무엇보다도 뒤를 돌아보지 않은 채.

한동안은 행인들이 주변에 있었기에 그 사이를 뚫고 지나가야 할 정도였다. 한 남자가 팔꿈치로 그녀를 밀치고 모자챙을 의례적으로 건드리며 무언의 사과를 한 적도 있었다. 하지만 그녀는 그 잠깐의 접촉을 인식하지 못한 듯했다. 스카프를 여미며 계속 길을 걸었다.

잠시 후 인파가 점점 줄다 한산해지고 마침내 어쩌다 한두 명 보이는 정도밖에 안 남았다. 그녀가 광장을 벗어나서 진입로를 따라 천천히 걷는 동안 불빛들도 희미해졌다. 길을 따라 늘어선 건물 담벼락 사이로 틈이 보이기 시작했다. 앞을 지나가서 좋을 게 없는 시커먼 구멍이었다.

가로등이 사라지더니 나중에는 도로마저 사라져 인도가 없는 시골길이 이어졌다. 그리고 잠시 후에는 집들마저 사라지기 시작해 탁 트인 벌판처럼 변했다.

그녀는 뒤에서 누군가 나타나길 기다리며 계속 터벅터벅 걸었다. 뒤에서 갑자기 발소리가 들리더니 어깨를 붙잡는 손길이 느껴지는 간담이 서늘한 순간을 예상하며. 죽음과도 같은 침묵 속에서 속으로 내내 비명을 지르며.

그림자가 늘어나고 나무가 많아졌다. 밤이 점점 깊어갔다.

그녀는 계속 앞으로 걸었다. 고개도 돌리지 않았다. 아마 무엇을 보게 될지 알 수 없어서였을 것이다.

오르막길이 시작됐다. 이것이 공동묘지로 향하는 길임을 알아차리고 그녀는 몸서리를 쳤다.

오른쪽으로 풀밭이 있었다. 그녀는 걸음을 멈추고 방향을 돌려 풀밭으로 들어갔다. 달빛 때문에 풀밭이 하얗게 보였다. 탁 트여서 사방이 훤히 보였다. 시야를 가리는 게 자기 자신밖에 없는, 광활한 호수 한가운데 서 있는 듯했다.

앞으로 걸어갈수록 풀의 키가 커져서 길을 골라야 했다. 처음에는 종아리까지 오더니 나중에는 거의 무릎에 닿았다. 그녀는 여전히 돌아보지 않았다. 돌아보지 않을 작정이었다. 어쩌면 이제는 돌아보는 게 불가능한 지경일 수도 있었다. 공포는 사람을 마비시키니까.

이제 한가운데에 다다랐다. 그녀는 걸음을 멈추었다. 표지판처럼 한가운데에 똑바로 섰다.

그녀는 의도적으로 방금까지 걸어온 방향을 마주보도록 고개를 돌렸다.

시커먼 무언가가 광활한 풀밭을 가로질러 그녀를 향해 다가오고 있었다. 작고 까맸다. 어두컴컴한 주변에서 혼자 도드라졌다. 그렇게 주변과 분리돼서 동떨어진 채 똑바로 그녀를 향해 다가왔다. 달빛 때문에 서리가 내린 풀밭을 헤치며 그녀처럼 걸어왔다.

달아나고 싶은 충동이 그녀를 관통했다. 충동을 참느라 몸이 움찔거렸다.

"오, 하느님!"

그녀는 몸서리치며 외쳤다.

지금 이 시각 이곳으로 구원의 손길이 뻗칠 수는 없었다.

그녀가 복제 인간에 불과하다는 것을, 떠나버린 사랑의 살아 있는 허수아비에 불과하다는 것을 그가 알아차렸을까? 이미 눈치챘기 때문에 삼 일 밤 동안 다가오지 않았던 걸까? 그가 덫에 걸려든 게 아니라 덫을 놓은 걸까? 형사들은 여기가 아니라 거기 매복해 있었다. 그가 그녀를 그들의 눈앞에서 온전히 유인해 이렇게 덫이 없는 곳에서 기다리게 만들었다. 그들이 아니라 그의 사냥터로 끌어들였다.

그녀가 잘못하긴 했는데, 전술적으로 실수를 저지르긴 했는데, 그게 뭔지 알 수 없었고 설명할 수도 없었다. 몇 주, 몇 개월에 걸쳐 꼼꼼히 준비한 기회가 단 한 번뿐인 작전을 망치지 않으려면 이렇게 하는 수밖에 없었다. 어쩌면 그녀의 잘못이 아닐 수도 있었다. 그의 직감이 한 치의 오차도 없이 딱 맞아떨어져서 지금까지 수사망을 피했을지 모른다. 정신이상자들의 직감은 엄청나게 정확할 수 있다. 거기에 맞서 싸우는 이성이나 논리가 없으니 말이다.

다가오는 검은색이 점점 커졌다. 머리와 어깨와 걸음걸이에 맞춰 흔들리는 팔이 보였다. 얼굴이 있어야 하는 위치를 달빛이 비추자 얼굴이 드러났다. 아직은 몇 미터 거리가 있어서 작게 보였다. 바늘로 콕 찌른 것처럼 조그만 눈과 코와 입이 달빛에 비쳐 보였다.

남자였다.

아니, 남자처럼 우뚝 서서 걸어오는 사신이었다. 샤론과 매들린 드루가 남자로 착각한 사신이었다.

실물 크기가 아니기에 더 무서운 축소판 괴물을 보고 있는 듯한 인상이었다. 달빛이 알고 싶지 않은 세세한 부분들까지 알려주었다. 달빛이 모든 걸 완벽하게 공개했다. 모자챙에 달빛이 비추면서 비스듬한 그림자가 생겼고, 셔츠 앞섶이 브이 자 모양으로 파르스름하게 물들었다.

이제 그가 몇 미터 안으로 들어왔다. 실물 크기가 돼서 그녀와 비율이 맞았다. 두 사람은 대화를 나눌 수 있을 만한 거리가 되었다. 하지만 그는 키가 큰 풀을 헤치며 걸어오기만 할 뿐 아무 말이 없었다.

그녀도 잠자코 있었다. 말을 하면 정체가 탄로 날 수 있었다. 들통날 수 있었다. 환상이 아직도 유효할까? 이미 산산이 깨어졌을까? 그녀의 목소리, 잘못된 목소리가 들리는 순간에 이르러서야 산산이 깨어질까?

그의 표정이 보였다. 환희와 고통이 한데 어우러져 있었다. 하지만 위협적이거나 비정상적인 기미는 전혀 없었다. 가장 경악스러운 부분은 바로 그가 그 많은 일을 겪고도 지금 이 순간까지 예전의 외모를 고스란히 유지하고 있다는 것이었다. 나이를 정확히 알 수 없으니 순전히 넘겨짚은 것이었다. 제 나이보다 좀더 젊어 보이고 소년 같은 분위기를 풍겼다. 그것만큼은 분명했다.

눈을 마주보기가 힘들었지만 그녀는 그의 시선을 피하지 않으려고 안간힘을 썼다.

"도러시."

그가 가만가만 불렀다.

"조니."

그녀도 속삭였다.

그의 목에서 무언가가 터져 나왔다. 가슴속 깊은 곳에서 터진 듯한 울음소리였다. 입이 아니라 존재의 깊숙한 곳에서 터뜨린 듯한 울음소리였다.

"친구의 여자친구는 항상 녀석을 기다리고, 내 여자친구는 나를 기다렸지."

그가 굶주린 사람처럼 두 팔로 그녀를 감싸 안자 그녀는 얼어붙어버렸다. 혈관을 타고 흐르던 피가 멈춰버린 듯했다.

따뜻하고 기쁨에 겨운 목소리가 그녀의 귓가에서 나지막이 들렸다. 이상한 느낌은 전혀 없었다. 그냥 젊은 남자의 목소리였다.

"나도 부러워할 필요 없어. 내 여자친구가, 여자친구가 나를 기다렸으니까."

그는 점점 나지막이, 더 천천히 같은 말을 하고 또 했다.

"내 여자친구가 나를 기다렸으니까.

내 여자친구가…… 나를 기다렸으니까.

내 여자친구가…… 기다렸으니까."

그는 너무 피곤해서 고개를 더이상 가누지 못하겠다는 듯이 그녀의 어깨에 묻었다.

"내 여자친구가 나를 기다렸어. 하느님 감사합니다. 내 여자친구가 나를 기다렸네요."

보이지 않는 뱀들이 여기저기서 잔물결을 일으키며 풀을 헤치고 다가오는 것이 그의 어깨를 넘어 겁에 질린 그녀의 시야에 들어왔다. 잔물결만 보일 뿐 무엇 때문인지는 보이지 않았다. 멈추었다 용기를 내서 움직이고 멈추었다 다시 움직이기를 반복했다.

중심을 향해 끌리는 바큇살처럼 그들을 향해 다가왔다.

그는 두 팔로 그녀를 안고 고개를 묻은 채 아무 말 없이, 힘없이 그렇게 서 있었다. 평화롭게 휴식을 취했다.

희한한 생각이 수습 경관의 머릿속을 스치고 지나갔다.

'이렇게 잔인할 수가. 꼭 이렇게 잔인해야만 하는 걸까? 다른 방법은 없었을까?'

그녀의 가슴을 두드리는 남자의 심장 고동을 느낄 수 있었다. 잠깐 쉬러 왔지만 수상한 낌새가 느껴지면 당장 날아오르려고 날개를 퍼덕이는 들새 같았다.

그가 입술을 들어 그녀의 입술을 찾았다.

산들바람이 다른 부분은 가만두고 풀잎만 건드리는 듯 풀잎들이 여기저기서 나지막이 속삭였다. 호박단 자락이 바닥에 끌리는 것처럼 부스럭거리는 소리가 났다. 잠시 후 탁 소리가 들렸다. 나뭇가지가 부러지는 소리일까? 그 뒤로 정적이 흘렀다. 온 벌판이 정적으로 덮였다. 깊은 정적이었다. 무고한 자연의 소음조차 없었다.

직감.

그가 두 팔을 벌려 그녀의 허리를 단단히 붙잡았다.

그러더니 갑자기 옆으로 빙그르르 돌았다. 그녀는 풀밭 위로 쓰러졌다. 그가 허리를 숙이고 반대 방향으로 쌩하니 뛰어가자 시커먼 무언가가 동에 번쩍 서에 번쩍했다. 몸집이 사람만 한 토끼 같았다.

좀 전까지만 해도 없던 사람들이 사방에서 벌떡 일어섰다. 새하얀 푸딩 속에 박혀 있던 까만 건포도들이 느닷없이 튀어나온 것처럼 보였다.

반딧불이들이 벌판 위를 휙휙, 뒤죽박죽으로 날아다니기 시작했다. 일정한 패턴이 없었다. 이쪽에서 저쪽으로, 저쪽에서 이쪽으로 서로 상대방을 부르는 듯했다. 반딧불이가 날아오를 때마다 천둥소리가 났다. 불빛이 반짝일 때마다 탕 하는 묵직한 소리가 들렸다.

토끼가 갑자기 움직임을 멈추더니 그 자리에서 픽 쓰러져 시야 밖으로 사라졌다. 토끼가 쓰러진 자리에 구멍 비슷한 게 생겼다. 그 자리의 풀들만 움푹 꺼졌다.

탕 하는 소리가 멈추자 반딧불이들이 제 몸을 불태운 것처럼 연기가 피어올랐다.

이제 허리를 숙여 경계 태세를 한 사람들이 숨을 죽인 채 구멍을 향해 아주 조심스럽고 영리하게 기어갔다.

문득 신음에 찬 고함이 허공을 갈랐다.

"도러시!"

그들은 계속 포위망을 좁혀 들어갔다.

"도러시!"

형언할 수 없는 외로움의 표현이 어느 누구의 편도 들지 않는 별들을 향해 희미하게 울려 퍼졌다. 사랑의 울부짖음이자 죽음의 울부짖음이었다.

그들이 다가갔을 때 그는 풀밭에 쓰러진 채 고개를 모로 꼬고 그들을 속절없이 올려다보았다. 사냥꾼들이 다가갔을 때 토끼가 그러하듯이.

그는 아무도 볼 수 없는 환상 속의 얼굴을 떠올리려고 애를 쓰는 것처럼 점점 침침해지는 초승달 모양의 눈을 들어 별들이 반짝이는 밤하늘을 올려다보았다. 사랑이란 손에 넣을 수 없는 환상을 향한 갈망이 아니면 무엇이겠는가.

그는 그녀의 이름을 입술에 달고 죽었다.

"도러시, 서둘러. 덧없이 흘려보낸 바람에 이제는 시간이 없어……."

그들은 동그랗게 에워싼 채 서서 남자를 내려다보았다.

"죽었습니다."

한 사람이 조심스레 말했다.

캐머런은 고개를 끄덕이고 모자챙에 손을 가져다댔다. 모자를 벗지는 않고 잠깐 들어올리기만 했다.

"이제 두 사람이 하나가 된 것 같군. 마침내 데이트 약속을 지킨 거야."

작가
정보

## 코넬 울리치 또는 윌리엄 아이리시

Cornell Woolrich or William Irish

코넬 울리치는 1903년 뉴욕에서 태어나 미국에서 활동한 작가이다. 영국, 스페인, 유태인 혈통의 부모 사이에서 태어난 그는 어릴 적에 부모가 이혼한 뒤로 아버지와 함께 혁명기의 멕시코, 쿠바 바하마 제도 등에서 살았는데 이 동안에는 호텔을 전전하는 생활을 보냈으며 학교에는 거의 다니지 않았다고 한다. 어린 시절에 경험한 남미의 생활은 후의 작품에도 영향을 끼친다.

**작가로서의 울리치**

그 뒤로 뉴욕에 돌아온 울리치는 어머니와 함께 생활하면서 컬럼비아 대학에서 저널리즘을 전공했다. 학생 신분으로 첫 번째 작품인 『봉사료

Cover Charge』(1926)를 발표한 뒤로 미국 문학의 총아로 불리며 작가 활동을 시작하게 된 그는 두 번째 작품까지 인기를 끌면서 대학 입학 삼 년 만에 학업을 중단한다. 울리치는 스콧 피츠제럴드의 애독자였는데 첫 작품은 당대의 오마주라고 할 만큼 그 영향이 드러나 있다.

1930년대 중반에 들어 울리치는 펄프 잡지에 단편을 발표하면서 미스터리 작가로서의 역량을 키웠다. 자신이 태어난 뉴욕을 무대로 긴박감 넘치는 스토리에 도시인의 삶을 감성적으로 그리는 그의 작풍은 이 시기에 완성되며 현재까지도 '누아르 소설의 아버지'로 불린다.

울리치는 약 이백 편이 넘는 단편을 썼는데 대표적인 단편 중 하나인 「이창」(1942)은 1954년에 히치콕에 의해 영화화되어 유명해졌다. 출세작이 된 장편 미스터리 『검은 옷의 신부』(1940)는 타이틀에 'Black'을 붙인 시리즈 첫 번째 작품. 시리즈 마지막 작품인 『상복의 랑데부』(1948)는 또 다른 걸작 『환상의 여인』(1942)과 함께 울리치의 대표작이다. 윌리엄 아이리시라는 필명은 『환상의 여인』을 간행할 때 붙인 이름이다. 아이리시라는 필명으로는 총 다섯 편을 썼다. 울리치는 미들 네임인 조지 호플리라는 이름으로도 『밤은 천 개의 눈을 갖는다』(1950)와 『공포Fright』(1950)이라는 두 작품을 발표했다. 서스펜스 미스터리 외에도 기이하고 초자연적인 이야기를 다룬 작품을 많이 발표했다.

## 코넬 울리치의 삶

작가로서의 성공에도 불구하고 그는 그의 어머니와 함께 싸구려 호텔을 전전하며 삶의 고단함을 잊기 위해 술을 많이 마셨다. 젊어서부터 지나친 흡연과 음주를 하여 말년에는 건강이 좋지 않아 고생을 했는데, 부끄러움이 많고 까다로운 성격이라 자신의 작품을 칭찬하는 사람을 만나도 무례하게 굴곤 했다고 전한다.

지인도 별로 없었으며 작품을 누군가에게 헌정하는 일도 없었다. 작품을 헌정하는 경우는 자신이 쓰던 레밍턴 휴대용 타자기(『검은 옷을 입은 신부』)나 자신이 싫어한 호텔 방(『환상의 여인』)가 대상이었다.

알코올 중독에 의한 당뇨로 왼발을 절단하고 휠체어 생활을 할 수밖에 없게 된 울리치는 1968년 맨해튼의 호텔의 복도에서 뇌졸중 발작을 일으킨 뒤 64세로 생애를 마감한다. 울리치는 막대한 재산을 가지고 있었고, 백만 달러의 유산은 '젊은 작가 지망자를 위한 육성 자금'으로서 모교 컬럼비아 대학에 기부되었다.

/

## 작 품  목 록

1940년부터 1948년까지 출간된 작품이 가장 우수하다고 평가받고 있다. 이전에 쓰인 여섯 작품이 피츠제럴드의 영향을 받은 것과 달리 이 시기에는 뚜렷이 구별되는 독자적인 미스터리를 발표했다.

### 장편 소설

Cover Charge(1926)

Children of the Ritz(1927)

Times Square(1929)

A Young Man's Heart(1930)

The Time of Her Life(1931)

Manhattan Love Song(1932)

The Bride Wore Black (novel) | The Bride Wore Black(1940) – 『검은 옷을 입은 신부』(페이퍼하우스, 2009)

The Black Curtain(1941)

Marihuana(1941, 윌리엄 아이리시)

Black Alibi(1942)

Phantom Lady(1942, 윌리엄 아이리시) – 『환상의 여인』(엘릭시르, 2012, 미스터리 책장 시리즈)

The Black Angel(1943, based on his 1935 story "Murder in Wax")

The Black Path of Fear(1944)

After Dinner Story(1944, 윌리엄 아이리시)

Deadline at Dawn(1944, 윌리엄 아이리시) – 『새벽의 데드라인』(미스터리 책장 출간 예정)

Night Has a Thousand Eyes(1945, 조지 호플리) – 『밤은 천 개의 눈을 가지고 있다』(이레, 2009)

Waltz into Darkness(1947, 윌리엄 아이리시)

Rendezvous in Black(1948) – 『상복의 랑데부』(엘릭시르, 2015, 미스터리 책장 시리즈)

I Married a Dead Man(1948, 윌리엄 아이리시)

Savage Bride(1950)

Fright(1950, 조지 호플리)

You'll Never See Me Again(1951)

Strangler's Serenade(1951, 윌리엄 아이리시)

Hotel Room(1958)

Death is My Dancing Partner(1959)

The Doom Stone(1960)

into the Night (1987, 미완성 원고를 로렌스 블록이 마무리 지어 출간)

**단편집**

I Wouldn't Be in Your Shoes(1943)

After Dinner Story(1944)

If I Should Die Before I Wake(1946)

Borrowed Crime(1946)

The Dancing Detective(1946)

Dead Man Blues(1948)

The Blue Ribbon(1949)

Six Nights of Mystery(1950)

Eyes That Watch You(1952)

Bluebeard's Seventh Wife(1952)

**상복의 랑데부**
Rendezvous in Black
/

**초판 발행** 2015년 9월 15일

**지은이** 코넬 울리치 / **옮긴이** 이은선 / **펴낸이** 강병선

**책임편집** 이현 / **편집** 임지호 / **아트디렉팅** 이혜경 / **본문조판** 최정윤 / **그림** 신은정
**저작권** 한문숙 박혜연 김지영 / **마케팅** 정민호 김도윤 / **홍보** 김희숙 김상만 한수진 이천희
**제작** 강신은 김동욱 임현식 / **제작처** 영신사

**펴낸곳** (주)문학동네 / **출판등록** 1993년 10월 22일 제406-2003-000045호 / **임프린트** 엘릭시르

**주소** 10881 경기도 파주시 회동길 210
**문의** 031-955-1906(편집) 031-955-2696(마케팅) 031-955-8855(팩스)
**전자우편** editor@elmys.co.kr / **홈페이지** www.elmys.co.kr

ISBN 978-89-546-3751-0 (03840)

**엘릭시르는 출판그룹 문학동네의 임프린트입니다.**